本书为国家社科基金青年项目（项目批准号12CWW025）成果

巴别塔下

维多利亚时代文人的词语焦虑与道德重构

The Verbal Anxiety of Victorian Men of Letters

乔修峰 著

中国社会科学出版社

图书在版编目（CIP）数据

巴别塔下：维多利亚时代文人的词语焦虑与道德重构／乔修峰著．—北京：中国社会科学出版社，2017.12
ISBN 978-7-5203-1697-2

Ⅰ.①巴… Ⅱ.①乔… Ⅲ.①英国文学—近代文学—文学研究 Ⅳ.①I561.064

中国版本图书馆CIP数据核字（2017）第314225号

出 版 人	赵剑英
责任编辑	顾世宝
责任校对	周　昊
责任印制	戴　宽

出　　版	中国社会科学出版社
社　　址	北京鼓楼西大街甲158号
邮　　编	100720
网　　址	http://www.csspw.cn
发 行 部	010-84083685
门 市 部	010-84029450
经　　销	新华书店及其他书店
印　　刷	北京明恒达印务有限公司
装　　订	廊坊市广阳区广增装订厂
版　　次	2017年12月第1版
印　　次	2017年12月第1次印刷
开　　本	710×1000　1/16
印　　张	18.5
插　　页	2
字　　数	253千字
定　　价	79.00元

凡购买中国社会科学出版社图书，如有质量问题请与本社营销中心联系调换
电话:010-84083683
版权所有　侵权必究

我得坦言，在我最初开始写这部理解论的时候，甚至在过了很长时间之后，我都丝毫未曾想到，这个研究居然还需要考虑词语问题。

——约翰·洛克《人类理解论》

虽然无法最终战胜死亡，但细心照料也可以延长寿命。语言就像政府，会自然走向衰退。我们已经长久地捍卫了我们的政体，就让我们再为我们的语言做点努力吧。

——塞缪尔·约翰逊《英语词典序》

任何评论，只要它所用的术语和论据有哪怕丁点的含混，它就毫无意义。鉴赏家和评论家们所用的平常语言，即便他们自己懂得，外人通常也会觉得晦涩难懂，因为按他们使用专门术语的习惯，必然是什么都想说，却又什么都没说。

——约翰·罗斯金《现代画家》

目 录

序 ……………………………………………………………… (1)

绪论 维多利亚时代文人的词语焦虑 ………………………… (1)
 一 "词语焦虑"及其研究意义 ……………………………… (1)
 二 "词语焦虑"的表现及原因 ……………………………… (4)
 三 "词语焦虑"与道德重构 ………………………………… (13)
 四 "词语焦虑"的独特性 …………………………………… (18)
 五 现象与个案 ……………………………………………… (25)

第一章 "文人":卡莱尔的"英雄" …………………………… (32)
 一 文人与英雄 ……………………………………………… (32)
 二 "逻辑先生"与"文化偏至" ……………………………… (39)
 三 "方言"与"空话" ………………………………………… (43)
 四 词语焦虑与"两种文化" ………………………………… (48)

第二章 "社会":卡莱尔的"理念" …………………………… (54)
 一 重诠"社会" ……………………………………………… (54)
 二 伦理纽带 ………………………………………………… (59)
 三 精神纽带 ………………………………………………… (65)

四　社会新生之路 ……………………………………………（71）

第三章　"责任"：乔治·艾略特论社会维系 ………………（74）
　　一　责任作为话语 …………………………………………（74）
　　二　《米德尔马契》："旁观者"与"邻人" …………………（80）
　　三　《罗慕拉》：出走与责任 ………………………………（87）
　　四　"责任"的伦理学 ………………………………………（101）

第四章　"贫穷"：狄更斯论词语暴政 ………………………（107）
　　一　艰难时世：道德神话与诗学正义 ……………………（107）
　　二　"饥饿的40年代"：吃喝与伦理 ………………………（117）
　　三　酗酒与道德压迫 ………………………………………（131）

第五章　"财富"：罗斯金的词语系谱学 ……………………（139）
　　一　罗斯金的词语系谱学 …………………………………（139）
　　二　"财富"定义的社会史考察 ……………………………（144）
　　三　"财富"的新定义与政治经济学批判 …………………（153）
　　四　政治经济学的伦理维度 ………………………………（157）

第六章　"绅士"：罗斯金论国民性陶铸 ……………………（162）
　　一　绅士理念与国民性 ……………………………………（162）
　　二　绅士教养与礼仪之邦 …………………………………（172）
　　三　商人与绅士 ……………………………………………（180）
　　四　商界绅士与"共同富裕" ………………………………（187）

第七章　"自由"：穆勒与知识无政府状态 …………………（195）
　　一　自话与对话 ……………………………………………（195）
　　二　含混与清晰 ……………………………………………（207）

三　自由与边界 …………………………………………（214）
　四　性格学与"两种自由" ………………………………（220）

结语　维多利亚时代文人思想的回响：辜鸿铭的焦虑 ………（225）
　一　另一种"西学" ………………………………………（225）
　二　卡莱尔与辜鸿铭 ……………………………………（231）
　三　"维多利亚时代思想框架"下的"国学" ……………（236）
　四　《中国人的精神》中的英国文人话语 ………………（243）
　五　辜鸿铭的词语焦虑 …………………………………（249）

主要参考文献 ………………………………………………（256）

后记 …………………………………………………………（276）

序

陆建德

《巴别塔下》结构独特，是一部充满新意的著作。全书共七章，各章分别以卡莱尔、乔治·艾略特、狄更斯、罗斯金和穆勒的著作为背景，讨论"文人""社会""责任""贫穷""财富""绅士""自由"七个关键词。看得出来，修峰是受到了雷蒙·威廉斯《关键词》（中译本，三联书店2005年出版）的启发。上述几位作家深感很多词语用得多了，蜕变为没有意义的空话（即卡莱尔所说的"cant"），他们希望通过关于词语的讨论针砭时弊，重塑价值，给快速发展的社会一种方向感。在英国的现代化进程中，19世纪是一个至为重要的环节，而英国又是现代世界的发源地，[①]维多利亚时代作家对本国各种社会、文化问题的商讨、辩论，对仍处于转型期的中国来说，具有特别的现实意义。

本书"绪论"说，维多利亚时代"思想和话语层面出现了众声喧哗的混乱状态"，引起文人的焦虑。诚哉斯言，但是我想在此略作补充："众声喧哗的混乱状态"往往也是创造力的象征。假如当时的英国社会缺少讨论问题的氛围和必要的公共空间，排斥异端思想和话语，

---

① 详见艾伦·麦克法兰《现代世界的诞生》，上海人民出版社2013年版。麦克法兰认为英国总是充满了矛盾和悖论，也就是说，"众声喧哗"恰好是英国的特点。追求纯而又纯的"英国特性"（Englishness）大概是枉然的。

一些真正有创造性的学说就不可能产生。且以维多利亚时期的伟人马克思和恩格斯为例。《共产党宣言》（德文版单行本）1848年2月在伦敦发行时没有署名，1850年英国宪章派机关刊物《红色共和党人》登载《共产党宣言》的第一个英译本，杂志编辑乔·哈尼在序言中第一次指出宣言系马克思和恩格斯合作。《宣言》的最后的文字号召工人阶级起来斗争："共产党人不屑于隐瞒自己的观点和意图。他们公开宣布：他们的目的只有用暴力推翻全部现存的社会制度才能达到。"马克思1849年8月从欧洲大陆移居伦敦，在那里生活写作，直至1883年3月去世。没有伦敦以及大英博物馆图书馆提供的优质服务，《资本论》的写作是无法想象的。[①] 如果英国实行的是早年马克思嘲笑的普鲁士式的报刊检查制度，马克思的著述生涯就不得不中断了。马克思绝大部分著作用德文写成，它们的英文翻译有一个较复杂的过程。我收藏的英文版《资本论》是1930年的人人丛书版，由牛津大学学者、社会主义者G.D.H.科尔作序。人人丛书版图书售价便宜，影响大。那一年发源于美国的世界经济危机已波及英国，但是英国政府部门对人人丛书版的《资本论》不加干涉，无意限制这本划时代巨著的阅读范围。今年大英图书馆为配合一次特展还出了《共产党宣言》单行本，售价1英镑。可见这份文献至今还有强大的生命力。

　　我想乘此机会添加一些与修峰这本书相关的历史背景，进而提出一两个问题，供读者思考。先说一说英国宪章运动。1838年5月8日，宪章派公布准备提交议会的法案"人民宪章"，包括六项内容：普选权（年满21岁的男子）、议会每年改选一次、秘密投票、各选区一律平等、取消议会议员候选人的财产资格限制、发给议员薪金。卡莱尔早在1839年就写了题为《宪章主义》的长文，第一章的题目即"英国状况问题"。"英国状况"一时成了流行词。

[①] 19世纪的伦敦是欧洲其他各国流亡者汇集之地，现任《纽约书评》主编伊恩·布鲁玛讨论过这一现象。参见布鲁玛《伏尔泰的椰子：欧洲的英国文化热》（生活·读书·新知三联书店2007年版）第六章"革命的墓地"。

恩格斯于1842年秋冬之交从欧洲大陆到英国经商后，细致观察英国。他在这一年的11月29日为《莱茵报》写了短讯《英国对国内危机的看法》，第二天写了颇具规模的报道《国内危机》，谈的还是宪章运动中动荡的英国。这一年年底他为《莱茵报》写了文章《英国工人阶级状况》。当时宪章运动正值高峰时期，在这次旷日持久的运动中，领导层内部出现道义派和暴力派的论争，游行请愿队伍一度配备了枪矛、棍棒等武器，政府方面甚至出动了军队，不过应对大致得当，没有出现失控的流血事件。① 恩格斯看到英国工人有着难以克服的"守法观念"，不免失望，他提出批评，又表示乐观：

> 在工人和宪章派心目中唯一的指导思想——而且这种思想原来就是宪章派的——就是合法革命的思想。这种思想本身就是矛盾，事实上不可能实现的，正因为他想要实现这种思想才遭到失败……在曼彻斯特可以看到，只要四五个龙骑兵每人把住一个出口，就拦住了几千个集合在广场上的工人。"合法革命"把一切都搞糟了。整个事件就这样结束了；每个工人，当他一旦把自己的积蓄用光因而就要挨饿的时候，就又开始工作了。然而无产者从这些事件中间还是得到了好处，那就是他们意识到了用和平方式进行革命是不可能的，只有通过暴力消灭现有的反常关系，根本推翻门阀贵族和工业贵族，才能改善无产者的物质状况。英国人所特有的守法观念还在阻碍着他们从事这种暴力革命。但是……这个革命在英国是不可避免的。②

由于种种英国政治文化的特点，工人阶级的罢工、游行示威未曾中断，不过大规模的暴力革命并没有到来。卡莱尔的《过去与现在》1843年出版后，恩格斯于1844年1月立即写了评论，在1844年的

---

① 详见R.G.甘米奇《宪章运动史》，苏公隽译，张自谋校，商务印书馆1979年版。
② 《马克思恩格斯全集》第1卷，人民出版社1956年版，第550—551页。

《德法年鉴》发表,他建议德国人把这部著作译成德文,紧接着这篇颇具规模的评论,恩格斯写了《英国状况:十八世纪》和《英国状况:英国宪法》。维多利亚时期的圣哲担心声音庞杂,其实声音庞杂也有其好处——社会毕竟需要在各种批评的声音中前进。恩格斯的经典著作《英国工人阶级状况》在 1845 年问世,以后不断翻译成各种文字。要了解维多利亚时代的英国,《英国工人阶级状况》是必读之书。从 1845 年到恩格斯逝世的 1895 年,英国非但没有爆发欧洲大陆上常见的革命,反而通过零零碎碎的渐进式的立法、改革在社会发展各个领域取得世界领先的非凡成就。尽管恩格斯对诸种英国式的尤其是威廉·莫里斯的社会主义思想不以为意,[①] 他还是为半个世纪里工人运动每一次小小的成功所吸引。

英国渐进式改革之路踏踏实实,一步一个脚印,它之所以行得通,有特殊的历史、文化原因。首先,如 E. P. 汤普森的《英国工人阶级的形成》(译林出版社 2001 年版)所示,英国工人坚信自己享有"生而自由"的权利,不断斗争,争取合法权益,通过种种令人同情、认可的形式向统治阶层施加压力。盖斯凯尔夫人的小说《玛丽·巴顿》(1848)描写的就是曼彻斯特工人的艰苦生活,工人决定反抗,年轻的工厂主被暗杀,但是作者是把它作为不幸事件来呈现的。其次,在英国统治阶层中,也出现过像罗伯特·欧文那样善良的空想社会主义者,他们总体上来说也知道妥协,有着适度"对正义和仁爱让步"(恩格斯语)的雅量。英国是一个讲究习惯、惯例(customs)的国家,大量民众维权行为总以和平方式收场,不会闹得不可收拾。[②] 屈维廉在《英国社会史》中曾强调,在 18 世纪的英国,阶级对立并不像法国那样严重,因而法国大革命不可能在英国发生。到了 19 世纪,阶级

---

① E. P. 汤普森的《威廉·莫里斯:从浪漫派到革命者》(1976)详细讨论了恩格斯对莫里斯(1834—1896)的批判,并对莫里斯的社会主义主张和艺术实践有所维护。
② 我在《习惯的力量——评汤普森〈共有的习惯〉》(载《高悬的画布——不带理论的旅行》,生活·读书·新知三联书店 2011 年版)一文中讨论了这一问题。

矛盾加剧了，然而社会主流的声音绝不利于矛盾的激化。在维多利亚时代文学中能找到很多这方面的例子。盖斯凯尔夫人的《北与南》涉及劳资对立问题，但是主调却是阶级之间的理解、调和。乔治·艾略特的小说《激进主义者菲利克斯·霍尔特》（1866）以议会改革法案通过的那一年1832年为背景，主人公霍尔特主张选举制度的积极改革，同时他又是秩序的维护者。1867年8月，第二个改革法案通过，这一年11月下旬，乔治·艾略特应约翰·布莱克伍德之邀以霍尔特的口吻写了《致工人》，在著名的《布莱克伍德杂志》1868年一月号发表。《激进派菲利克斯·霍尔特》后来再版的时候都将《致工人》作为附录收入。这篇长达三十页的文章声情并茂，自始至终论证和平手段的意义，很有说服力。乔治·艾略特珍爱社会和文化的延续性，教育工人阶级也是她的"责任"。在19世纪的英国，议会通过了大量跟工人利益相关的法案。这些法案的有效执行，确保了社会发展的步伐不至于因种种矛盾和冲突而停止。

《英国工人阶级状况》德文本第二版是1892年下半年出版的，恩格斯在作于这一年7月21日的该版序言中写道："英国工人运动又向前迈进了一大步。几天前结束的国会选举向两个官方的政党——保守党和自由党——清楚地表明，他们现在对第三个政党即工人政党的存在是不能置之不理了。"为什么？因为在1892年的选举中有三位工人入选下议院。[①] 英国工人拒绝与两个旧的政党保持联系，恩格斯抑制不住他的欣喜："在大城市和工业中心的许多选区里，工人都坚决拒绝和两个旧政党［即自由党和保守党］保持任何联系，并因此获得了在以前任何一次选举中都不曾有过的直接的和间接的成绩。工人为此所表露的欢欣鼓舞是无法形容的。他们第一次看到和感觉到，如果他们为了自己阶级的利益而利用自己的选举权，就能获得什么东西……工人们从令人信服的实例中看到：当他们提出要求而且了解到他们要

[①] 恩格斯：《英国工人阶级状况》，人民出版社1956年版，第33页。

的是什么的时候，他们在英国就是一种具有决定性的力量；在1892年的选举中他们第一次了解到自己的要求并且提出了要求。"① 可惜恩格斯三年后就去世了。1900年劳工代表委员会成立，1906年改称工党。随着工党的出现，恩格斯所说的两个旧党轮流执政的"跷跷板游戏"再也玩不下去了。

到了20世纪初期，宪章派当年提出的六项要求中的五项基本实现，政治权利的扩展其实远远超过了宪章派的想象，如妇女获得普选权，所有选民的参选年龄由21岁降到18岁。议会每年改选一次技术上操作太难，没有被公众采纳。英国所走的逐步改进的道路也可以成为我们的思想资源，非常值得研究，以往未予重视，是非常说不过去的。1884年成立的费边社就是以渐进为原则，宣言由萧伯纳撰写。费边社标榜社会主义，积极参加英国工会组织各种争取权益的活动，会聚了一批文化界的精英。《英国工会运动史》（1894年问世，1930年商务印书馆出中译本）的作者就是费边社的核心人物西德尼·韦伯和比阿特丽斯·韦伯夫妇。英国知识界一些人士（如比阿特丽斯·韦伯）出身富家，可贵的是他们完全背弃了家庭的利益，献身于争取社会正义的事业。正是在多种因素的合力之下，整个国家逐渐就如何确保全体成员的福利达成共识。第二次世界大战期间以经济学家贝弗里奇为首的调查委员会于1942年11月公布《贝弗里奇报告》，这份里程碑式的调查报告奠定了英国战后福利社会的基础和具体的实行方案。中国劳动社会保障出版社已于2004年出版了报告的中文本，收入"社会保障译丛"。②

《巴别塔下》关于穆勒的一章专门谈及一个社会如何通过公共事

---

① 恩格斯：《英国工人阶级状况》，人民出版社1956年版，第34页。
② 福利社会会不会成为懒人的温床？任何社会都会有一些不那么勤快的人。比如王梵志诗里有一首《世间慵懒人》："世间慵懒人，五分向有二。例著一草衫，两膊成山字。出嗔头高，诈作达官子。草舍原无床，无毡复无被。他家人定卧，日西展脚睡。诸人五更走，日高未肯起。"英国现行福利制度中的一个重要环节是审核申请人的资格，虽有不尊重人格之嫌，还是必要的。

务的"讨论"（discussion）来获取并传播真知。我以为维多利亚时代的讨论还是非常充分的。让我也来引用穆勒这段话："讨论，或质疑公认的观点，只是两种不同的说法而已，实际上是一回事。当所有观点都受到质疑时，就能最终发现哪些是经不起仔细推敲的。古老的信条可以获得新的佐证；而那些一开始就不正确的信条，或因时过境迁而变得不合理的信条，也就被抛弃了。这就是讨论要做的事。正是通过讨论，才能发现并传播正确的观点。"只有"质疑公认的观点"，才能迎来开创性的学说和创新型社会。乔治·艾略特1846年翻译的施特劳斯的《耶稣传》质疑圣经上所说耶稣生平的真实性，过了不久，达尔文进化论（也可以译为演化论）从根本上动摇、颠覆了创世论。宗教的式微也使很多维多利亚时期的作家、诗人无所适从，而"信仰"一词渐渐被"责任"和"文化"所取代。本书数次提及马修·阿诺德的《文化和无政府状态》，如有机会再版，建议修峰增添专论阿诺德"文化"观的一章。前面提到的威廉·莫里斯也值得一写，他的关键词是"艺术"。

英国社会没有压制挑战旧说的理论，这种开放、自信的胸怀令人敬佩。严复《天演论》将进化论介绍到中国，掀起一场文化上的地震，社会却因此获益。可以说，没有"物竞天择"的思想和以严复、林纾为代表的翻译界沟通中外的不懈劳作，救亡图存的意识、新文化运动和中国现代文学就难以产生。严复和林纾的翻译事业是与文化反思、文化自我更新结合在一起的。严复在1906年的一次题为《教授新法》的演讲中，鼓励听众发扬讨论、质疑的精神。他认为读书治学必须做到于不疑处有疑，新式学生必须敢于"荒经、蔑古"："苟而同之，犹无益也。请言其不同之实。譬如今课经学而读《论语》至'子曰：巧言令色，鲜矣仁'，此其理诚然。顾其理之所以诚然，吾不能使小儿自求证也，则亦曰：'孔子圣人，圣人云然，我辈当信。'无余说也。又治史学读《项羽本纪》，写巨鹿之战，如火如荼，然其境象，万不能使学者亲见之也，则曰：'太史公古称良史，其书号为实录，所载自宜不差。'亦无余说也。由此二者推之，我辈所读一切之书，所传一切事实，莫不如是。岳飞主战，乃是忠臣；秦桧主和，故为奸相。凡皆以枯骨朽肉之定论，主张我辈之信心……至若其事经皇帝所折中，昔贤所论断，则惟有俯首受教，不敢有违。违者或为荒经，或为蔑古。荒经、蔑古，皆大罪也。"① 幸好批判性的创新思维自19、20世纪之交在中国迅猛生长，一百多年来已融入了我们的优秀文化传统，成为其生机勃勃的一部分。如果当时的读书人都是"俯首受教"的因循之徒，中国就不会有现代化进程和继往开来的全新知识结构。

今年是商务印书馆成立一百二十周年，我在这篇序言的末尾还要向这个以"昌明教育、开启民智"为宗旨的文化机构致敬。好像是拉扯远了，其实不然。商务印书馆自创始之初就出版严复和林纾等人的翻译作品以及与世界学术接轨的各种词典、刊物和著作，同时又不忘国本，大力普及传统经典。商务印书馆出书，意在引起讨论。陈云曾是该馆职员，他在为同人写的《中国民族运动之过去与将来》中指出："具有世界性的中国民族运动，在今后长时期的奋斗过程中，出路究竟在哪里？这是值得我们研究的。当然，各方面的观察是不同的。我希望每个亲爱的商务职工，参加讨论，坚决地破除往昔中国人民普遍'不谈政治'的现象。"② 正如《巴别塔下》各章所示，维多利亚时期作家关于词语的讨论与今天的我们也密切相关，我们不妨展开对于这些讨论的讨论。

---

① 《〈严复集〉补编》，孙应祥、皮后锋编，福建人民出版社2004年版，第70—71页。
② 《商务印书馆一百二十年大事记》，商务印书馆2017年版，1926年记事。

绪　论

维多利亚时代文人的词语焦虑

我们得在所用术语的意义上达成一致才行。

——马修·阿诺德《文学与科学》

一　"词语焦虑"及其研究意义

"词语焦虑"这个说法恐怕还没有人用过。本书主要用它来指词语引起的焦虑或不安，这是一种描述性而非规定性的说法。这种"词语焦虑"是社会转型时期文化调整和道德重构的一种表现。作为工业革命的发源地，英国在维多利亚时代（1832—1901）经历了"现代化"的过程。面对前所未有的变革，当时的文人在思考道德，也即在分析和讨论人应该怎样生活、人与人之间应该是何种关系时，意识到了彼此之间在理念、概念和词语上的分歧并不断就此进行论争，导致思想和话语层面出现了众声喧哗的混乱状态。这种混乱已经造成或可能造成的危害令他们深感不安，使他们的写作带上一种明显的焦虑。

这种"词语焦虑"虽然本质上属于语言问题，却更突出地表现在词语层面，并且超越了语言，反映了文化与道德领域的焦虑。研究这种焦虑，不仅可以从中管窥符号体系的重塑过程，还能看到文化如何调整自身以适应并影响社会变化。

到维多利亚时代后期，焦虑不仅被看作是一种精神状态，更是一种需要进行"精神分析"的病症。但本书所说的"词语焦虑"，却是强调文人的自我意识或觉醒。他们意识到词语的混乱无序不仅阻碍了人们之间的交流或对话，还潜移默化地影响着个人和社会思想，可能会带来更大的破坏。

但另一方面也应注意，尽管他们深切地感受到自己仿佛身处巴别塔下，面对词语的混乱，因为难以沟通而焦虑不已，但仍有强烈的理性对话的愿望，努力探索能够共享的意义框架。因此，词语焦虑推动了意义体系的调整和重构，直接地影响了道德体系的重构。

文人的词语焦虑已经成为维多利亚时代一种既普遍又独特的"现象"。

说它普遍，因为它不仅在本书重点讨论的托马斯·卡莱尔（Thomas Carlyle，1795—1881）、约翰·罗斯金（John Ruskin，1819—1900）、乔治·艾略特（George Eliot，1819—1880）、查尔斯·狄更斯（Charles Dickens，1812—1870）、约翰·斯图亚特·穆勒（John Stuart Mill，1806—1873）等人身上有着明显的体现，①还在约翰·亨利·纽曼（John Henry Newman，1801—1890）、马修·阿诺德（Matthew Arnold，1822—1888）乃至与他们常常相左的麦考莱（Thomas Babington Macaulay，1800—1859）等人身上有着明显的体现。卡莱尔批判"空话"，狄更斯讽刺"词语暴政"，罗斯金揭露"假面词语"，穆勒剖析"僵尸信念"，都是这种焦虑的表现。当然，与这些"圣哲"（sage）相对立或不甚一致的文人也有他们的焦虑，也有他们的救世之心。卡莱尔、狄更斯等人与功利主义者唇枪舌剑，但双方的差别和矛盾并不像表面上那样水火不容，往往是激烈的言辞掩盖了他们之间的共识。他们正是要寻找一种可以对话的意义框架。

说词语焦虑独特，并不是说这种现象前所未有，而是说在之前和

---

① 这些作家大多拥有多重身份，或主编报刊，或担任公职，或在大学任教。在他们的名字前面加上某种称谓，通常也就意味着要强调他们的某一方面。从作品形式或体裁上说，他们都属于"散文作家"（prose writers）。这里的"散文"是广义上与诗歌相对的文体，包括小说和非小说。从内容或题材上说，他们又常被称作社会批评家、道德家、预言家、圣哲等。本书称他们为"文人"（man of letters），一是强调他们的词语焦虑，二是突出他们的道德思考。

之后的英国文学史上似乎都没有这么突出。当时英国正经历着由农业文明向工业文明的转变，社会、经济、宗教、文化等领域的很多变化都是前所未有的。如何理解、表述这些新体验？文人们难免会感到焦虑。至少有四个具有时代特色的因素使当时的词语焦虑不同于以往：一是正在形成的现代工业社会的影响；二是科学发展和学科分化的影响（尤其是对宗教信仰和思维方式的影响）；三是历史意识对英语的影响（尤其是对语文学的影响）；四是浪漫主义语言观的影响。

世易语变。借词语或概念变迁来考察社会与思想的嬗变是一条常见的思想史研究路径，也是英国文化批评的传统方法之一，较有代表性的当属雷蒙德·威廉斯（Raymond Williams）的《文化与社会：1780—1950年》（1958）、《乡村与城市》（1973）、《关键词：文化与社会词汇》（1976）等研究。不过，威廉斯的研究虽有相当一部分涉及维多利亚时代的"关键词"，却没有关注词语引发的焦虑现象，只能说反映了他作为研究者自身的"词语焦虑"。还有一些研究也梳理了19世纪英国社会转型中的核心词语和观念，如霍洛韦（John Hollaway）的《维多利亚时代的圣哲》（1953）、霍顿（Walter E. Houghton）的《维多利亚时代的思想框架》（1957）、奥尔蒂克（R. D. Altick）的《维多利亚人及其观念》（1973）等，但更多聚焦在词语和观念上面，没有讨论词语引发的焦虑。

进入21世纪以来，国内很多学者也在尝试通过回归词语和观念的历史语境来反思英国的现代化过程，如陆建德先生的《词语的政治学》（《读书》2005年第3期）、黄梅先生的《推敲"自我"：小说在18世纪的英国》（2003）、殷企平先生的《推敲"进步"话语——新型小说在19世纪的英国》（2009）等。这些研究借助词语或观念来考察世变风移，洞隐烛微，启发了笔者的思考，却仍未能解答这个疑惑：词语（包括那些关键词）为什么会令维多利亚时代的文人感到格外焦虑，以至于成为一种突出的"现象"？这种焦虑又如何从形式和内容上影响了他们写作，它对转型年代的道德重构和文化调整产生了怎样的影响？这便是本书讨论的起点。

二 "词语焦虑"的表现及原因

说到文人的"词语焦虑"，人们最常想到的可能是表述焦虑。罗斯金把文人界定为精通文字之人①，卡莱尔将文人限定为以文字为业的作家②。与文字打交道，难免会在表述方面产生焦虑。有时为了达意传神，还要字斟句酌，推敲苦吟。浸淫文字越久，就越有可能担心辞令不明，言不逮意。不过，本书所说的"词语焦虑"并不仅指这种表述焦虑，或者说，表述焦虑只是"词语焦虑"这座冰山浮在海面之上的部分。更令维多利亚时代文人焦虑的是词语的无序状态，用他们常用的说法，就是符号与意义之间出现了一种"无政府状态"或"巴别塔似的混乱"。

这种焦虑突出地表现在以下三个方面。

首先，文人们意识到他们之间难以对话，尤其是无法在词义上达成一致。唯一能让他们达成共识的就是：很多人都在按自己的理解和意愿使用词语。卡莱尔经常批评当时政治、宗教、道德和文艺评论的用词日渐空洞，言不指物，导致"空话"（cant）泛滥。有人甚至口说空话而不自知，出现了"真诚的空话"（Sincere-Cant）。罗斯金也经常提醒读者注意当时政治话语的混乱，如他在《手拿钉子的命运女神》（*Fors Clavigera*, 1871—1884）开篇所说："现在一切关于政府的流行言论，只可能是荒谬的，因为缺少对术语的界定（for want of definition of terms）。"③这种焦虑的根源就在于他们意识到词语的能指和所指出现

---

① John Ruskin, *Sesame and Lilies*, *Unto This Last* and *The Political Economy of Art*, London: Cassell, 1907, p. 22.
② Thomas Carlyle, *On Heroes, Hero-Worship and the Heroic in History*, Centenary Edition, ed. Henry Duff Traill, London: Chapman and Hall, 1893, p. 155.
③ John Ruskin, *The Works of John Ruskin*, Vol. 27, ed. E. T. Cook and Alexander Wedderburn, Cambridge: Cambridge University Press, 2009, p. 14.

了一种无序或"无政府状态"。面对这种状况，维多利亚时代的文人渴求秩序与对话，竭力探寻权威的或者能够共享的意义框架。马修·阿诺德在《文学与科学》（"Literature and Science"，1885）中的那句话无疑带有普遍意义——"我们得在所用术语的意义上达成一致才行"[①]。

其次，文人们意识到，词语的混乱不仅会阻碍他们之间的对话，还会给大众或整个社会带来危害。他们对"文化与社会"领域关键词的意义变化尤其感到不安，不仅意识到这些变化使他们很难确切地表述自己的意图，而且担心这些变化如果不为世人关注，很有可能会潜移默化地瓦解整个价值体系。由此不难理解，他们为什么会反复强调自己所用的词义，重新给词语下定义，通过考证词语的源流谱系来批驳他人的用法或流行的意义，有时甚至故意歪解词语以表达自己的主张。霍洛韦曾在《维多利亚时代的圣哲》中说，卡莱尔不像纽曼那样严格地使用词语的惯常意义，而是喜欢使用"新颖的、出人意料的、

---

① Matthew Arnold, "Literature and Science", in *Discourses in America*, London: Macmillan, 1912, p. 90. 阿诺德这句话源自他与赫胥黎（Thomas Henry Huxley, 1812—1895）的争论，他在这里反复说"他说的是……他想让我说……我的意思是……"，很能反映词语焦虑对文人用词的影响：

我们得在所用术语的意义上达成一致才行。我说到了解当今世界上最优秀的思想和知识，赫胥黎教授说这就是要了解文学（literature）。文学是个大词，可以指任何文字写成的或书中印刷的东西。因此，欧几里得的《几何原本》和牛顿的《自然哲学的数学原理》都是文学。我们从书本中得到的所有知识都是文学。但赫胥黎教授所说的文学，指的是纯文学（belles-lettres）。他是想让我说（He means to make me say），了解现代各民族最优秀的思想和知识就只是了解他们的纯文学。他说，这不足以用来批评现代生活（a criticism of modern life）。但正如我说了解古罗马，不是说（I do not mean）只需要了解那些拉丁文的纯文学作品，而不考虑罗马的军事、政治、法律和行政；正如我说了解古希腊，我的意思是（I understand）了解她作为希腊艺术的提供者，了解她作为自由地、正确地使用理性的向导，作为科学方法的向导，了解她作为我们数学、物理学、天文学和生物学的奠基者——我的意思是了解她的所有这些方面，而不只是了解一些希腊诗歌、史书、论著或演讲——了解我们现代民族的知识也应如此。我说了解现代民族，我指的（I mean）不只是了解他们的纯文学，还要了解哥白尼、伽利略、牛顿、达尔文这类人的思想著述。（pp. 90 - 92. 着重号为笔者所加）

悖论的或极富想象力的意义"。①卡莱尔这么做，不只为了语出惊人，很大程度上也是因为觉得词语的惯常意义已经发生了变化，甚至变得毫无意义，无法表述他的思想。这种打破常规的用词虽然具有摄人心魄的力量，却也令他饱受指摘。特罗洛普（Anthony Trollope，1815—1882）就看不惯卡莱尔那种天马行空的文风，在《巴彻斯特养老院》（*The Warden*，1855）中嘲讽他是"悲观的反空话博士"（Dr. Pessimist Anticant），用"无比怪异的语言"来表达思想，写出来的东西都不像英语，居然也让大众趋之若鹜。②当时还有更为苛刻的批评。威廉·汤姆森（William Thomson）就指责卡莱尔在《论英雄、英雄崇拜与历史上的英雄业绩》（*On Heroes, Hero-Worship and the Heroic in History*，1841）一书中"滥用"词语："离经叛道的人如果不敢直言，自然会捡起一样武器，即竭力颠倒词语的旧有用法，通过混淆正确思维和错误思维的界限，为错误思维铺平道路。"③但实际上，重新给词语下定义是卡莱尔等"圣哲"常用的论述方式，是他们词语焦虑的一种体现。而当时的很多读者无法理解这种焦虑，也就自然地把他们的不解转化成了批评和讽刺。例如，《伦敦评论》（*London Review*）上也有文章讽刺罗斯金，说他喜欢给词语下定义，可就是不懂什么是定义。④

最后，这种焦虑还表现在文人对自身角色和词语功用的认知上。小说家乔治·艾略特认为："任何发表作品的男性或女性都必然起着教师的作用，影响着公众的思想。"⑤维多利亚时代的很多文人都意识到，当时一些颇有影响力的理论思潮（如政治经济学、功利主义等）不仅改造了词语，还通过这些词语影响了公众的思考。他们要揭露这

---

① John Holloway, *The Victorian Sage*, New York: Norton, 1965, p. 41.
② Anthony Trollope, *The Warden*, London: Oxford University Press, 1952, p. 194.
③ Jules Paul Seigel ed., *Thomas Carlyle: The Critical Heritage*, New York: Barnes & Noble, 1971, p. 188.
④ J. L. Bradley ed., *Ruskin: The Critical Heritage*, London: Routledge & Kegan Paul, 1984, p. 294.
⑤ George Eliot, *Essays and Leaves from a Note-Book*, Honolulu, Hawaii: University Press of the Pacific, 2004, p. 278.

些词语背后隐含的"利益"和"权力"。在他们看来,词语绝非思想的外衣,而是思想的化身。甚至可以说,有什么样的思想就会有什么样的词语,有什么样的词语也会有什么样的思想。词语问题既在词语之中,又在词语之外,人们的思考很容易在不经意间遭到词语"绑架"。要想正本清源,就得守护词语。

维多利亚时代的文人之所以会在词语方面产生焦虑,最根本的原因是他们觉察到词语的无序状态会带来种种破坏。这种无序状态最突出的表现就是符号与意义(或能指与所指)的关联出现了松动甚至断裂。牛津大学的路易斯·卡罗尔(Lewis Carroll,1832—1898)就曾暗示过这种状况。他在童话《走到镜子里》(*Through the Looking-Glass*,1871)中写了一位名叫昏弟敦弟(Humpty Dumpty)的蛋形人,这位名字怪异的"语文学家"与小女孩阿丽思(Alice)有过一番对话:

> 昏弟敦弟说,"哼!我要用一个字眼儿啊,我要它当什么讲就当什么讲——也不多也不少。"
>
> 阿丽思说,"咱们要问的是,你能不能拿字眼儿一会儿当这个一会当那个讲。"
>
> 昏弟敦弟说,"咱们要问的是,到底谁做主——就是这点儿。"①(赵元任译文)

就是这点儿:到底谁做主?这个问题不仅涉及谁掌握话语权,还涉及整个语言符号体系的有效与否。如果词语真能"要它当什么讲就当什么讲","一会儿当这个一会当那个讲",就说明使符号和意义形成原有关联的那些因素已经失效了。

约翰·洛克(John Locke,1632—1704)曾指出,词语的意义需要"普遍使用,大众认同",即便是权倾天下的古罗马皇帝奥古斯都,也

---

① Lewis Carroll, *The Annotated Alice: The Definitive Edition*, New York: Norton, 2000, p. 213.

不得不承认自己不能随心所欲地创造新词，因为词语与观念之间长期稳定的关联已经让人觉得"形同天然"（natural connexion）。①洛克在《人类理解论》（*An Essay Concerning Human Understanding*，1689）中解释自己为什么要专门拿出一卷来讨论词语：

> 如果考虑一下各种知识、论述和谈话，是怎样因草率、含混的用词而纷争不断、混乱不止，也许就会觉得深究一番还是很有必要的。②

他分析了种种"滥用词语"（the abuse of words）的情形，认为人们在讨论道德时尤其爱用毫无意义的词语，导致言谈中"充满了空洞而无法理解的喧哗和胡言乱语"。③当代伦理学家麦金泰尔（Alasdair MacIntyre）也在其《伦理学简史》中说，有些古希腊的"智者"荒谬地认为伦理词语的意义可以由哲学家或统治者来赐予，但实际上，"如果我们的道德概念还能称得上概念，我们的道德词语还能称得上词语，那么它们的使用就肯定有标准。除非有规则来制约它们的使用，而这些规则又是可以传授和学习的，并且是由社会确立、为社会共享的，否则它们不可能成为我们语言的一部分"。④而维多利亚时代的文人恰恰意识到，不管是"大众认同"还是"社会共享"都已经很难做到，同一词语在不同文人笔下经常有不同的所指，更不用说原本就指涉复杂观念的伦理词语了。

维多利亚时代的"词语无政府状态"，也即能指与所指关系的松动、断裂和重生，既受社会变革的被动影响，也受文人主动重构意义

---

① John Locke, *An Essay Concerning Human Understanding*, ed. Roger Woolhouse, London: Penguin, 2004, p.366. 着重号为笔者所加。
② John Locke, *An Essay Concerning Human Understanding*, p.392.
③ Ibid., p.438.
④ Alasdair MacIntyre, *A Short History of Ethics*, 2nd ed., London and New York: Routledge, 1998, p.24. 着重号为笔者所加。

体系的影响。词语原本就有多义性,作者与读者在词义上达成的共识并非一成不变。正如吉利恩·比尔(Gillian Beer)所言,作者在用词时会选择某种意义并排除其他意义,但在不同的读者心中或不同的语境之中,作者希望被排除的那些意义也有可能被激活。[1]这就容易导致误读。更何况,有时还会有故意的"误读",像罗斯金重新"原富",就是故意打破原作者试图建立的关联,意在引起读者的警觉和思考。再加上维多利亚时代的社会变革、科学进步、学科分化等难以控制的力量对词语的冲击,文人心中那种能够表述道德关怀的共享话语体系似乎很难实现。用什么来讨论道德?怎样说才能让大家听懂?这令当时的文人焦虑不已。词语的无序状态也就加剧了穆勒所担忧的那种"知识无政府状态"(intellectual anarchy)[2],或卡莱尔所说的"巴别塔似的众声喧哗"(Babel-like confusion of tongues)[3]。

巴别塔无疑是当时文人思考词语状况时的突出意象。穆勒就曾将学界各种难以沟通的话语称作"方言"(dialects)。[4]不过,巴别塔这个比喻虽然生动,却有一定的欺骗性。当时的文人有时并不像这个典故所暗示的那样自说自话,无法沟通。在混乱的表象背后,往往能够看到潜在的对话。当他们在批评他人对词语的"误用"时,实际上已经意识到了他人所指的意义,这时的词义之争往往也就成了观念或思想的对话。马修·阿诺德的《文化与无政府状态》就是一个明显的例子,他不仅在书中不断回应某某先生或某某报刊,还时刻注意词义的共享范围。当他谈到希伯来精神和希腊精神有着不同的表述语言时,

---

[1] Gillian Beer, "Problems of Description in the Language of Discovery", in George Levine, ed., *One Culture: Essays in Science and Literature*, Madison, Wisconsin: The University of Wisconsin Press, 1987, pp. 41–42.

[2] J. S. Mill, *The Spirit of the Age, On Liberty, The Subjection of Woman*, ed. Alan Ryan, New York: Norton, 1997, pp. 7, 9.

[3] Thomas Carlyle, *Critical and Miscellaneous Essays*, 5 Vols., Centenary Edition, ed., Henry Duff Traill, 1899, Cambridge: Cambridge University Press, 2010, Vol. 3, p. 33.

[4] J. S. Mill, "Use and Abuses of Political Terms", in *Collected Works of John Stuart Mill*, Vol. 18, ed. J. M. Robson, London: Routledge & Kegan Paul, 1977, pp. 6, 13.

他会说用"我们最熟悉"或"我们最容易理解的词语来说"① 是如何如何。显然,这里的"我们"在他看来是有可以共享的意义框架的。这种共享的意义框架正是变革时代的文人所寻求的目标之一。

穆勒担心能指与所指的关联断裂后,消失的不仅是词语的意义,还有词语所维系的情感和信念:

> 用来承载观点的那些词语不再表达意义,或者只能表达一小部分原有的意义。原本生动的观念和富有生命力的信念,沦落成了死记硬背的词语;如果说意义还没有完全死去,那也只剩下了空壳和外皮,精华已经消失殆尽。②

在他看来,很多伦理观念和宗教信条已经因此沦为"僵尸信念"(dead beliefs),普通人"听到这些信条的声音,会习惯地表示尊重,但不会由此迸发出情感,渗透到词句所指的事物之中,进而迫使心灵摄入这些事物,使之与那些熟悉的词句对应起来"。③于是,无论是说者还是听者,此时都不再关心词语的内涵或外延,他们只是需要用词语的空壳或这个空壳所能引起的日渐模糊的联想,来维持原来的社会活动。这自然会打消人们思考的动力和胆量,思想变得懒惰甚至麻木。这在历史上并不鲜见。穆勒曾在《逻辑学体系》(*System of Logic*,1843)第六篇《精神科学的逻辑》中谈道,"语言会影响人的联想"。④也即,有时候真正对人产生影响的并不是观念自身的意义,而是表述观念的词语所引起的各种联想。这就很容易导致词语或观念自身意义的空洞化。

---

① Matthew Arnold, *Culture and Anarchy*, ed. Jane Garnett, Oxford: Oxford University Press, 2006, p. 96.
② J. S. Mill, *The Spirit of the Age, On Liberty, The Subjection of Woman*, p. 71.
③ Ibid., p. 73.
④ J. S. Mill, *The Logic of Moral Sciences*, intro. A. J. Ayer, La Salle, Illinois: Open Court, 1988, p. 28.

能指与所指关联的断裂对情感和精神生活是一种极大的威胁，甚至会瓦解个人与社会的信仰和价值体系。毕竟，语言不仅是思考的工具，更是思想的载体。词语在很大程度上决定着思考的内容、方式和范畴，如维特根斯坦（Ludwig Wittgenstein，1889—1951）在《逻辑哲学论》（*Tractatus Logico-Philosophicus*，1922）中所说，"我语言的边界也就是我世界的边界"（*The limits of my language* mean the limits of my world）①。

词与物、词与观念之间关联的松动甚至断裂，不仅会加剧维多利亚时代饱受非议的虚伪话语，如纽曼在《大学的理念》（*The Idea of a University*，1852）中讽刺的那种口是心非的用词（"没有什么比用一个词，却又不用它来表达什么更容易的了"②）或卡莱尔批判的那种没有灵魂的"空话"，还会使人更容易被罗斯金所说的"假面词语"（masked words）所蛊惑。罗斯金认为，"词语若不加看管，有时会带来致命危害"，欧洲人就已经被一些"假面词语"给操纵了：

> 没有人理解它们，但人人都在用，绝大多数人还会为之战斗、生活甚至牺牲，以为它们指的就是对他们很重要的这种、那种或其他事物，因为这些词都穿着变色龙的外衣，可以变成任何人心中所幻想的地面颜色。它们就趴在地上，等着一跃而起，把人撕碎。从没有猛兽像这些假面词语这般狠毒，从没有外交家像它们这般狡猾，从没有投毒者像它们这般致命。它们是众人的思想的贰臣。不管一个人最珍视的幻想或喜好是什么，他都会交给他喜欢的一个假面词语替他去打理；而这个词也就最终对他拥有了无限的权力——你若想接近他，只得通过这个词的襄助。③

---

① Ludwig Wittgenstein, *Tractatus Logico-Philosophicus*, trans. C. K. Ogden, Mineola, New York: Dover, 1999, p. 88.
② John Henry Newman, *The Idea of a University*, ed. Frank M. Turner, New Haven & London: Yale University Press, 1996, p. 37.
③ John Ruskin, *Sesame and Lilies*, *Unto This Last* and *The Political Economy of Art*, p. 24.

罗斯金在其著作中多次辨析当时思想领域的"假面词语",认为欧洲人正是在缺乏明确概念的情况下假装自己在为它们而奋斗,或被诱导着为它们而奋斗,造成了不可估量的破坏。这也是一个并不鲜见的历史教训。

此外,上述关联的断裂还容易导致狄更斯所说的那种"词语暴政"(the tyranny of words)。能指与所指关联的含混或断裂,不仅减弱了人们对词语暴政的防御能力,而且便利了人们对词语施行暴政,如狄更斯在《大卫·科波菲尔》(*David Copperfield*,1849—1850)中所说,"我们爱说词语的暴政,但我们又何尝不喜欢对词语施加暴政"。科波菲尔在小说中说这句话,是讽刺人们在某些重要场合说话时喜欢堆砌一些意思重叠的词语,"只要能把这些词语拉出来排成长长一列,又何必在乎它们是什么意思、有没有必要呢"。[①]

不过,"对词语的暴政"显然不止这一种。狄更斯经常描写人们如何对词语实施"暴政",也即任意改变词语的所指(在消除词语的既有意义之后填入自己的意义),进而借这些词语形成对他人的"暴政"。这种"暴政"最初或许只是借词语表达一种意向上的专制,但也很有可能逐渐在现实生活中借助道德习俗、法律制度而形成实际的专制。这时候,"谁做主"就是个大问题了。

既然词语的意义可以由我做主,也就不难像《马丁·瞿述伟》(*Martin Chuzzlewit*,1843—1844)中的伪君子佩斯匿夫那样,用冠冕堂皇的词语为自己谋利或欺压他人。狄更斯在小说中反复说佩斯匿夫是位有德之士,从而强化了反讽的意味。例如,叙述者曾一本正经地说:"佩斯匿夫先生是位有道德的人,一个道貌岸然的人,一个情操高洁的人,一个言谈高尚的人。"[②]句末的突降把佩斯匿夫的道德降格为言谈。这位伪君子有两个习惯,一是将词语与其意义分离开来:

---

① Charles Dickens, *David Copperfield*, New York: Everyman's Library, 1991, p.754.
② Charles Dickens, *Martin Chuzzlewit*, ed. Patricia Ingham, London: Penguin, 2004, p.23.

"佩斯匿夫先生有个习惯，就是不管想到什么词，只要听着悦耳、能让句子圆满就行，不太在乎它是什么意思。"①二是虚伪地使用道德词语："世上再也没有比佩斯匿夫先生更有道德的人了，尤其是在谈话和通信的时候……他堪为楷模，比习字帖里的道德箴言多多了。"②比言辞虚伪更严重的是用道德话语来压制他人。当佩斯匿夫说要尽自己"对社会的责任"时，他俨然已经把自己当成了社会权威，要"替天行道"，所谓的"责任"不过是个借口而已。

佩斯匿夫显然不是孤例，而是一种类型或倾向的代表。维多利亚时代虚伪的道德话语备受诟病，王尔德（Oscar Wilde，1854—1900）甚至嘲讽说"讲道德的男人通常都是伪君子"③。虽然虚伪的流行说明道德话语还有着表面上的权威，但已经潜伏着崩溃的危险。当时有位语文学家将这种现象称为"词语的不道德"（the immorality of words），也即"用高尚的词语来命名可耻的行为；为了让罪孽不受谴责，有时甚至给罪孽披上美德的外衣，即便不这么做，至少也要掩盖罪孽原有的丑陋"。④文人批判词语的无序状态并努力重构意义体系，正是要消除"词语暴政"和"对词语的暴政"得以滋生的土壤。

三 "词语焦虑"与道德重构

词语的无序状态让维多利亚时代的文人备感焦虑，他们认识到不仅要揭露能指与所指之间的断裂，更要重构二者之间的关联。如乔治·艾略特所言，词语有名无实，就像让体衰力竭之人强承旧重，会带来更大的危害；生活中无视这种词义变化，就会造成思想对现实的

---

① Charles Dickens, *Martin Chuzzlewit*, p. 25.
② Ibid., p. 23.
③ Oscar Wilde, *The Plays of Oscar Wilde*, Ware, Hertfordshire: Wordsworth, 2002, p. 201.
④ Richard Chenevix Trench, *On the Study of Words*, London: John W Parker and Son, 1851, p. 45.

误读,甚而会"颠覆社会的准绳,也即对善恶的判断"。① 这种意义体系重构的过程,也是道德重构的过程。

虽然 19 世纪英国的伦理观念总体上没有出现"革命性"变革,但一些原本为道德所许可的行为已经不再顺理成章,新社会需要的某些德性得到了格外的强调,而构成原有道德体系的许多概念开始引起争议,部分伦理术语甚至失去了其社会指代。小说家威尔斯(H. G. Wells, 1866—1946)在 20 世纪初回顾说:

> 我们从未像法国人在其恐怖统治时期那样割裂传统,哪怕是象征意义上的打碎传统都没有过,但所有起维系作用的观念都淡化了,旧的习俗纽带或者已经松动,或者完全松开了。②

这种淡化和松动很容易导致社会的价值失范和权威真空。维多利亚时代的文人对此格外警觉,反复考辨那些重要概念,界定表述那些概念的词语,探索词语的使用规则,进而把握概念在语言和社会生活中的作用。穆勒很反感当时流行的各种"模糊的概括"(vague generalities),主张明确界定词语的"边界",并在主编《伦敦与威斯敏斯特评论》(*London and Westminster Review*)时竭力保持他父亲和边沁"那种值得尊敬的文风,讲求表述精准、意义明确,反对华而不实的辞藻和模糊的概括"。③

文人们开始反思、讨论并重新界定伦理术语的意义,说明他们认为道德出现了问题。如卡莱尔所说,英雄的时代不是道德哲学的时代,当人们开始思辨德性的时候,道德已经开始走下坡路了。④而且,他们对道德、宗教、政治领域关键词语的分析,即便只是学理层面的探讨,

---

① George Eliot, *Impressions of Theophrastus Such*, ed. Nancy Henry, Iowa City: University of Iowa Press, 1994, p. 135.
② H. G. Wells, *Tono-Bungay*, London: Ernest Ben Ltd. Publishers, 1926, p. 20.
③ J. S. Mill, *Autobiography*, ed. John M. Robson, London: Penguin, 1989, p. 164.
④ Thomas Carlyle, *Critical and Miscellaneous Essays*, Vol. 3, p. 8.

也都暗含着对社会甚至权威的批评,而这些批评又意在建构新的社会理念。例如,卡莱尔重新界定"社会"(society),不只在探索新的社会需要哪些基本原则来维系,还包含着对资本主义制度的批判和对中世纪社会理念的弘扬。当然,他并不是要回归中世纪,而是主张现代社会应该延续中世纪那些更有人情味的社会理念,或毋宁说,他根据现代社会的弊病从古代文化资源中建构出来一种理念。从这个意义上说,考察他们的词语焦虑,也就可以管窥他们是如何为新社会建构道德的。

或许有观点认为,只有出现"数千年未有之大变局"时,才可能谈得上道德"重建"。的确,维多利亚时代的英国虽然经历了工业"革命",却没有发生政治、道德、文化领域的"革命",与欧洲大陆相比,它似乎走了一条平稳渐进的变革之路,史学家们常用"改革的年代"(age of reform)、"改善的年代"(age of improvement)、"平衡的年代"(age of equipoise)之类的说法来概括这段历史。不过,我们不能因此就说当时的社会没有经历大变革。评价社会变革的剧烈程度,除了要看参照物,很多时候还取决于将镜头拉近还是推远。当时的许多文献都凸显了关于变革的焦虑。穆勒就认为那是"一个充满变革的时代",是人类历史上的"大变革时代之一"(one of the greatest revolutions),包括人们思想和"整个社会构造"(the whole constitution of human society)的变化。[①]出生于19世纪的史学家扬格(G. M. Young,1882—1959)也在《维多利亚时期的英国》中用"大变革"(revolution)来描述那段历史。[②]

而且,当时的很多文人也都意识到,人们因身处变革时代而焦虑不已。卡莱尔在《时代特征》("Characteristics",1831)一文中将这

[①] J. S. Mill, *The Spirit of the Age*, *On Liberty*, *The Subjection of Woman*, p. 3.

[②] G. M. Young, *Victorian England: Portrait of an Age*, 2nd ed., Oxford: Oxford University Press, 1960, p. 4.

种不安称作"self-conscious"①,人们开始和自己对话,疑虑重重地谈论"时代精神"等话题。穆勒的长文《时代精神》("The Spirit of the Age", 1831)正是从解释这种"现场"感受开始的:

> "时代精神"在一定程度上还是个新奇的表述。我不认为能在五十年前的任何著作中碰到它。诚然,将自己身处的时代与以前的时代进行比较,或与我们想象的未来时代相比较,这种念头哲学家早已有过,但它从未成为任何时代的主导观念。
>
> 它基本上是变革时代才会有的一种观念……人们的思想已经发生了变化。这个变化被让人难以察觉的渐变给掩盖了,而且悄无声息,早在被普遍感知之前就已经发生了。当事实突然显现的时候,成千上万的人仿佛从梦中惊醒。他们不知道别人脑子里发生了怎样的变化,甚至不知道自己脑子里发生了怎样的变化……②

于是,以"anarchy"(无政府)为首的表示混乱的词语成了19世纪英国文人的常用词语,用来描述政治、伦理、宗教、知识等各方面的"无政府状态"。该词源自古希腊语"anarchos",意指"没有领袖",于16世纪进入英语后,既指没有政府或政治上的混乱状态,也泛指各种缺乏权威的状态,如道德、精神、情感、语言等领域的混乱。到了19世纪,这个词甚至成了文人的一种修辞手段,用来描述让他们心神不宁而又无法言说的混乱,借以表达重构权威与秩序的迫切要求。马修·阿诺德在《文化与无政府状态》中将它视作"文化"的对立面,卡莱尔则在《论英雄与英雄崇拜》中将它视为世上"最可憎的状

---

① Thomas Carlyle, *Critical and Miscellaneous Essays*, Vol. 3, p. 19.
② J. S. Mill, *The Spirit of the Age*, *On Liberty*, *The Subjection of Woman*, p. 3.

态"①。

以赛亚·伯林（Isaiah Berlin, 1909—1997）在《穆勒与人生的目的》一文中说：

> 维多利亚时代的英国病是幽闭恐惧症（claustrophobia）——一种憋闷的感觉。那个时代最优秀和最有天赋的人，如穆勒和卡莱尔，尼采和易卜生，不管是左派还是右派，都要求更多的空气和更多的光亮。我们这个时代的大众恐惧症则是旷野恐惧症（agoraphobia），人们害怕解体，害怕没有方向。他们就像霍布斯所说的自然状态中没有主人的人那样，寻求能够阻挡大海狂涛的堤坝，寻求秩序、安全、组织、清晰可辨的权威；人们害怕会有过多的自由，那将使他们迷失在一个巨大的、孤独无助的真空之中，一片没有道路、地标或目的地的荒漠。②

不过，维多利亚时代的文人虽然要求空气和光亮，却也没能克服现代人的这种旷野恐惧。令他们感到恐惧的深层原因，是变革年代那种难以掌控的无政府状态。正如弗莱（Northrop Frye）所言，当时思想界常谈"摇晃的小船"形象，即道德、思想、文化的传统如挪亚方舟般漂浮在可怕的破坏力量之上。③这种针对传统存续而生的危机意识或忧患意识使文人更加关注词语。词语焦虑实质上是社会文明和生存状态引发的种种焦虑的延伸。维多利亚时代的文人试图将政治、社会和伦理价值体系从混乱无序中拯救出来，而词语就是他们用来抵制或抑制那些焦虑的重要手段。

因此，对维多利亚时代的文人来说，词语既是阻挡狂涛的堤坝，

---

① Thomas Carlyle, *On Heroes, Hero-Worship and the Heroic in History*, Centenary Edition, ed. Henry Duff Traill, London: Chapman and Hall, 1893, p. 124.
② Isaiah Berlin, *Four Essays on Liberty*, Oxford: Oxford University Press, 1969, p. 198.
③ Northrop Frye, "The Problem of Spiritual Authority in the Nineteenth Century", in Richard A Levine, ed., *Backgrounds to Victorian Literature*, San Francisco: Chandlers, 1967, p. 135.

又是获取空气和光亮的窗户。诚如当代作家艾丽丝·默多克（Iris Murdoch）在《由词语来拯救》（"Salvation by Words"）中所言：

> 词语构成了我们道德存在（our moral being）的最根本的构造和材料。这是因为，我们要借助符号体系来表述自己的存在，而词语不仅是最为普遍使用和理解的符号，也是最精炼、最雅致、最细腻的符号。我们成了使用文字的动物（verbal animals），也就成了有精神的动物（spiritual animals）。只有借助词语才能做出最根本的区别。词语就是精神。[①]

四 "词语焦虑"的独特性

"词语焦虑"自然不是维多利亚时代独有的现象。当时的伦理学家西季维克（Henry Sidgwick，1838—1900）在其《伦理学史纲》（*Outlines of the History of Ethics*，1886）中就谈到古希腊也有类似的现象：古希腊"智者"常被看作教授"词语艺术"的人，但苏格拉底却发现这些智者在谈论"正义""节制"等词时并不知道自己到底指的是什么，不知道所用术语的真正含义。[②]就在18世纪，鲍斯维尔（James Boswell，1740—1795）还记录过约翰逊博士（Samuel Johnson，1709—1784）的词语焦虑："他非常反感他那个时代谈不上任何收敛的一种普遍放纵：不仅频造新词，在用词时还经常使用与其通常意义完全不同的意义，而这些意义又经常是极其荒诞不经的。"[③]但在19世纪的英国，文人的词语焦虑已经成了一种更为普遍且突出的现象，受到很多具有时代特色的因素影响。这些因素在19世纪之前就已经有了

[①] Iris Murdoch, *Existentialists and Mystics: Writings on Philosophy and Literature*, ed. Peter Conradi, New York: Penguin, 1999, p. 241.

[②] Henry Sidgwick, *Outlines of the History of Ethics*, 5th ed., New York: Macmillan, 1902, pp. 22-23.

[③] James Boswell, *The Life of Samuel Johnson*, Vol. 1, London: J. M. Dent, 1906, p. 131.

萌芽，但没有如此明显地发生作用。

正在形成的现代工业社会的影响。由农业社会向工业社会的转型在当时是前所未有的新体验，该如何把握并表述这种经验？那些新出现的词语或旧词新义，常使还未摆脱"前工业社会"生活和思维习惯的人感到不知所措。就像乔治·艾略特的《弗洛斯河上的磨坊》（*The Mill on the Floss*，1860）中那位乡间磨坊主所感受到的："现如今这世道太乱了，到处都是让人稀里糊涂的字眼（unreasonable words）。"①

不仅社会变化会影响词语，看社会的方式有了变化，也会引起词语变化。② 而文人们又反过来通过词语变化理解社会及价值观念的转变。

罗斯金就看到了现代文明对城市与乡村这对概念的扭曲："乡村"（country）原指有田野树木的地方，但在他所生活的时代这个词语却令乡村居民蒙羞；与"城里人"（townsman）相对，对乡民的指称大都暗含着粗野、缺乏教养的意思。他不满地说：

> 我们有点过分沉默地接受了词语的这种用法，或者说认可了它所暗示的贬义，好像乡下人就必然且自然地粗野，城里人就必然且自然地文雅。但我却觉得，在世界发展的不同阶段，各种生活方式引起的评价可能恰恰相反。新的社会现实也许会促使我们采取另一种用词方法，我们可能会说："某某特别文雅善良——颇有乡下人气息（rustic）；而某某非常粗野，缺乏教养——很有

---

① George Eliot, *The Mill on the Floss*, ed. A. S. Byatt, Harmondsworth: Penguin, 1979, p. 69.
② "阶级"（class）一词就是一个例子。史学家布里格斯曾考证，这个概念以及与其相伴的词语，是18世纪末19世纪初经济和社会变化的产物。在现代工业兴起之前，作家们论及社会时会说"阶层"（ranks/orders/degrees）；或者，当他们想让读者关注根据经济划分的群体时，会说"利益"（interests）；但到1824年，"阶级"一词已经成为一个社会标签。虽然前工业社会也有矛盾冲突，但人们不会直接用阶级术语来看待那些冲突。详见 Asa Briggs, "The Language of 'Class' in Early Nineteenth-Century England", in M. W. Flinn and T. C. Smout, eds., *Essays in Social History*, Oxford: Oxford University Press, 1974, p. 154。

城里人的做派（urbane）。"①

罗斯金还常借"方言差异"来批评时弊。他在《劳动》（"Work",1865）一文中强调了与"劳动"相对的"享乐"（play）在当时的怪诞意义——"因病不出工"也算享乐。他说，英国的"享乐阶级"有三大娱乐，除了挣钱，绅士们还钟情骑马打猎，女士们则讲究穿着打扮。但这一切无不需要劳工的付出：

> 珠宝匠人为了精雕细琢而视力下降，织工们为了纺纱刺绣而双臂劳伤，铁匠们则因长期围炉劳作而呼吸困难。他们知道什么是劳动。他们承担了所有的劳动，却没有享受任何娱乐。他们唯一可以享受的"娱乐"，就是在烟尘弥漫的北部，把因病不出工叫作"享乐"。②

罗斯金在这里用了"play"一词的双关意义。尽管"不劳动"这层含义最早可追溯至莎士比亚时代，却是在19世纪得到了更多的使用，而且有了新的所指，如工业区的罢工、失业等。

科学发展与学科分化的影响。19世纪的科学发展对宗教形成了巨大的冲击，达尔文（Charles Darwin，1809—1882）的《物种起源》（*On the Origin of Species*，1859）只是众多的火药桶之一。对当时的绝大多数人来说，宗教的重要性不言而喻。它不只涉及信仰，还影响着社会生活和伦理体系。宗教的式微让很多人感到茫然无助，"徘徊在两个世界之间，一个已经死去，一个尚无力诞生"（马修·阿诺德诗句）。相当一部分伦理词语的意义因此出现了含混，而重构意义的过程也充满了焦虑。卡莱尔对"劳动"的强调，乔治·艾略特关于"责

---

① John Ruskin, *Modern Painters*, Vol. 5, London: J. M. Dent, 1907, p. 4.
② John Ruskin, *Time and Tide* and *The Crown of Wild Olive*, London: George Allen, 1907, p. 239.

任"的论述,都是在信仰危机中通过重构意义来挽救道德。这种重构既是他们焦虑的表现,也是他们抵制焦虑的手段。

此外,科技的发展也带来了大量的新概念和新术语,很多都进入了日常语言和文人话语,不仅影响着词汇的构成,也改变着思想观念。乔治·莱文(George Levine)在《一种文化:科学与文学》中指出,科学术语在语言中占的比例很大,但大部分都已经脱离了专门的科学含义,进入了日常话语,人们频繁使用而不自知。例如,"地球引力"不再是牛顿的术语,"相对论"也不再只归爱因斯坦专用。[1]维多利亚时代的文人也感受到了自然科学日渐拥有的权威地位,常在其社会批评或文学创作中借用自然科学的术语,而自然科学的传播者也常借文人的语言和修辞来增加其说服力。迈尔斯(Greg Myers)就分析过卡莱尔、罗斯金等"社会预言家"的语言与19世纪物理学话语的相互渗透和影响。[2]不过,对人文思想来说,这也是一把双刃剑。一方面,自然科学的术语丰富了人文学者的修辞和想象,乔治·艾略特就常在小说中使用自然科学的概念;而另一方面,自然科学术语的流行也不可避免地挤压了一部分词语的神秘意蕴,卡莱尔就曾以"电"这个词为例说,"科学如果遮蔽了那伟大、深邃、神圣、无边无际的'不可知'(Nescience),就是贫乏的科学"[3]。

在卡莱尔等人看来,更为严重的问题是现代社会中日渐强势的自然科学会将其思维方式渗透到人文社科领域,结果可能是失大于得。19世纪正是学科发展的关键时期,社会学、经济学等"新兴"学科受自然科学和数学语言影响日深,为追求专门学科或精密科学的地位,

---

[1] George Levine, "One Culture: Science and Literature", in George Levine, ed., *One Culture: Essays in Science and Literature*, Madison, Wisconsin: The University of Wisconsin Press, 1987, p. 8.

[2] See Greg Myers, "Nineteenth-Century Popularizations of Thermodynamics and the Rhetoric of Social Prophecy", in *Victorian Studies*, 29.1 (1985), pp. 35–66.

[3] Thomas Carlyle, *On Heroes, Hero-Worship and the Heroic in History*, Centenary Edition, ed. Henry Duff Traill, London: Chapman and Hall, 1893, p. 8.

经历了"去神秘化""去道德化"的过程,压缩了词语的神性和伦理维度。这些社会科学又和自然科学一道,将自己的观念和词语扩张到人文空间,潜移默化地影响人们的思维方式,导致了卡莱尔所说的心脑分裂和"知识的偏颇"。纽曼指责政治经济学把手伸到伦理范畴,卡莱尔批判机械思维侵权越界,都是这种焦虑的表现。

面对着词语的人文空间不断被压缩,文人们开始有意识地在其著述中反复考证词源、辨析词义,强调了解词语的现状和历史。毕竟,传统就在词语之中。卡莱尔的《过去与现在》(*Past and Present*, 1843)书名就体现了写作意图,他还在书中特别提到要关注"僵死的隐喻"(dead metaphor),因为它们也曾是充满活力的词语,承载着人类历史的变迁。[①]

历史意识的影响。这与19世纪历史学、语言学的发展以及英国民族意识的进一步增强有着密切的关系。在这方面,尤其值得一提的是特伦奇(Richard Chenevix Trench, 1807—1886)。这位伦敦大学国王学院的神学教授,也是一位语文学家(philologist)。他的《我国英语词典的若干不足》(*On Some Deficiencies in Our English Dictionaries*, 1857)直接催发了后来《牛津英语大词典》(*Oxford English Dictionary*)的编纂。[②]这部19世纪中叶开始编纂的大词典也的确贯彻了他所要求的"历史原则",揭示了词语承载的历史,是一部名副其实的"英语史"。他在之前发表的系列演讲《论词语研究》(*On the Study of Words*, 1851)已经明确地提出要研究英语语言的历史,主张了解词语的用法、源头和差别,因为词语是"历史或伦理的化石","承载着历史事实或人类的道德常识;即便道德感走入歧途,它们也能观察并记录下来"。[③]他还向同代人提出,不仅要了解词语的历史,还要关注词

---

① Thomas Carlyle, *Past and Present*, Centenary Edition, ed. Henry Duff Traill, 1897, Cambridge: Cambridge University Press, 2010, p. 130.

② 详见西蒙·温切斯特《万物之要义——〈牛津英语词典〉编纂记》,魏向清译,商务印书馆2009年版,第57—59页。

③ Richard Chenevix Trench, *On the Study of Words*, pp. 3, 5.

语的现状：

> 一个时代的性格和道德状况，经常体现在这个时代新出现的词语或旧词语的新用法之中。①

特伦奇等语文学家在维多利亚时代的影响日渐增大。著有《语言科学讲座》(*Science of Language*，1861，1864) 的牛津大学语文学教授缪勒 (Max Müller，1823—1900) 显然影响过罗斯金对词语的关注，罗斯金曾在演讲中建议读者细致地阅读缪勒的这些讲座。他在《报以灰尘：政治经济学散论》(*Munera Pulveris*，1862—1863) 中强调青年人应学习词源知识，并在该书一处脚注中详细阐述了了解词源的重要性：考察词语的历史变迁既是发掘真知灼见的前提，又能使思考更加全面和深入，因为清晰的表述本身就是一种深度思考，而教育的功用就是让人学会词约指明，避免"意义含混的冗词赘言"(loose verbiage) 对思想及行为的破坏。②他还在《国王的宝藏》("Of King's Treasuries"，1865)、《现代画家》(*Modern Painters*，1843—1860) 等作品中多次谈到，遇到有疑问的词语，一定要耐心地穷追其义，这有助于增强性格的力量和精确度，避免词语方面的轻率粗疏 (verbal carelessness) 造成的危害。③

浪漫主义语言观的影响。文学自身的嬗变也加剧了词语引发的焦虑。18 世纪末到 19 世纪初的浪漫主义在维多利亚时代仍有很大的影响。约翰逊博士在谈 17 世纪诗人考利 (Abraham Cowley，1618—

---

① Richard Chenevix Trench, *On the Study of Words*, p. 52.
② John Ruskin, *The Works of John Ruskin*, Vol. 17, ed. E. T. Cook and Alexander Wedderburn, Cambridge: Cambridge University Press, 2010, p. 225.
③ See John Ruskin, *Sesame and Lilies*, *Unto This Last* and *The Political Economy of Art*, p. 26; John Ruskin, *Modern Painters*, Vol. 5, pp. 240 – 241.

1667）的用词时说过一句名言："语言是思想的外衣。"①虽然他是在强调语言会影响它所表述的思想，但也反映了 18 世纪很有代表性的二分法，这种二分法不仅疏远了语言与思想的关联，还设定了二者的主次关系。而 18 世纪末兴起的浪漫主义则在社会观和语言观上都强调"整体""有机"，将语言与思想视为一体，把它们看作同一事物在不同维度的存在形式。卡莱尔就曾在《旧衣新裁》（*Sartor Resartus*, 1831）中反驳说：

> 人们说语言是思想的外衣，但实际上更应该说，语言乃是思想的躯体（Flesh-Garment），是思想的肉身（Body）。②

可以说，卡莱尔的语言观是语言、思想、现实的"三位一体"。也即，改变语言，就会改变思想，也自然会改变社会，如他在《鲍斯维尔的约翰逊传》（"Boswell's Life of Johnson", 1832）一文中所言，"名称的确会改变现实"。③卡莱尔、乔治·艾略特等人都相信词语能够改变人，如《米德尔马契》的叙述者所说："准确的词语总有一种力量，以其明确的词义感染我们的行动。"④ 当代伦理学家麦金泰尔也持这种观点，认为词语不仅影响认知，还影响行动，"改变概念，不管是修正现有概念、促成新概念还是摧毁旧概念，都是改变行为"。⑤

　　这样的语言观必然会引起文人对自己时代语言状况的不满，卡莱尔就经常抱怨当时的词语指向的不是真实而是虚名。⑥这种焦虑并非杞

---

① Samuel Johnson, *Lives of the English Poets: A Selection*, intro. John Mullan, Oxford: Oxford University Press, 2009, p. 48.
② Thomas Carlyle, *Sartor Resartus*, ed. Kerry McSweeney and Peter Sabor, Oxford: Oxford University Press, 1987, p. 57.
③ Thomas Carlyle, *Critical and Miscellaneous Essays*, Vol. 3, pp. 118–119.
④ George Eliot, *Middlemarch*, ed. Gordon S. Haight, Cambridge, Massachusetts: The Riverside Press, 1956, p. 223.
⑤ Alasdair MacIntyre, *A Short History of Ethics*, p. 3.
⑥ See, for example, Thomas Carlyle, *Critical and Miscellaneous Essays*, Vol. 4, p. 188.

人忧天，到19世纪末20世纪初，"语言衰退"已经成为一个热议话题。如康拉德（Joseph Conrad，1857—1924）所言："我们用的词，一半是一点意义都没有的；而另一半是每个人都是按自己的愚蠢和自负的方式去理解每一个词。"①这时词语引发的焦虑已经更为直接地指向了对"存在"的担忧。

五　现象与个案

研究作为现象的词语焦虑，自然要从具体的词语和作家谈起。本书重点讨论七个关键词：卡莱尔界定的"文人"（man of letters）和"社会"（society），乔治·艾略特探究的"责任"（duty），狄更斯描述的"贫穷"（poor/ poverty），罗斯金辨析的"财富"（wealth）和"绅士"（gentleman），穆勒阐释的"自由"（liberty）。这些词较有代表性地体现了词语焦虑与道德重构的关系。正如史学家纳米尔（Sir Lewis Namier，1888—1960）所言："每个国家，每个时代，都有其主导性的词汇，它们似乎统治了人们的思考。"②本书讨论的七个主导性的词语也都指向了当时文人极为关切的一个重要问题：用什么来维系这个正在形成但又前途未卜的现代工业社会？具体来说，是靠忠诚孝悌、习俗制度、个人利益（"看不见的手"）还是其他纽带？文人们认为当时的社会是什么样子，应该是什么样子？或者说，当时人与人之间是什么关系，应该是什么关系？这就涉及批评（现实社会存在哪些问题）与建构（理想社会应该是什么样子）。

本书将分章讨论这七个关键词，每个词都以某位文人的论述为中心，并分析对该词产生影响的社会变革，以及文人们围绕该词所形成

---

① Frederick R. Karl and Laurence Davies eds., *The Collected Letters of Joseph Conrad*, Vol. 2, Cambridge: Cambridge University Press, 1986, p. 17.

② 转引自 Roy Porter, *English Society in the Eighteenth Century*, London: Penguin, 1991, p. 185。

的讨论，也即尝试回到当时的社会史和思想史语境。

第一章探讨卡莱尔对"文人"功用的界定。他之所以将文人视为"英雄"，看作"现代社会最重要的人物"，一个重要的原因就是他认为守护词语有助于维系社会。对社会的认知是伦理思考的起点，第二章便分析卡莱尔对"社会"的理解。现代学者说维多利亚时代"发现"了社会，就是因为当时正是社会学逐渐形成的时期，涌现出了许多关于社会的理论。穆勒、乔治·亨利·路易斯（G. H. Lewes, 1817—1878）、斯宾塞（Herbert Spencer, 1820—1903）等人都主张通过科学地分析社会来重构社会秩序。卡莱尔却反其道而行之，通过重新诠释何为社会，指出这些没有"理念"的"理论"很可能会瓦解社会。他提出的"社会理念"（Social Idea）也就是理想社会的原则，这个理念格外强调了维系现代社会所需的伦理和精神纽带。

对于这些纽带具体是什么，文人们往往各执一词。卡莱尔提出了"爱"，穆勒谈到了"国民性"，乔治·艾略特则强调"责任"。在她看来，"责任"既是维系社会的伦理纽带，又是精神纽带。第三章探讨她是如何在责任观念的宗教意义淡化后重构其伦理意义，使之成为一种维系社会的观念的。

乔治·艾略特试图调和"对自己"和"对他人"的责任，思考的重心是个人应该怎么做才能使社会变得更好；而狄更斯思考的重心则是社会应该怎么做才能使个人感到幸福，他发现有些问题单靠强调个体良心是很难解决的，还应改善制度和风俗。正如小说家塞缪尔·巴特勒（Samuel Butler, 1835—1902）所言："道德是一个国家的风俗习惯以及同侪当时的情感。在一个吃人的国家，吃人是道德的。"[①]第四章分析狄更斯如何借"贫穷"来抨击当时的制度和道德风气造成的"词语暴政"。

"贫穷"并不是伦理学术语，但在那个"艰难时世"，却暗含着常

[①] Samuel Butler, *Selections from the Note-Books of Samuel Butler*, London: The Travellers' Library, 1930, p. 32.

被人忽略的价值评判和道德色彩，尤其是社会财富分配涉及的正义问题和贫富两极分化带来的道德偏见和情感疏离。与它相对的"财富"也是 19 世纪英国文人话语和习用语言中的热词。第五章讨论罗斯金如何"改写"政治经济学的财富定义。他通过恢复该词已经消失了的伦理意义，指出政治经济学等新兴学科在"去道德化"的过程中给伦理思想造成的危害。

"唯有生命才是财富"（There is no Wealth but Life）。[1]这就是罗斯金给财富下的定义。他不仅谈到个人如何使生命充满活力，还谈到如何实现"共同富裕"（commonwealth），也即使整个社会达到一种和谐而又充满活力的状态。第六章谈罗斯金对"绅士"的重新界定，他认为借绅士理念来重塑国民品格是实现"共同富裕"的重要途径。

第七章涉及穆勒在《论自由》和《逻辑学体系》中分别讨论的社会自由和意志自由。"社会自由"在划分群己权界以保护个人自由的同时，也强调个人自由的前提就是"社会情感"（social affections）和"社会德性"（social virtues），最根本的一点就是不伤害他人。"意志自由"则强调个人具有自我塑造的能力。这"两种自由"都劝导人们"从我做起"，对第六章罗斯金探讨的国民性陶铸问题是一个补充和佐证。

结语将结合维多利亚时代后期留学英国的辜鸿铭（1857—1928 年）展开讨论。他的言论也可以看作维多利亚时代文人思想在近代中国的回响。对于"维多利亚时代文人的词语焦虑与道德重构"这个话题，辜鸿铭既是终点又是起点。作为终点，辜鸿铭可能是当时国内最能体现本书所论文人思想的"海归"学者，从他身上可以管窥这支另类"西学"在当时不受国人待见的原因。作为起点，他在"维多利亚时代的思想框架"下复兴的那些"国学"思想，不仅有助于理解英国文人如何反思现代化过程，还有助于反思中国近代以来的伦

---

[1] John Ruskin, *Unto This Last and Other Writings*, ed. Clive Wilmer, London: Penguin, 1997, p. 222.

理建构和文化调整，重估中国传统文化资源在这一语境中的价值及其在当下的意义。

辜鸿铭出生在当时还是英国殖民地的马来亚，十四岁前往英国接受中学和大学教育，深受 19 世纪英国文学和思想的影响，不像严复等留英学者那样在出国前就有深厚的"旧学"根底和明显的救亡意识。单从"思想框架"上看，甚至可以说辜鸿铭就是维多利亚时代的英国文人。他后来在南洋得遇马建忠，回国入张之洞幕府，任教蔡元培时代的北大，不断研读中国经典，以皈依者的心态和热情仰慕中国传统文化，骨子里却始终没有摆脱那个"维多利亚时代的思想框架"。他时而自觉、时而不自觉地用着维多利亚时代文人的眼光和话语，在中国传统文化资源中寻找解决现代文明危机的良药。这是他能如罗家伦所说"搔着人家的痒处"的根本原因，但他既不像罗家伦所说"善于运用中国的观点来批评西洋的社会和文化"，也不像赵凤昌所说"辄出西学以折西人"[①]，而是用西方眼光在中国文化中寻找应对西方文明弊病的资源。这自然也是他在近代中国显得与时代潮流格格不入的深层原因。但这种受拘囿或有选择的眼光，反倒使他有了一种超越，既能看到当时国内引入"西学"改造国民性的两难境地，又能看到维多利亚时代文人话语内外有别的矛盾。

随着清末民初以来"西学"的输入，大量原产自西方的词语和概念已经在我们的语言和思维中深深地扎下了根。很多时候，离开了它们，我们不仅会失语，甚至无法思考。诚如约翰逊博士在其《英语词典序》中谈到翻译对语言的影响时所言，这些外来的词语不仅改变了大厦的建筑材料，而且改变了大厦的内部构造：

> 单个的词语可能会成千上万地涌进来，语言大厦可能看上去没有什么变化，但新辞藻立刻就会改变很多东西；它改变的不是

---

① 参见罗家伦《回忆辜鸿铭先生》、惜阴《国学辜汤生传》，载伍国庆编《文坛怪杰辜鸿铭》，岳麓书社 1988 年版，第 18、142 页。

构成大厦的一块块的石头，而是柱子的次序。①

国内学界对这个问题已有深刻的认识，开始考察舶来概念和词语的来龙去脉。这种"词语焦虑"也是为了应对现代化过程而重构符号体系的一种表现。回看当时不受待见的辜鸿铭，或许能够找到更多值得反思的问题。

以上是总体的思路，在具体的个案中，也有些值得关注的问题。例如，卡莱尔说"文人英雄"是"现代社会最重要的人物"。这个说法常被引用，却很少有人解释这里说的文人到底是什么人，为什么被看作英雄，在现代社会中起什么作用。这些问题很关键，因为"文人"在19世纪英国并没有固定的所指，而是一个变动不居的含混概念，也与今天的"知识分子"大不相同。

关于卡莱尔的社会思想，以往的研究也存在误区。例如，对信仰在现代社会中的作用不够重视，过度强调卡莱尔社会批评中的悲观态度。实际上，卡莱尔的《过去与现在》等作品貌似厚古薄今，重心却是探讨古今的传承与延续。他用旧衣新织、凤凰涅槃等比喻来描述社会发展，认为消失的只是躯壳，灵魂早已渗入新壳之中。这种乐观态度反倒有助于当时人们接受社会不断变化的现实，摆脱信仰失落和社会剧变带来的绝望心情。

在理解乔治·艾略特对责任概念的阐释时，不应忘记，19世纪的"责任"已不再只是一个词语和概念，更是一种"话语"。乔治·艾略特辨析责任概念，也是要消除狄更斯所说的"词语暴政"和"对词语的暴政"。

狄更斯常被看作"情感激进派"，用激烈的言辞抨击社会中的不公不义现象，史学家们一度认为这是文学对现实的虚构和夸张，当不得真，至多算是"道德神话"，但他们忽略了情感本身就是维系社会

---

① Samuel Johnson, *A Dictionary of the English Language: An Anthology*, ed. David Crystal, London: Penguin, 2005, p. 40.

的重要纽带。狄更斯的小说在当时大受欢迎，它们所表达的情感引起了读者的共鸣，这些情感或当时人们的"现场"感受本身就是重要的史实。此外，吃喝场景在狄更斯小说中出现的频率很高，但看似平常的吃喝其实也与意识形态盘根错节，不仅影射了"饥饿的40年代"贫苦民众的现实需求，还揭露了冷漠的社会风气以及济贫法、政治经济学背后的伦理取向。

罗斯金的"原富"并没有止步于考察"财富"一词的源流嬗变，还深刻地指出了它对现代社会的影响。他在凡勃伦（Thorstein Veblen, 1857—1929）之前就谈到了"炫耀性消费"（conspicuous consumption）问题，与托克维尔（Alexis de Tocqueville, 1805—1859）一样指出了现代社会人们渴求金钱的根本原因。

身为富商之子，罗斯金在阐释"绅士"这个概念时也有矛盾和迟疑，但他那种颠覆性的诠释，直接将绅士理念与国民品格陶铸联系在一起，很有代表性地反映了当时文人是如何借助传统文化来改造国民性的。

第七章写穆勒的词语焦虑，原本是想作为一个"反例"，因为无论是从观点还是从文风上来说，他都与前面几章谈到的卡莱尔、罗斯金、狄更斯等人有着明显的不同，甚至可以说是南辕北辙。但实际上，他有一种难得的平衡能力，既能看到这些文人的不足，又能欣赏他们的长处。这一章主要论述他所说的"社会自由"（强调社会德性）和"意志自由"（强调自我塑造）对当时的国民品格陶铸的意义，同时也探讨了以下几个问题：穆勒认为应该如何摆脱他所说的"知识或思想的无政府状态"？他是如何评价逻辑分析语言和诗性语言的？他创造的"性格学"一词对塑造国民品格有何意义？

结语将辜鸿铭的言论看作维多利亚时代文人思想在近代中国的回响，意在论证两点。一是辜鸿铭主要是以维多利亚时代某一派文人的眼光来看中国文化的，属于另一种"西学"。二是辜鸿铭的这些思想在当下可能比在当时更有"实用"价值。其中也涉及一些仍有争议的问题：卡莱尔真是辜鸿铭留学英国时的导师吗？维多利亚时代的文人思想对辜鸿铭的影响有多大？他谈的"中国人的精神"与当时国内关于国民性的讨论有什么异同？

第一章

"文人":卡莱尔的"英雄"

> 人们长期使用虚假的言辞,也就不可避免地会扭曲一切。而思想本身,或者说人们言行的源泉,也会因此变得荒诞无稽。
> ——托马斯·卡莱尔《当代评论》

一 文人与英雄

1840年,托马斯·卡莱尔做了题为《论英雄、英雄崇拜与历史上的英雄业绩》(*On Heroes, Hero-Worship and the Heroic in History*)的系列演讲(以下简称《英雄》[①])。他在第五讲《文人英雄:约翰逊、卢梭和彭斯》中提出了一个著名论断:文人英雄(the Hero as Man of Letters)是"现代最重要的人物"。[②] 此说常为后学援引,但在当时,"文人"指的是什么人,卡莱尔又是怎样界定的,文人何以成为"英雄","文人英雄"肩负着什么使命,"现代社会"有没有这种英雄?

[①] 书名的简称方便了行文,但应注意原题中的一个重要限定——"历史上的"。该书正是通过回溯历史来阐述"过去与现在"之间的传承与变革,强调社会维系所需的精神纽带。这是卡莱尔备受争议的一部作品,也是国内对卡莱尔为数不多的译介中着墨最多的,至少有三种中译本。关于该书的背景及批评史,可参见美国加州大学出版社新校注本的导论:Michael K. Goldberg, "Introduction", in Thomas Carlyle, *On Heroes, Hero-Worship and the Heroic in History*, Berkeley: University of California Press, 1993, xxi - lxxx.

[②] Thomas Carlyle, *On Heroes, Hero-Worship and the Heroic in History*, Centenary Edition, ed. Henry Duff Traill, London: Chapman and Hall, 1893, p. 155. 本章后文出自该著作的引文,将随文在括号内标出该著作名称首词和引文出处页码,不再另行作注。

只有回答了这些问题,才能大致了解卡莱尔提出这一论断的背景和意图。

19世纪初期的英国人很难说清楚什么是"文人"(man of letters),就像现代人很难说清楚什么是"知识分子"(the intellectuals)。[①]不仅"文人"概念的内涵和外延常随社会与时代而变,文人自身也在不断修正其自我认识。

《牛津英语大词典》(*OED*)解释说:"man of letters"等同法语"homme de lettres",过去指饱学之士、学者(a man of learning, a scholar),现在通常指以文字为业者、作家(a man of literary profession, an author)。这个定义没有具体界定"文人"的外延,却清晰地显示出其内涵的转变,即由"学者"过渡到"作家"。不管哪层意思,知书能文都是基本条件,也是该词最初的所指。19世纪上半叶,英国高等教育尚未普及,"文人"只能是少数知识精英。时移世易,这一群体在社会中的位置也变得难以界定,正如奈茨(Ben Knights)所言,对这些受过较高教育、活跃在文化领域的群体而言,很难找到一个确切的指称。[②]而且,他们自身也在审视自己的角色和使命,构建理想身份,形成了对于"文人"的不同认识。柯尔律治(Samuel Taylor Coleridge,1772—1834)和卡莱尔就分别强调了上述"文人"概念的两层内涵。他们的界定在外延上略有重合,但在内涵上却有很大差别。

柯尔律治自创了"clerisy"一词,指饱学之士或知识阶层,源出德语"*clerisei*"或拉丁语"*clericia*"。(参见《牛津英语大词典》)其外延为"一国之学士,如诗人、哲学家或学者",包括"人文及科学"

[①] 海克认为,19世纪70年代之前,英国没有"the intellectuals"这个概念和说法;而从"men of letters"到"the intellectuals"的转变不仅仅是一种文字表达的转变,更与经济、社会和概念体系的转变密切相关。详见 T. W. Heyck, *The Transformation of Intellectual Life in Victorian England*, London: Croom Helm, 1982, pp. 15–17。

[②] Ben Knights, *The Idea of the Clerisy in the Nineteenth Century*, Cambridge: Cambridge University Press, 1978, pp. 1–2.

领域的知识精英。[①]这一阶层大致属于上述"文人"概念的第一个内涵（scholar）。柯尔律治认为，该阶层肩负着传承人类知识的重任，应受国家资助。

卡莱尔所说的"文人"则属于第二个内涵，即靠市场吃饭的作家（author）。他强调这种文人乃"现代"社会的新兴产物，历史不过百年，是随恩主资助传统的衰落和印刷事业的发展而出现的以卖文为生的作家。（*Heroes*：154）卡莱尔主要用的词是"man of letters"，偶尔也用"Book-writers"或"Literary Man"（*Heroes*：159，156）。

这种界定明显地反映在他对德国哲学家费希特（Johann Gottlieb Fichte, 1762—1814）的译介中。1805 年，费希特做了系列演讲《论学者的本质》（*Über das Wesen des Gelehrten*）。卡莱尔以此作为他文人英雄说的源头，但没有照搬费希特的说法。首先，他没有将费希特的"*Gelehrten*"译作"Scholar"（1845 年有英译本这样翻译），而是译作"Literary Man"，强调了"文人"的第二个内涵，突出其现代性。正如雷蒙德·威廉斯在《关键词》中所考，"literary"非指涉狭义的"文学"，该词自 18 世纪中叶起便指写作或以写作为业，与作家从靠他人资助转变为靠市场卖文关联密切。[②]其次，费希特在其演讲中区分了表面的学者和真正的学者，并将后者分为三种，即统治者、教师和作家，其中作家属于近代新兴事物。[③]虽然卡莱尔说他所指的文人英雄就是费希特所谓的"真正的文人（学者）"，但他主要还是谈作家，并没有涉及统治者和教师。

---

① T. Ashe ed., *The Table-Talk and Omniana of Samuel Taylor Coleridge*, London: George Bell & Sons, 1894, p. 158; Samuel Taylor Coleridge, *On the Constitution of the Church and State*, ed. John Colmer, Princeton, New Jersey: Princeton University Press, 1976, p. 46.

② Raymond Williams, *Keywords*, New York: Oxford University Press, 1983, p. 185.

③ Johann Gottlieb Fichte, *On the Nature of the Scholar and Its Manifestations*, trans. William Smith, London: John Chapman, 1845, pp. 125 – 126, 189, 213. 卡莱尔将费希特 1805 年的这次系列演讲译作《论文人的本质》（*On the Nature of the Literary Man*），并多次引用。有学者指出，这是费希特唯一被卡莱尔引用过的作品。See C. F. Harrold, *Carlyle and German Thought: 1819 – 1834*, New Haven: Yale University Press, 1934, pp. 13 – 14.

不过，卡莱尔所说的文人或以写作为业的作家在19世纪英国的所指也很模糊且变动不居。海克（T. W. Heyck）在《维多利亚时代智识生活的转型》中指出，当时所谓的文人（man of letters），是与科学家（men of science）、学者（scholar）并列的群体，宽泛地说，可以包括诗人、小说家、记者、传记作家、史学家、社会批评家、哲学家、政治经济学家等。[1]可见，该群体主要活动在人文社科领域，并没有像柯尔律治所说的那样包括自然科学界的知识精英，也不见得都像卡莱尔所说的那样靠卖文为生。本书所论的几位作家显然都在海克所归纳的"文人"范畴之内。乔治·艾略特和狄更斯是"小说家"，与"史学家"卡莱尔一样，都以写作为主要职业；"社会批评家"罗斯金是"富二代"，"哲学家、政治经济学家"穆勒是政府职员，两人虽不靠写作谋生，但都喜好笔耕，著作等身。显然，这些文人并非只会舞文弄墨，还都是有思想的人（man of ideas），或借卡莱尔的说法，他们都是"思想家"（Thinker）而非"学者"（Scholar）[2]。当然，海克这个宽泛的界定掩盖了文人概念的一些特征和变化。有学者曾不满地指出，这些"文人"如其英文字面意思所言，绝大多数都是男性。[3]

约翰·格罗斯（John Gross）在《文人兴衰史》中指出，自卡莱尔1840年的著名论断之后，"文人"的外延又有减小，到1860年前后，已经开始指二流作家，具体说就是批评家（critic），他们自认比一般的报界笔匠高出一筹，却也不敢以艺术家自居。这种含义一直持续到第一次世界大战。因此，格罗斯认为，19世纪下半叶推出的"英国文人传记丛书"（English Men of Letters）虽然收录了诗人、剧作家

---

[1] T. W. Heyck, *The Transformation of Intellectual Life in Victorian England*, p. 24.

[2] Thomas Carlyle, *Critical and Miscellaneous Essays*, 5 Vols., Centenary Edition, ed. Henry Duff Traill, 1899, Cambridge: Cambridge University Press, 2010, Vol. 3, p. 132.

[3] Carol T. Christ, "'The Hero as Man of Letters': Masculinity and Victorian Nonfiction Prose", in Thaïs E. Morgan, ed., *Victorian Sage and Cultural Discourse*, New Brunswick: Rutgers University Press, 1990, p. 21.

和小说家，但其中的"文人"已经与当时该词的用法大相径庭。①卡莱尔和穆勒一样，虽然也为报刊写作，却意识到了报刊文章良莠不齐，因而不愿与那些为报刊写作但没有思想的"批评家"为伍，他们显然不在卡莱尔所说的文人之列。

卡莱尔没有具体界定文人或作家概念的外延。一方面是因为他对当时文坛的总体状况并不满意，而且对政治经济学家、小说家、报刊撰稿人有着明显的偏见；另一方面是因为他想构建一种理想的文人范型——"文人英雄"，更加看重文人的本质或功用。他在之前的四次《英雄》演讲中分别论述了古代作为神明、先知、诗人和教士的英雄，认为现代作为文人的英雄将肩负起前四种英雄的使命，用"印刷的书籍"说出自身所受的神启。(Heroes: 156, 154) 他认为英雄的首要乃至全部特征便是能够"透过事物表象看到事物本质"(look through the shows of things into things)。(Heroes: 55) 因此，文人英雄最突出的能力便是"看"(see)，也即他在《旧衣新裁》中说的"能够透过表象看到本质"。②更具体点说，这个本质也就是费希特所说的"神圣理念"(Divine Idea)，文人的使命便是洞察并阐述这一理念，揭示俗世中蕴含的神性。③

卡莱尔在《德国文学状况》("State of German Literature", 1827) 一文中解释说：

> 费希特认为，"神圣理念"遍布于可见的宇宙之中，后者乃其象征和外在表现。可见的宇宙自身并无意义，离开了该理念甚至无法存在。芸芸众生看不到这个理念。但觉识并把握该理念，

---

① John Gross, *The Rise and Fall of the Man of Letters: Aspects of English Literary Life since 1800*, London: Penguin, 1991, p.9.

② Thomas Carlyle, *Sartor Resartus*, ed. Kerry McSweeney and Peter Sabor, Oxford: Oxford University Press, 1987, p.155.

③ Johann Gottlieb Fichte, *On the Nature of the Scholar and its Manifestations*, pp.124, 133, 140.

完全生活其中，乃是一切真正的美德、知识与自由的前提，因而也是各时代精神奋斗的目标。文人就是该理念的指定阐释者，也不妨说，是一个永恒的教士阶层……①

他在《英雄》中重申了这一观点，并将"神圣理念"与歌德所说的"公开的秘密"（open secret）相提并论。（*Heroes*：156－157，80）虽然费希特和歌德的这两个概念旨趣并不相同，但卡莱尔还是汲取了两者所共有的永恒、无限以及不为众生所见等特征，将它们等同起来。②从卡莱尔早年的文字中也可以看出，这两者还等同于基督教所说的"圣言"或"道"（Word）。③ 19世纪游学欧洲的辜鸿铭似乎也受此影响，在《中国人的精神》中将费希特的"神圣理念"等同于中国哲学中的"道"（*Tao*），一种"神圣的宇宙秩序"，也即孔子所谓五十而知的"天命"（the Ordinance of God）。④这些概念虽然语境不同，却有共通之处，与前引《德国文学状况》中的文字遥相呼应。卡莱尔就是要将文人英雄与宗教或信仰相系，使之成为引导俗众的"世界之光"。（*Heroes*：157）

在他看来，"精神总是决定物质"，而书籍又在现代社会中担负了大学、教会、议会的诸多功能，因此，著书立说的文人英雄自然也就是"现代最重要的人物"。（*Heroes*：155，161－165）也即，"在现世所有的教士、贵族和统治阶级当中，没有一个阶层能与'文人教士阶层'（that Priesthood of the Writers of Books）的重要性相提并论"。（*Heroes*：168）文人英雄就是精神权威，不管他们被称作"王、教士还是

---

① Thomas Carlyle, *Critical and Miscellaneous Essays*, Vol. 1, p. 58.
② See C. F. Harrold, *Carlyle and German Thought*：1819－1834, New Haven：Yale University Press, 1934, pp. 116－119.
③ J. A. Froude, *Thomas Carlyle：A History of the First Forty Years of His Life, 1795－1835*, Vol. 2, London：Longmans, Green and Co., 1914, p. 368.
④ 辜鸿铭：《中国人的精神》（英文），外语教学与研究出版社1998年版，第43页。也见《中庸》（英译本），辜鸿铭译，台北先知出版社1976年版，第10页。

其他称号","全世界都应照他们说的做",因为他们有"思与看"的能力。(*Heroes*: 155, 193)卡莱尔在《过去与现在》中迫切希望"文人也可以成为'骑士',甚至成为实际的而非虚构的教士阶层",为混乱的精神世界带来秩序。①

但卡莱尔深知,现实并非如此。尽管印刷书籍日渐增多,读者群体也在不断扩大,但文人并没能成为精神权威。这既与文人群体自身的状况有关,又与社会环境有关。一方面,文坛受商业精神侵蚀,文人对金钱与地位的渴求日益迫切,以致他抱怨说"我们现在没有文人,只有文学绅士(Literary Gentleman)"。②而且,日渐庞大的作家群体中也不乏滥竽充数之人,降低了这一群体的水平和声望。他讽刺说,当时"文学共和国"(Republic of Letters)的人口增速甚至超过了"美利坚合众国"③,严肃的文学已经沦落为二手的评论,文学本为"看"世界的眼睛,现在却已经瞎了。④文学应该揭示"公开的秘密",但现在拿笔杆子的人多如牛毛,却都只是在制造"流行小说、滥情诗文、悲剧闹剧、游记"等垃圾和泡沫;英国徒有三千作家,却因为没有信仰和同情,看不见那"公开的秘密"。⑤1832年逝世的歌德是《英雄》中唯一提到的文人英雄典范。(*Heroes*: 157)从卡莱尔对歌德的崇拜中不难看出他对英国当时所谓"文人"的鄙视。他在1825年的信中称歌德为"可敬的圣哲",并说"在现世所有的'文人'之中,我最敬爱他,因为他是知书能文的巨人(*man of letters*),而不是知书能文的侏儒(*dwarf of letters*)"。⑥

---

① Thomas Carlyle, *Past and Present*, Centenary Edition, ed. Henry Duff Traill, 1897, Cambridge: Cambridge University Press, 2010, p. 293.
② Thomas Carlyle, *Critical and Miscellaneous Essays*, Vol. 2, p. 130.
③ Thomas Carlyle, *Latter-Day Pamphlets*, Centenary Edition, ed. Henry Duff Traill, 1898, Cambridge: Cambridge University Press, 2010, p. 191.
④ Thomas Carlyle, *Critical and Miscellaneous Essays*, Vol. 3, pp. 24 – 25; Vol. 2, p. 133.
⑤ Thomas Carlyle, *Critical and Miscellaneous Essays*, Vol. 3, p. 58.
⑥ Charles Richard Sanders, Kenneth J. Fielding and Clyde de L. Ryals eds., *The Collected Letters of Thomas and Jane Welsh Carlyle*, Durham, North Carolina: Duke University Press, 1970 – 1995, Vol. 3, p. 288.

另一方面，文人所处的环境也不利于他们成为精神权威。卡莱尔认为现代社会已经成了一个"无神的世界"，而18世纪的"怀疑主义"（scepticism）就是导致这种"精神瘫痪"的罪魁祸首。在这样一个"除了机械生活之外一无所有"，"虽然活着，（在精神方面）却已经死了"（death-in-life）的时代，很难生出英雄。(*Heroes*：170 - 171)

卡莱尔常用"混乱""无政府状态"等词来表述他对精神权威真空的担忧，这也促成了他对文人英雄的崇拜。他借费希特的文人观来弘扬文人英雄形象，也是一种纠正文化偏至、重塑文化氛围的努力。《论学者的本质》的英译者威廉·斯密（William Smith）在1845年的译序中对费希特的评价也道出了这种需求："在我们工业的铿锵声中，在我们商业的喧嚣声中，尤其应该提高他的声音，以重新唤起人们对神圣的敬畏之心"，这是文人的责任。[1]即便没有文人英雄横空出世，树立并传播这种理念至少可以对弥散于现代社会的机械思维有所制衡。

二 "逻辑先生"与"文化偏至"

卡莱尔对现代社会的忧思，核心在于工业社会中人的生存状态。他在《时代征兆》（"Signs of the Times"，1829）一文中提出，如果只用一个词来形容他所处的时代，那便是"机器时代"。[2]机器，在马克思看来是工业革命的起点[3]，在卡莱尔眼中则是机械主义兴起的标志[4]。他认为工业化进程改变了"人的整个生存方式"，人的心、脑、手都已经机器化，也即不仅包括人的行为方式，还包括人的思维和情感模式。[5]现代人不仅不再关心道德、宗教和精神状况，而且精神领域被物质领域的机器化倾向所侵蚀，"不仅外在的、物质的方面为机器

---

[1] Johann Gottlieb Fichte, *On the Nature of the Scholar and its Manifestations*, vi.
[2] Thomas Carlyle, *Critical and Miscellaneous Essays*, Vol. 2, p. 59.
[3] Karl Marx, *Capital*, Vol. 1, trans. Ben Fowkes, London: Penguin, 1976, p. 497.
[4] Thomas Carlyle, *Critical and Miscellaneous Essays*, Vol. 2, pp. 59 - 60.
[5] Ibid., pp. 62 - 63.

管控，内在的、精神的方面也未能幸免"。①这便是卡莱尔文人英雄说的锋镝所向，即机器时代的思维模式对信仰或精神世界的破坏。

卡莱尔在上述文章中指出，"机器信仰"造成了"知识的偏颇"。物理学、化学、生物学成了主流科学，不仅贬抑了形而上学和道德哲学，还使机械模式渗透到整个哲学、科学、艺术和文学研究之中。于是，"一切有关人、有关神圣的东西，我们都有渺小的理论"。②从卡莱尔一以贯之的论述中不难看出，这些"理论"的源头便是"怀疑主义、不真诚和机械的无神论"（Heroes：176），具体说就是功利主义所代表的机械思维，也即民初国内学人所说的"逻辑先生"。卡莱尔认为，"渺小的批评家们正在竭力瓦解信仰，促进普遍的精神瘫痪"。(Heroes：13) 智力（Intellect）原本是认知和信仰的能力，现在被等同于逻辑；其工具不再是沉思，而是论证。没有了爱与恨的哲学家如同冷冰冰的"逻辑工厂"（Logic-mills），只推求因果，不探寻本源。外在知识完全靠机械原则研究，内在知识则因机械原则无能为力而遭唾弃。③他在《英雄》中认为这种思维方式"太过狭隘和渺小"（Heroes：171），将神秘世界"理论化"的企图注定劳而无获，因为那是逻辑不应涉足的地方。

显然，卡莱尔是在界定认知或思维方式的"权界"。他在《时代特征》（1831）一文中提出，在"有限"的物质世界之外，还有一个超验的、不可见的"无限"世界，无法生搬机械思维或经验主义的方法来参悟；机械的"体系"制造者和"逻辑纸堡"建造者理解不了无限。④他还将德国小说家里希特尔（Jean Paul Friedrich Richter, 1763—1825）的哲学思想视为认知"无限"世界的范例："它不是机械的或怀疑主义的；不是来自论坛或实验室，而是来自人类精神的深处；它

---

① Thomas Carlyle, *Critical and Miscellaneous Essays*, Vol. 2, pp. 67, 60.
② Ibid., pp. 66, 63, 61, 76.
③ Ibid., pp. 74, 66.
④ Ibid., p. 6.

最美的成就就是生出了高尚的道德体系和坚定的宗教信仰"。①有评论家指出,"人的心灵深处"(depths of the human mind)本是当时流行的批评术语,但经卡莱尔改造,已经变成了"反理性主义、反机械论"的特色武器。②

借用并改造流行的概念和词语是卡莱尔惯用的手法。他还借用康德(Immanuel Kant,1724—1804)对理性(Vernunft)和知性(Verstand)的区分,来说明文人英雄和逻辑运用者的根本区别。他在《旧衣新裁》中区分过两种思维方式:一种是"低级逻辑"(vulgar Logic),另一种是"纯粹理性"(Pure Reason)。前者认为人不过是"穿裤子的杂食性二足动物",后者则认为人是"灵魂、精神、神的影子"。③他还在《德国文学状况》中解释说,理性与知性都是发现真理的途径,但又有"根本不同的方法和适用领域":"理性(Reason)认知真相本身","知性(Understanding)则认识关系"。后者适用于实用知识和物质世界,如数学、物理、政治经济学等,但不可越界去侵占理性的领域,否则会毁掉人类的精神世界。④卡莱尔的这种阐述已经与康德有了较大分歧,尤其是将理性与精神世界相连,更接近于柯尔律治对康德这对概念的理解。⑤卡莱尔在《诺瓦利斯》("Novalis",1829)一文中指出:"所有的诗歌、德性和宗教都超越了知性的疆域,知性无法认知它们,除非是得出错误的认识。"⑥他认为,康德的方法是由内及外,洛克的方法则是由外及内。⑦这也类似于穆勒对柯尔律治和边沁的区分:边沁对一切既有观点都置身其外加以考察,柯尔律治

---

① Thomas Carlyle, *Critical and Miscellaneous Essays*, Vol. 1, p. 22.
② Ed. Block Jr., "Carlyle, Lockhart, & the Germanic Connection: The Periodical Context of Carlyle's Early Criticism", in *Victorian Periodical Review*, 16.1 (Spr. 1983), p. 25.
③ Thomas Carlyle, *Sartor Resartus*, p. 51.
④ Thomas Carlyle, *Critical and Miscellaneous Essays*, Vol. 1, pp. 81 – 82.
⑤ 关于卡莱尔在使用这两个概念时与康德的差异以及与柯尔律治的相似,详见 C. F. Harrold, *Carlyle and German Thought: 1819 – 1834*, pp. 130 – 133, 140 – 145.
⑥ Thomas Carlyle, *Critical and Miscellaneous Essays*, Vol. 2, p. 27.
⑦ Thomas Carlyle, *Critical and Miscellaneous Essays*, Vol. 1, p. 79.

则试图从内部来审视它们。① 从这个意义上说，卡莱尔依从柯尔律治和康德，而反对洛克与边沁。确切地说，是反对后者越界用其"理论"来瓦解信仰。

文人英雄是有洞察力的人，与运用逻辑者不同，不是依从逻辑和计算，而是凭借直觉和想象，拥有能"看"的"眼睛"。文人英雄的"理性"乃是一种"同情之理解"（sympathetic understanding），是知识与情感的共同作用，与边沁式思维的死板机械和缺乏情感形成了鲜明的对比。② 这也是卡莱尔在《时代特征》中所说的"健康的理解"（healthy understanding）："不是逻辑和论证，而是直觉，因为理解的目的不是证明或寻找原因，而是认知和信仰"。③ 直觉需要依赖想象力，正如《旧衣新裁》中所说，"真正统治我们的国王是想象力，而非逻辑和测算的能力"，"想象就是你的眼睛"。④ 功利主义者不过是"动机工厂的匠人"（Motive-Millwrights）⑤，其灵魂已被机械主义侵蚀，是没有了信仰的"瞎眼"巨人。（*Heroes*：172–173）

机械思维的越界加剧了现代社会的文化偏至倾向，引起了维多利亚时代文人的警觉。马修·阿诺德曾与卡莱尔同声相应，在《文化与无政府状态》中批判过"工具信仰"（faith in machinery）。⑥ 他们都认为，现代社会的病灶不仅在于重物质而轻精神的偏至现象，更在于思维方式的越界。这种越界在本质上是一种错误的崇拜，是失去"目的"之后对"工具"的信仰。正如巴兹尔·威利在综述柯尔律治关于两种认知方式的区分时所说，理性寻求终极目的，知性则研究工具。⑦

---

① J. S. Mill, *Mill on Bentham and Coleridge*, intro. F. R. Leavis, Lodnon: Chatto & Windus, 1950, pp. 99–100.

② Thomas Carlyle, *Critical and Miscellaneous Essays*, Vol. 3, p. 57.

③ Ibid., p. 5.

④ Thomas Carlyle, *Sartor Resartus*, pp. 177–177.

⑤ Ibid., p. 176.

⑥ Matthew Arnold, *Culture and Anarchy*, ed. Jane Garnett, Oxford: Oxford University Press, 2006, p. 37.

⑦ Basil Willey, *Nineteenth-Century Studies*, Harmondsworth: Penguin, 1964, p. 37.

在评论家杰姆逊（Fredric Jameson）看来，目的是属于宗教或某种神秘主义的东西，它的缺失是"晚期资本主义"社会至今未能解决的问题。①

三 "方言"与"空话"

卡莱尔的同时代人已经注意到他与边沁的对立，这种对立也明显地反映在语言上。早在1844年就有评论指出，边沁关注物质世界，卡莱尔则向往精神天地，两人各创了一种独特的语言。②卡莱尔已经意识到需要一套新词汇和新概念来改变文化偏至造成的社会、文化和道德问题。他曾在1833年的日志中写下了自己在语言方面的焦虑。他认为，每个时代都有一种"道"在谕告世人，使灵魂最深处感到震颤，"但如何找到这种道？找到了又如何表述它"？③卡莱尔比费希特更关注神圣理念的表述问题。费希特认为，文人在参悟神圣理念后，会自然地生出表述它的语言，从而"塑造自己的读者"。④但卡莱尔认为，英国人不能静待"道"与"文"的水到渠成，因为当时的英语已经呈现出了以文害道之势。针对遍布英国的"空话"（cant），他提出文人应寻找新时代的"方言"（dialect）。

"dialect"一般指非标准语言，在维多利亚时代文人笔下有多种意义。罗斯金曾用它来指语言的地方变体，穆勒曾用它来指各种难以相互沟通的学术话语，卡莱尔则常用它来指一个时代的语言，甚至特指由某一群体掌握的不同"凡响"的语言。他"援引"费希特的话说，

---

① 杰姆逊：《后现代主义与文化理论》，唐小兵译，北京大学出版社2005年版，第100页。

② Jules Paul Seigel ed., *Thomas Carlyle: The Critical Heritage*, New York: Barnes & Noble, 1971, p. 239.

③ J. A. Froude, *Thomas Carlyle: A History of the First Forty Years of His Life, 1795-1835*, Vol. 2, London: Longmans, Green and Co., 1914, p. 368.

④ Johann Gottlieb Fichte, *On the Nature of the Scholar and Its Manifestations*, p. 217.

每个时代都有自己的"方言"来表述神圣理念，这是文人应该做的事情。(*Heroes*: 156)

"方言"是贯穿《英雄》的核心概念，并不侧重地域差别，而是强调时代变迁。首先，"方言"之变证明了"道"之不变。神圣理念是永恒不变的，不同时代的英雄用不同的话语来阐释它，形成了各种"方言"。"方言"会过时，但神圣理念不会随之消失。也即，维多利亚时代的宗教信仰之所以出现危机，根源就在于旧"方言"已经与时代脱节，需要文人去寻找新"方言"。其次，各"方言"虽因时而异，但考察其历史，总能找到它们共有的根本特质。现代文人应使自己的语言符合这些特质，剔除与之相悖的成分。因此，新"方言"应借助"有翼的词句"（winged words），如晴天霹雳一般，打破逻辑先生设置的牢笼。[①] "有翼的词句"通常指富有诗意的词句，如威廉·赫兹利特（William Hazlitt，1778—1830）在《我与诗人们的初交》（1823）一文中所说，"我的思想终于挣脱出来，乘着插上双翼的词汇腾空而起"[②]。这个比喻对卡莱尔格外有吸引力，他正想让词语插上翅膀，借诗性词语对想象力的激发来通达精神空间，摆脱已被机械的逻辑分析语言侵蚀了的俗世。

与这种"方言"相对的是机械思维入侵精神领域后制造的"空话"。"空话"是当时的关键词（《牛津英语大词典》中该词条的例句均出自 18 世纪和 19 世纪），主要指缺少真情实意的套话、流行的虚语、伪善的言辞等。该词源出拉丁语"吟唱"（cantare）[③]，18 世纪之后有两层相互关联的意思，均暗示了语言的腐化。首先，它指一种为迎合时尚而宁为虚假的措辞方式。卡莱尔对此深恶痛绝。他将塞缪

[①] Thomas Carlyle, *Critical and Miscellaneous Essays*, Vol. 3, p. 6.
[②] 赫兹利特：《我与诗人们的初交》，盛宁译，载《十九世纪英国文论选》，人民文学出版社 1986 年版，第 2 页。
[③] 雷蒙德·威廉斯的《关键词》没有收它作词条，但在"行话"（jargon）词条中谈及"空话"，从词源上追溯其意义演变（吟唱、宗教吟唱、托钵僧的语言等）。(Raymond Williams, *Keywords*, New York: Oxford University Press, 1983, p. 175)

尔·约翰逊的名言"心里不要有空话"① 视为福音,盛赞约翰逊所言皆"真心实意之语"(sincere words),是在"以词指物"。(*Heroes*:182 – 183)其次,该词还特指虚伪地使用宗教语言。约翰逊的《英语词典》(*A Dictionary of the English Language*)收入了"cant"词条,例句之一为艾迪生(Joseph Addison, 1672—1719)在 18 世纪初所言:"明目张胆、直言不讳的渎神行径已经在我们社会中流行多年,如溯本追源,则不难发现,其根源正在于空话和虚伪"。该词条还援引斯威夫特(Jonathan Swift, 1667—1745)的话,说作家们引入并繁殖了这些空洞的言辞(cant words),对语言造成了最具破坏性的腐蚀。②这两个例句明显地指向了卡莱尔所忧虑的问题,正如他的好友弗劳德(James Anthony Froude, 1818—1894)在《卡莱尔的伦敦岁月》中所说,他认为"英国到处弥漫着空话——宗教的、政治的、道德的、艺术的空话,无处不闻空话,无事不含空话";因此,真诚面对自己的灵魂,向人坦言自己的信仰,也就成了人类最高的责任之一。③

卡莱尔认为,空话源自不真诚(insincerity)。这种认识主要受浪漫主义语言观影响,即认为语言并非思想的外衣,而是思想的躯体。思想与语言不是两种事物,而是同一事物在不同空间中的表现形式。因此,语言问题也就是思想问题。正如一位批评家所言,卡莱尔相信经验可以直接写成文字,抹去了经验与表述之间的裂隙;只要真诚,就可表述真理。④换言之,如果不真诚,说出来的只能是空话。

---

① 约翰逊的原话是:"心里不要有空话。你可以像别人那样说话,你可以跟人说,'先生,我是您最卑微的仆人',但你不是他最卑微的仆人……你可以这样说话,这毕竟是上流社会上使用的一种措辞,但不要这么愚蠢地思考。"(James Boswell, *The Life of Samuel Johnson*, Vol. 2, London: Dent, 1906, p. 469)

② Samuel Johnson, *A Dictionary of the English Language: An Anthology*, ed. David Crystal, London: Penguin, 2006, pp. 115 – 116.

③ James Anthony Froude, *Thomas Carlyle: A History of His Life in London, 1834 – 1881*, Vol. 2, London: Longmans, Green, and Co., 1897, p. 18.

④ David Riede, "Transgression, Authority, and the Church of Literature in Carlyle", in Jerome J. McGann, ed., *Victorian Connections*, Charlottesville: University Press of Virginia, 1989, pp. 88 – 120.

卡莱尔认为现代社会的精神瘫痪就源自不真诚,"对于那些可怜的怀疑论者来说,没有真诚,也没有真理。半真半假的话(half-truth)和道听途说的风闻被叫成了真理"。(*Heroes*:171)纽曼在其演讲《大学的理念》(*The Idea of a University*,1852)中也指出了时人用词不诚:

> 没有什么比用一个词,却又不用它来表达什么更容易的了。异教徒过去常说"上帝的意志",但其实他们说的是"命运";他们说"上帝所赐",但实际上指的是"机遇"……①

他在布道文《真诚与虚伪》("Sincerity and Hypocrisy")中用"伪君子""口是心非之人"来讽刺那些满口空话的基督徒。②诚如评论家霍顿(Walter E. Houghton)所言,说到维多利亚时代人的"虚伪"时应该加上引号,因为大多数时候它被当作"不真诚"的同义词。③卡莱尔认为这种不真诚"是最不道德的行为,因为这是道德败坏的开端,或毋宁说,它使今后再无道德之可能——人们内心最深处的道德灵魂已经麻木,陷入致命的昏睡!人已经不再真诚"。(*Heroes*:122)最令他担忧的是空话侵入"人的心灵深处",使人们口说空话而不自知,还自以为真诚。这种"真诚的空话"(Sincere-Cant)不仅瓦解了信仰和道德(*Heroes*:122),还使人的思想失去了立足之地,正如他后来在《当代评论》(*Latter-Day Pamphlets*,1850)中所说,"一个人最真诚的时候居然也只是在说空话","我们不得不说,人类的语言不真实了!这种虚假的程度是近来方有的,前所未闻","虚假的语言……扭曲了

---

① John Henry Newman, *The Idea of a University*, ed. Frank M. Turner, New Haven & London: Yale University Press, 1996, p. 37.

② John Henry Newman, *Selected Sermons, Prayers, and Devotions*, ed. John F. Thornton and Susan B. Varenne, New York: Vintage, 1999, pp. 229, 233.

③ Walter E. Houghton, *The Victorian Frame of Mind*, New Haven: Yale University Press, 1957, p. 395.

一切；而思想（语言及行动的源泉）也变成假的了"。①

要消除空话，首先就要真诚。这也是卡莱尔心目中的精神复兴之途。他认为，真诚是"所有具有英雄气质者的第一特征"，而且，"如果英雄指的就是真诚之士，那么我们为什么不能每个人都成为英雄？全世界人都真诚，一个有信仰的世界。这在以前有过，将来必定还会有"。(*Heroes*：45，127) 有学者由是认为，除了卡莱尔演讲中提到的六种英雄，还有"第七种英雄，即自己也是英雄（the hero as oneself）"。②这也是卡莱尔在没有英雄的时代退而求其次的一种方案，即从自己做起，真诚地求索神圣理念，打造时代语言。他在《文人英雄》演讲中主要谈了约翰逊、彭斯（Robert Burns，1759—1796）和卢梭（Jean Jacques Rousseau，1712—1778）三人，认为他们虽然没能参悟神圣理念，没能成为英雄，但都是可敬的真诚之士，是追寻光明之人，是值得学习的榜样。(*Heroes*：177-178，158) 他在1827年的信中也称自己"至少是一个诚实的'理念追求者'"。③

尼采（Friedrich Nietzsche，1844—1900）在《偶像的黄昏》中说，英国人推崇卡莱尔的"诚实"，但英国人本就"空话"连篇，自然不足为信。④这虽然只是揶揄之辞，但也暗示了空话与真诚的对立。其实，卡莱尔已经认识到，真诚是无意识的，人们只能意识到自己不真诚。(*Heroes*：45) 这才是他写作的初衷，正因为他意识到了不真诚的状况，才呼吁英国人要真诚，"心里不要有空话"。也正因为如此，他才大刀阔斧地改造英国人的语言，不遗余力地"拿来"德国文人的概

---

① Thomas Carlyle, *Latter-Day Pamphlets*, Centenary Edition, ed. Henry Duff Traill, 1898, Cambridge: Cambridge University Press, 2010, pp. 310, 312.

② Philip Rosenberg, *The Seventh Hero: Thomas Carlyle and the Theory of Radical Activism*, Cambridge, Massachusetts: Harvard University Press, 1974, p. 202.

③ Charles Richard Sanders, Kenneth J. Fielding and Clyde de L. Ryals eds., *The Collected Letters of Thomas and Jane Welsh Carlyle*, Durham, North Carolina: Duke University Press, 1970-1995, Vol. 4, p. 271.

④ Friedrich Nietzsche, *Twilight of the Idols* and *The Anti-Christ*, trans. R. J. Hollingdale, London: Penguin, 1990, p. 86.

念和词汇,尝试用一种新"方言"来改造国民品格。乔治·艾略特肯定了卡莱尔的努力,认为卡莱尔的许多新颖说法都"已变成常用词汇"。[①]

词语离不开它的历史语境,唯有从维多利亚时代英国人的著述中,感受宗教式微对思想的巨大冲击,才能想见卡莱尔提倡的新"方言"在当时的影响力。诗人勃朗宁夫人(E. B. Browning,1806—1861)认为,"灵魂""劳动""责任"等词已是老生常谈,但卡莱尔却使这些词改头换面,"让我们震颤,仿佛某种新的神圣谕令,如滚滚雷声响彻星空"。[②]难怪现代评论家丁尼生(G. B. Tennyson)将自己评论卡莱尔的文章取名为《卡莱尔:始自词语》[③]。

四 词语焦虑与"两种文化"

卡莱尔在构建文人英雄身份时跃然纸上的词语焦虑,不禁使人想到英国思想史上的"两种文化"之争。剑桥学者科里尼(Stefan Collini)认为,斯诺(C. P. Snow)在20世纪中叶与利维斯(F. R. Leavis)关于"两种文化"的辩论,还可追溯到19世纪下半叶赫胥黎(T. H. Huxley)和马修·阿诺德关于"科学"与"文化"的论争,甚至可以追溯到更早时候柯尔律治与边沁的对立。[④]科里尼没有谈卡莱尔,鲁迅却在1907年将卡莱尔作为"艺文"的代表放到了这一论争传统之中。他在题为《文化偏至论》的文章中批判了19世纪欧洲文明的两大弊病,其一就是"人惟客观之物质世界是趋,而主观之内面精神,乃

---

① Geroge Eliot, "Thomas Carlyle", in A. S. Byatt and Nicholas Warren, eds., *George Eliot: Selected Essays, Poems and Other Writings*, Harmondsworth: Penguin, 1990, pp. 343 - 344.
② Jules Paul Seigel ed., *Thomas Carlyle: The Critical Heritage*, pp. 239, 242.
③ See G. B. Tennyson, "Carlyle: Beginning with the Word", in Richard A. Levine, ed., *The Victorian Experience: The Prose Writers*, Athens, Ohio: Ohio University Press, 1982, pp. 1 - 21.
④ Stefan Collini, "Introduction", in C. P. Snow, *The Two Cultures*, Cambridge: Cambridge University Press, 1998, xxxv.

舍置不一省。重其外，放其内，取其质，遗其神"。① 他还在同年发表的《科学史教篇》文末提出，文化不可偏至，"科学"固应崇尚，"艺文"亦不可偏废，"既有达尔文，亦必有文人如嘉来勒"。②

不过，卡莱尔并没有止步于指出重物质而轻精神的偏至现象，而是进一步批判了物质领域的机器化倾向对精神领域的侵蚀，揭露了逻辑先生力求一统天下、贯通物质与精神世界的野心。他在《英雄》中嘲笑功利主义者喜欢偏执地谈但丁有什么"用处"（uses）。他反驳说，文学并没有"用处"，只有"价值"（value）。（*Heroes*：99－100）对于"赛先生"，卡莱尔虽没有全盘否定，但也颇多指摘，主要是认为科学研究的只是表象，而真正重要的是本质。有学者在谈到卡莱尔对达尔文学说的评价时说，卡莱尔认为问题的关键不在于达尔文们正确与否，而在于"他们没有应对核心问题，那些问题有时是个人问题，有时是社会问题，但总是道德和精神问题"。③卡莱尔对"逻辑先生"侵权越界、"赛先生"舍本逐末的认识，来自他对当时信仰危机的忧虑，而这也是他不断宣扬"精神总是高于物质"这一唯心立场的主要原因。这种忧虑是清末介绍西学的鲁迅，以及民初参与"科玄"之战④

---

① 鲁迅：《文化偏至论》，载《鲁迅全集》（第一卷），人民文学出版社1981年版，第53页。
② 鲁迅：《科学史教篇》，载《鲁迅全集》（第一卷），第35页。
③ Fred Kaplan, *Thomas Carlyle*, Berkeley: University of California Press, 1993, p.531.
④ 民国早期的"科玄"之战，按李欧梵的说法，是大变革时期的中国在西学东渐背景下所经历的文化危机，也可以说是思想界在追求"现代性"过程中的一场文化交锋（参见李欧梵《未完成的现代性》，北京大学出版社2005年版，第20页）。在这场论战中，也有人提出了思维方式的权界问题，如张君劢所说的"科学之限界"、梁启超所谓"'科学帝国'的版图和权威"，但为"赛先生"呐喊的一方也不断提出"科学方法是万能的"（如丁文江、任叔永），非要打破疆界，让玄学投降（参见张君劢、丁文江等著《科学与人生观》，岳麓书社2012年版，第57、103、17、90页）。科学与玄学论战的双方都想借助西学之力，如张君劢所言，"吾国当此新学说输入之际，取德乎？取英美乎？""今国中号为学问家者，何一人能真有所发明，大家皆抄袭外人之言耳。"（《科学与人生观》，第56、50页）这些"拿来"的词汇和概念也加剧了辩论的混乱，造成了当事人的词语焦虑。围观者也发现了这个问题，孙伏园、梁启超、唐钺、范寿康等人都提出要定义清楚所论话题，如梁启超在《人生观与科学》中所言，"究竟他们两位所谓'人生观'所谓'科学'，是否同属一件东西，不惟我们观战人摸不清楚，只怕两边主将也未必能心心相印哩"。（《科学与人生观》，第100页）在外来概念和词语的本土化过程中，文人的词语焦虑在多大程度上影响了国民性的建构，是个值得思考的问题。

的学者难以感同身受的。

"两种文化"之争实际上也是对工业社会中人的生存状态的反思，这一论战传统较少提及卡莱尔，但卡莱尔的词语焦虑却是题中应有之义。就《英雄》而言，卡莱尔更为关注的是日渐强势的"赛先生"对语言的影响。《英雄》开篇就提出了"科学与信仰"的对立，揭示了"平庸的"科学术语对神性的抹杀。（*Heroes*：17）第一篇演讲反复考察词语本源，讽刺现代词汇的苍白和机械。例如，在谈到北欧神话中顶天立地的"生命之树"（Igdrasil）时，他请听众比较一下功利主义所说的"宇宙机器"，并感受两者的天壤之别。（*Heroes*：20－21）他认为，现代语言麻木了人们的思维，使人舍本逐末，不再向往物质界之外的精神界：

> 传统、传言、单纯的字词，形成了一层硬壳，包围着我们，使我们的思维变得麻木，把我们形成的每种观念都彻底裹挟了起来。我们把那乌黑的雷雨云中放出的火光叫作"电"，并做出很有学问的解释，还通过玻璃与丝绸的摩擦产生同类的东西。但它是什么？是由什么产生的？从哪儿来？到哪儿去？科学已经告诉了我们很多；但科学如果遮蔽了那伟大、深邃、神圣、无边无际的"不可知"（Nescience），就是贫乏的科学。那"不可知"是我们永远无法穿透的，所有的科学都不过是漂浮其上，如表面的一层膜而已。尽管我们有了科学和林林总总的科学门类，但这个世界仍旧是一个奇迹；对于任何思考它的人来说，它都是令人惊奇的、不可测知的、神秘的。（*Heroes*：8）

因此，现代社会需要先知或诗人，也就是文人英雄，来剥除"这些不虔诚的硬壳、术语和科学传言"（*Heroes*：9），使世人回心向道。阿多诺（Adorno）曾说，那些没有了虔诚之心的人只会用机械的语言说话。①而卡莱尔更担忧机械语言会渐渐蚕食掉人们心中残存的那点虔诚之心。如果失去了对永恒和无限的沉思，人们就很容易成为"一副眼镜，但镜片后面没有眼睛"。②

在卡莱尔眼中，词语不仅影响着人的认知，而且会改变人的存在。斯诺所说的"两种文化"之间的鸿沟在卡莱尔做《英雄》演讲时还不明显。从《牛津英语大词典》的例句中可以看到，19世纪虽有"man of science"和"scientist"（1834年出现）等词来指现代意义上的"科学家"，但其专门化程度远不及20世纪中叶与"文学知识分子"相对的"自然科学家"。不过，从卡莱尔对文人英雄的界定，不难看出他实际上认为两种文化在认知上是有高低之分的。他警惕地指出了科学和机械思维对词语的影响，进而将文人对文字的守护提升到对人类生存的神性维度的守护。当代作家艾丽丝·默多克（Iris Murdoch）甚至在《由词语来拯救》一文中提出：

> 本来就没有两种文化。文化只有一种，其基础就是词语。词语是我们作为人、作为道德和精神行为者生存的地方。③

默多克并非以片面来求深刻。毕竟，词语真正让人忧虑的是它背后的那个精神和思想空间。忽视这个空间，很可能会导致艾略特（T. S. Eliot）后来所担忧的那种危险——"带来了关于词语（words）的知识，却无视道（Word）"④。

文人对词语的守护，也是维系社会的重要纽带，因为词语承载着

---

① Theodor Adorno, *The Jargon of Authenticity*, trans. Knut Tarnowski and Frederic Will, London: Routledge, 2003, p. 6.
② Thomas Carlyle, *Sartor Resartus*, p. 54.
③ Iris Murdoch, *Existentialists and Mystics: Writings on Philosophy and Literature*, ed. Peter Conradi, New York: Penguin, 1999, p. 242.
④ T. S. Eliot, *The Complete Poems and Plays, 1909–1950*, New York: Harcourt, Brace & World, 1952, p. 96.

一个社会的精神传统，而这种精神传统正是决定国民品格或国民性（national character）的重要因素。正如艾略特在《基督教社会理念》（*The Idea of a Christian Society*, 1939）中所说，一个国家的工业化程度越高，物质主义哲学就越容易发达，也更为致命，会诱使人们离弃传统和宗教，变成暴徒（mob），而暴徒不会因为生活变好了就不再是暴徒了。[1]维多利亚时代的文人逐渐认识到国民性的重要意义，穆勒甚至说："唯一能决定人类群体能否作为社会而存在的，就是国民性。"[2]他深刻地认识到，"逻辑先生"边沁的理论于"社会的精神利益"（the spiritual interests of society）并无裨益[3]，而柯尔律治关于文人阶层（clerisy）的思想恰好可以弥补这一缺憾。他在《论柯尔律治》一文中概括说，柯尔律治主张国家应保留一部分土地或土地收益作为一种基金，用它来资助一个永久性的阶层：该阶层负责保存并传承既往文明的成就，从而联系古今；负责完善并增加新的成就，从而联系今天与未来；尤其是负责向整个社会传播知识，启迪民智；还要负责使本国的文明水平不落后于邻国。这个阶层不必是教士，而是包含人文学科和自然科学领域的精英。[4]虽然卡莱尔与柯尔律治所说的文人不尽相同，但维护通用的语言符号却是两人都认同的文人使命。毕竟，传统就在词语之中。

在中文语境中，"文人"的基本含义是知书能文之人，而"文人英雄"却是个模糊的说法。"文人"常与雅士并用，"英雄"多与豪杰相连，仿佛有文才武略之分，二者并用很难让人联想到卡莱尔界定的那种形象。不过，卡莱尔却在《英雄》中谈到了中国文人。他"听说"中国文人可以为官。虽然科举所取之士与他所说的以卖文为生的作家不同，他却赞同让有才智的人高居庙堂之上。只是这位有着词语

---

[1] T. S. Eliot, *The Idea of a Christian Society*, London: Faber & Faber, 1939, p. 21.
[2] J. S. Mill, *Mill on Bentham and Coleridge*, p. 73.
[3] Ibid.
[4] Ibid., pp. 142–145.

焦虑的文人并没有忘记重新给"才智"(intellect)下个定义:"有真正才智的人,正如我一贯主张并坚信的,还是一个心灵高尚的人,一个真诚、正直、仁慈、刚勇的人。"(*Heroes*:169)

第二章

"社会"：卡莱尔的"理念"

> 你们把它叫作社会，却没有了社会理念；现在的社会理念，不再是一个共同的家，而是一个共同的、拥挤不堪的寄宿之所。
>
> ——托马斯·卡莱尔《旧衣新裁》

一 重诠"社会"

工业革命、贸易扩张、政治改革和科学进步改变了19世纪英国的社会面貌，维多利亚时代的文人也在不断反思身边的变革，以致很多现代学者将"社会"看作当时的一大"发现"。[①]卡莱尔在维多利亚时代早期就已发现，"社会"（society）这个词与它所表征的外在世界、所指的概念出现了脱节。他认为人们对社会的认识，尤其是当时一些颇有影响力的哲学和政治思想对社会的阐释，已经背离了社会原初的含义。他试图重新诠释"社会"并纠正人们认知社会的方式。和同时代的乔治·艾略特、穆勒一样，他笔下的"社会"一词很多时候并不是一个不带情感色彩的中立词语，而是暗含着他对理想社会的构建，也就是他所说的"社会理念"（Social Idea）。这个理念强调了维系现代社会所需的伦理和精神纽带，批判了政治经济学和功利主义的弊端，

[①] See Simon Dentith, *Society and Cultural Forms in Nineteenth Century England*, London: Macmillan, 1998, p.9; H. S. Jones, *Victorian Political Thought*, London: MacMillan, 2000, p.74.

阐述了社会发展的模式。

对"社会"的重新诠释是贯穿卡莱尔作品的一个主题。他诠释的重点是如何维系社会。当时关于社会的思考大致可分为两派。一派强调自然的乃至有机的社会关系,认为社会靠忠敬、孝悌和责任来维系;另一派则将社会看作个人为实现个人目标而构成的群体,反对集权或家长式的社会秩序,主张社会以市场为基础,社会关系则靠个人利益来维系。①前一派的观点历史悠久,后一派的观点则是较为现代的产物。18世纪末,亚当·斯密(Adam Smith,1723—1790)的学说开始产生影响力,人们逐渐认识到在权威和传统的维系力量减弱之后,"看不见的手"已经成了维系社会的新纽带。

卡莱尔反对后一派的观点,认为以个人利益为纽带的社会恰恰是"社会"的反面,只能导致社会分裂;但他对前一派的观点也作了补充,认为社会的维系不仅需要伦理纽带,还需要精神或信仰纽带。这都反映在他所提出的"社会理念"中。这个理念并非柏拉图的"理念"或康德的"纯粹理性概念"②,而是类似柯尔律治在《论教会和国家的体制》中的用法③,或是后来艾略特在《基督教社会理念》中的用法④,蕴含着社会所应实现的目标,而非对外在世界或社会现状的抽象概括。穆勒曾解释过柯尔律治的这种用法,说柯尔律治是要探究制度理应成为的样子,实际上也就是探索制度的本质或理想,"他称其为理念(Idea),用通俗的语言来说,就是原则(principle)"。⑤卡莱

---

① See Simon Dentith, *Society and Cultural Forms in Nineteenth Century England*, p. 9; H. S. Jones, *Victorian Political Thought*, p. 2.

② 康德的理念(idea)是由理性而非经验产生的概念。参见 Thomas E. Wartenberg, "Reason and the Practice of Science", in Paul Guyer, ed., *The Cambridge Companion to Kant*, Cambridge: Cambridge University Press, 1992, p. 299。

③ See Basil Willey, *Nineteenth-Century Studies*, Harmondsworth: Penguin, 1964 (1949), p. 53.

④ T. S. Eliot, *The Idea of a Christian Society*, London: Faber & Faber, 1939, p. 8.

⑤ J. S. Mill, *Mill on Bentham and Coleridge*, intro. F. R. Leavis, London: Chatto & Windus, 1950, p. 142.

尔也认为他所说的"社会理念"就是社会的精神原则，社会的生命力就源自它所承载的理念，当时英国之所以病入膏肓，就是因为缺少这种理念。①

卡莱尔"社会理念"的核心是将社会视为一个"整体"，而非个体的"集合"，强调社会成员之间的关联。②不可否认，卡莱尔所批判的许多理论思潮也将社会视为整体，但对于如何维系这个整体，或者说维系社会的各种纽带孰轻孰重，卡莱尔有不同的看法。例如，亚当·斯密也在讨论个人利益如何将社会连成一个整体，并认为社会应当培养一种为公共利益奉献的精神。卡莱尔则认为社会首先是靠伦理和精神纽带维系起来的，应在此前提下讨论经济生活。而且，在个人与社会这两极之间，卡莱尔思考的出发点是社会。他不会像同时代的穆勒那样看重"群己"权界，他所关注的不是社会中个体的自由，而是不同社会群体的团结。他对"社会"的重新界定在很大程度上是对"英国状况问题"（the Condition of England Question）的反思，针对的是英国社会；但他又没有明确界定英国社会的"边界"，并没有将犹太人、天主教徒、爱尔兰人等在当时颇受歧视的群体排除在外。虽然泛指英国人，他却也不愿用国民身份（nationality）作为界定社会成员的依据，更不会像穆勒那样将其视为维系社会的纽带。他担心英国社会正在分裂成贫富两个对立群体，同为一国之民却有天壤之别，也即迪斯累里（Benjamin Disraeli，1804—1881）后来在小说《西比尔》（*Sybil*，1845）中所说的贫富"两个国家"。穆勒对此显然也有所警觉，在以国民身份作为维系社会的原则之一时，不得不做出澄清：

> 我们指的是一种同情的原则，而不是憎恨；是团结，而不是分裂。我们指的是，在同一政府治下、在同一自然或历史形成的

---

① Thomas Carlyle, *Critical and Miscellaneous Essays*, 5 vols., ed. Henry Duff Traill, Centenary Edition, 1899, Cambridge: Cambridge University Press, 2010, Vol. 3, pp. 13 – 15.

② Thomas Carlyle, *Sartor Resartus*, Oxford: Oxford University Press, 1987, pp. 55, 186.

疆域内生活的人们，能感觉到他们是有着共同利益的。我们是指，一部分国民不认为自己相对于另一部分国民来说是外国人；他们珍惜彼此的关联；觉得他们是一个民族，他们的命运是拴在一起的，对同胞所做之恶也是对自己所做之恶；他们并不想自私地割断彼此的关联，以卸掉本应承担的共同的责任。①

卡莱尔不仅强调社会维系所需的伦理纽带，还更加注重宗教或信仰纽带，这也是他的社会理念的一个突出特点。他在《旧衣新裁》（1836）中指出，将人们连成一个整体的"无形纽带"有两种。②一种是将人类拴在一起的"铁链"（iron chaining），是人类生存的必要条件，也即他后来在《过去与现在》（1843）中所解释的："人无法孤立地生活。我们聚成一个整体，或追求共同的善，或忍受共同的悲哀，就像同一具身体内的活的神经。"③另一种是"软"的纽带（soft binding），也即爱。前一种纽带显然是被动的，要借助理性思考才能认知；后一种则是主动的，要靠情感感受能力来强化。对情感的强调，似乎与早先的浪漫派有共通之处，但如评论家科克沙特（Cockshut）所说，维多利亚时代早期的作家所强调的情感乃是"社会"情感，即由最基本的家庭亲情，延伸到社会底层的陌生人。④而且，这种爱除了作为情感纽带，还是一种信仰纽带。卡莱尔在《论伏尔泰》（"Voltaire"，1829）一文中称之为"神圣、神秘而又牢不可破的"纽带，是"无所不包的爱"⑤；在《论歌德的著作》（"Goethe's Works"，1832）中又称

---

① J. S. Mill, *Mill on Bentham and Coleridge*, p. 124.
② Thomas Carlyle, *Sartor Resartus*, pp. 48, 185.
③ Thomas Carlyle, *Past and Present*, Centenary Edition, ed. Henry Duff Traill, 1897, Cambridge: Cambridge University Press, 2010, p. 286. 本章后文出自该著作的引文，将随文在括号内标出该著作名称首词和引文出处页码，不再另行作注。
④ A. O. J. Cockshut, "Victorian Thought", in Arthur Pollard, ed., *The Victorians*, London: Sphere, 1970, p. 14.
⑤ Thomas Carlyle, *Critical and Miscellaneous Essays*, Vol. 1, p. 424.

之为"手足之情的神秘纽带"①。在他看来,人与人的灵魂便是靠这种纽带相系在一起,构成了一个神秘的整体。②

卡莱尔认为社会不仅仅是个体为了生存而结成的集体或"大我"(collective individual),还是一个有生命力的"有机体"。③他在《时代特征》(1831)一文中解释说,以前(而非现在)的社会是一个整体,社会中的个人自身也是一个整体,并与其同胞构成一个更大的整体并成为其中具有生命力的成员。④这种"整体论"社会观还包含着一种动态的发展,使其社会批评蕴含了一种乐观的期待。首先,社会有着兴衰交替的发展,当前的衰退是未来复兴的必由之路。他在《时代特征》中解释说,"整体"(whole)在某些语言中也有"健康"的意思⑤,现在英国虽然成了"病人",但终将获得新生,重新成为一个有活力的整体。其次,个人作为社会这个整体中的小"整体",不能作壁上观,应该完善自我,促进社会新生。

卡莱尔对社会理念的界定,明显地体现在他对导致该理念消失的那些因素的批判上。他认为导致现代工业社会走向解体的因素主要有两个:一是对他人的责任已经缩减为金钱关系;二是对上帝的责任已经堕落成言不由衷的空话和怀疑。(*Past*: 67)这种观点也是基督教唯爱论思想在现代社会的延续。《马太福音》的两个基本戒律就是爱上帝和爱邻人。⑥这两种责任分别是维系社会所需的精神纽带和伦理纽带。在卡莱尔看来,政治经济学和功利主义思潮正在撕扯这些纽带。统治阶级统而不治,教会丧失了权威地位,社会正在"迅速地土崩瓦解"。⑦这也正是他在《法国大革命》一书中所描述的革命前的"堕落

---

① Thomas Carlyle, *Critical and Miscellaneous Essays*, Vol. 2, p. 388.
② Thomas Carlyle, *Critical and Miscellaneous Essays*, Vol. 3, p. 11.
③ Ibid., p. 12.
④ Ibid., p. 18.
⑤ Ibid., p. 2.
⑥ 弗兰克纳:《伦理学》,关健译,生活·读书·新知三联书店1987年版,第117页。
⑦ Thomas Carlyle, *Critical and Miscellaneous Essays*, Vol. 2, p. 58.

时代"的主要特征。① 要将社会凝聚起来，使之重生活力，就要恢复这些纽带，重构社会理念。

二　伦理纽带

卡莱尔反复用"家"这个隐喻来描述社会，与维多利亚时代人们赋予家的特殊情怀不无关系。工业化和城市化极大地增加了社会流动，出现了与"熟人共同体"（knowable community）相对的"陌生人社会"②，导致了劳动的"异化"以及劳动场所与家的分离，使家成为人们情感和心理的避风港。狄更斯《远大前程》中的威米克刻意把自己的家打造成一个与外界隔绝的"城堡"，就是为了在情感和心理上保留一块与社会相对的区域，在这片小天地里享受人性的自由。③卡莱尔则要消除这种对立，将社会变成家，使社会成员之间有家人般的爱，形成一种情感"共同体"。

19 世纪末期，德国社会学家滕尼斯（Tönnies）曾区分过"有机的"共同体（Gemeinschaft）和"机械的"社会（Gesellschaft）：在共同体中，人与人相互依存；而社会虽也是人的群体，其基础却是人与人的分离。④卡莱尔所强调的正是共同体中的相互依存关系，但侧重点却是不同社会群体或阶层之间的相互关联。他在《宪章运动》（"Chartism"，1839）和《过去与现在》中将 19 世纪三四十年代英国工业化过程中出现的社会问题归纳为"英国状况问题"，其核心便是社会关系。在他看来，政治经济学提出的维系社会的纽带非但没能使

---

① Thomas Carlyle, *The French Revolution*, London: Chapman and Hall, 1903, pp. 9 – 15.
② 参见雷蒙德·威廉斯对 "knowable community" 的讨论。See Raymond Williams, *The English Novel from Dickens to Lawrence*, London: Chatto & Windus, 1970, pp. 14 – 18.
③ Charles Dickens, *Great Expectations*, ed. Margaret Cardwell, Oxford: Clarendon, 1993, p. 208.
④ Ferdinand Tönnies, *Community and Civil Society*, trans. Jose Harris and Margaret Hollis, Cambridge: Cambridge University Press, 2001, pp. 17, 19.

社会形成一个整体，反而将英国社会分裂成贫、富两个相互敌对的群体。

卡莱尔早在《时代征兆》（1829）中就谈到，英国的工业化提高了生产力，这将导致"社会制度"发生何种变化，积聚的大量财富又是"如何奇怪地改变旧有的关系，拉大贫富之间的差距"，是政治经济学家们面临的一大问题。[①]他随后又在《旧衣新裁》中提出，英国已经出现了"花花公子"（Dandy）和"贫苦奴隶"（Drudge）两大阵营，社会将被分裂成两个"相互对立、互不交流的群体"；穷人因劳累饥饿而死，富人则因闲散餍足而亡。[②]他认为社会分裂的主要原因是统治阶级没有尽到责任。土地贵族放任自由（laissez-faire），已经不适合统治现代社会；而有望取而代之、成为"真正贵族"的工业领袖却又被拜金主义所奴役，认为做到了"现金支付"（cash-payment），也即支付了工人的薪酬，就不必再为工人的苦难负责。

于是，卡莱尔提出了他的核心观点：

> "放任自由"、"供求关系"、"现金支付乃人与人之间唯一的关系"等等，从来就不是、现在和以后也不会成为人类社会行之有效的团结法则。穷人和富人、被统治者和统治者，不可能按照这种法则长久相处下去。（Past：33）

在上述三个"法则"中，他主要批判第一个和第三个，但他将"供求关系"与之并列，并非只是为了嘲讽亚当·斯密的《国富论》（The Wealth of Nations，1776），而是在暗示一些明显属于经济领域的法则已经渗透到了社会领域，并被当成社会法则。他认为贵族阶级奉行"无所事事主义和放任自由政策"，是导致英国状况出现"问题"的根本

[①] Thomas Carlyle, *Critical and Miscellaneous Essays*, Vol. 2, p. 60.
[②] Thomas Carlyle, *Sartor Resartus*, pp. 216, 176-177.

原因。① 统治者固然可以把市场交给"看不见的手"来调控，但不能在社会问题上也放任自由。这种袖手旁观是不正义的，让并非处在同一起跑线上的社会成员靠相互竞争来生存，其结果只能是弱肉强食。让放任自由成为"主要的社会原则（如果还有原则的话）"，无异于一种自杀，因为社会是一个整体，当成千上万的人活不下去的时候，其他成员也无法独存。②卡莱尔进而指出，自由如果是指"被饿死的自由"，那么自由就需要重新定义。（*Past*：212 – 213）其实，作为政治经济学家的穆勒后来也发现了这个问题。他认为政府不应干涉言论和市场自由，但在其他领域应发挥柯尔律治所说的积极功能，帮助无力"自助"的弱势群体：一是改善民生，二是使民众保有生活会越来越好的希望，三是增进民众的理性和道德。③

卡莱尔在《宪章运动》（1839）中还希望土地贵族能够担起统治之责，但在《过去与现在》（1843）中已经开始主张由新兴的"工业贵族"（Mill-cracy）取而代之，因为他们不像土地贵族那样不作为，至少还是有为的（*Past*：172 – 173）。他给工业家马歇尔（J. G. Marshall）写信说，英国社会需要的是"工业领袖"（Captains of Industry）而非"闲人领袖"。④但工业家首先要自我革新，抛弃拜金主义，因为一个人的财富是他所爱并因而被爱的人和物。（*Past*：281）厂主应该认识到，"金钱远不足以代表人在世上的成功，也不足以代表人对他人的责任"。（*Past*：177）这与罗斯金在19世纪60年代重新界定"财富"一词时的观点异曲同工。卡莱尔认为当时的生产过剩现象充分反映了工业领袖的"不正义"，棉布堆积如山，工人却衣不遮体。（*Past*：193）社会已经被玛门这个魔鬼统治，正在"现金支付"原则的驱使

---

① Thomas Carlyle, *Critical and Miscellaneous Essays*, Vol. 4, p. 167.
② Ibid., p. 131.
③ J. S. Mill, *Mill on Bentham and Coleridge*, pp. 156 – 157.
④ Charles Richard Sanders, Kenneth J. Fielding and Clyde de L. Ryals eds., *The Collected Letters of Thomas and Jane Welsh Carlyle*, Durham, North Carolina: Duke University Press, 1970 – 1995, Vol. 16, p. 39.

下走向解体。他在《宪章运动》中说，"现金支付已经成了人与人之间唯一的关系"，这破坏了人类的团结。①厂主认为自己雇佣工人并支付了工资，就不再与工人有任何关系，工人是否挨饿与他无关。卡莱尔后来又在《过去与现在》中反驳说，厂主并非与工人没有关系，而是不应该有不正义的关系；现金支付并非人与人之间唯一的关系，任何社会都不可能用现金支付作为唯一的纽带："爱是无法靠现金支付获得的；而没有爱，人们就无法生活在一起"。（*Past*：286，146 - 147，272）

评论家罗森贝格认为，19世纪思想界的一个典型特征，便是认识到经济模式正在入侵社会和政治生活；卡莱尔对"金钱纽带"的论述说明他已经认识到，英国社会问题的根源不仅在于中上层阶级认为工人的苦难与自己无关，更重要的是，现代社会的形成本身就源自那些传统纽带的消失。②但实际上卡莱尔并不承认这一点，他认为现代社会只是"暂时"被金钱纽带统治了："现金支付从来就不是、今后也不会成为人与人之间联合的纽带（union-bond），它只是暂时统治若干年而已。"（*Past*：188 - 189）现代社会唯有延续那些传统的伦理纽带，才能在情感上将社会成员凝聚成一个家。

他在《过去与现在》中详细论述了这一观点，并反复用"家"来比喻社会，因为血缘是人类共同体最基本的纽带。他提出社会成员应如兄弟姐妹，而不仅仅是"邻人"。邻人只是地域上的关联，亲人则是血缘上的关联。他援引《圣经·创世记》（第四章第九节）中该隐杀弟的例子以及当时爱尔兰寡妇无助病故的实例，来说明统治阶级忘记了亲情与责任，漠视自己"兄弟"和"姐妹"的生命。卡莱尔将厂主比作杀死胞弟的该隐。该隐杀死弟弟亚伯后，上帝问他亚伯在哪里，他却回答说："我岂是看守我兄弟的吗？"（*Past*：146 - 147）卡莱尔又

---

① Thomas Carlyle, *Critical and Miscellaneous Essays*, Vol. 4, p. 169.
② Philip Rosenberg, *The Seventh Hero: Thomas Carlyle and the Theory of Radical Activism*, Cambridge, Massachusetts: Harvard University Press, 1974, pp. 171, 142.

以现实为例，讲贫穷的爱尔兰寡妇带着三个孩子，求遍了爱丁堡的慈善机构，却没有得到任何救济，最后得斑疹伤寒而死，导致一条街上十七人受传染而死。卡莱尔愤怒地说，这些人否认她是自己的"姐妹"，拒绝帮助她，而她便以这种方式"证明"了他们的错误。(*Past*：149) 卡莱尔由是指出，"社会"这个词已经不能体现社会的理念：

> 我们称之为社会；却四处证明这是最极端的分裂和孤立。(*Past*：146)

人与人之间没有了相互帮助，只有"公平竞争"，其结果只能是相互仇视。(*Past*：146) 卡莱尔早在《宪章运动》中就说过，这个社会对工人来说已经不是一个"家"，而是一座"监狱"。[①] 上层阶级也同样会因社会瓦解而陷入悲惨境地："割断了与他人的关系，只剩下孤家寡人……整个社会都变成了一个敌对的阵营，根本称不上家"。(*Past*：274) 他认为下层民众的惨状会像传染病那样传播到上层社会。[②] 当时工业化和城市化的迅猛发展导致了生活和工作环境的恶化，加剧了传染病的危害性，文学作品（如狄更斯的《荒凉山庄》）常用传染病来"证明"人与人之间的相互关联，也即卡莱尔所说的，"没有哪个最高层的人能与最底层的人分开"。(*Past*：286)

为了改变这种状况，卡莱尔提出了中世纪的"household"模式（即领主与其仆从、隶农等形成的小共同体），主张工业家应效仿古代领主，既要尽领袖之责，又要善待仆从。他引用司各特（Walter Scott, 1771—1832）的小说《艾凡赫》（*Ivanhoe*, 1819）中的事例，说明中世纪的贵族能够尽到统治之责并关爱仆从：

[①] Thomas Carlyle, *Critical and Miscellaneous Essays*, Vol. 4, p. 144.
[②] Ibid., p. 168.

    那时候，没有人孑然一身，没有人与他人没有关联；没有人会在放任自由的政策下，无助地迈进巴士底狱；没有人需要通过死于斑疹伤寒，来证明自己与他人是相互关联着的！（*Past*：245）

  他建议现代的"工业领袖"要有更高尚的追求，不要只追求最低价格，还要追求更公平的分配，组织劳动，关爱工人，改变社会的混乱无序状态。（*Past*：271-275）

  不过，卡莱尔与许多追慕中世纪社会模式的同代人也有不同之处。他已经认识到，现代"民主"社会已经消除了封建时代的依附关系，不可能再回到中世纪，但仍可将中世纪的责任感和亲善情谊引入现代社会。（*Past*：250-251）①穆勒在《政治经济学》第四编第七章中对这种思想做过评论，认为所谓穷人尊敬富人、富人善待穷人的状态历史上就从来没有过，只是不满现状而怀旧的人对未来的憧憬而已。但他也承认，这种思想在情感上是可以理解的，因为人们讨厌由金钱关系维系的社会，自然也就向往有深厚个人情感、无私奉献精神的社会。②

  其实，中世纪是否真有卡莱尔所说的责任感和亲善情谊并不重要，重要的是卡莱尔认为并尝试让更多的人认识到它们是现代社会所需要的。而且，他认为除了形成这样一种情感共同体，还应构造一种利益共同体。他认为人类社会的组织原则应该是"永久而非临时的契约"，厂主应给工人一部分"永久利益"，从而形成"合作"企业，如此则社会将由"荒原"变为"家园"。（*Past*：277，282，286）

---

  ① 有评论家指出，卡莱尔的这种思想是受了法国思想家圣西门（Saint-Simon）的影响。圣西门将历史分为古典时代、中世纪和工业时代，工业时代需要延续中世纪的信仰、秩序和责任观念，却不是要回归中世纪。See Alice Chandler, *A Dream of Order*: *The Medieval Ideal in Nineteenth-Century English Literature*, London: Routledge & Kegan Paul, 1970, pp. 132-133.

  ② J. S. Mill, *Collected Works of John Stuart Mill*, Vol. 3, ed. J. M. Robson, London: Routledge & Kegan Paul, 1965, rpt. 1996, pp. 759-760.

三　精神纽带

卡莱尔格外看重宗教在社会维系中的作用，认为精神纽带是伦理纽带存在的前提，甚至提出"宗教是社会的唯一纽带和生命"。[1]他在《旧衣新裁》第三篇第二章中详细阐述了宗教与社会的关系：社会乃上帝的可见象征，是上帝神性的显示；宗教是社会的神经系统和心包组织，没有它，人们就会失去相互的关联，只能算是"群居"，并将很快陷入相互憎恨、孤立和离散的状态；因为唯有人们的灵魂相互融为一体，才有可能出现所谓的"团结、相互的爱和社会"。[2]他在该篇第五章中指出，作为"社会生命力"的宗教已经散碎成片，社会也因而名存实亡。于是，他提出了那个著名的论断："你们把它叫作社会，却没有了社会理念（Social Idea）；现在的社会理念不再是一个共同的家（Home），而是一个共同的、拥挤不堪的寄宿之所（Lodging-house）。"[3]

卡莱尔将社会分为物质存在（Body-politic）和精神存在（Soul-politic），认为机器时代的人们更关心物质存在（即物质的、实际的、经济的状况），不再关心精神存在（即道德、宗教、精神状况），但实际上"社会物质现状的狂乱，乃其精神状况的体现和结果"。[4]他在《旧衣新裁》中进一步明确了精神存在的重要性，当社会的精神存在衰落时，其物质存在也无法久存，而功利主义正在通过摧毁精神存在来"肢解社会"，只会破坏，不知重建。[5]卡莱尔对功利主义的"偏见"并非毫无道理，他认为功利主义与18世纪的经验主义同属一脉，而

---

[1] Charles Richard Sanders, Kenneth J. Fielding and Clyde de L. Ryals eds., *The Collected Letters of Thomas and Jane Welsh Carlyle*, Vol. 5, p. 136.
[2] Thomas Carlyle, *Sartor Resartus*, pp. 162–163.
[3] Ibid., p. 176.
[4] Thomas Carlyle, *Critical and Miscellaneous Essays*, Vol. 2, p. 67; Vol. 3, p. 22.
[5] Thomas Carlyle, *Sartor Resartus*, p. 177.

18世纪英国"社会的每一根纤维都被扯断了",精神与物质已经分裂,英国人开始将社会比作"机器"。[①]他在《英雄与英雄崇拜》(1841)中特意将社会比作有生命的"树",与无生命的"机器"进行对比。功利主义者把社会看作"没有生命的钢铁机器",只需调节"齿轮"就可使之运转;而真正的社会却像生命之"树",是有机体,并有其不可见的内在精神,无法按照"动机"的齿轮和私利来"调整"。[②]真正的社会是物质与精神融为一体,物质存在是精神存在的体现。

卡莱尔关于宗教与社会关系的论述,与柯尔律治、托马斯·阿诺德(Thomas Arnold,1795—1842)以及基督教社会主义的代表人物莫里斯(F. D. Maurice,1805—1872)[③]等19世纪文人有许多契合之处,都强调精神层面,认为社会乃神意的象征。不过,卡莱尔与他们的区别也恰恰在此,他更多在强调抽象的"信仰"或"宗教"(Religion/Faith/Belief)而非基督教,对英国国教更是颇多微词。

卡莱尔的宗教思想带有超验主义和神秘主义的色彩,与柯尔律治一样,受了德国哲学和文学的影响,评论家阿什顿(Rosemary Ashton)认为这是为了摆脱休谟(David Hume,1711—1776)和功利主义者的物质主义。[④]卡莱尔在《约翰·斯特林传》(*The Life of John Sterling*,1851)中对柯尔律治的观点表示赞同:"教会自身已经消亡,陷入了不信神的机械状态","人的灵魂已经被蒙蔽,变得迟钝,被无神论和物质主义、休谟和伏尔泰所奴役;现在的世界是一个破灭了的世界,

---

[①] Thomas Carlyle, *Critical and Miscellaneous Essays*, Vol. 3, pp. 104 – 105; Vol. 2, p. 75.

[②] Thomas Carlyle, *On Heroes, Hero-Worship and the Heroic in History*, ed. Henry Duff Traill, Centenary Edition, London: Chapman and Hall, 1893, pp. 171 – 172.

[③] 英国先拉斐尔派画家布朗(Ford Madox Brown,1821—1893)的油画《劳动》(*Work*,1852—1865)画的是伦敦北郊街头的劳动场景,在劳动者旁边站着两位绅士打扮的人,那就是卡莱尔和F. D. 莫里斯。

[④] See Rosemary Ashton, *The German Idea: Four English Writers and the Reception of German Thought 1800 – 1860*, Cambridge: Cambridge University Press, 1980, p. 71.

没有上帝，无力做有意义的事，直到它改变心灵与精神。"①但他也认为，柯尔律治要"使这个已经死了的英国教会获得重生"，只是一种"妄想"。②

对信仰的怀疑和人生方向的迷失，令青年时代的卡莱尔备受煎熬，他又把这种境况视为当代欧洲文明病入膏肓的征兆。③因此，《旧衣新裁》中那位"德国教授"的精神煎熬，既有卡莱尔自身的影子，又是一个关于时代的寓言。从不相信基督教（The Everlasting No），到认识到应该做什么却不知道怎样做（Centre of Indifference），最后找到新的信仰（The Everlasting Yea），是一种蜕变和升华，是地狱、炼狱和天堂三部曲。他的新信仰是一种超验主义，如巴西尔·威利在《十九世纪研究》中所说，他将永恒等同于上帝，将宇宙等同于教会，将劳动等同于祈祷。④威利认为卡莱尔保留了宗教情感，却不再相信基督教，属于19世纪的典型现象。⑤难怪有着类似经历的乔治·艾略特也说，对于当时的很多人来说，"读《旧衣新裁》是他们思想史上的一个划时代事件"。⑥

不过，卡莱尔虽然不再相信基督教上帝，却不会像乔治·艾略特那样直言上帝是"无法令人相信的"⑦。有评论家发现，卡莱尔写信时仍喜欢以"God be with you（上帝与你同在）"来收笔，只是他给虔信的母亲写信时用"God"，给其他人写信时大多将"God"改为

---

① Thomas Carlyle, *The Life of John Sterling*, ed. Henry Duff Traill, Centenary Edition, 1897, Cambridge: Cambridge University Press, 2010, p. 58.
② Thomas Carlyle, *Critical and Miscellaneous Essays*, Vol. 3, pp. 59, 60.
③ John Morrow, *Thomas Carlyle*, London: Hambledon Continuum, 2006, p. 12.
④ Basil Willey, *Nineteenth-Century Studies*, p. 127.
⑤ Ibid., p. 114.
⑥ George Eliot, "Thomas Carlyle", in A. S. Byatt and Nicholas Warren, eds., *George Eliot: Selected Essays, Poems and Other Writings*, Harmondsworth: Penguin, 1990, pp. 343 – 344.
⑦ 这是乔治·艾略特1873年对迈尔斯所说的话。See Basil Willey, *Nineteenth-Century Studies*, p. 214.

"Good",这两个词在卡莱尔眼里是同义词。[1]尽管这只是一家之言(巴西尔·威利的说法更为确切),但卡莱尔的确在某种意义上改变了上帝这个词的所指,却仍用它来寄托宗教情感。

因此,尼采对卡莱尔的论断并不准确。他在《偶像的黄昏》中说"卡莱尔是英国的无神论者,却希望自己因为不是无神论者而受人尊敬"。[2]卡莱尔并不是真正的无神论者,无神论反倒一直是他抨击的对象。尽管卡莱尔在爱丁堡大学读书时对18世纪的休谟和吉本(Edward Gibbon,1737—1794)很是钦佩,却无法认可他们的无神论思想。[3]哈罗德·布鲁姆(Bloom)认为卡莱尔虽非"虔信之人",却试图成为一个"虔信的作家"。[4]这个评价也略显苛刻。卡莱尔并非仅在使其被称为作家的那些作品中强调信仰的重要性,他坚信信仰是人存在的根本:"信仰是唯一的需要……对于纯正的有德之士,失去了宗教信仰,也就失去了一切"。[5]直到1870年年底,卡莱尔还在日志(而非公开发表的作品)中写道,希望能把自己关于"上帝"的信仰解释清楚,以便让那些胆敢尝试"无神论"的人能够悬崖勒马。[6]尼采在谈到卡莱尔时说:"渴求坚定的信仰不能证明就有坚定的信仰,而恰恰是没有坚定的信仰。"[7]这句话道出了当时许多人的精神状态:因为没有,所以渴求。[8]

---

[1] Ruth apRoberts, "Carlyle's Religion: The New Evangel", in P. E. Kerry and J. S. Crisler, eds., *Literature and Belief*, Vol. 25: 1&2, Provo, Utah: the Center for the Study of Christian Values in Literature, Brigham Young University, 2005, p. 117.

[2] Friedrich Nietzsche, *Twilight of the Idols* and *The Anti-Christ*, trans. R. J. Hollingdale, London: Penguin, 1990, p. 86.

[3] Fred Kaplan, *Thomas Carlyle*, Cambridge: Cambridge University Press, 1983, pp. 48 – 49.

[4] Harold Bloom, "Introduction", in Harold Bloom, ed., *Thomas Carlyle*, New York: Chelsea House Publishers, 1986, p. 9.

[5] Thomas Carlyle, *Sartor Resartus*, p. 124.

[6] J. A. Froude, *Thomas Carlyle: A History of His Life in London*, Vol. 2, London: Longmans, 1902, p. 423.

[7] Friedrich Nietzsche, *Twilight of the Idols and The Anti-Christ*, p. 85.

[8] 卡莱尔也有这样的论证逻辑,如他在《时代特征》中阐述过"自我意识":健康的人不知道自己健康,只有病人才会意识到健康的宝贵。(Thomas Carlyle, *Critical and Miscellaneous Essays*, Vol. 3, p. 1)其实,病愈之人也会意识到健康的宝贵,尼采便没有看到卡莱尔后来已经摆脱宗教困惑,成了病愈之人。

但这只适合描述卡莱尔精神历程的前半部分，他后来找到了新的信仰（尽管比较抽象），实现了"旧衣新裁"。他试图通过写作为人的存在寻找一个神圣的、超验的维度，字里行间流露出来的"渴求"，不再是因为他自己没有坚定的信仰，而是希望时人能像他这样找到新信仰，走出迷惘和怀疑的困境。更重要的是，他所渴求的信仰也是社会维系和重生的前提。

在他看来，工业时代需要重新成为有信仰的时代，否则"将继续处在混乱、苦闷和精神错乱之中，必将走向狂乱的自杀式的解体"。(*Past*: 250) 他同意圣西门主义者的观点，即"社会的重构，甚至是社会的继续存在"都要求出现一个有信仰的时代。① 而现代社会却是一个"矫揉造作"（artificial）的社会，是机械的、自觉的、不自然的社会。② 他借用柯尔律治的话来形容时人的迷失："你并无信仰，你只是相信你有信仰。"③ 他认为这就是道德失去作用的开端，人们已经不再真诚；而且，没有了精神权威，也会导致精神上的无政府状态。精神领域的混乱是最危险的，道德、知识和社会所遭受的种种破坏均由此而生。④

其实，在信仰方面，卡莱尔还指出了比他引用的柯尔律治那句话更严重的问题。他在《过去与现在》中曾说，"人生来就是信徒"。(*Past*: 55) 当时很多英国人（在卡莱尔的语言中便是"举国"）以为自己没有信仰，殊不知他们信奉的都是财神玛门（Mammon-Worship），或曰"玛门福音"（Gospel of Mammonism）。这种不自觉的错误崇拜才是其真正的信仰，而且比没有信仰危害更大。卡莱尔在《英雄与英雄崇拜》中反复强调要崇拜"英雄"，也是试图纠正时人的错误崇拜。这部演讲集的核心思想就是"社会建立在英雄崇拜的基础之上"；因

---

① Charles Richard Sanders, Kenneth J. Fielding and Clyde de L. Ryals eds., *The Collected Letters of Thomas and Jane Welsh Carlyle*, Vol. 5, p. 136.
② Thomas Carlyle, *Critical and Miscellaneous Essays*, Vol. 3, p. 13.
③ Thomas Carlyle, *On Heroes, Hero-Worship and the Heroic in History*, p. 122.
④ Thomas Carlyle, *Critical and Miscellaneous Essays*, Vol. 2, p. 435.

为"信仰"就是忠诚于精神英雄,而忠诚"作为社会维持生命的呼吸",本就源自对英雄的崇拜;社会体现了对真正的伟人和智者的崇敬和服从。①对卡莱尔的很多误读就是忽略了这里"真正的"这个限定词所强调的意义,忽略了与之相对的"假英雄"(Sham-Hero)。在卡莱尔看来,有了"真正的"信仰,便会产生敬畏之心和敬仰之情,形成有序的社会,使已经瓦解的社会获得重生。

关于卡莱尔的"英雄崇拜"思想,有两点值得注意。其一,要考虑到当时的社会和文化背景,正如评论家霍顿(Houghton)所言,这绝非卡莱尔独有的情怀,而是维多利亚时代的一种非常突出的文化现象,反映着当时人们的许多需求。②汤姆森(William Thomson)就在1843年批评卡莱尔的文章中说:"事实上,如今,英雄崇拜也不再是思想家能拿来开天辟地的新颖话题了。"③其二,还要认识到这是圣哲们常用的一种劝导策略,通过挖掘甚至赋予英雄一些高尚品质来批判当时道德和信仰状况的滑坡。所以,与其说卡莱尔谈的是英雄,不如说他谈的是英雄所体现的精神,而个人就应该有英雄般的胸怀,不要被"假英雄"带入歧途。卡莱尔关于英雄崇拜的论述也是对新社会所需的社会理念的探索,信仰才是其中的核心因素,是重建道德体系的前提。

卡莱尔始终认为,重生信仰是消除当时的宗教"巴别塔"和社会重生的必由之路。从现实的角度来说,维多利亚时代宗教派系林立,卡莱尔提出的宽泛的或者说抽象的"信仰",也有利于社会凝聚,而不至于像力图重兴英国国教的思想那样排斥不从国教者。更何况,包括卡莱尔在内的很多文人都已经认识到很难用一种单一的信仰来团结整个社会。不过,这也恰恰是其弱点。对于自己的新信仰具体是什么,

---

① Thomas Carlyle, *On Heroes, Hero-Worship and the Heroic in History*, p. 12.
② See Walter E. Houghton, *The Victorian Frame of Mind*, New Haven: Yale University Press, 1957, p. 310.
③ Jules Paul Seigel ed., *Thomas Carlyle: The Critical Heritage*, New York: Barnes & Noble, 1971, p. 172.

卡莱尔一直语焉不详，甚至避而不谈。他倒是在《过去与现在》等著作中反复强调"劳动"（Work）就是真正的宗教或信仰，并经常引用本笃会的箴言"劳动即祈祷"（Laborare est Orare），但他的论述仍过于抽象。而且，这种通过"劳动"获得的信仰，毕竟属于一种由外及内的信仰"养成"，虽然影响过很多人，但也不乏质疑之声。诗人克拉夫（Arthur Hugh Clough, 1819—1861）就曾怀疑这样得到的是否是"真正的"信仰。① 如果说卡莱尔对放任自由和现金支付的批判，以及对中世纪社会理念的倡导，还有助于为英国后来建立福利制度创造文化氛围，那么他对宗教的强调只是发现了现代社会的问题，却未能将这片精神荒原变成家园。

四　社会新生之路

从卡莱尔对社会维系纽带的批判不难看出，他认为社会的复兴主要依靠个人的道德和信仰革新。统治阶级要成为"高尚"的英雄，使社会带有"英雄主义"色彩；（Past：271）工人阶级则要学会崇拜英雄，养成敬畏和服从的品德。道德革新的根本还在于精神革新。一方面要有眼和有心，培养想象力和同情心，真正"看到"隐于表象之下的"公开的秘密"，领悟到遍布宇宙之中的"神圣理念"，从而形成敬畏和崇仰之心。② 另一方面，要丢开疑虑，行动起来，去"劳动，信仰，生活，获得自由"。③

此外，《旧衣新裁》还从社会作为一个有机整体的角度论述了其发展趋势，并使用了两个著名的比喻。一是认为社会是由"有机的细

---

① See Philip Davis, *Why Victorian Literature Still Matters*, Chichester, West Sussex: Willey-Blackwell, 2008, pp. 40 – 42.

② Thomas Carlyle, *On Heroes, Hero-Worship and the Heroic in History*, pp. 36, 105, 116, 156 – 157, 163.

③ Thomas Carlyle, *Sartor Resartus*, p. 149.

丝"(organic filaments)连缀起来的。①这比乔治·艾略特用"网"来比喻社会有更深的含义,不仅强调了关联,还预示了动态的发展。②卡莱尔在《论伏尔泰》(1829)一文中就已提出,社会是由无数的丝线编织而成。③这些有机的细丝不断拆散,又不断重新编织起来,使社会处在一种无始无终的运动之中。从这个意义上说,"旧衣新裁"应该是"旧衣新织"。创造与破坏同时进行,在吹走旧丝线灰烬的同时,也在编织着新丝线。④

卡莱尔还用凤凰涅槃来形容这种变化。社会处在不断"变形"之中,死掉的只是旧壳,而旧壳下面已经在编织新衣。病入膏肓的旧社会将会焚灭,如凤凰一般,在灰烬中获得新生。⑤他认为变化是"不可避免的",但信仰以及社会都不会消失,消失的只是躯壳,而内在的灵魂已经传承到了新壳之中,也即,"过去"都积聚到了"现在"之中。⑥因此,人类的活动和成就大都保存在了无形的传统之中,世代传承。⑦

卡莱尔写作《过去与现在》,不仅是要对比古今,更是强调古今的传承和延续。这也是他为什么认为虽然无法回归到中世纪,但仍可以使中世纪的某些理念在现代社会中延续。卡莱尔的社会发展观体现了一种乐观的态度,这种乐观有利于人们接受社会不断变化的现实,摆脱信仰失落和社会剧变导致的绝望心情。⑧如他所说,"有信仰的时

---

① Thomas Carlyle, *Sartor Resartus*, p. 187.
② 卡莱尔在《论历史》一文中将历史比作"网",也包含着动态的发展。(Thomas Carlyle, *Critical and Miscellaneous Essays*, Vol. 3, p. 175)
③ Thomas Carlyle, *Critical and Miscellaneous Essays*, 5 vols., Centenary Edition, ed. Henry Duff Traill, 1899, Cambridge: Cambridge University Press, 2010, Vol. 1, p. 399.
④ Thomas Carlyle, *Sartor Resartus*, p. 185.
⑤ Ibid., pp. 179 – 180.
⑥ Thomas Carlyle, *Critical and Miscellaneous Essays*, Vol. 3, pp. 38 – 39.
⑦ Thomas Carlyle, *Sartor Resartus*, p. 131.
⑧ 勃兰兑斯引用法国作家阿尔弗雷德·德·缪塞的话来形容19世纪人们因信仰迷失和思想混乱而产生的绝望之情:"永恒就像一个老鹰巢,世纪就像一只只雏鹰挨个地飞出巢来在宇宙中飞翔。现在轮到我们这个世纪来到巢边了。它站在那里瞪眼瞧着,但它的翅膀却给剪掉了,它凝视着无限的太空,飞不起来,只有等死。"(详见勃兰兑斯《十九世纪文学主流》(第一分册),张道真译,人民文学出版社1997年版,第45页)

代与无信仰的时代交替出现",后者是通往前者的必由之路,人应该靠着希望活下去。①有评论家认为《过去与现在》预想了英国社会的道德与社会新生,是卡莱尔最为乐观的社会批评。②但如上所述,这种乐观的态度在之前的《旧衣新裁》和他的一系列文章中就已经有了明显的体现。卡莱尔尖锐的社会批评常使读者感到一种悲观的语调,但他批评的出发点恰恰是一种乐观的自信。

卡莱尔重新诠释"社会",不仅是为了指出该词和它所指的概念、所表征的外在世界出现了脱节,也是为了纠正人们认知社会的方式。他像浪漫派那样强调用综合(synthesis)而非分析(analysis)的方式来理解社会,这样才不致忽略情感和精神在社会维系中所起的作用。他反复提到要培养"看"的能力,既是指借助文学的想象力看到表象背后的"神圣理念",也是指用综合的方式来认识社会,把社会看作一个有机的整体,而不是像功利主义者那样成为把社会当作机器来分析的"瞎眼"巨人。③19世纪见证了社会学的形成,孔德(Auguste Comte,1798—1857)、穆勒、乔治·亨利·路易斯、勒南(Ernest Renan,1823—1892)和斯宾塞等英法思想家都主张通过科学地分析社会来重构社会秩序。④但卡莱尔关于社会"变形"的描述,则是将社会视为一个有生命力、有精神内核的整体,无法用一种"科学"或"实证"的理论来分析。他所阐述的不是关于社会的"理论",而是关于社会的"理念",他还论述了没有"理念"的"理论"何以会瓦解社会。

---

① Thomas Carlyle, *Sartor Resartus*, pp. 87, 123.

② Chris R. Vanden Bossche, "Introduction", in Thomas Carlyle, *Past and Present*, Berkeley: University of California Press, 2005, xix.

③ Thomas Carlyle, *On Heroes, Hero-Worship and the Heroic in History*, pp. 172–173.

④ Peter Allan Dale, *In Pursuit of a Scientific Culture: Science, Art, and Society in the Victorian Age*, Madison, Wisconsin: The University of Wisconsin Press, 1989, p. 14.

第三章

"责任":乔治·艾略特论社会维系

> 准确的词语总有一种力量,以其明确的词义感染我们的行动。
> ——乔治·艾略特《米德尔马契》

一 责任作为话语

莱昂内尔·特里林（Lionel Trilling）在谈简·奥斯丁的《曼斯菲尔德庄园》（*Mansfield Park*, 1814）时说，"责任"（duty）是19世纪英国文化中的一个核心观念，那时的英国人口头"说"起责任的时候无不饱含情感，但在文学中"写"起来却拘囿于家庭这个小圈子，带着一丝枯燥与沉闷。① 这个论断显然值得商榷，维多利亚时代的文人写起责任来并不都像奥斯丁那样聚焦家庭生活，乔治·艾略特写责任时的忧怀感结并不让人觉得枯燥，狄更斯写责任时的嬉笑怒骂也不让人觉得沉闷。但这都不重要，这个论断最值得深思的地方就是指出了"说"与"写"的区别。好说，但不好写。这个承载了太多宗教与伦理意义的词语已经被降格为一种流行但又空洞的"话语"，一种因其冠冕堂皇而不得不用的话语，一种因其意义模糊而适合各种场合的话语，如狄更斯所说，只要"看上去很重要，听起来够响亮"，管它什

---

① Lionel Trilling, "Mansfield Park", in *The Opposing Self*, London: Secker and Warburg, 1955, p. 217, footnote 1.

么意思呢。① 就责任概念而言,在那个教会已由"生母"变成"继母"的时代,已经没有了能让社会共享的含义,如卡莱尔所说,对于"人是什么?人的责任有哪些?"年轻一代已经没有明确答案了。②

词义的模糊与空洞反倒便利了"责任"的流行。从《牛津英语大词典》的例句可以看到,19世纪对这个词的使用比之前和之后的世纪都要活跃。上至女王维多利亚、首相格拉斯通(William Gladstone, 1809—1898)和迪斯累里,下至文人学士和平民百姓,口头笔端都常带"责任"。女王登基元日就立志"鞠躬尽瘁,为国尽责"③。斯特雷奇(Lytton Strachey)在《维多利亚女王传》中说:"责任、良心、道德——是的!女王的生活向来由这些高高的指路明灯来指引。"④史学家威廉·莱基(William Lecky, 1838—1903)也在其文章《作为道德力量的女王》("Queen Victorian As a Moral Force")中指出,女王的"责任感如此强大持久,她的全部行动和乐趣都为之所辖"⑤。斯迈尔斯(Samuel Smiles, 1812—1904)在他那本流行的励志书《自助》(*Self-Help*, 1859)中每章都要谈"责任",晚年甚至专门还写了《责任》(*Duty*, 1880)一书,称"我们这代人的任务是教育和宣传义务与责任"。⑥

除了这些正面的用法,责任还常被用作维护一己私利的旗号,或要求他人牺牲的借口。在乔治·艾略特的《弗洛斯河上的磨坊》中,

---

① Charles Dickens, *David Copperfield*, New York: Everyman's Library, 1991, p. 754.
② Thomas Carlyle, *Critical and Miscellaneous Essays*, 5 vols., Centenary Edition, ed. Henry Duff Traill, 1899, Cambridge: Cambridge University Press, 2010, Vol. 3, p. 29.
③ Asa Briggs, *The Age of Improvement*, 2nd ed., Harlow, Eng.: Pearson, 2000, pp. 395 - 396.
④ Lytton Strachey, *Queen Victoria*, Stockholm: The Continental Book Company AB, 1945, p. 264.
⑤ See Eugene C. Black ed., *Victorian Culture and Society*, New York: Walker, 1974, xvii.
⑥ 塞缪尔·斯迈尔斯:《人生的职责》,李柏光等译,北京图书馆出版社1999年版,第12页。

牧师家的斯特林夫人就"老爱指出别人的责任"①；王尔德剧中那位"无足轻重的男人"也说："责任，是指望别人去尽的，不是拿来要求自己的。"②假责任之名行不义之事的现象在当时并不少见。马修·阿诺德的好友、诗人克拉夫就曾写道：

　　一些虚假的东西令我战栗，
　　一些心灵的胡作非为和非法的活动，
　　我们是如此易犯这些错误，
　　带着我们可怕的责任观念。③

在狄更斯的《马丁·瞿述伟》中，伪君子佩斯匿夫为了掩饰自己不光彩的举动，将知道内情的学生兼佣人贫掐逐出家门，声称这是"对社会尽自己应尽的责任"。在这里，"对社会的责任"并不等同于"对他人的责任"，它暗示的是一种大权在握的权威感，"责任"不过是一个体面的借口而已。叙述者感叹说："哎，想起来总太迟、又时常被忘记、夸口吹牛的责任，总是被人欠着；待到偿还时，很少不是动用惩罚，外加暴怒。人类何时才能开始了解你呢？"④

在维多利亚时代的小说世界中，"家庭这个小圈子"里的责任除了体现亲情，还体现着权力关系，尤其是丈夫对妻子、家长对子女的"软暴力"。在威尔基·柯林斯（Wilkie Collins，1824—1889）的《白衣女人》（*The Woman in White*，1860）中，珀西瓦尔·格拉德强迫妻子在她不知情的文件上签字，遭到拒绝后，凶相毕露，搬出家法：

---

① George Eliot, *The Mill on the Floss*, ed. A. S. Byatt, Harmondsworth: Penguin, 1979, p. 213.

② Oscar Wilde, *A Woman of No Importance*, 5th ed., London: Methuen, 1911, p. 90.

③ 转引自 J. W. Burrow, "Faith, Doubt and Unbelief", in Laurence Lerner ed., *The Victorians*, London: Methuen, 1978, p. 172。

④ Charles Dickens, *Martin Chuzzlewit*, ed. Patricia Ingham, London: Penguin, 2004, p. 470.

"妻子的责任就是不违背丈夫"。① 《双城记》（*A Tale of Two Cities*，1859）中给银行跑腿的杰里嫌妻子干涉他夜间盗墓的勾当，指责妻子"天生缺少责任感，就像泰晤士河原本没有木桩，需要敲打进去才行"。② 这里的敲打很可能并不只限于比喻意义。丈夫常拿责任来压制妻子，家长则用它来挟制子女，尤其是用作谈婚论嫁时的尚方宝剑。在特罗洛普的《索恩医生》（*Doctor Thorne*，1858）中，阿拉贝拉夫人希望儿子娶个富家女，不说他要为钱结婚，却说他要"和钱结婚"，这是他"唯一的责任"，并郑重其事地补充说："有时候，责任是最重要的，是高于一切的。"③ 同样，在乔治·艾略特的《但尼尔·狄隆达》（*Daniel Deronda*，1876）中，凯瑟琳·阿罗波因特的父母反对她嫁给一文不名的犹太音乐家，并以剥夺她的财产继承权相威胁，理由是处在她"这个位置上的女人担负着严肃的责任"，即通过联姻来稳定贵族阶级的统治，"当责任与愿望冲突时，她必须服从责任"。凯瑟琳反驳道："人们可以轻松地把他们想让别人做的事冠以责任这个神圣的字眼儿。"④

这种例子在 19 世纪英国小说中俯拾皆是。狄更斯就很擅长揭露这种道德话语的虚伪性。《大卫·科波菲尔》中那位岳母爱用责任来命名自己的私愿，而"责任可是世间头等大事"⑤；《艰难时世》（*Hard Times*，1854）中说政治经济学家们主张贱买贵卖是"人类的全部责任（不是一部分，而是全部责任）"。⑥

相比之下，乔治·艾略特对责任一词的使用则显得非常谨慎。"责任"（duty）的词源是"欠"（due），18 世纪前也指应偿之债，乔

---

① Wilkie Collins, *The Woman in White*, London: Collins' Clear-Type, n. d., p. 240.
② Charles Dickens, *A Tale of Two Cities*, ed. Richard Maxwell, London: Penguin, 2003, p. 169.
③ Anthony Trollope, *Doctor Thorne*, London: Dent, 1908, pp. 41, 153.
④ George Eliot, *Daniel Deronda*, Harmondsworth: Penguin, 1967, p. 289.
⑤ Charles Dickens, *David Copperfield*, New York: Everyman's Library, 1991, p. 650.
⑥ Charles Dickens, *Hard Times*, ed. George Ford and Sylvère Monod, New York: Norton, 1966, p. 88.

治·艾略特在《罗慕拉》（*Romola*，1863）中就将责任比作债务。而且，这个词在伦理上还暗示着"应该"（ought），这就有助于形成维系社会的纽带并因宗教的强化而带有了神圣性。19世纪宗教的式微不仅削减了责任的神圣意味，还削弱了责任的道德约束力。乔治·艾略特已经意识到了这个问题，并试图在责任的宗教意义淡化后重构其伦理意义。巴兹尔·威利认为这就是她强调责任的绝对性的原因。①

尽管虚伪的责任话语甚嚣尘上，言与行常常貌合神离甚至背道而驰，乔治·艾略特仍不甘心让这个概念沉沦，也不愿像狄更斯那样大加渲染。一方面，她和凯瑟琳一样，愿意认为这个"字眼儿"毕竟还是"神圣的"，如诗人阿尔杰农·斯温伯恩（Algernon Swinburne，1837—1909）在《悼托马斯·卡莱尔与乔治·艾略特》（"On the Deaths of Thomas Carlyle and George Eliot"）一诗中所说，"神圣的责任（Duty divine）"高悬在她的前方，是她"明确不移的指路明星"。②另一方面，她认为社会中重责任的风气尚未泯灭，很多在生活中默默履行责任的人撑起了社会的脊梁，在责任话语的泡沫下形成了一股带有"正能量"的潜流。因此，她不仅会在小说中塑造像《米德尔马契》（*Middlemarch*，1871—1872）中的农田管理人凯莱布·高思那样不谈责任但履行责任的人，还经常借助对比来褒扬那些履行责任的人。

《米德尔马契》中的两位牧师卡苏朋和费厄布拉泽就形成了一个比照。卡苏朋高度重视责任，就像《傲慢与偏见》中言必称责任的柯林斯牧师，"他的行为如果不符合责任这个观念，他就觉得不舒服"③，但他对责任的界定却不时显出心胸的狭隘，实际上是扭曲了责任观念。小说第五十二章中对费厄布拉泽的情感考验则使责任观念迸发出了光

---

① Basil Willey, *Nineteenth-Century Studies*, Harmondsworth: Penguin, 1973, p. 257.
② Algernon Charles Swinburne, *Swinburne's Selected Poems*, intro. Laurence Binyon, London: Oxford University Press, 1944, p. 305.
③ George Eliot, *Middlemarch*, ed. Gordon S. Haight, Cambridge, Massachusetts: The Riverside Press, 1956, p. 276. 本章对该书的引用参考了项星耀译本（乔治·爱略特：《米德尔马契》，项星耀译，人民文学出版社1987年版），个别引文根据原文略有改动。

芒。这一章将责任拟人化,变成了寓言故事中的人物,带上了一丝亲切。我们看到,费厄布拉泽曾表示"不想把自己的利益变成别人的责任",但"通常让人出乎意料的责任"此时却"以弗雷德·文西的面目出现"①,不但把镇长的公子弗雷德的利益变成了牧师的责任,还伤害到了牧师的"利益"。原来,弗雷德的父亲出资供他到学院读书,是希望他毕业后到教会中任职。弗雷德不喜欢当教士,他深爱的玛丽也不希望他当教士。一方面父命难违,另一方面又怕爱情泡汤,弗雷德举棋不定,便央好友费厄布拉泽向玛丽讨个话,只要玛丽表示爱他,他做什么工作都行。他并不知道费厄布拉泽也暗恋着玛丽。费厄布拉泽内心极为痛苦,但他还是隐瞒了自己的感情,既没向弗雷德坦言,也没向玛丽表白,甘做嫁衣,"正直无私地履行了责任"。不过,细心的玛丽还是感觉到了牧师语调中克制的情感,他在"坚决地压制着一种痛苦"。②按现在的眼光,费厄布拉泽作为结婚对象可能年岁稍大,但在当时年龄差距并不算多大的障碍;玛丽也许更爱弗雷德(这件事之前她并不知道除了弗雷德还有别人爱她,更想不到圈子里"最睿智的"费厄布拉泽会看上相貌平平的自己),但如果牧师向弗雷德和玛丽坦言自己的感情,或拒绝弗雷德的请求,事情也许会朝另一个方向发展。费厄布拉泽在答应弗雷德的那一刻,就已经做出了牺牲。

在乔治·艾略特看来,社会就是这个样子,我们的幸福生活原本就有赖他人默默的奉献和牺牲。很多时候的愤世嫉俗,正是因为没有感受到他人为我们所做的一切。培养读者的同情心和道德敏感性成了乔治·艾略特写作的一大动力:"作为艺术家,我的责任就是永远尽最大努力,对同胞们的情感和观念产生一些作用"③。她的目的是要读者重新认识到"那些将人们团结在一起、并赋予生命以更高价值的最

---

① George Eliot, *Middlemarch*, pp. 130, 375.
② Ibid., p. 380.
③ Gordon S. Haight ed., *The George Eliot Letters*, New Haven: Yale University Press, 1954 – 1978, Vol. 6, p. 289.

根本的观念"。①或如她在《学堂早餐会》("A College Breakfast-Party", 1879)一诗中所说：

在人们以上帝、责任、爱情、恭顺和友爱
作为生活准则之前，
先要把它们置于人们心中，如同音乐那样。②

二 《米德尔马契》："旁观者"与"邻人"

从最初在《教区生活场景》(Scenes of Clerical Life, 1857)中描写福音主义（Evangelicalism），到最后在《但尼尔·狄隆达》中反思英国社会的离散之势，乔治·艾略特一直在探索责任对社会维系的作用。她的责任观念并没有局限于家庭的小圈子，也不只涉及牧师所覆盖的教区，而是面向整个社会。

她更关心的是个人对他人也即"邻人"的责任。和当时新兴的社会有机论一样，她也将社会看作个体相互依存的有机体，即"我们生命组成的活生生的有机体"③。在这个有机体中，人与人之间相互关联，形成一个"网"状世界。这就要求我们不能无视"邻人"的存在，既不能做"旁观者"，也不能不考虑自己行为的后果，因为"一件小事就能毁掉我们邻人的生活"④。由此产生的责任感就是维系社会的伦理纽带。如卡莱尔在《时代特征》(1831)一文中所说，道德乃是社会的产物，社会要求个人在"对自己的责任"（the Duties of Man to himself）之上增加"对邻人的责任"（the Duties of Man to his Neighbour），从而使人们凝聚成了一个整体。⑤

---

① Gordon S. Haight ed., *The George Eliot Letters*, Vol. 4, p. 472.
② George Eliot, *Poems of George Eliot*, Rahway, N. J.: Mershon, n. d., p. 243.
③ George Eliot, *Essays and Leaves from a Note-Book*, p. 261.
④ George Eliot, *The Mill on the Floss*, p. 75.
⑤ Thomas Carlyle, *Critical and Miscellaneous Essays*, Vol. 3, p. 11.

新到米德尔马契的医生利德盖特一心想着貌美如花的罗莎蒙德，并不在意多萝西娅，那是因为他还没有发现他与多萝西娅之间的关联。叙述者点拨道：

> 但是任何人，只要密切地观察人们的命运如何在冥冥之中交叉在一起，就会看到，一个生命是如何慢慢地影响到另一个生命的。如果我们对并不相识的邻人漠不关心或冷眼旁观，这就是一个精心策划的对我们的嘲弄。命运女神正把我们这些剧中人捏在手里，冷笑着呢。①

基督教伦理将"邻人"（neighbour）这个原指地域相邻关系的词扩大到整个社会，区分爱自己和爱邻人，提出了"爱邻如己"的训诫（《新约·路加福音》第十章第二十七节）。在亚当·斯密的伦理体系中，这条训诫显然是一种比"不伤害他人"（他认为这是社会存在的基础）更高的要求，虽非社会存在所必需，却能使社会更有人情味。诚如托尔斯泰所言："我们都在想法免除我们对我们邻人的义务，然而使我们成为人的却正是这种义务的感情，而且要是没有了这种感情，那么我们就会活得跟禽兽一样了。"②

这种责任观在维多利亚时代的道德教育中占有重要地位，玛丽自幼记诵的英国国教教义问答（《米德尔马契》第五十二章）中就有"我对邻人的责任"这一条。王尔德甚至抱怨说，那个时代好喋喋不休地谈论应该对邻人尽什么责任。③王尔德并没有否定这种责任，他只是试图超越自我与邻人的区分，如他在《自深处》（De Profundis, 1897）中所说，耶稣不讲为他人而活，因为他看到"他人的生命和自

---

① George Eliot, *Middlemarch*, p. 70. 着重号为笔者所加。
② 高尔基：《文学写照》，巴金译，人民文学出版社1978年版，第4—5页。
③ Richard Ellmann ed., *The Artist as Critic: Critical Writings of Oscar Wilde*, London: Allen, 1970, p. 386.

己的生命没有任何差别"。① 而乔治·艾略特仍强调自我与邻人的区分，她的责任观包含向内（隐忍）和向外（爱）两个方面。在她看来，"旁观者"对"邻人"漠不关心，就是因为他没有意识到社会成员的相互关联所要求的责任，而这种责任"显然不属个人的欲望范畴，它包括我们自己的隐忍克制，以及积极地去爱那并不属于我们的一切"。②

乔治·艾略特之所以强调对邻人的责任，一个重要的原因就是认识到当时的英国社会正在日趋瓦解。她借牧师之口感叹共同体情感的日趋淡薄："世人缺少友爱之情（fellowship），不知道彼此之间还是有责任的。现在，一切都似乎趋向于纽带（ties）的松弛。"③ 本杰明·迪斯累里在谈到当时社会的冷漠隔绝时也说："基督教教育我们要像爱自己那样爱邻人，但现代社会没有什么邻人可言。"④ 乔治·艾略特和卡莱尔一样，都希望将"家"所包含的共同体情感推及社会。《米德尔马契》中罗莎蒙德唱的《家，甜蜜的家》（"Home, Sweet Home"）之所以能够流行一时，就是因为社会情感的疏远凸显了家庭生活的珍贵。从乔治·艾略特的小说创作历程来看，责任的重心正是逐渐由个人情感转向社会情感，由自我转向邻人。

乔治·艾略特早期的作品《弗洛斯河上的磨坊》所探讨的一个主题，如其叙述者所说，是"激情与责任"的关系。⑤ 年轻的女主人公麦琪有一段时间在情感上陷入空虚，最疼爱她的父亲在重病后无力再照顾她，最爱慕她的菲利浦也被她哥哥拒之门外。就在这时，她表妹露西的准未婚夫斯蒂芬向她示爱，顿时让她陷入情感的旋涡难以自拔，但她最终还是用责任抑制了情感，离开了斯蒂芬。小说的法语译者甚

---

① Oscar Wilde, *The Prose of Oscar Wilde*, New York: Cosmopolitan, 1916, p. 771.
② George Eliot, *The Mill on the Floss*, p. 386.
③ Ibid., p. 625.
④ Benjamin Disraeli, *Sybil*, Oxford: Oxford University Press, 1981, p. 65.
⑤ George Eliot, *The Mill on the Floss*, p. 627.

至建议将法译本定名为《爱情与责任》（*Amour et Devoir*）。①情感与责任的对立在 19 世纪小说中并不少见，《理智与情感》（*Sense and Sensibility*, 1811）中的玛丽安娜就曾认识到："每当回首往事，总能发现我对责任的疏忽和情感的放纵。"②麦琪为了不伤害表妹露西，压抑了自己的情感，选择了责任。爱情与责任的主题在乔治·艾略特此后的作品中又多次出现，③只是责任有了新的形式。

1871 年 1 月，乔治·艾略特正在写《米德尔马契》的第一部《布鲁克小姐》。她在给好友的信中讲述了一位妻子使酒鬼丈夫悔过自新的事（酗酒是当时的一大社会问题）。信中所表达的观点与小说后来的情节发展不无关系：

> 出于对善的想象而去爱某个人，即使爱错了，也不失为最好的天性；而发现自己错了之后，仍然继续去爱，就是另一回事了。不过，婚后生活的忠贞不渝和这个全然不同。我曾见过一位女性，有着伟大的英雄气概，她对婚姻中的责任有着自己的看法，并从这些看法出发，宽恕了一切，一次又一次地把烂醉如泥的丈夫领回家，悉心照料，使他最终忏悔已过，重新做人。他们现在（至少我上次听说时）在威尔士过着幸福的生活。但即便这种容忍，人们也只是考虑它的最终结局是好是坏，却不考虑激发了这种容忍的天性所具有的美。这与动物般的嫁鸡随鸡截然不同。这是责任，是人类的同情。④

由"忠贞"而生的"同情""容忍"和"责任"具有救赎的力量。在《米德尔马契》中，银行家布尔斯特罗德早年发迹的丑行曝光后，米

---

① Gordon S. Haight ed., *The George Eliot Letters*, Vol. 4, p. 69.
② Jane Austen, *Sense and Sensibility*, Toronto: Bantam, 1982, p. 300.
③ Rosemary Ashton, *George Eliot*, Oxford: Oxford University Press, 1983, p. 43.
④ Gordon S. Haight ed., *The George Eliot Letters*, Vol. 5, pp. 132 – 133.

镇人人喊打,但他妻子并没有在舆论压力下离他而去,而是选择和他一起承受耻辱,默默地尽着妻子的责任。不难想见,承担这种责任需要抵制来自外界的巨大压力,但它所挽救的不是一个人甚至一个家庭,而是整个社会的道德脊梁。叙述者插入评论说,在"无动于衷的旁观者"眼里,这可能是愚蠢的行为,但这种"忠贞的品性"却是在挽救一个"被抛弃者的灵魂的没落"。①

"布鲁克小姐"(即多萝西娅,这是对布鲁克家大小姐的称呼)对责任的觉识,最终也落脚在"救援"他人上面,只是经历更加曲折。多萝西娅双亲早逝,幸得伯父顾怜,这位伯父不但饶有家资,还不娶妻生子,将她视为掌上明珠。大小姐没有生活之累,却偏偏有股清教热情,不仅不爱梳妆打扮,还不甘安享清闲,总想做点什么,让人生更有意义。但当时的社会状况并没有给女性建功立业、拯济苍生的机会,多萝西娅空有热切的愿望,却无从实现。她最初误将自己的"事业理想"(vocation)寄托在婚姻之中,认为"结婚就是要承担更高的责任",而这项"伟大而明确的责任",就是嫁给教士卡苏朋,助其完成大作。②这个理想破灭后,她又开始从情感上建构妻子的责任:"她对婚后生活的责任,以前曾设想得那么伟大……那种能积极发挥妻子作用的日子,那种既能协助丈夫,又能提高自己生活意义的日子,什么时候才能实现呢?也许永远不会实现,不会像她原来想象的那样了,但它还是会以另一种方式到来。在经过庄严宣誓之后建立的这种共同生活中,责任将以新的形式出现,给人带来新的启示,也赋予妻子的爱以新的含义。"③这段自由间接引语含有反讽,"新的形式""新的含义"原指夫妻婚后两情相悦,但这对多萝西娅来说也已经成了一种奢望。卡苏朋的病逝给多萝西娅一厢情愿的责任之旅画上了句号。孀居的多萝西娅开始把目光转向"邻人",真正地了解了责任。几乎想陪

---

① George Eliot, *Middlemarch*, p. 550.
② Ibid., pp. 30, 32.
③ Ibid., p. 202.

多萝西娅一起哭的读者刚想松口气,新故事又来了。

入不敷出的利德盖特医生借了银行家布尔斯特罗德一千镑还债。恰在这时,他受银行家之托治疗的一位病人死去了。由于病人知道银行家过去谋取不义之财的秘密,有人便怀疑是银行家指使利德盖特灭口,他的借款也就被认为是银行家收买他的黑心钱。利德盖特与银行家本有姻亲关系,加上原就有流言说他是银行家的私生子,这件事便让舆论抓住机会,大加讨伐,让他难以在镇上立足。多萝西娅在知道医生是清白之后,为他准备了一张支票,想让他还给银行家,洗脱冤屈,也想顺便到他家安慰一下他的妻子罗莎蒙德,让她知道并不是所有人都怀疑医生。不料,多萝西娅到医生家时,却撞见自己所思恋的威尔正与罗莎蒙德调情,顿时如同挨了当头一棒,绝望而去。但第二天清晨,痛定之后的多萝西娅意识到,自己昨天因威尔负心而迁怒于"情敌","轻蔑的火焰仿佛已把罗莎蒙德烧成灰烬",居然忘了自己的本意是要去安慰她,帮助她丈夫洗脱冤屈。既然他们需要她,她就有"责任"去挽救他们,不能做"旁观者"。经历了这番情感的巨创,多萝西娅仍能感到窗外晨曦中的"世界是如此广阔,人们正在纷纷醒来,迎接工作,忍受苦难。她便是那不由自主的、汹涌向前的生活的一部分,她不能躲在奢华的小天地里,仅仅作一个旁观者,也不能让个人的痛苦遮住自己的眼睛,看不到其他一切"。于是,她决定去实现她"第二次拯救罗莎蒙德的意图"。①

小说在转述多萝西娅的这段心理活动时,多次使用"拯救(save/rescue)"等大词,初看似有反讽之嫌,仿佛拔高了其助人之举的意义。但再往后读就会发现,这实际上是一种肯定,叙述者自己作评论时也在使用这些词。例如,小说要把多萝西娅塑造成"泥塘里小鸭群中的一只小天鹅"②,虽叹惋其高远追求无法在"泥塘"中实现,但更肯定其高尚品格在"日常生活"中也能发挥"拯救作用(saving influ-

---

① George Eliot, *Middlemarch*, pp. 577–579. 着重号为笔者所加。
② Ibid., p. 4.

ence)", 并认为自我克制的行为往往有"使他人重获新生的神圣效果(divine efficiency of rescue)"。①在这部小说创作之初, 乔治·艾略特就在给奥斯卡·布朗宁 (Oscar Browning) 的信中谈到过这种影响力:

> 我最看重的, 就是我们还能够相信, 因为有了我们的存在、我们的性格和行为, 才使我们身边的人过得更好。②

她早就有了这种信念, 在写完《亚当·比德》(Adam Bede, 1859) 后曾给盖斯凯尔夫人 (Elizabeth Gaskell, 1810—1865) 写信说: "我想, 只要我们还活着, 就需要尽可能多地知道我们的生命能对他人产生什么益处。"③

多萝西娅抑制自己的痛苦, 以解救他人为己任, 与小说中对"旁观者"的批判一脉相承。正如她对罗莎蒙德所说:

> 我们活在世上, 想到别人的痛苦, 想到别人的切肤之痛, 我们既然能够帮助, 又怎能袖手旁观呢?④

多萝西娅的反思和决定出现在第八十章, 该章题词引用了华兹华斯 (William Wordsworth, 1770—1850)《责任颂》("Ode to Duty") 的第六节, 责任被颂为"立法者"(lawgiver), 此处的"法"显然不是狭义的法律, 而是社会乃至宇宙得以维系的力量: "你使星辰保持正常运行, /你也使天道万古长青, 永不衰老。"⑤这不禁让人想起康德头顶的星空和他心中的道德法则。同样, 弗洛斯河畔的麦琪因家门不幸而郁郁寡欢, 叙述者说那是因为

---

① George Eliot, *Middlemarch*, p. 588.
② Gordon S. Haight ed., *The George Eliot Letters*, Vol. 5, p. 76.
③ Gordon S. Haight ed., *The George Eliot Letters*, Vol. 3, p. 199.
④ George Eliot, *Middlemarch*, p. 582. 着重号为笔者所加。
⑤ Ibid., p. 574.

她还不知道，在她体内，在她身外，存在着那些不可更改的法则（the irreversible laws）。这些法则用以管束习惯，就成了道德；用以培养顺从与独立的情感，就成了宗教。①

麦琪也正是因为渐渐认识到了这些法则，才将目光从个人的不幸转向了他人的苦楚。

多萝西娅认识责任的经历，与之前《罗慕拉》的同名女主人公不无相似，都是从家庭转向了社会。《罗慕拉》中的佛罗伦萨正处于文艺复兴时期，罗慕拉的丈夫蒂托的野心与操行堪比《奥赛罗》中的伊阿古，出卖了所有能出卖的人。罗慕拉不愿为卑劣的丈夫尽妻子的责任，要离家出走，但在修士的苦劝下，留了下来，为危难中的佛罗伦萨尽公民的责任。叙述者借用"家"的所指的延伸，从情感转变的角度肯定了罗慕拉责任观念的转变："在她眼里，'家'的含义很少是她时常孤独静坐的巴尔迪街的寓所，而是环绕着佛罗伦萨的屋舍楼塔。"②

三 《罗慕拉》：出走与责任

维多利亚时代的文人有着强烈的历史意识，时代的变革与骚动使他们更愿往回看。卡莱尔的《过去与现在》通过描写中世纪的修道生活来比照现代社会，乔治·艾略特的《罗慕拉》（1863）则通过描绘中世纪末期的道德无政府状态来映照现代困境。

这是她唯一的一部历史小说，虽以15世纪末佛罗伦萨修士萨伏那洛拉（Girolamo Svonarola，1452—1498）的事业和殉教为背景，却通

---

① George Eliot, *The Mill on the Floss*, p. 381.
② George Eliot, *Romola*, ed. Andrew Sanders, Harmondsworth: Penguin, 1980, p. 452. 本章后文对该书的引用仅在引文后注明书名和页码。

过同名主人公的两次出走诠释了责任这个概念中的现代焦虑。小说出版后的读者反应也印证了这一点。《威斯敏斯特评论》刊文指出,《罗慕拉》无疑是作者迄今最不畅销的作品,但也是她最伟大的作品,"我们无法不感受到,《罗慕拉》主要关注的是道德责任和权利观念,这是非常现代的产物,更适合放在现代的场景中"。[①]《雅典娜神殿》(*Athenaeum*)上也有文章指出,阅读这部小说的时候"无法不生出强烈的愿望,要丢开自我享乐的生活,让行动带上义务感,带上一种服从于责任的情感"。[②]罗慕拉的两次出走,是对责任的两次质疑,也是两次重建,分别通过区分"对自己"和"对他人"的责任来拓展责任的范畴、通过调和"服从"和"反抗"的责任来寻求责任的内在动力。同时,罗慕拉对责任的反思也是一个隐喻,映照着维多利亚时代的文人在社会变迁中对信仰危机和词义变化的忧虑。

早在20世纪二三十年代,《罗慕拉》就有了汉译本《乱世女豪》[③],80年代末人民文学出版社又出了新译本《仇与情》。较之读者耳熟能详的《玩偶之家》和《简·爱》,同是出走的话题,国内评论界对《罗慕拉》却罕有提及,但后者在出走情节中对"责任"而非"自由"的思考,更值得深思。婚恋领域的女性出走,是一个既常谈又敏感的话题,维多利亚时代也不例外。1889年《玩偶之家》在伦敦上演时还引发了一场争论。反对出走者呼声甚高,沃尔特·贝赞特(Walter Besant,1836—1901)甚至为此写了小说《玩偶之家——之后》,续写娜拉出走后其家庭的垮掉。支持出走的萧伯纳(George Bernard Shaw,1856—1950)则主张娜拉不应为了丈夫和孩子而牺牲自己,他认为"从来不会有人假装自己的灵魂会在自我牺牲中找到最大

---

① David Carroll ed., *George Eliot*: *The Critical Heritage*, London: Routledge and Kegan Paul, 1971, pp. 213, 217.

② David Carroll ed., *George Eliot*: *The Critical Heritage*, p. 197.

③ 参见北京图书馆编《民国时期总书目》(外国文学卷),书目文献出版社1987年版,第72页。

的满足"。①如果比较一下二十多年前出版的《罗慕拉》，就会发现在出走所涉及的责任问题上，由于思考的出发点不同，乔治·艾略特给出了和易卜生（Henrik Ibsen，1828—1906）不同的答案。

不妨从娜拉夫妇句句带着"责任"的对话开始：

> 海尔茂：这话真荒唐！你就这么把你最神圣的责任扔下不管了？
> 娜　拉：你说什么是我最神圣的责任？
> 海尔茂：那还用我说？你最神圣的责任是你对丈夫和儿女的责任。
> 娜　拉：我还有别的同样神圣的责任。
> 海尔茂：没有的事！你说的是什么责任？
> 娜　拉：我说的是我对自己的责任。②

"对自己"和"对他人"的责任能截然分开吗？穆勒认为原则上是可以的。他在《论自由》中指出：

> 所谓对自己的责任，是指不对社会负有责任，除非情形使得它同时成为对他人的责任。对自己的责任，如果除了审慎之外还有他义的话，那就是自尊和自我发展。没有人须为这些向自己的同胞负责，因为它们并非个人为着人类利益而须向同胞负责的事情。③

---

① See Carola Dyhouse, "The Role of Woman: From Self-Sacrifice to Self-Awareness", in Laurence Lerner, ed., *The Victorians*, London: Methuen, 1978, p. 188.
② Henrick Ibsen, *Four Major Plays*, New York: Airmont, 1966, p. 69. 译文引自易卜生《易卜生戏剧四种》，潘家洵译，人民文学出版社1958年版，第198页。
③ J. S. Mill, *The Spirit of the Age, On Liberty, The Subjection of Woman*, ed. Alan Ryan, New York: Norton, 1997, p. 102.

不过，穆勒在群己权界划分中重视个人自由，是有其特殊出发点的，正如以赛亚·伯林在《穆勒与人生的目的》中所说："他视人类的团结为理所当然，也许看得太理所当然了，所以他并不害怕个体或群体的孤立，不害怕导致个体异化、社会解体的那些因素。"[1]他和乔治·艾略特的社会认知显然不同，他看到的是社会的团结，"关注的是与之相反的社会化与齐一化的罪恶"，而乔治·艾略特担忧的却是社会的分裂趋势，思考的是社会的凝聚理念。即便如此，穆勒也没有忽略"除非情形使得它同时成为对他人的责任"这个前提。人不是孤零零的个体，"对自己的责任"通常很难与"对他人的责任"完全分开。

有评论家指出，整个19世纪，小说家们都在指责那些以不当理由嫁人的女性[2]，乔治·艾略特三部小说中的女主人公罗慕拉、多萝西娅、格温德琳均在此列，但只有罗慕拉选择了出走，同样婚姻不幸的另位两位都没有离开自己的丈夫。娜拉要考虑丈夫和儿女，罗慕拉考虑的则是家庭之外更为广泛的社会要求。乔治·艾略特一贯主张"没有哪个人的私人生活能不为更广泛的公众生活所影响"[3]，"正如在繁花盛开的树上，每一朵小花和它的果实都依赖树液的基本循环"，罗慕拉的命运也受某些"重大政治、社会条件的影响"（*Romola*：267）。这就要求读者从大的社会背景来解读罗慕拉的选择。

罗慕拉的父亲是位不信教的老学究，唯一的遗愿就是能以他的名义设立一个藏书室，用来保存他一生负债收集起来的善本古玩。罗慕拉想尽力实现父亲的遗愿，但她丈夫蒂托却只顾寻求荣华富贵，不仅不管她的感受，还有丑事瞒着她，导致两人的情感出现了隔阂。蒂托最后为了筹资出逃，背着罗慕拉变卖了岳父的藏书。这件事成了压断

---

[1] Isaiah Berlin, *Four Essays on Liberty*, Oxford: Oxford University Press, 1969, p. 183. 译文引自以赛亚·伯林《自由论》，胡传胜译，译林出版社2003年版，第258页。

[2] See Jenni Calder, *Woman and Marriage in Victorian Fiction*, London: Thames and Hudson, 1976, p. 14.

[3] George Eliot, *Felix Holt: The Radical*, ed. Peter Coveney, Harmondsworth: Penguin, 1982, p. 129.

驼背的最后一根稻草，罗慕拉感到"家"里的信任和亲情已经消耗殆尽，在绝望中决定出走。她在摘下订婚戒指时，内心经历了一番挣扎。小说中反复出现的戒指从字面和象征意义上，都是身份的外在标志。蒂托从初次在佛罗伦萨现身到后来被人认出，都与手上戴着养父给他的戒指有关。而他后来卖掉戒指，也是想隐藏自己的身份，割断与养父的关系。罗慕拉也意识到摘下戒指"是要割断一条外在的纽带"，因此"自己的生命似乎被生硬地撕成了两半"：

> 这些外在的标志把我们的生活联系在一起，使我们具有了一个不变的外在身份，从而不被我们意识的反复所动摇。(*Romola*: 391)

戒指作为信物，是身份的外在标志，其背后是法律的约束。沙特尔沃斯（Sally Shuttleworth）认为，根据实证主义者孔德的理论，个人并不是自给自足的单位，自我身份要从在历史中发展起来的象征系统中得以建构，法律也不是统治者的随兴所为，而是人类历史和道德进步的外在表现，因而扯断婚姻纽带，不仅使个人感到生命被"撕成了两半"，而且会阻隔人类的历史发展。[①]不管乔治·艾略特在多大程度上认可孔德，罗慕拉后来的确是从责任的角度肯定了这一点，意识到法律所要求的是一种"范围广远的责任"：

> 一切亲近的关系，尤其是最亲近的关系，它所具有的神圣性，就是人类一切的善和高尚必须自发追求的结果在外在法律中的体现。轻率地抛弃某种纽带的约束，不管是遗传的还是自愿的纽带，只是因为它们不再让人快乐，就是将社会和个人的德性连根拔掉。(*Romola*: 552)

[①] Sally Shuttleworth, *George Eliot and Nineteenth-Century Science*, Cambridge: Cambridge University Press, 1986, p. 100.

"关系"(tie)、"纽带"(bond)和"责任"(duty)一样,都是乔治·艾略特钟爱的词语。它们也是 19 世纪五六十年代的关键词,"将我们系在一起的纽带是多么的甜蜜"就是圣歌中的句子。[①]法律和它所要求的责任与义务,体现着各种社会关系,包括遗传的(如父子)和自愿结成的(如夫妻)关系。这些关系在相互关爱、相互信任的基础上把人类凝聚在一起。正是这种认识让罗慕拉在摘下戒指时犹豫再三。罗慕拉后来在平静中回忆自己的出走,认识到修士当时的劝阻是正确的,出走违背了结婚誓约,破坏了诚信这条人际关系中最基本的原则(Romola:431),与蒂托为了个人享乐而抛弃养父、抛弃他的纽带性质无异(Romola:552)。这种行为如果蔓延开来,外在标志的象征意义和外在法律的约束力就很难再引起人们的敬畏之情,它们所表征的整个道德体系也就趋于崩溃,从而滋生出一种凡事以自我为中心、毫无约束的道德无政府状态。

乔治·艾略特在写《罗慕拉》期间还写了篇幅较短的《织工马南》(Silas Marner,1861),马南的养女爱蓓就没有为荣华富贵抛弃养父,与蒂托形成了鲜明的对比。爱蓓挽救了金子被盗后心如死灰的马南,蒂托却私吞养父珠宝,背弃养父,导致养父陷入复仇的情绪之中不能自拔。蒂托虽然是小说中的一个次要人物,但他身上却体现着 19 世纪中叶英国道德风尚的一种转向。百年之后的英国人依然清醒地认识到当时的社会状况,在约翰·福尔斯(John Fowles)不乏辛辣调侃的《法国中尉的女人》(The French Lieutenant's Woman,1969)中就有这样的句子:"查尔斯像自己的许多同代人一样,发觉那一世纪早期那种重视责任的风尚,正转向自高自大;推动新英国前进的动力,已经不再是为善而善的献身精神,而是一种把自己变成尊贵人物的日趋强烈的愿望。"[②]

[①] Asia Briggs, *The Age of Improvement*, 2nd ed., Harlow, England: Pearson, 2000, p. 389.
[②] John Fowels, *The French Lieutenant's Woman*, Triad, 1977, p. 19.

诚如霍洛韦在《维多利亚时代的圣哲》中所说,对乔治·艾略特而言,责任需要"被认识到"才有意义,而这种认识更多地来自深刻真实的情感而不是逻辑思考。[①]罗慕拉就认为责任感应源于内心自发的情感,她从未向不是出自个人爱与敬的责任低过头（Romola：392）。当她决定依从"情感律令",离开已经形同陌路的丈夫时,并没有因循当时的惯例,躲到修道院或朋友家中,而是选择了出走,要寻找一条独立的生活道路。在黎明前的寂静中,她走出佛罗伦萨,感到了羁鸟出笼般的自由:"她自由并孤独着","生平头一次在天地间感觉到一种孤单,没有人跑出来给她制定什么法律"。(Romola：401,428)

修士萨伏那洛拉在路上拦住了她,对她这种可能破坏社会秩序的"自由"行为大加批评。修士可能有些不近人情,但也情有可原,他的出发点是维护社会的安定团结。15世纪末的佛罗伦萨有着共同体性质的城邦生活（Romola：46),但也存在着"信教与不信教,希伯来主义与希腊主义,寡头政治与民主政治"的对立[②],无政府状态在变革动荡的社会中弥漫着。而罗慕拉出走时,正值意大利另外四邦结盟对抗法国,对依附于法国的佛罗伦萨进行封锁。佛罗伦萨内忧外患,粮食匮乏,瘟疫传播,人心惶惶,正需要全民的支持和奉献。

修士劝她"回到自己的位置上去"（Romola：429),向她解释她的"位置"并不只是"妻子"。既然责任感源自人的内心情感,那么情感中除了骨肉之情和夫妻之爱,还有超越动物性情感的"更高层次的爱"（Romola：435)。首先是身为佛罗伦萨公民,应该有同胞之爱,"佛罗伦萨的女子,应该为佛罗伦萨而活",这是佛罗伦萨人与生俱来的责任。(Romola：431,436)当自己的人民还在水深火热之中,饥饿和痛苦还在街巷中弥漫,自己又怎能"像小鸟一样,展开翅膀,哪儿有爱吃的食儿就往哪儿飞呢"?（Romola：436)而且责任犹如债务,

---

① John Holloway, *The Victorian Sage*, New York: Norton, 1965, p. 125.
② Sally Shuttleworth, *George Eliot and Nineteenth-Century Science*, Cambridge: Cambridge University Press, 1986, p. 98.

"一个欠债累累的人又怎么能认为自己是自由的呢?"修士义正词严地对罗慕拉说:

> 你是在逃离你的债务——作为佛罗伦萨女子的债务和作为妻子的债务。你是在抛开自己的命运,去选择另外一种命运。可是,人能选择责任吗?正如人不能选择自己的出生地和父母一样。(*Romola*:430)

修士唤醒了她"除了个人享乐和个人情感以外的生活的理由"(*Romola*:464),于是"罗慕拉又回到自己的位置上"(小说一章名),加入到救助难民和病人的阵营中来。她在自己的行动中"找到了一个坚实的立足点","用爱心和劳动填充了自己的位置",感到"佛罗伦萨一直需要她"。(*Romola*:463,着重号为笔者所加)

责任由此构成了一个人的存在。一个人在社会中兼有多重角色,维系着不同的责任,对某种责任的舍弃可能会导致同时舍弃其他责任。罗慕拉的出走,抛开的不只是妻子的责任,还有作为佛罗伦萨公民的责任。从这个意义上讲,她的自由不是体现在出走上,而是体现在回归上。

责任与"角色""职位"相连是古就有之的观念,也是乔治·艾略特小说中一个根深蒂固的观念。《米德尔马契》中卡苏朋教士就曾说:"不同的位置有着不同的责任"。[1]当埃德蒙·伯克(Edmund Burke,1729—1797)说"每个人所处的位置决定着他的责任"时,他暗示很多责任是人一降生就置身其中的,不以人的意志为转移,是无可推卸的,其中就包括个人对国家、对社会的责任。[2]到维多利亚时代,18世纪原子论的社会观已经逐渐被强调个体相互依存的有机论所

---

[1] George Eliot, *Middlemarch*, p. 57.
[2] 参见埃德蒙·柏克《自由与传统》,蒋庆等译,商务印书馆 2001 年版,第 75—83 页。

取代，对"权利"的强调也转为对社会责任的思考。①当时的伦理学家布拉德利（F. H. Bradley，1846—1924）论述过"我的位置及其责任"，认为人的责任取决于他在自己所生活的有机体中的位置，而这个有机体可以是家庭、社会和国家。②罗斯金也曾在演讲《王后的花园》（"Of Queen's Gardens"）中倡导女性的社会责任："在家门内，她们是秩序的核心、苦难的油膏、美的镜子；在家门外，她们仍然像在家门内一样，那儿秩序的维持更为困难，苦难更为迫切，爱更为缺乏。"③

正是因为感到道德和信仰的无政府状态有蔓延之势，乔治·艾略特才在写作《罗慕拉》期间说："我与作为一个群体的自由思想家（Free thinkers）没有什么共同语言，对那种一味地挑衅宗教教条的言行也完全失去了兴趣。如有可能，我想知道从古至今所有宗教教条中蕴寄的经久不衰的含意。"④几年后，她又在《费利克斯·霍尔特致工人辞》一文中号召各阶层从自己的社会位置出发，根据更为迫切的对国家的责任，把对本阶层利益的追求转变成对本阶层责任的追求。⑤这种态度在她小说创作的初期就已经存在，只不过在后期小说中表现得更为突出。

从乔治·艾略特对责任的反思中，可以看出她前期和后期小说对社会的认知发生了变化。在前期小说中，乡村社会大多处在"古时候的回音萦绕未散，而新时代的声音尚未来临"⑥的状态中，是一种相对静态的共同体生活，责任概念比较明确，宗教和道德体系还能有效地运转，公共舆论更多地体现着集体意识。在《珍尼特的悔悟》（"Janet's Repentance"，1858）中，叙述者颂扬了责任观念在个人和社

---

① Sally Shuttleworth, *George Eliot and Nineteenth-Century Science*, x.
② F. H. Bradley, *Ethical Studies*, Bristol: Thoemmes Antiquarian Books, 1990, p. 157.
③ John Ruskin, *Sesame and Lilies*, *Unto This Last* and *The Political Economy of Art*, London: Cassell, 1907, p. 87. 译文引自约翰·拉斯金《芝麻与百合》，刘坤尊译，湖南人民出版社1986年版，第117页。
④ Gordon S. Haight ed., *The George Eliot Letters*, Vol. 4, p. 65.
⑤ George Eliot, *Essays and Leaves from a Note-Book*, p. 259.
⑥ George Eliot, *Silas Marner*, ed. Q. D. Leavis, Harmondsworth: Penguin, 1967, p. 53.

会的完善中所起的中枢作用：

> 福音主义给米尔拜地区带来一种观念，并使之产生了明显的作用：责任的观念，认识到活着不能仅仅为着自我的满足，还要为着某种更有价值的东西。它之于道德生命，就如强大的中枢神经之于动物生命。罕有依据某种信仰或观念来着手塑造自己，却又上升不到一种更高经验层次的情况。因为，一种服从、自制的原则已经渗入这类人的天性之中，使他们不再是一堆印象、欲望、冲动的混合体。①

"教区生活场景"中的这种责任观念奠定了乔治·艾略特前期小说的基调，书中人物和叙述者都没有对它提出明显的质疑，这在后期小说中有了变化。处在前后期小说分水岭上的罗慕拉，与之前的麦琪有很多相似之处，弗·雷·利维斯指出两人身上都有作者本人的影子，罗慕拉比麦琪"更少了些真实而多了些理想"，②但在对责任的认识问题上，作者对两人的刻画显然不同。麦琪在为情所困时自觉意识到了责任观念，罗慕拉却要通过外在力量（修士的劝诫）才能认识到。

《弗洛斯河上的磨坊》（1860）和《罗慕拉》（1863）一样，在"随波逐流"的章节后面又加上了名为"觉醒"的章节，都是讲述女主人公在迷途的船上醒来。在前一部小说中，麦琪在随斯蒂芬"私奔"途中决然斩断情丝，谴责自己的情感冲动之举："她扯断了赋予责任以意义的那些纽带，成了一个离魂游魄，除了自己情感的任性选择之外，没有任何向导。"③ 斯蒂芬力图用爱情是高于一切的法律，来说服她放弃其他责任，麦琪则认为：

---

① George Eliot, *Scenes of Clerical Life*, ed. David Lodge, Harmondsworth: Penguin, 1973, p. 320.
② F. R. Leavis, *The Great Tradition*, London: Chatto and Windus, 1955, p. 48.
③ George Eliot, *The Mill on the Floss*, p. 597.

如此一来，一切欺诈之举和残忍之行都将畅行无阻，扯断世上哪怕最神圣的纽带也就有了理由。如果过去不再约束我们，责任又将何在？①

麦琪的选择中透着对责任的看重，对习俗律法的尊重。在后期小说中，人物对责任有了更多的质疑，如《罗慕拉》中的罗慕拉、《米德尔马契》中的多萝西娅、《但尼尔·狄隆达》中的凯瑟琳等。但她们在质疑责任的同时，又肯定了一种"更高的责任"，也即对他人的责任。凯瑟琳并不否认应该为了"更高的责任"而牺牲个人幸福②，《西班牙吉卜赛人》（*The Spanish Gypsy*，1868）的女主人公为了吉卜赛人的事业舍弃了爱情，而罗慕拉也在佛罗伦萨的危难时刻担起了公民责任这一更高的责任。

佛罗伦萨局势缓和后，社会责任的迫切性有所缓解，而与公众情感的融合使罗慕拉更深刻地感受到了夫妻间的隔阂。这期间她还察觉到了蒂托的一系列背弃责任的行径：抛弃养父，包养情妇，并随时准备出卖自己钻营的各派势力中暂落下风的一方。她开始怀疑"她努力真心维系的婚姻纽带本身就是假的"（*Romola*：463）。

引发她再次出走的导火索是修士拒绝出面解救她的教父。这使罗慕拉对他产生了信任危机，"所有强烈情感的纽带都被扯断了"（*Romola*：586）。她此刻和修士面临着同样的难题。修士抗议教皇将他驱逐出教："何时服从的责任终止，反抗的责任开始"（*Romola*：540）；而罗慕拉也思考"何时服从的神圣性终止，反抗的神圣性开始"（*Romola*：553）。乔治·艾略特认为两人的问题在本质上是一致的。对责任的反抗，要以重建责任的更高权威为根本目标。她坚信"无信仰所带来的精神摧残"，无信仰与社会凝聚的理念背道而驰。③评论家纽顿

---

① George Eliot, *The Mill on the Floss*, pp. 601 – 602.
② George Eliot, *Daniel Deronda*, ed. Barbara Hardy, Harmondsworth: Penguin, 1967, p. 289.
③ Gordon S. Haight ed., *The George Eliot Letters*, Vol. 4, p. 64.

(K. M. Newton)极有见地地指出,修士和罗慕拉的反抗都会带来破坏性的后果,反抗应该像《费利克斯·霍尔特》(*Felix Holt*: *The Radical*, 1866)中的牧师莱昂所说:"反抗的权利即是寻找更高权威的权利",修士把净化教会的矛头指向教皇,无疑会瓦解教会体系,而罗慕拉抛开了使她认识到更高责任的修士,也就拆掉了自己信念赖以建构的支柱。①于是,罗慕拉对自己为什么要服从责任感到迷惘:

> 她的心中生出一种新的反抗,一种新的绝望。她又何必在乎挂那个标志,何必在乎要被人称呼自己的名字呢?她实在找不到属于这个名字的始终一致的责任。有什么力量为她产生被称作责任的那个极其神圣的动机,既然除了某种形式的令人深信不疑的爱之外再没别的内在驱动力?(*Romola*: 586)

这种使人产生责任感的力量,在罗慕拉第一次出走时,是通过荒原上的水源意象来展示的。罗慕拉不信宗教,也无法理解父亲教导的斯多葛派哲学,她的生活由情感的力量指引着,她称这种力量为"情感的信仰"。父亲的去世和丈夫的背叛使她的情感失去了依附对象,她陷入了"信仰"失落后的迷惘之中,出走前脑海中浮现出兄长卢卡的预言:"你,罗慕拉,绞搓着手,寻找水,却找不到……原野又变得光秃秃的满是石头,你孤零零地站在那里。"(*Romola*: 394)迷惘中她开始寻找新的信仰:"她周围的泉源都已枯竭,她奇怪是什么水源能使人们在荒漠中汲引,从而获得气力。"她在萨伏那洛拉的奉献精神中尝到了那种遥远的甘泉的清冽。(*Romola*: 396)修士不仅使罗慕拉认识到了对国家的责任,还把这一责任上升为一种神赐的义务。出生在不信教家庭的罗慕拉,虽然没有顶礼膜拜修士的宗教,却从作为这种宗教化身的修士身上体会到了宗教内在的奉献精神,于是感到一

---

① K. M. Newton, *George Eliot*: *Romantic Humanist*, London: Macmillan, 1981, pp. 68–70.

种她从未遵依过的更高的法律,陡然意识到自己"过去的自我"和"现在的自我"有着很大的差距。(*Romola*:433)

小说中经常出现对"自我"的区分,蒂托就依着"庸俗的自我"去追求个人享乐,而复仇的怒火也造成了其养父自我的分裂。(*Romola*:354,338)相比之下,罗慕拉体会到的是一种"更高的自我",这才是责任的内在驱动力。这就是乔治·艾略特的道德至善论(perfectionism),即追求更好的自我,追求自我的完善,如她在小说发表后的一封信中所说:

> 对任何伟大事物的思考本身就是一种宗教,使我们从自我中心中升华出来。遗憾的是,人们一再地沉沦,直落到灰垢尘堆之后,看不见伟大的事物。①

通过追求更好的自我,可以在信仰失落、价值多元的社会中寻找出生命的价值,在崇高的精神中升华出信仰。正如叙述者在罗慕拉失去了对修士的信任后再次出走时所说,"没有这种更大的目标,生命无法升华为信仰",而且

> 随着对人的高度信任的低落,生活的尊严也低落了。我们不再相信我们更好的自我,因为它也是我们在思想中堕落了的普通天性的一部分。灵魂之中所有的更好的冲动都麻木了。(*Romola*:587 – 588)

陷入了迷惘和麻木的罗慕拉万念俱灰,乘一叶扁舟漂游茫茫海上。这不过是前次出走时荒原意象的再次重复。罗慕拉又失去了自己信仰的源泉。当船在一个瘟疫肆虐下几近荒废的渔村靠岸后,罗慕拉重新

---

① Gordon S. Haight ed., *The George Eliot Letters*, Vol. 4, p. 104.

生出早先在佛罗伦萨救援中的责任感，取"水"救治病人，最终使渔村重现生机。罗慕拉再次回到佛罗伦萨，认识到唤起她新生的修士，作为崇高目标的"化身"，宣讲的"不是空洞的托词，而是一种活生生的精神"（*Romola*：663）。

卡莱尔在《时代征兆》中谈到机器时代的道德堕落时，号召人们从我做起："改造世界，改造国家，聪明人是不会去掺和的；只要不是蠢材就都知道，那虽然缓慢却是唯一脚踏实地的改造，就是每个人都从我做起，向着自我完善迈进。"[1]《罗慕拉》对萨伏那洛拉的教会改革和政治改革的叙述较为低调，很大程度上源于它的作者也倾向于从我做起。对更好自我的追求，成了责任的内在动力，它不仅是个人自我完善的途径，而且会通过对他人的影响，带动整个社会的道德进步。修士影响了罗慕拉，罗慕拉又使这种影响延及他人。叙述者评论道：

> 当我们看到这种奋不顾身、自我牺牲的壮举而心跳加速时，生活看上去从来没有这么清楚，这么容易。那一刻，我们对什么是灵魂应当赢取的更高的奖赏不再抱有疑问，我们几乎坚信自己有能力取得这种奖赏。正是这样的一股新的热情（enthusiasm）伴随着罗慕拉度过了那些艰难的夏日。（*Romola*：541）

在《弗洛斯河上的磨坊》中，叙述者也曾提到这种"叫作'热情'的东西，某种没有很高的奖赏也能产生动机的东西"，它能使人克制己欲，并"对他人之物有着充满活力的爱（active love）"。[2]这种热情也使罗慕拉生出了一种"充满活力的爱"（*Romola*：464），投身到对佛罗伦萨和渔村的救援之中。

霍顿在《维多利亚时代的思想框架》中指出，在乔治·艾略特身

---

[1] Thomas Carlyle, *Critical and Miscellaneous Essays*, Vol. 2, p. 82.
[2] George Eliot, *The Mill on the Floss*, p. 297.

上，宗教气息和浪漫情怀并行不悖，使她得以糅合维多利亚时代的两种道德倾向：一是基于良心的"热切"（earnestness），即抑制激情以尽责任；二是基于情感的"热情"，即激发高尚情感以追求更高的理想。[1]罗慕拉的第二次出走充分展示了这一点，她将对更好自我的追求作为责任的内在动力，将情感与责任的表层冲突化作了内在的一致。也就是说，在一个没有了道德权威的时代，"更好的自我"就是权威。

四 "责任"的伦理学

语文学家弗雷德里克·迈尔斯（F. W. H. Myers, 1843—1901）记下了乔治·艾略特在剑桥的名言：

> 我还记得，五月的剑桥，一个细雨蒙蒙的黄昏，曾与她漫步在三一学院的院士花园。她的步子比平日要快些，谈起了长久以来经常作为号角来激励人们的三个词——上帝、不朽、责任——她极其热切地称，第一个是如何难以想象，第二个又是如何难以置信，而第三个则是如何地确定无疑，如何地绝对。[2]

巴兹尔·威利以此开篇来论述乔治·艾略特，认为她的思想发展如同一条弧线，"始于上帝，终于责任"[3]。她早年信奉福音主义，后来接触激进的神学思想，成了不可知论者，一度拒绝去教堂礼拜，因而被父亲赶出家门。福音主义重新燃起了17世纪的"热情"，强调责任，在18世纪末到19世纪的头三十年里影响很大。史学家扬格（G. M. Young）甚至认为，福音主义对责任和克制的信奉成了宗教式

---

[1] Walter E. Houghton, *The Victorian Frame of Mind*, New Haven: Yale University Press, 1957, pp. 264–273.
[2] 转引自 Basil Willey, *Nineteenth-Centuries Studies*, Harmondsworth: Penguin, 1973, p. 214。
[3] Basil Willey, *Nineteenth-Centuries Studies*, p. 215.

微后最强大的凝聚力,没有它,英国可能就散架了。[1]尽管福音主义的信条和不太宽容的道德压力使得许多信奉者最终抛弃了它,但毕竟还是留下了责任观念:"福音主义者的道德责任感,是维多利亚时期大多数不可知论者从他们无法再接受的信仰残骸中抢救出的一样东西,在有些人那里,还是唯一一样。"[2]乔治·艾略特就是"有些人"之一。福音主义对她的影响也是她后来在小说中阐述责任观念的原因之一。

正如乔治·艾略特经历的信仰危机使她更加看重责任的凝聚力,罗慕拉对责任的怀疑也使她后来更加坚定地拥抱责任。这种怀疑是使责任观念保持活力的必由之路。理·霍·赫顿(R. H. Hutton, 1826—1897)写了一篇乔治·艾略特认为是最有洞察力的评论,他在这篇文章中指出,《罗慕拉》最大的艺术目的,就是写出文艺复兴时期的自由文化与基督教思想的冲突,这与维多利亚时代的状况十分相似。[3]代表冲突双方的词汇,可以用"希腊精神"和"希伯来精神"来概括。马修·阿诺德对此作过清晰的表述:"希腊精神最为重视的理念是如实看清事物之本相;希伯来精神中最重要的则是行为和服从。"这"两大精神准绳","一个强调全面透彻地了解人的责任的由来根据,另一个则力主勤勉地履行责任;一个慎之又慎,确保不将黑暗当成光(这又是威尔逊主教的话),另一个则是看到大的亮光就奋力向前"。而且在维多利亚时代,"我们最根本的习性在于偏爱行动而不是思考"。[4]因此,更需要一种希腊精神,透析"人的责任的由来根据",避免盲目地行动,"将黑暗当成了光"。

乔治·艾略特的后期小说也更侧重于用希腊精神来审视责任观念,

---

[1] G. M. Young, *Victorian England: Portrait of an Age*, 2nd ed., Oxford: Oxford University Press, 1960, p. 5.

[2] Richard D. Altick, *Victorian People and Ideas*, New York: Norton, 1973, p. 201.

[3] David Carroll ed., *George Eliot: The Critical Heritage*, p. 200.

[4] Matthew Arnold, *Culture and Anarchy*, ed. Jane Garnett, Oxford: Oxford University Press, 2006, pp. 97, 101-102. 译文引自马修·阿诺德《文化与无政府状态》,韩敏中译,生活·读书·新知三联书店2008年版,第99、107页。为行文方便,将译本中"职责"(duty)一词改作"责任"。

倡导人们在新的社会环境中对责任多一些反思，而不是简单地宣扬或唾弃。罗慕拉的两次出走是对责任的两次质疑，但每次都以回归作为肯定。罗慕拉在小说末尾对出走的反思，便是一种质疑之后的重建："她开始谴责自己的出走：说到底，这是怯懦、自私的行为；萨伏那洛拉先前劝她回去的理由，要比她第二次出走的理由更充实、更深刻。"（*Romola*：651）通过否定之否定，小说使读者更加清醒地认识到责任的内涵。

乔治·艾略特的伴侣乔治·亨利·路易斯在日记中写道，普通读者对《罗慕拉》反应平平，而几乎所有的文士精英都做出了热烈的响应。[1]这在很大程度上源自罗慕拉身上体现了当时文人的某种特质。她的怀疑和自省、出走和回归也是乔治·艾略特、卡莱尔以及当时许多智士文人共有的心路历程。在旅程的终点，我们看到的是一位"受过教育的"女性在荒岛上瞻"前"顾"后"地自省的肖像：

> 在冷寂的冬日里，罗慕拉依榻而息。她的思绪，回想着过去的时光，凝望着未来扑朔迷离的日子，开始从新的角度来审视一切。（*Romola*：650）

自省能够提升人的道德意识，正如达尔文在《人类的由来》（*The Descent of Man*，1871）中所说："他必然要相当坚决地决定，将来要做出与此前不同的行动，这就是良心。因为良心回首既往，指导将来。"[2]当罗慕拉反思自己的第二次出走时，叙述者说："当错综复杂的生活状况使人无法维系某条纽带时，人们都会有这种反复的斗争，除非他的感觉迟钝到生不出怀疑的地步……良心会不断地回顾过去、怀疑过去，直到伤口结成了疤。"（*Romola*：651）怀疑的经历是痛苦的，而对怀疑的怀疑尤为如此。罗慕拉怀疑责任，又怀疑自己对责任的怀疑，

---

[1] Gordon S. Haight ed., *The George Eliot Letters*, Vol. 4, p. 102.
[2] Charles Darwin, *The Descent of Man*, New York: P. F. Collier, 1902, p. 129.

最终重建了更为清晰的责任观念。这种经历也就是卡莱尔在《旧衣新裁》中阐述的由怀疑到否定再到肯定的过程，正如他在评价德国小说家里希特尔（Richter）的信仰时所说的，"他怀疑过，否定过，但他仍笃信着"[①]。在乔治·艾略特看来，为使"责任"在它的外在社会条件发生变化后，仍能具有精神号角的力量，一个"感觉不那么迟钝"的人有责任去重建"责任"。

乔治·艾略特晚年写了一部散文集《泰奥弗拉斯托斯·萨奇印象》（*Impressions of Theophrastus Such*，1879），其中《道德骗子》一章质疑了"有德（moral）"和"道德（morality）"的词义。书中虚构的主人公萨奇举例说，一个在家庭生活中中规中矩、在外大行坑骗之能的人，居然被称作有德之士，那些欺诈贪婪、多行不义的统治者，只因没有荒淫无度，就被权威的史学家称作有德之君，则"对他人的责任"又将何在？词语的误用导致了原有词义的模糊和消失，从而腐蚀了思想。他认为，在政治、历史和文学中对这两个词的误用，使得广泛而严肃的"人类责任"无法在"道德"和"宗教"中找到。人们在生活中对词义感到茫然，又无法在权威作品中找到参照，结果只会更糟。[②]正如艾兹拉·庞德（Ezra Pound，1885—1972）后来所说：

> 词语的坚实有效是由该死的被人小看的文人学士来照顾的，如果他们的作品腐烂了（我指的不是他们表达了不得体的思想），当他们使用的工具、他们的作品的本质即以词指物的方式腐烂了，那么，社会和个人思想、秩序的整个体制也就完蛋了，这是一个历史教训，一个未被记取的教训。[③]

[①] Thomas Carlyle, *Critical and Miscellaneous Essays*, Vol. 1, p. 22.
[②] George Eliot, *Impressions of Theophrastus Such*, ed. Nancy Henry, Iowa City: University of Iowa Press, 1994, pp. 130 – 131.
[③] 转引自陆建德《〈伟大的传统〉序》，载弗·雷·利维斯《伟大的传统》，袁伟译，生活·读书·新知三联书店2002年版，第9页。

在萨奇看来，社会生活中对"道德"一词的误用危害更大，即便伦理学的条分缕析也于事无补，因为"通俗语言中的非正式定义，是理论影响大众思想的唯一媒介，甚至那些所谓受过教育的人也同样受其影响"：

> 在伦理学中创建理论已经起不到什么作用了，因为我们的习惯用语已经把我们社会责任的更大的部分视为游离于我们天性的最深层的需要和情感之外。①

他进而指出，社会责任的更大部分就是"个人对他人的责任"：

> 两性之间的关系以及基本的血缘纽带是人类幸福的至深根基，但把它们等同于道德，实际上是斩断了使这些纽带成为幸福源泉的情感渠道。社会的维系要靠一种敏感性，能够敏锐地感受到他人的需要，而这些纽带是这种敏感性的最初泉源。②

萨奇的这段话体现了维多利亚时代国民性话语中的一个核心思想。无论是罗斯金说的绅士理念，还是穆勒主张的自由原则，都在强调这样一种敏感性。

由此不难理解史学家扬格为什么称乔治·艾略特为"维多利亚大变革时代的道德家"③。她在思想史上的价值就在于她能发现并表述出那代人共同关切的问题。如史学家伍德沃德（E. L. Woodward）所言："乔治·艾略特之所以被誉为深刻的思想家，其昭昭大名要归功于她的哲学属于非常一般的那种，困扰她的那些怀疑和问题，恰恰是属于

---

① George Eliot, *Impressions of Theophrastus Such*, p. 131.
② Ibid., p. 132.
③ G. M. Young, *Victorian England: Portrait of an Age*, p. 4.

她那个时代的。"①她作品中流露出来的这种对关键词词义变迁的忧虑,不仅体现了小说家对语言的敏感和体悟,也反映了文人在社会转型年代对语言所表征的思想和价值体系的忧虑。在那个日渐世俗化、功利化的时代,乔治·艾略特等文人已经认识到,守护词语的精神和道德空间具有无可估量的现实意义。

---

① E. L. Woodward, *The Age of Reform*, Oxford: Oxford University Press, 1938, p. 539.

第四章

"贫穷":狄更斯论词语暴政

> 我们爱说词语的暴政,但我们又何尝不喜欢对词语施加暴政。
> ——狄更斯《大卫·科波菲尔》

一 艰难时世:道德神话与诗学正义

雷蒙德·威廉斯认为,认识到狄更斯与乔治·艾略特之间的巨大差异,是深入理解 19 世纪英国小说的起点。两人代表着两个不同的世界。乔治·艾略特来自知识阶层,带有浓厚的学术气息;狄更斯则源出通俗文化,并由此形成了他观察世界的视角。[1]正是这种"通俗"的出身和立场,使狄更斯的小说在某种意义上成了民情的晴雨表。

特罗洛普在《巴彻斯特养老院》(1855)中称卡莱尔为"悲观的反空话博士",称狄更斯为"舆情先生"(Mr. Popular Sentiment),可谓一语中的。虽然他认为狄更斯在抨击时弊时道德立场过于鲜明,难免会让一些情有可原的无辜者受到伤害,但无法否认狄更斯的小说具有影响舆情的能力,因为"讽刺比论证更能让人信服,想象的痛苦比现实的悲伤更能让人感动"[2]。

狄更斯能做到这一点,主要是因为他总是站在弱者一边,用激

---

[1] Raymond Williams, "Introduction", in Charles Dickens, *Dombey and Son*, ed. Peter Fairclough, London: Penguin, 1985, pp. 14 – 15.

[2] Anthony Trollope, *The Warden*, London: Oxford University Press, 1952, pp. 205 – 206.

烈的言辞抨击不公不义的现象。民情是影响社会维系的重要因素，而公正又是影响民情的重要因素，正如卡莱尔在《宪章运动》中所言，人们幸福与否，并不在于他是富甲天下还是家徒四壁，而在于他是否感到自己受到了公正的对待。[①]狄更斯和卡莱尔被称作"情感激进派"，就是因为他们常用鲜明的立场、辛辣的言辞为弱势群体代言，讨要正义。在狄更斯看来，不良的制度和风气对弱势群体的无视乃至压迫就像两堵高墙，不仅让弱者碰壁，还挤压着他们的物质与精神生活空间。

乔治·奥威尔（George Orwell, 1903—1950）清楚地看到，狄更斯其实并没有固定的立场，不管谁处在弱势地位，都会得到他的同情。[②]狄更斯的同代人很在意这种同情。1838 年《爱丁堡评论》（*Edinburgh Review*）上有文章说："他的作品趋向于使我们真正地做到仁慈——唤起我们对受害者以及各阶层苦难的同情，尤其对最不为人所见的那些人的同情……"[③]这个"最不为人所见的"卑微群体，在当时还有一个更常用的称谓——穷人。

在维多利亚时代的社会批评话语中，阶层划分是常用的做法。三分法比较常见，如马修·阿诺德区分的野蛮人（贵族）、非利士人（中产阶级）和群氓（劳工阶级）；贫富阵营的二分法也不少见，"两个国家"（two nations）已经成了流行的比喻。社会批评家霍尔（Charles Hall, 1740—1825）在 19 世纪初曾指出：

> 文明社会中的人可以分成不同的阶层，但为了调查他们享用或被剥夺维持身心健康的必需品的方式，只需将他们分成富人和

[①] Thomas Carlyle, *Critical and Miscellaneous Essays*, 5 vols., Centenary Edition, ed. Henry Duff Traill, 1899, Cambridge: Cambridge University Press, 2010, Vol. 4, pp. 144 – 145.

[②] See George Orwell, "Charles Dickens", in George H. Ford and Lauriat Lane Jr., eds, *The Dickens Critics*, Ithaca: Cornell University Press, 1961, pp. 168 – 171.

[③] Philip Collins ed., *Dickens: The Critical Heritage*, London: Routledge and Kegan Paul, 1971, p. 73.

穷人两个阶级。①

这种区分至今仍隐含在英国的文化与社会批评话语之中。2012年2月7日西敏寺纪念狄更斯诞生二百周年，院长约翰·霍尔（John Hall）特别强调了狄更斯作品中体现出来的怜悯之情在当时的影响，希望"这次纪念活动能够再度激励我们致力于改善当下弱势群体的命运"。②在场的坎特伯雷大主教罗恩·威廉斯（Rowan Williams）也说："狄更斯同情那些穷困潦倒的人，不是出于责任感，而是出于一种愤怒，因为那些人生活中的色彩已经被抹掉了，生活实际上已经被扼杀了。他想让他们拥有生活，让他们的生活扩展到上帝希望人们能够拥有的空间。"③《狄更斯传》（2011）的作者克莱尔·托玛琳（Claire Tomalin）也在《诞生二百周年之际致狄更斯》（"A Letter to Charles Dickens on His 200th Birthday"）的"信"中说，狄更斯的作品明确地表达了"一个好的社会，有赖于富人学会慷慨，穷人被拯救于无知和穷困"。④

对穷苦大众的同情，在文学中并不罕见，狄更斯似乎只是表现得更为激进而已。但在当时的英国，这种同情还有另外一种意义。麦克法兰认为市场资本主义"最核心的表征是让经济分离出来，成为一个专门的领域，不再嵌于社会、宗教和政治之中"。⑤但维多利亚时代英国的问题已经不再是经济从其他领域独立出来，而是其他领域开始受到强势的经济价值观念的入侵。与追求财富和利润最大化相伴而至的是对贫穷的鄙视。穷人的生活方式如果与"资本主义精神"相悖，甚

---

① 转引自 Asa Briggs, "The Language of 'Class' in Early Nineteenth-Century England", in M. W. Flinn and T. C. Smout, eds., *Essays in Social History*, Oxford: Oxford University Press, 1974, p. 157.

② http://www.westminster-abbey.org/press/news/news/2012/january/dickens-bicentenary-wreathlaying.

③ http://rowanwilliams.archbishopofcanterbury.org/articles.php/2347/.

④ http://www.theguardian.com/books/2012/feb/07/letter-charles-dickens-200th-birthday.

⑤ 艾伦·麦克法兰：《现代世界的诞生》，管可秾译，上海人民出版社2013年版，第57页。

至会被看成一宗不可饶恕的罪。经济不仅摆脱了伦理束缚,甚至"殖民"了伦理。在这样的语境中,对穷人的同情实际上也是伦理领域对抗经济入侵的一种形式。

从词语层面来说,"穷人""贫穷"(the poor/ poverty)都不是伦理学术语,但在维多利亚时代那个"艰难时世",这两个词却含有价值评判,承载着社会财富分配不公和贫富两极分化带来的道德偏见和情感疏离。在狄更斯看来,它们明显地体现了当时人们对词语的暴政和词语对人的暴政(the tyranny of words)。和乔治·艾略特一样,狄更斯也意识到词语很多时候并不是任意的符号,而是情感和经历的载体。每个人都会有一些敏感词语,它们能够唤起带有各种情感色彩的记忆。词语影响并塑造着人的思想和情感,乔治·艾略特要使"责任"成为能够影响行动的号角,狄更斯则试图让人们认识到,"贫穷"已经影响了人们的思想、情感和行为。例如,他在小说中描写吃喝场景,很多时候不仅是在影射"饥饿的40年代"穷人的现实需求,更是要批判不良的风气与不完善的制度所带来的冷漠,在虚构的小说世界中实现"诗学正义"(poetic justice)。

我们不妨透过20世纪中叶的一场史学论争来看狄更斯的激进情感。20世纪50年代,哈耶克(F. A. Hayek)编了一本论文集——《资本主义与历史学家》,旨在揭示历史学家是如何论述资本主义的。他认为,所谓"早期资本主义惨状"并非史实,只是史学家们编造的神话,用来诋毁资本主义的形象。[1]但事实上,就工业化进程发轫最早的英国而言,该"神话"并非空穴来风,当时的文人就已经有了大量的记述和讨论。这些文字不仅有其现实依据,还体现了资本主义的反思精神,既是18世纪以来"道德情操"渐入人心的结果,也是伦理领域抵御经济领域价值观念入侵的一种表现。

哈耶克在上述论文集的导论《历史与政治》中批评了史学界制造

---

[1] F. A. Hayek, "History and Politics", in F. A. Hayek, ed., *Capitalism and the Historians*, London: Routledge & Kegan Paul, 2003 (1954), p. 9.

的这个所谓的"超级神话":

> 这个神话说,由于"资本主义"(或"制造业""工业制度")的兴起,工人阶级的状况恶化了。谁没听说过"早期资本主义的悲惨状况",进而认为这种制度给原本还算怡然自乐的大众带来了罄竹难书的新苦难?哪怕这种制度只是一度让最贫困且人口最多的阶级生活状况有了恶化,我们也有理由认为它是不光彩的。情感上对"资本主义"的普遍厌恶,与以下信念密切相关:竞争性秩序增加了财富,这固然不可否认,但它却是以降低社会中最弱势群体的生活水准为代价的。①

他认为这个广为流传的神话扭曲了历史事实,工人阶级的状况其实是在稳步改善,但正是由于社会财富和康乐增加了,人们的期望也随之增加,以前能够忍受的苦难变得难以忍受,而经济上的苦难又格外扎眼,也就似乎更没有正当性了。②

哈耶克旨在为资本主义辩护,所言也并非全无道理,但有两点值得商榷。一是该神话并非全是虚构。哈耶克所说的"史实",过于偏重总体发展趋势,忽略了特定历史时期、特定区域、特定阶层的劳工生活状况的复杂性。就该书所涉及的19世纪前半叶的英国而言,"工人阶级"本身就是一个很难细致划分范畴的指称,地区与行业差别很大,统计数据也不够全面,关于生活水准从来就没有一个统一的评价标准,实际上很难用确定的语气来描述劳工阶层的生活状况。即便"饥饿的40年代"这类描述或有不实,但周期性及偶发的经济萧条所造成的恶果却不鲜见。史学家哈里森(J. F. C. Harrison)甚至断言:"19世纪三四十年代贫苦劳工的生活水平有了绝对下降,而且,工人

---

① F. A. Hayek, "History and Politics", in F. A. Hayek, ed., *Capitalism and the Historians*, pp. 9–10. 着重号为笔者所加。

② Ibid., p. 18.

阶级作为一个整体，在国民收入中所占的份额也减少了。"① 实际上，"早期资本主义惨状"并非全是虚构的神话，至少在某些时期、部分地区是现实存在的。

哈耶克的另一个问题是只看到该神话给资本主义带来的负面形象，却忽略了它在历史上的积极作用。它的道德批判为19世纪英国的种种改革创造了文化压力，实际上对资本主义的发展起到了积极作用。英国在现代化过程中经历了种种尖锐的社会矛盾，也不乏宪章运动这样的劳资冲突，但仍维持了社会的基本稳定，与这个神话所制造的文化压力不无关系。它所含的道德批判和内省意识恰恰是英国资本主义精神的重要组成部分。

史学家扬格在《维多利亚时期的英国》中说："对于历史，真正的、中心的主题不是发生了什么，而是事件发生时人们的感受是什么。"② 从这个意义上说，哈耶克所说的"情感上对'资本主义'的普遍厌恶"更值得我们关注。这种普遍厌恶也是当时的社会现实，反映并影响着社会变革。它的形成至少是两种力量共同作用的结果。一是18世纪以来英国对弱势群体的同情心日益增加，二是现实中的苦难确实更加彰显。

穆勒在《政治经济学原理》(1848)中说，当时人们从道德和社会角度对劳工悲惨状况的讨论已经不少。③ 其中最有代表性的恐怕要数卡莱尔最先提出的"英国状况问题"(the Condition of England Question)，直接影响了恩格斯和狄更斯等一大批关注社会问题的人。卡莱尔在《时代征兆》(1829)、《时代特征》(1831)、《旧衣新裁》(1833)等作品中就已经开始探讨"英国状况问题"，只是到了《宪章运动》(1839)和《过去与现在》(1843)中才更为明确地提出了这

---

① J. F. C. Harrison, *Early Victorian Britain 1832-51*, Fontana, 1979, p. 81.
② G. M. Young, *Victorian England: Portrait of an Age*, 2nd ed., Oxford: Oxford University Press, 1960, vi.
③ 约翰·穆勒：《政治经济学原理》(上)，赵荣潜等译，商务印书馆2009年版，第327页。

个说法，用来概括英国工业化进程中出现的社会问题，并很快成为19世纪英国文化中的一个关键词。

该说法最初是用来描述19世纪30年代末40年代初英国的社会危机。哈里森在《维多利亚时代早期的英国》（1971）中写道：

> 1837年，全国经济进入了萧条期，并一直延续到1842年。这六年是19世纪英国历史上最为凄惨的一段时期。工业发展陷入停顿，失业状况空前严重，食品价格居高不下，政府救济很不得力，工人阶级处于饥寒与贫困之中。整个经济体系从未像此时这样濒临彻底崩溃。①

这是自工业革命以来首次出现持续的经济大萧条。②史学家布里格斯认为，这段时期的经济萧条，尤其是1837年和1842年的两次经济危机，"所引起的不满影响了整个一代人的思维方式"③。

卡莱尔的《宪章运动》和《过去与现在》就分别写于上述两次经济危机之后。1838年秋，他前往英格兰北部和苏格兰，目睹了下层民众生活状况的恶化。但在他看来，此时的统治阶级不仅坐视不管，继续奉行"放任自由"原则，还推出了旨在保护土地贵族和中产阶级利益的谷物法和新济贫法。卡莱尔怀着激愤之情写出了《宪章运动》，第一章的标题便是后来影响深远的《英国状况问题》，书中认为英国工人阶级"满腔的不满已经十分严重和强烈"，"不能再默不作声，不能再袖手旁观"，否则就有爆发革命之虞。④ 1842年，卡莱尔还在写作克伦威尔的生平，但工人阶级的状况已经随经济危机的爆发再度恶化，他于是转而写起了《过去与现在》。他在1843年1月28日给母亲的信

---

① J. F. C. Harrison, *Early Victorian Britain 1832－51*, p. 34.
② Asa Briggs, *Victorian Cities*, Harmondsworth: Penguin, 1968, p. 97.
③ Asa Briggs, *The Age of Improvement*, London: Longmans, 1959, p. 294.
④ Thomas Carlyle, *Critical and Miscellaneous Essays*, Vol. 4, pp. 119, 118.

中说,看到身边有人饿死,有两百万人没有工作,而统治者只顾打猎享乐,自己应该站出来说话了。①

恩格斯1842年来到英国,在随后两年里撰写了一系列文章,题目都叫《英国状况》。其中第一篇评论的就是卡莱尔的《过去与现在》,并认为这是英国当时"唯一能够触动人的心弦、描绘人的关系、展示人的思想踪迹的一本书"。②恩格斯肯定了卡莱尔对英国状况的剖析,认为卡莱尔多年来"主要从事研究英国的社会状况——他是英国有教养人士中唯一研究这个问题的"。③恩格斯当时并不熟悉卡莱尔的背景,却在这篇文章中准确地概括并评价了卡莱尔的观点,被认为是19世纪四五十年代对卡莱尔的作品所作的最严肃、最深刻的评论。④恩格斯不久便用英文写出了《英国工人阶级状况》(*The Condition of the Working Class in England*, 1844),从社会史的角度分析了英国工业化带来的社会问题。他在该书注释中认为卡莱尔"比所有的英国资产者都更深刻地了解到社会混乱的原因"。⑤

狄更斯于1840年结识卡莱尔,在英国状况问题上深受卡莱尔影响。他在短篇小说《圣诞颂歌》("A Christmas Carol", 1843)中特意诠释了卡莱尔所谓的"工业领袖"如何在道德上悔过自新,并在出版前寄给卡莱尔先睹为快。不过,狄更斯在创作《艰难时世》(1854)时已经改变了这种看法。尽管他仍把该小说献给卡莱尔,并在给卡莱尔的信中说"我知道,书里写的一切都会得到你的赞同,因为没有人比我更了解你的作品"⑥,但正如评论家吉尔莫(Robin

---

① Clyde de L. Ryals and Kenneth J. Fielding eds., *The Collected Letters of Thomas and Jane Welsh Carlyle*, Vol. 16, Durham: Duke University Press, 1990, p. 38.
② 《马克思恩格斯全集》第三卷,人民出版社2002年版,第495页。
③ 同上书,第499页。
④ G. Robert Stange, "Refractions of *Past and Present*", in K. J. Fielding and R. L. Tarr, eds., *Carlyle Past and Present: A Collection of New Essays*, London: Vision, 1976, p. 109.
⑤ 《马克思恩格斯全集》第二卷,人民出版社1957年版,第582页。
⑥ Graham Storey et al. eds., *The Letters of Charles Dickens*, Vol. 7, Oxford: Oxford University Press, 1993, p. 367.

Gilmour）所言，他此时已经不再相信中产阶级能够改良英国社会。[①]该小说以英格兰北部工业区为例描述英国状况，是他唯一一部集中描写工业的小说，也是对19世纪英国工业社会的批判，其副标题便是《写给当今时代》（For These Times）。据评论家克雷格（David Craig）考证，"艰难时世"是1820年至1865年英国民歌中非常流行的一个词语，常用来指经济萧条的时期，尤其是指食物短缺和低薪失业令生活十分艰辛。[②]这并不是狄更斯小说发表时的英国状况，而恰恰是卡莱尔提出"英国状况问题"时的情形。萧伯纳认为该小说表明狄更斯真正认识了英国状况，开始批判英国人的自满心态，批判工业文明所带来的恶果。[③]

把卡莱尔、恩格斯和狄更斯放在一起来谈，自然不是为了考证卡莱尔这个新说法的影响力，而是为了说明三人虽然在思想和社会背景方面各不相同，但在英国状况问题上却有着相似的认识。英国状况问题的核心在于社会财富分配的正义问题。卡莱尔其实并不反对依靠工业来获取财富的社会制度，正如罗森贝格（Philip Rosenberg）所说，卡莱尔批判的是工厂制度的黑暗而非工厂本身。[④]他只是要求更公平地分配这些财富。19世纪上半叶，工业化带来的财富和工人阶级的贫困形成了难以掩盖的巨大反差。卡莱尔在《时代特征》一文中就已经开始反思工业社会是否在进步："国家变富了……国人却变穷了"。[⑤]他在《过去与现在》的开篇写道，英国状况是世间有史以来最危险也是最奇特的状况之一，英国富甲天下，但英国还是要饿死。他继而提出了

[①] Robin Gilmour, *The Novels in the Victorian Age*, London: Edward Arnold, 1986, p. 98.

[②] David Craig, *The Real Foundations: Literature and Social Change*, London: Chatto and Windus, 1973, p. 109.

[③] Bernard Shaw, "Introduction to *Hard Times*", in Dan H. Laurence and Martin Quinn, eds., *Shaw on Dickens*, New York: Frederick Ungar, 1985, p. 27.

[④] Philip Rosenberg, *The Seventh Hero: Thomas Carlyle and the Theory of Radical Activism*, Cambridge, Massachusetts: Harvard University Press, 1974, p. 152.

[⑤] Thomas Carlyle, *Critical and Miscellaneous Essays*, Vol. 3, p. 21.

一个尖锐的问题:"英国的巨大财富,到底是谁的?"①他认为英国工业取得了累累硕果,却没有使英国人富裕起来,因而是一种"被施了魔咒的财富",不属于任何人:

> 我们的财富比古来任何民族都多,但我们从中得到的好处又比古来任何民族都少。我们所谓的辉煌的工业实际上是不成功的;如果我们听之任之,那它就是一种怪诞的成功。②

在他看来,只有更公平地分配这些财富,才能实现真正的成功。恩格斯也说,"英国人的'国民财富'很多,他们却是世界上最穷的民族"③,工人阶级"一天天地更加迫切要求取得社会财富中的自己的一份"④。狄更斯在《艰难时世》中也借书中人物之口说:"我想我没法子知道这个国家是不是繁荣,或者我是不是生活在一个兴旺的国家里,除非我知道是谁得着这些钱,而且我是不是也有一份。"⑤

如果说这些观点在当时属于激进言论,那它显然有着广泛的"群众基础"。狄更斯受欢迎的程度已毋庸赘言,就连他的同行特罗洛普也不得不承认,"狄更斯是我们这个时代最受大众欢迎的小说家,也许是所有时代最受欢迎的英国小说家"⑥。之所以能受"大众"欢迎,一个重要的原因就是狄更斯的小说唤起了他们深以为然的情感。这些情感不仅是对现实的反映,更是对现实的反应,并通过影响读者来塑造新的现实。诚如希梅尔法布(Gertrude Himmelfarb)所言:"他小说所虚构的想象世界,也是现实世界的一部分,在反映现实世界的同时,

---

① Thomas Carlyle, *Past and Present*, Centenary Edition, 1897, ed. Henry Duff Traill, Cambridge: Cambridge University Press, 2010, pp. 1, 6.
② Thomas Carlyle, *Past and Present*, pp. 5–6.
③ 《马克思恩格斯全集》第三卷,第446页。
④ 《马克思恩格斯全集》第二卷,第296页。
⑤ 狄更斯:《艰难时世》,全增嘏、胡文淑译,上海译文出版社1978年版,第70页。
⑥ Anthony Trollope, *Autobiography*, Oxford: Oxford University Press, 1980, p. 247.

也在帮助创造现实世界。他为 19 世纪所做的，正如班扬（John Bunyan，1628—1688）对 17 世纪所做的，为各阶层、各行业、各派别提供了一个共同的文化分母，一个共享的人物、情景、表达及俏皮话的宝藏。"①换言之，狄更斯的作品反映并塑造着维多利亚时代人们的集体意识。

　　狄更斯受大众欢迎的另一个原因，就是在小说中勾勒了一个令读者向往的泾渭分明的道德世界。这在现实世界中很难见到。社会道德状况的复杂，如罗斯金所言，就像白天黑夜，分界处是模糊的，有一道明暗难辨的灰色地带，会随社会变迁而变宽或变窄。②而且，现代社会就像艾伦·麦克法兰在《现代世界的诞生》中所说，已经不存在绝对的善恶观念，货币、市场和市场资本主义已经消灭了绝对道德。③但越是这样，读者就越能感受到狄更斯笔下那种黑白分明的道德世界所起的作用。它更容易实现善恶有报的诗学正义，让身处变革社会中的读者能够通过阅读的白日梦获得心灵慰藉。这种黑白分明的道德世界体现在人物身上，就是极品的好人和恶人。也许如彼得·盖伊所言，维多利亚时代的大多数中产阶级小说读者还保留着童年时代那种一眼分辨忠奸的爱好，还没有培养出欣赏浑圆人物的品位。④但狄更斯的扁平人物能有如此大的吸引力，除了与读者的欣赏品位和作者的叙事艺术有关，还因为这些人物能够直接触及人们的心灵深处，唤起读者的同情。

二　"饥饿的 40 年代"：吃喝与伦理

　　在维多利亚时代的小说家里，还没有谁像狄更斯那样对吃喝如此

---

① Gertrude Himmelfarb, *The Moral Immagination: From Adam Smith to Lionel Trilling*, 2nd ed., Lanham, Maryland: Rowman & Littlefield Publishers, 2012, p.55.
② 罗斯金：《建筑的七盏明灯》，谷意译，山东画报出版社 2012 年版，第 37 页。
③ 艾伦·麦克法兰：《现代世界的诞生》，管可秾译，第 315—316 页。
④ 彼得·盖伊：《施尼兹勒的世纪：中产阶级文化的形成，1815—1914》，梁永安译，北京大学出版社 2006 年版，第 277—278 页。

痴迷。小说家写吃饭，多是作为背景：吃什么不重要，关键是谁在吃。狄更斯的小说则不然，吃什么总是很重要的。他写吃，写得那么诱人，读他的小说，总能生出一种饥饿感。倒不是因为维多利亚时代的食物多么好吃，多么丰富。英国是个岛国，说不上地大物博，也没有食不厌精的传统，但狄更斯笔下的人物，依然吃得津津有味，兴致勃勃。对这些人物来说，吃绝对是一种享受，有时甚至是头等大事。

狄更斯写吃喝，有时是着意刻画人物，如《小杜丽》(Little Dorrit, 1855—1857)中米格斯摆家宴，《老古玩店》(The Old Curiosity Shop, 1840—1841)中奎尔普吃早餐。[①]正如大观园里的几顿饭，因为有了刘姥姥，味道就很不一样。狄更斯的小说中更多的是日常吃喝的场景，有时看似无意之笔，却让人垂涎不已。似乎在每一个角落里，都有狄更斯的人物在吃喝，挑逗着旁观者的胃口。狄更斯为什么如此热衷于写吃喝呢？

20世纪作家维·萨·普里切特(V. S. Pritchett)认为，狄更斯写吃喝，是用食欲来替代性欲：

> 狄更斯的喜剧作品缺少了18世纪对性的那种正常态度，是什么取而代之了呢？我觉得，也许是换作了另一种饥渴——对食物、酒水和安全的渴求，对欢宴畅饮和美酒佳肴的渴求。家庭生活就意味着吃饭。饭好，人就好。我们现代人可能不觉得这多么有趣。但一半的维多利亚时代的人都暴饮暴食，让人不齿。由于狄更斯好走极端，也就把这种宴饮之习写得格外过分。[②]

---

① "吃饭的人，就和饭菜本身一样，不冷不热，淡而无味，煮得太老——都怪那个可怜的小个子，那个乏味的小巴纳克。"(Charles Dickens, Little Dorrit, ed. Stephen Wall and Helen Small, London: Penguin, 2003, p. 226) "煮硬了的鸡蛋，连壳一并吞下；大对虾，连头带尾全部吃掉；烟叶和水芹叶一块塞到嘴里，死命地嚼；滚烫的茶水灌进肚里，眼都不眨；送进嘴里的勺叉，不咬弯了决不罢休。"(Charles Dickens, The Old Curiosity Shop, Oxford: Oxford University Press, 1951, p. 40) 这早餐可不算寒酸。即便这种为塑造人物而写的吃喝，也是在刺激味觉。烟叶和水芹叶放在一起嚼，是一种什么味道呢？

② V. S. Pritchett, "The Comic World of Dickens", in Ian Watt, ed., The Victorian Novel, London: Oxford University Press, 1971, p. 30.

如果当时真有这样一种风气，为什么唯独狄更斯这么热衷地写吃喝？显然，吃喝是那个时代的头等大事，和其他日常活动一样，承载着意识形态的积淀。狄更斯写吃喝的背后，还隐含着心理上的渴求，还有对社会风气的批判，对法律背后的伦理取向的反思以及对理想社会的憧憬。

首先是个人原因。狄更斯写吃喝，也是对自己童年时代的补偿。他的童年经历使他深知，吃喝固然是每天重复的事，但并不一定在每个人身上重复。1824年，狄更斯十二岁，他父亲入不敷出已经很久了。狄更斯被送到鞋油厂，干了六个月的童工，每周六先令。按当时的工资水平，六先令也不算少，但他父母要截留一部分养家，留给他糊口的并没有多少。这段日子的饥饿，给他留下了刻骨铭心的记忆，让他对吃有了一种别样的依恋。吃什么，怎么吃，在哪里吃，没得吃怎么办，他在二十多年后写作的《大卫·科波菲尔》（第十一章）中记述得清清楚楚。狄更斯曾就这段生活写过回忆录，他的好友约翰·福斯特（John Forster, 1812—1876）在《查尔斯·狄更斯传》中作了引录。稍加对照，就会发现，关于吃的问题，回忆录和小说没有多少出入，狄更斯对当年的饭食记忆犹新。由于篇幅过大，无法详引，我们不妨借用卡普兰（Fred Kaplan）所作狄更斯传中的一段总结：

> 由于经常食不果腹，狄更斯贪婪地闻着伦敦店铺和街道上的食物散发的香气。他只有在脑子里做做游戏：买这种布丁还是买那种？现在就买好吃的以后不花钱呢，还是现在什么都不买等以后再买好吃的呢，还是像大人那样理智地计划开销呢？偶尔，他也款待自己一顿，比如，坐在咖啡厅里，享用咖啡加黄油面包，而门店玻璃窗上"咖啡厅"几个字倒着读回去，给他留下了深刻的记忆，像块烙铁，让他记起自己的孤独

与沉沦。[1]

狄更斯也坦言:"我清楚,关于我那时的饥肠辘辘和生活辛酸,我没有丝毫夸大,哪怕是不经意的或是无心的夸大都没有;我清楚,不管谁给我块儿八角的,我都会拿去买顿饭或弄杯茶。"[2]海军部职员的儿子做童工,本就有失身份,挫折感是免不了的,而实实在在的饥饿,更成了他一生挥之不去的心痛。小说中写吃喝,也是一种无意识的心理补偿。从这个意义上说,写吃喝的段落是他最"现实主义"的地方。不管是大段描绘,还是寥寥几笔,哪怕是一笔带过,都有一种活生生的感觉。狄更斯故事里的人物,切斯特顿(G. K. Chesterton)觉得是神话写法,[3]桑塔耶纳(George Santayana)认为是写出了表象背后的真面,[4]但这些人物在享用盘中餐和杯中酒时,都是很"现实"的。

狄更斯小说中的吃喝,对当时的很多读者来说,也是一种心理补偿。经常为下顿饭而愁的穷人自不用说,年景好的时候一星期也不过一顿热饭。[5]在那饥饿的岁月里,狄更斯小说中的吃喝描写让"约翰牛们眼中闪烁着感伤的泪花"[6]。那个世纪延续了18世纪对美酒佳肴的偏爱,而生活在饥饿边缘的下层民众只有在白日梦中找寻那大快朵颐的感觉,狄更斯的小说正对他们的胃口。即便对于中产阶级,食物也是家庭开销的大头。[7]崇尚节俭的清教伦理并没有让中

---

[1] Fred Kaplan, *Dickens: A Biography*, New York: William Morrow, 1988, p. 42.

[2] John Forster, *The Life of Charles Dickens*, London: Chapman and Hall, n. d. , p. 27.

[3] G. K. Chesterton, *Charles Dickens*, New York: Schocken, 1965, p. 87.

[4] George Santayana, "Dickens", in George H. Ford and Lauriat Lane, Jr. , eds, *The Dickens Critics*, Ithaca: Cornell University Press, 1961, pp. 143 – 144.

[5] Daniel Pool, *What Jane Austen Ate and Charles Dickens Knew*, New York: Touchstone, 1993, p. 204.

[6] R. J. Cruikshank, *Charles Dickens and Early Victorian England*, London: Sir Isaac Pitman & Sons, 1949, p. 153.

[7] 在19世纪六七十年代,一个年收入约140镑的中产阶级下层家庭,约有80镑要用于吃饭。收入更高的家庭,开销也会相应增大。(Judith Flanders, *Inside the Victorian Home*, New York: Norton, 2003, p. 262)

产阶级亏待自己的嘴巴。在那个凡事都要带上道德色彩的年代,他们为自己的奢侈饮食找到了体面的理由,添足了煤的火车头就是一个常用的比喻:

>吃好有着功利主义的目的,是一项爱国的责任。大不列颠长久的强大与荣光,就是靠着成千上万强壮的中产阶级火车头不断地喷着大股的蒸汽。①

很多中产阶级成员受福音主义道德观影响,主张克制欲望,但在"食色"上并不死板,"享受本分挣来的美食,拥抱合法娶来的妻子"② 乃是一种美德。现实如此,小说也就毋庸避讳。不过,狄更斯所写,一般也只是中下层民众的饮食,上等人家的餐桌虽然相当丰盛,③能令欧陆访客咂嘴弄舌,但在狄更斯的作品中并不多见。如一位批评家所说,狄更斯"对富人吃什么不感兴趣"④。为什么呢?

因为狄更斯写吃喝,并非全是无意之笔。十岁的科波菲尔做工的时候,吃不饱肚子;九岁的奥利弗在济贫院中,每餐只有一碗粥,举着粥碗说"我还想要"。这是想让每天都有饭吃的人意识到,还有人在饿肚子。狄更斯曾在《博兹笔记》(*Sketches by Boz*, 1836)中指出,人们已将社会疾苦视为"理所当然之事,早已无动于衷"。⑤透过吃喝讽刺这种冷漠态度,成了他小说中一个反复出现的主题。

《雾都孤儿》(*Oliver Twist*, 1838)中一个天寒地冻的夜晚,许多无家可归的穷人饿死街头,而济贫院女总管正待在温暖的小屋里,烤

---

① R. J. Cruikshank, *Charles Dickens and Early Victorian England*, p. 151.
② G. M. Young, *Portrait of an Age*, p. 30.
③ 只要看 19 世纪社会史写餐厅或厨房的章节,就可见当时饮食之盛。See Judith Flanders, *Inside the Victorian Home*, pp. 271–277.
④ Humphry House, *The Dickens World*, 2nd ed., London: Oxford University Press, 1960, p. 76.
⑤ Charles Dickens, *Sketches by Boz*, Oxford: Oxford University Press, 1957, p. 274.

好肉，烧好茶，准备享用，忽然听见有人敲门，以为济贫院中又有病妇死去，埋怨道："她们总是在我吃饭的时候死掉……"①这就是典型的"温饱"对"饥寒"的漠视。更有甚者，在温暖的炉火和诱人的食物面前，温饱者为了逃避良心的不安，选择将饥寒交迫的穷人排除在自己的脑海之外。在《我们共同的朋友》（Our Mutual Friend，1864—1865）中，有钱人波德斯纳普饱餐之后，站在炉前地毯上，听说刚有五六个人饿死街头。他的第一反应就是"我不相信"。对于路有冻死骨之类的事情，他的惯用回答就是："我不想知道，也不愿谈，更不会承认！"狄更斯称，波德斯纳普代表了一种时代态度，叫作"波氏做派"（Podsnappy），他们的道德世界很小。②《小杜丽》中的杰纳勒尔夫人不仅自己这样，还要教育学生说，真正有教养的人，要能对一切不愉悦的事物视而不见。③她的名字"General"本身就有"普遍"之意。卡莱尔也曾讽刺说，新济贫法自信它能让穷人消失，但问题在于"只是看不见了（out of sight），还是真没有了（out of existence）"？④

  这种日渐成风的冷漠态度令狄更斯义愤填膺。他在 1842 年写道："时下，贫富之间形成了如此巨大的鸿沟，非但没有如所有良善之士所盼不断缩小，反倒日趋增大。"⑤这时的英国正如激进政治家约翰·莫利（John Morley，1838—1923）所说，成了"富人的天堂、穷人的地狱"。⑥当时的文人对此十分警觉，如穆勒在《政治经济学原理》（第二编第十一章第六节）中所言：

---

① Charles Dickens, *Oliver Twist*, ed. Fred Kaplan, New York: Norton, 1993, p. 157.
② Charles Dickens, *Our Mutual Friend*, ed. Adrian Poole, London: Penguin, 1997, pp. 143, 131, 132.
③ Charles Dickens, *Little Dorrit*, p. 501.
④ Thomas Carlyle, *Critical and Miscellaneous Essays*, Vol. 4, p. 130.
⑤ Madeline House et al., eds., *The Letters of Charles Dickens*, Vol. 3, Oxford: Clarendon, 1974, pp. 278–285.
⑥ 转引自 Jerome Hamilton Buckley, *The Victorian Temper*, New York: Vintage, 1964, p. 5.

对于劳动者状况的讨论，对其悲惨状况的同情，对所有可能会无视此情的人的谴责，各种改善这种状况的计划，在当前这代人中极为流行。这在世界上其他国家、其他时代都是不曾有过的。①

王尔德笔下有位贵族甚至抱怨说，同情穷人是这个时代独有的"恶习"，他选择视而不见，"生活的苦难，说得越少越好"。②其实，到19世纪50年代，物价回落，工资上涨，英国大众的生活就已经有了较大改善。吃饱才会想到穿好。史学家扬格称，那时候，人们会发现一种奇怪的现象——工人和绅士穿一样的衣服；而法国画家德拉克洛瓦（Eugéne Delacroix，1798—1863）更是发现，英国绅士居然和工人穿一样的衣服。③早已摆脱饥饿梦魇的狄更斯并没有因此而满足，他深刻地意识到，相对富足的生活和升平的气象给英国带来了一种强大的自满情绪。于是，他偏要"叙至浊之社会"（林纾语），批判"波氏做派"，正如一位评论家所说，他的伟大成就"就在于阻止刚刚苏醒的良心跌回到认为现在一切都很好的自满信念之中"。④

除了对社会风气的批判，狄更斯写吃喝还将矛头指向了济贫法。该法源自伊丽莎白时代（女王43年第2号法令），由各教区接替业已凋敝的修道院，负责救济本教区贫民。17世纪末，各教区开始向本区内的富有居民征收济贫税（poor rate）。18世纪末，该法已无法应对工业革命带来的新问题，1834年又出台了《济贫法修正案》⑤，将济贫之责由教区收归中央，以应对人口流动。新法引起了极大的争论，焦点

---

① John Stuart Mill, "Principles of Political Economy", in Thomas Robert Malthus, *An Essay on the Principle of Population*, 2nd ed., ed. Philip Appleman, New York: Norton, 2004, p.151.

② Oscar Wilde, *A Woman of No Importance*, 5th ed., London: Methuen, 1911, p.21.

③ G. M. Young, *Portrait of an Age*, p.78.

④ Raymond Chapman, *The Victorian Debate: English Literature and Society 1832 – 1901*, New York: Basic Books, 1968, p.115.

⑤ 随着圈地的铺开和工业的发展，许多农工离乡打工，由原教区（教区是英格兰和威尔士最基本的行政单位，到19世纪30年代有约1.5万个）负责济贫已经无法满足需要，新济贫法的"新"就在于将救济贫民的责任由各教区收归中央。

并不在于法律条文本身,而在于立法的依据,也就是1834年的济贫法调查报告,更确切地说,是立法者的伦理取向。

报告的主要起草人查德威克(Edwin Chadwick,1800—1890)曾师从边沁,被称为"最出色的边沁信徒"①。1832年,辉格党政府成立济贫法调查委员会,查德威克担任秘书。委员会中的年轻人多为边沁主义者,他们在调查中特意强调甚至夸大旧法之弊,志在推出新法。其中,查德威克出力最大。狄更斯在1842年表示,"请告诉查德威克先生……我真的至死都反对他那顶呱呱的新济贫法"。②该报告的核心逻辑有两点。一是"济贫院原则"(workhouse test),也就是取消原来的"院外救济"(outdoor relief)③。要想享受救济,就必须进济贫院。二是降低济贫院的食宿条件,使之低于最低收入劳工的生活水平,也就是有名的"不那么理想"(less eligibility),带着典型的边沁式思维,用"痛苦"吓退胆敢到济贫院"吃白食"的贫民。这两点缺一不可。狄更斯总结得很清楚:"要想得到救济,就得进济贫院,就得喝稀粥,这就把人吓跑了。"④既然济贫院很不宜居,那些想通过进济贫院来逃避劳动的"懒鬼"自然就不愿来了,劳工阶级的自立精神又可以重拾起来了,济贫税也就可以降一降了。

贫穷因懒惰而生,这是典型的中产阶级思维。在清教思想复兴和斯迈尔斯的"自助"(self-help)理念大行其道的时代,穷人要靠勤劳吃饭。马尔萨斯(Thomas Robert Malthus,1766—1834)说,英国农民的独立精神仍在,但济贫法却在腐蚀这种精神,因此,济贫院的伙食要差,有劳动能力者必须强制劳动。⑤也就是说,如果济贫院太舒适,

---

① G. M. Young, *Portrait of an Age*, p. 11.

② Madeline House et al., eds., *The Letters of Charles Dickens*, Vol. 3, p. 330,查氏后来致力于公共卫生改革,倒也与狄更斯"志同道合"。

③ 给有工作但工资不足以养家的农工以补贴,使之不用进济贫院,在自己家中接受救济,主要是针对"有劳动能力者"。

④ Charles Dickens, *Oliver Twist*, p. 26.

⑤ Thomas Robert Malthus, *An Essay on the Principle of Population*, pp. 39, 42.

贫民就会选择进院吃白食，导致道德堕落。狄更斯讽刺说，这就是"大不列颠的独立精神，只是，被歪解了"。① 1867 年，有人总结说，"吃济贫饭"（pauperism）被看作一种无可救药的社会病，济贫法官员们的逻辑是：接受救济的贫民总是"安于现状，一点也不想着改善自己和孩子的地位；他的快乐就在于吃纳（济贫）税人的钱，闲懒地过日子。不必可怜他们，他们得到的已经够多了。他们所受之苦都是自找的；帮助这些不愿自助的人是毫无意义的"。②

"有劳动能力"（able-bodied）却想吃济贫饭的人无疑是存在的，这也是令现代福利制度苦恼的问题，但也不能否认，新济贫法一刀切的做法太过绝对，相关的言论也太过无情。有史学家指出，济贫法的最大问题在于片面地认为只要想找工作，就总有工作可干。③ 这显然没有考虑到当时的失业状况。乡村冬季农活减少，工厂周期性的萧条，都会导致大批有劳动能力的劳工失去工作。这显然属于常识，很多文人都意识到了这个问题。卡莱尔在《宪章运动》中愤怒地说：

> 新济贫法是一份声明，十分明确地宣告，凡不劳动者均不应苟活于世。但那些想工作的穷人，就总能找到工作并靠其工作养活自己吗？④

济贫法的上述立法逻辑还与中产阶级的利益紧密相连。他们要缴纳济贫税，而该税在 19 世纪后期猛增，到 1818 年已经增至八百万英镑。济贫法委员会为了促成旧法改革，故意夸大了接受"院外救济"的有

---

① Charles Dickens, *Our Mutual Friend*, p. 199.
② W. L. Burn, *The Age of Equipoise: A Study of the Mid-Victorian Generation*, New York: Norton, 1964, p. 122.
③ W. L. Burn, *The Age of Equipoise: A Study of the Mid-Victorian Generation*, p. 107.
④ Thomas Carlyle, *Critical and Miscellaneous Essays*, Vol. 4, p. 135.

劳动能力者的人数,却没有调查城镇中失业的原因。①卡莱尔在《过去与现在》的第一章中就讽刺了"济贫院"(workhouse)一词的定义,认为它包含了"劳动"这个词,但实际上进去的都是找不到"工作"的人。②

此外,济贫院的苛刻条件也反映了一种根深蒂固的思维:贫穷就是犯罪。卡莱尔直接将济贫院称作巴士底狱(the workhouse Bastille)③。济贫院的种种制度的确令人有监狱的感觉。例如,上缴所有个人物品,身穿制服,发型统一,严禁外出,吃饭不许出声,禁烟禁酒,限制访客,夫妻分居,子女与父母分离。在狄更斯的《小杜丽》中,因欠债入狱的杜丽先生甚至觉得,济贫院还不如监狱:"住济贫院,先生,就是那新济贫院,没有隐私,没有客人,没有地位,没有尊严,没有美味。最惨不过了!"④除了这些限制,还有砸石子、扯麻絮等体力劳动。有些济贫院的外观也颇像监狱。这显然是在表达对贫穷的惩罚。

进济贫院,不仅会被上流社会鄙视,还会遭到同阶层人的歧视,因为他们的价值观也受到了上流社会的影响。《小杜丽》中的老南迪住济贫院,狱中的老杜丽奇怪南迪居然还能抬得起头来;《我们共同的朋友》中的老贝蒂,宁可饿死也不去济贫院。狄更斯嘲讽说,贫民"有两种选择,要么在济贫院内慢慢饿死,要么在济贫院外快快饿死"⑤。果真如此,济贫法也就有失济贫之责。直到19世纪40年代末,接受济贫院院内、院外救济的贫民只占全国人口的7%左右,此后比例

---

① E. L. Woodward, *The Age of Reform, 1815 – 1870*, London: Oxford University Press, 1938, rpt. 1958, p. 431, 当然,济贫税更大的问题在于分布不均。由于老济贫法是要求各教区自行救济本区居民,因而城镇生产商可以钻空子,在经济景气时从乡下招工,不景气时再将工人赶回原籍,避免承担救济责任。

② Thomas Carlyle, *Past and Present*, p. 2.

③ Ibid., p. 3.

④ Charles Dickens, *Little Dorrit*, p. 388.

⑤ Charles Dickens, *Oliver Twist*, p. 26.

一直在下降，绝大多数失业的人都没有碰过此项救济。[1]到19世纪60年代，人们对该法的诸多弊端更为敏感，狄更斯直言这是自斯图亚特王朝以来最常被可耻地执行、最常被公开违背、通常也是监督最为不力的法律。[2]济贫法徒有其名，也印证了狄更斯的观点："没有爱心的责任是不够的"[3]。狄更斯所倡导的，正是许多功利主义信徒所忽略的同情和人道。正如扬格所说，济贫法让科学激进派（the scientific Radicals）蒙羞，把情感激进派（the sentimental Radicals）推到了前台。[4]

罗斯金也在《国王的宝藏》中说，"济贫院"（workhouse）这个词已经成了对穷人的一种侮辱。一位贫穷的老妇人会因为每周从国家领一先令的救济而感到抬不起头来，但从来没有人会因为每年从国家手中拿一千镑而感到不好意思。他气愤地说，只要从国家手中领钱，就等于进了济贫院，只是，富人的"济贫院"并不含"劳动"（work）概念，应该叫作"娱乐院"（playhouse）。[5]济贫院在当时除了叫"workhouse"，还被称作"house/ poorhouse/ union"，如一个巨大的阴影，笼罩在19世纪英国贫民的心头。在孤儿奥利弗所在的济贫院，自由是没有的，饭是吃不饱的，"每天管三顿稀粥，两周一个葱头，每周日给半个面包卷"[6]。尽管一直有批评家认为狄更斯夸大了事实，但在狄更斯写作的1837年，粮价高居不下，商贸萧条，那个冬天很难熬，吃饭着实是个令人头痛的问题。奥利弗想再添一碗粥（一般是燕麦粥或大麦粥），只是说了句"我还想要"，却不啻平地一声雷，分粥的大师傅脸都白了，委员会的绅士直说奥利弗"要被绞死"。[7]一句话

---

[1] F. M. L. Thompson, *The Rise of Respectable Society*, London: Fontana Press, 1988, pp. 350 – 351.

[2] Charles Dickens, *Our Mutual Friend*, p. 799.

[3] Monroe Engel, *The Maturity of Dickens*, Cambridge: Harvard University Press, 1959, p. 56.

[4] G. M. Young, *Portrait of an Age*, p. 49.

[5] John Ruskin, *Sesame and Lilies*, *Unto This Last* and *The Political Economy of Art*, London: Cassell, 1907, p. 50.

[6] Charles Dickens, *Oliver Twist*, p. 26.

[7] Ibid., p. 27.

为何引来如此震怒？

在狄更斯看来，幕后的罪魁就是政治经济学。《艰难时世》中政治经济学信徒葛朗硬分别给两个幼子取名为亚当·斯密和马尔萨斯，貌似向大师致敬，其实是狄更斯的反讽。斯密在《国富论》（1776）中认为食物是重要财富①，但总有"闲人"要与勤劳者分享国富。住在济贫院，非但不能增加国富，还要消耗国富，居然还敢说"我还想要"？食物自然又与人口密不可分。马尔萨斯在《人口论》（*An Essay on the Principle of Population*，1798）中指出，人口以几何基数增加（1，2，4，8），生活资料则以算术基数增加（1，2，3，4），人口的增幅显然高于生活资料的增幅。他在该书的修订版（1803）中甚至说，应该"拒绝穷人享受救济的权利"。②他的论敌威廉·葛德文（William Godwin，1756—1836）在《论人口》（*Of Population*，1820）一书中故意断章取义，凸显了这句话的冷酷。③来自大洋彼岸的爱默生（Ralph Waldo Emerson，1803—1882）也觉察到："残忍的政治经济学是英国的自然产物。马尔萨斯发现，在大自然的餐桌上，没有给穷人的孩子预备餐具。"④

18世纪和19世纪英国人口增多，曾一度引起人们对人口问题的忧虑。时人认为穷人的生育能力格外强。斯密就曾以"食不果腹的高地女子经常能生二十多个孩子"为例证明这一点。⑤马尔萨斯认为，减少人口的途径有三。在饥馑和战争这两项天灾人祸之外，还有"道德约束"，也即"晚育"，主张穷人要等具备抚养能力后再生育。穆勒在《论自由》中也说，生而不能养，是罪过；因为生育多，未来的劳动

---

① Adam Smith, *An Inquiry into the Nature and Causes of the Wealth of Nations*, ed. Edwin Cannan, New York: The Modern Library, 1994, p. 188.

② Thomas Robert Malthus, *An Essay on the Principle of Population*, pp. 19, 23, 129.

③ William Godwin, "Of Population", in Thomas Robert Malthus, *An Essay on the Principle of Population*, p. 138.

④ Ralph Waldo Emerson, *English Traits, Representative Men and Other Essays*, London: J. M. Dent, 1908, p. 77.

⑤ Adam Smith, *The Wealth of Nations*, p. 90.

力就多，形成过度竞争，导致工资水准下降，有损其他劳工利益，国家应加以干涉。① 这种观点的漏洞在于忽略了富人在人口问题上的责任。因为照此逻辑，马尔萨斯不会反对富人多生，因为他们养得起；穆勒也不会反对富人多生，反正其子女无须参与劳动力市场的竞争。

这种经济门槛（能养方可生）的不公平正是狄更斯要抨击的，突破点还是济贫法改革。按照18世纪末的济贫法，教区会根据工资水平和某家庭需要抚养的子女数量来进行（济贫）院外资助。济贫法改革者认为，这会促使穷人为多领补贴而多生育。于是，新济贫法要求只能在济贫院中接受救济，而且要施行夫妻隔离，以减少生育。狄更斯讽刺说，济贫委员会的官员们"考虑到到民法博士会馆申请离婚的费用高得离谱，便大发善心，帮忙把穷夫妻的离婚给办了"。②（当时离婚费用之高昂，手续之烦琐，成功的可能性之小，可见《艰难时世》中的描述。）狄更斯有十个孩子，他自然养得起这些孩子，但他仍要讨伐马尔萨斯，就是在寻求一种公平感。他并不反对控制人口，但不能只限制穷人，富人同样有责任。济贫院里夫妻隔离，高宅大院却尽享天伦之乐，显然不公平。狄更斯也许不太在意"平等"，但很重视"公平"。他指责那些"吃得脑满肠肥的哲学家"，也即政治经济学家，"血冷如冰，心硬如铁"。③

狄更斯对政治经济学的批判在当时受到了很多攻击。宣讲政治经济学的马蒂诺（Harriet Martineau，1802—1876）批评狄更斯不懂还乱说，希望狄更斯能给受苦人讲讲"人不能只为面包活着"。④而狄更斯所讲的，恰恰是没有面包是活不了的。在他看来，能不能生孩子，不能以能否吃饱肚子为标准；而能否吃饱肚子，主要不在于是否勤劳，而在于社会分配是否公平。如他在《荒凉山庄》（*Bleak House*，1852—

---

① John Stuart Mill, *The Spirit of the Age, On Liberty, The Subjection of Women*, ed. Alan Ryan, New York: Norton, 1997, p. 126.
② Charles Dickens, *Oliver Twist*, p. 26.
③ Ibid., p. 41.
④ Philip Collins ed., *Dickens: The Critical Heritage*, pp. 237, 235.

1853）中所暗示的,"社会本有责任统一安排所有人的勺子",英国既然已是世界最富的国家,自然应该解决所有人的温饱。①

奥利弗的"我还想要"(Please, Sir, I want some more)代言了许多人的心声,成了当时的流行语。在乔治·克鲁克尚克(George Cruickshank, 1792—1878)为《雾都孤儿》作的插图中,掌勺的大师傅极为富态,奥利弗却骨瘦如柴。这种鲜明的对比在19世纪三四十年代批判济贫法的文学和绘画中十分流行。②《季刊评论》(Quarterly Review)1839年有文章虽然指责狄更斯所言济贫院情形并非事实,但仍坦言,狄更斯的小说让人不由得也"还想要"。③当时的幽默讽刺刊物《笨拙》(Punch)在1841年的一期中甚至用菜谱的形式描述了《雾都孤儿》的"用料"和"做法",并要"强烈推荐给胃不好的人"。④奥利弗是为济贫院中敢怒而不敢言的儿童代言,那一刻,他已然成了狄更斯的化身。

细心的批评家发现,奥利弗之所以"还想要",是因为他姓"Twist",意思就是"忘情地大吃"。⑤的确,在狄更斯向往的社会中,欢宴畅饮是不能少的。早在古希腊、古罗马,宴会与饮酒就是社会的黏合剂。⑥《水浒传》中许多好汉慕名投奔梁山,也是想过一种理想生活,体会"大块吃肉、大碗喝酒"的温暖与豪情。狄更斯喜欢圣诞与新年的气氛,不仅亲人和睦,陌生的面孔似乎也亲切起来,而这种其乐融融,也离不开好吃好喝的物质保障。不过,下一节要说的"喝"毕竟不同于"吃",饮酒很难像温饱那样得到同情,但狄更斯仍敢冒天下之大不韪来写饮酒,主要是因为他在当时批评劳工饮酒的话语中

---

① Charles Dickens, *Bleak House*, ed. Nicola Bradbury, London: Penguin, 2003, p. 495.
② See Sally Ledger, *Dickens and the Popular Radical Imagination*, Cambridge: Cambridge University Press, 2007, p. 82.
③ Charles Dickens, *Oliver Twist*, p. 405.
④ Philip Collins ed., *Dickens: The Critical Heritage*, p. 46.
⑤ Charles Dickens, *Oliver Twist*, p. 558.
⑥ 弗朗辛·帕丝:《贪吃》,李玉瑶译,生活·读书·新知三联书店2007年版,第40页。

感到了一种不公正的道德压迫。

三 酗酒与道德压迫

科兹（Annette Cozzi）在《19世纪英国小说中的食物话语》中谈道，看似单调无奇的吃喝实际上隐含着盘根错节的权力结构，食物与意识形态一样，既不单纯也不中立。[1]狄更斯对当时饮酒风气的描写也明显地反映了经济与伦理的角力。他作品中对饮酒的指涉之多，可能会令现代读者感到惊讶。曾有统计，仅《匹克威克外传》（*Pickwick Papers*, 1836—1837）就有295处提到酒。[2]这固然与酒在当时生活中的重要地位有关，也与狄更斯的宴饮喜好有关[3]，但更能反映出他对受经济价值观念浸染的道德偏见的反抗和对理想社会的憧憬。

在狄更斯的年代，饮用水不洁，传染病多发，烧水麻烦，都使人们偏爱以啤酒佐餐。咖啡与茶因为有进口税，起初也算奢侈品，喝的人不多。[4]但饮酒之风却有席卷而来之势。《双城记》中说："那是一个饮酒的时代，大多数人都在拼命地喝。"[5]爱默生也调侃说，英国人每天的活动就是正装赴宴，喝酒，睡觉。[6]不过，真正让人头疼的还是酗饮烈酒，尤其是杜松子酒（金酒）和白兰地。雨果（Victor Marie Hugo, 1802—1885）在《悲惨世界》中总结19世纪欧洲的酒风时说，阿姆

---

[1] Annette Cozzi, *The Discourse of Food in Nineteenth-Century British Fiction*, New York: Palgrave Macmillan, 2010, p. 4.

[2] George H. Ford, *Dickens and His Readers*, New York: Norton, 1965, p. 11.

[3] 狄更斯本人的宴饮之兴颇浓，威尔逊在《狄更斯的世界》中称他"热衷于组织欢宴畅饮的社交场合"。See Angus Wilson, *The World of Charles Dickens*, New York: Viking, 1970, p. 7.

[4] 面包和茶在前工业社会属于上层阶级的奢侈品，到19世纪30年代才成为南部和中部及工业城镇的主食。See J. F. C. Harrison, *Early Victorian Britain 1832 – 51*, Fontana, 1979 (1971), p. 91.

[5] Charles Dickens, *A Tale of Two Cities*, ed. Richard Maxwell, London: Penguin, 2003, p. 89.

[6] Ralph Waldo Emerson, *English Traits, Representative Men and Other Essays*, London: J. M. Dent, 1908, p. 82.

斯特丹消耗的杜松子酒最多,伦敦消耗的葡萄酒最多。①或者说,伦敦喝葡萄酒的群体人数最多。狄更斯显然具有这种消费能力。他饮酒虽不过量,但兴致颇浓:

> 在办公室,他吸烟卷,没有止境;在家里或与朋友相聚,他就吸雪茄。至于酒,正餐来点葡萄酒,庆祝时喝香槟,饭后品品波尔特酒、樱桃酒,有时也喝点白兰地以加深情意。②

小说家乔治·吉辛(George Gissing,1857—1903)说,从狄更斯的书信和作品来看,人们会以为狄更斯是个胃口极大的人,像个酒徒,其实他还是很有节制的。③吉辛可能笔下留情了,而且所谓的节制,也是就当时的标准而言。实际上,当时英国人对烈酒的嗜好丝毫不逊于北欧人。首相本杰明·迪斯累里的父亲就在《英国人的饮酒风习》("Drinking-Customs in England")一文中考证说,16世纪时英国人从北欧人那里学会了酗饮烈酒,渐成顽习,不似法国人、意大利人和西班牙人好以葡萄酒为乐。④

由酗酒引发的疾病、家庭暴力和社会治安问题屡见不鲜,不仅是维多利亚时代报章时评中的热点话题,也是文学、绘画中经常出现的一个主题,19世纪30年代甚至出现了"teetotal(完全戒酒)"这个新词。曾有英国人对法国艺术理论家丹纳(Hippolyte Adolphe Taine,1828—1893)说:"酗酒是全国性的恐怖恶习。"⑤狄更斯自然知道酗酒之害,他在《博兹笔记》中写过《酒鬼之死》:"酗酒已成风尚,这绝

---

① 雨果:《悲惨世界》,李丹等译,人民文学出版社1992年版,第699—670页。
② Fred Kaplan, *Dickens: A Biography*, New York: William Morrow, 1988, p. 536.
③ George Gissing, *Charles Dickens*, 1903, New York: Haskell House Publishers, 1974, p. 236.
④ Isaac D'Isreali, "Drinking-Customs in England", in *Curiosities of Literature*, New York: Dover, 1964, pp. 206 - 207.
⑤ Hippolyte Taine, *Notes on England*, 6th ed., trans. W. F. Rae, London: W. Isbister & Co., 1874, p. 4.

对是一副慢性毒药，会让人不顾一切；让人抛弃妻儿和朋友，将幸福与地位置于脑后；使受害者疯狂地走向堕落和死亡。"[1]但他更多时候是在强调酗酒对个人健康和家庭生活的影响，很少从社会角度来讨论这个问题，很重要的一个原因就是当时关于后一话题的讨论经常掺杂阶级偏见。

有社会史学者指出，饮酒与性是当时劳工阶级最流行的娱乐。[2]尽管这也是所有阶级的娱乐，但劳工阶层可选择的其他娱乐实在太少，导致这两项显得格外突出。从维多利亚时代的文献中不难看到，酗酒通常与下层民众相提并论，工人酗酒更是老生常谈。《艰难时世》中的"完全戒酒协会"就在抱怨"这群下力的人总是不醉不休"。[3]曾有教士告诉丹纳，伦敦街头的工人中，十个有八个是酒鬼。[4]恩格斯在《英国工人阶级状况》（1845）中也详尽地描述了工人酗酒的普遍程度和由此带来的社会及道德问题。他写道：

> 工人酗酒是十分自然的。据艾利生郡长说，格拉斯哥每周六晚上约有三万工人喝得烂醉。这个数字确实没有夸大，在这个城市里，1830年每十二座房子中有一家酒店，1840年更是每十座房子中就有一家。[5]

恩格斯看到了酒馆数量过多、《啤酒法案》（1830）等因素对酗酒之风的助长。但更多时候，酗酒风气被归因于劳工的品格问题，以致要诋毁一个人，莫过于给他戴上疯子或酒鬼的帽子。正是有了这种思维定

---

[1] Charles Dickens, *Sketches by Boz*, p. 484.
[2] F. M. L. Thompson, *The Rise of Respectable Society*, p. 307.
[3] Charles Dickens, *Hard Times*, ed. George Ford and Sylvère Monod, New York: Norton, 1966, p. 18.
[4] Hippolyte Taine, *Notes on England*, p. 270.
[5] Friedrich Engels, *The Condition of the Working Class in England*, ed. Victor Kiernan, London: Penguin, 2009, pp. 151–152.

式,《艰难时世》中的老板庞得贝才张口就来:"她酗酒了,丢了工作,卖了家具,当了衣服,大搞破坏。"①

这种思维定式的形成与清教伦理不无关系。斯迈尔斯（Samuel Smiles）的《自助》（1859）很能体现19世纪英国的"清教伦理"与"资本主义精神"。该书第十章《金钱:用途与滥用》便强调勤劳与节俭,主张穷人应通过经济独立来实现自立,"为将来幸福而牺牲眼前的享乐"（包括省下喝酒的钱）。②金钱是资本,是用来生钱而不是享乐的。当时英国有很多白手起家的中产阶级,像前面提到的银行家庞得贝,他们想当然地认为劳工也可以白手起家。如果劳工没有这种动力,那就不妨"改造"（reform）他们。很多中产阶级正是带着这样一种道德优越感来批评劳工,用清教伦理所主张的"节俭克制"来要求工人阶级,制造了一种道德压力。

在穆勒看来,这种压力有时更多是一种偏见甚至私利,侵犯了他人的自由。他在《论自由》中指出,当时在英国社会和政治中力量日渐壮大的中产阶级,有很多人就像早年的英国清教徒那样,以自己阶级的宗教和道德标准来限制他人的私人享乐。③乔治·奥威尔则在《英国人》（1947）中指出了这种道德压力背后的经济动机。他说,大多数工人阶级并非清教徒,禁欲、审慎、不要寻欢作乐等宽泛意义上的清教伦理是工人阶级之上的小商人和工厂主强加给他们的,是出于经济目的,使工人安于多劳少得。④实际上,勤俭原本就是下层民众安身立命的基本美德,无须中产阶级从旁置喙。在狄更斯看来,这种宣讲勤劳节俭的话语对大多数劳工来说,不仅是班门弄斧,还从道德上否

---

① Charles Dickens, *Hard Times*, p. 64.

② Samuel Smiles, *Self-Help*, 1st ed., 64th impression, London: John Murray, 1925, pp. 341 – 368.

③ J. S. Mill, *The Spirit of the Age, On Liberty, The Subjection of Woman*, ed. Alan Ryan, New York: Norton, 1997, pp. 108 – 109.

④ Gorge Orwell, *Orwell's England*, ed. Peter Davison, Harmondsworth: Penguin, 2001, pp. 301 – 302.

定了他们享乐的正当性，并且转移了人们对国家和富裕阶层的社会责任的关注。

狄更斯试图揭露劳工酗酒背后的深层原因。他在《博兹笔记》中说，"好心的先生和仁慈的女士"心安理得地对酒鬼嗤之以鼻，却忘了贫穷也是酒瘾的一个源头。①生存的压力会使许多穷苦人沾染烟酒，借以缓解压力，逃避现实。对曼彻斯特的工人来说，杜松子酒是"逃离曼彻斯特最快的法子"。②史学家屈维林（G. M. Trevelyan）认为，由于工厂和矿区既没有健康的社会活动和娱乐活动，又缺少关怀，工人们"除了不从国教者没有朋友，除了酒没有奢侈品"。③在英国待过的老舍也这样说拉洋车的祥子："烟酒又成了他的朋友。不吸烟怎能思索呢？不喝酒怎能停止思索呢？"④狄更斯批评曾为他小说作插图的克鲁克尚克（后者于1847年出版画册《酒瓶》，次年又出版《酒鬼的孩子们：酒瓶续集》，主张完全戒酒），不能只是片面地头痛医头，还应看到政府在这方面的责任。⑤他认为，酗酒固然与个人的自制力有关，但能成为一个"全国性的恐怖现象"，还有其深层的社会原因。一是恶劣的居住和工作环境，二是缺少健康的娱乐活动，三是缺乏知识和教育。⑥这些问题不解决，只是片面强调戒酒，在狄更斯看来，是中上层阶级不负责任的幻想。狄更斯的这些建议，其实也是当时热议的话题。卡莱尔在《过去与现在》中也要求政府"干预"现状，改善工厂、卫生和教育条件，保护城市公共空间及绿地。⑦当喝着下午茶的先生女士们对隔街就有的酒馆表示忧虑时，狄更斯借博兹之口说，酗酒是英国的一大罪恶，但贫穷是更大的罪恶；如果不能消除贫穷，酒馆

---

① Charles Dickens, *Sketches by Boz*, p. 187.
② Richard D. Altick, *Victorian People and Ideas*, New York: Norton, 1973, p. 184.
③ G. M. Trevelyan, *English Social History*, London: Longmans, 1942, pp. 476–477.
④ 老舍：《骆驼祥子》，人民文学出版社1962年版，第206页。
⑤ John Forster, *The Life of Charles Dickens*, London: Chapman and Hall, n. d., p. 532.
⑥ Ibid., p. 654.
⑦ Thomas Carlyle, *Past and Present*, pp. 264–265.

会更多,更豪华。①

　　劳工饮酒还关系到他们在工业社会中的共同体生活问题。史学家哈里森认为,维多利亚时代早期的劳工阶层在文化传统上还没有走出前工业时代,不太适应社会和经济转变,难以节约使用少量的工资,饮酒风气就是明显的例子。他认为,饮酒已成为劳工生活的重要组成部分,除了个人习惯,还有各种风俗的要求,很多不得不参加的场合都要求饮酒。在风俗不变的情况下,戒酒不只是改变习惯,很多时候还意味着抛弃某种共同体生活。从这个意义上说,坚持饮酒也是心理上寻求独立、抵制工业文明同一化趋势的表现。②此外,被看作"穷人灾祸之源"③的酒馆也是劳工共同体的活动场所之一,本身就是社会分野的一个标志。当时泡在小酒馆里的,多是下层民众。他们喝不上下午茶,家里也没有客厅和酒窖,没有高脚的杯子,更没有仆人烧水调酒(甚至连烧水的煤都买不起),晚上也点不起蜡烛,酒馆自然成了理想的欢饮聚会之地。诚如一位社会史学家所言,当时"各阶级都好饮酒,但只有工人阶级到酒馆中喝",到19世纪50年代,体面的中产阶级人士基本上都不进酒馆(public houses)了。④酒馆固然不好,尤其是"杜松子酒店",售卖性烈而价廉的杜松子酒。但除此之外,穷人还能到哪里寻乐呢?对于缺衣少食的穷人来说,酒馆不仅"暖和,有人气,有劲大暖胃的酒,一便士一小杯,还能跟人聊天,更有那通明的灯火,照耀着凄凉暗淡的世界"⑤。

　　狄更斯自然希望工人能摆脱酗酒习惯,但更希望这种摆脱是建立在工作、娱乐、教育等外部环境改善的基础之上,而不是用盛气凌人的道德压力来实现。希梅尔法布注意到,狄更斯笔下"值得尊敬或值

---

①　Charles Dickens, *Sketches by Boz*, p. 187.
②　J. F. C. Harrison, *Early Victorian Britain 1832 – 51*, pp. 96 – 98.
③　Kate Flint ed., *The Victorian Novelists: Social Problems and Social Change*, London: Croom Helm, 1987, p. 122.
④　F. M. L. Thompson, *The Rise of Respectable Society*, p. 308.
⑤　R. J. Cruikshank, *Charles Dickens and Early Victorian England*, p. 160.

得帮助的穷人"(deserving poor)也遵从勤劳节俭的德性,但不完全戒酒,只喝穷人常喝的传统啤酒,不喝杜松子酒等烈酒。①在狄更斯看来,小酌一杯也是生活的乐趣,为什么劳工们不能适度享受?何况,欢宴畅饮本身还是一种社会黏合剂,不仅是当时劳工共同体生活的重要部分,也是整个社会凝聚的重要因素。狄更斯的"圣诞哲学"本质上就是借助节日的美酒佳肴构建一个狂欢节广场,打破或暂时忘却阶级差别,使各阶层的人都能和睦相处。他在《圣诞颂歌》中说,在漫长的一年之中,只有这个时候人们才"把不如他们混得好的人看成是人生旅途的同伴,而不是路上碰到的另一种生物"。②他希望一年到头都是这样的日子,而这样的日子是离不开美酒佳肴的。正如有评论家所说,狄更斯心中的好日子,就像在《匹克威克外传》中的乡宅里那样,"大量的美酒佳肴和浓浓情意,老少和睦相处,阶级关系不再是个问题"。③

卡莱尔在"饥饿的40年代"为贫困的劳工代言,狄更斯在小说中对饮酒的态度也是提醒人们多从劳工等弱势群体的视角看问题。这不只涉及同情心,还关乎一个社会如何才能发展得更好。有正义感的文人,无论归属何种派别,都不可能无视这一问题。穆勒就属于不受狄更斯待见的"哲学激进派",我们不妨以他在《代议制政府》(Considerations on Representative Government, 1861)中的话来结束本章:

例如,在我们国家,所谓的工人阶级(working classes)可以说没有任何机会直接参与政府管理。我不相信那些参政的阶级总体上会有任何为了自己的利益而牺牲工人阶级的意图。他们原来确实有过这种意图;他们那么长时间地坚持不懈地尝试通过法律

---

① Gertrude Himmelfarb, *The Moral Immagination: From Adam Smith to Lionel Trilling*, p. 67.
② Charles Dickens, *A Christmas Carol and Other Christmas Writings*, London: Penguin, 2003, p. 36.
③ Robin Gilmour, *The Novel in the Victorian Age*, London: Edward Arnold, 1986, p. 84.

来压低工资，就是一个明证。但现在，他们的意愿通常是恰恰相反的：他们愿为工人阶级做出相当的牺牲，尤其是金钱利益方面的牺牲，他们的慈善甚至有些过于慷慨和泛滥。我也不相信历史上曾有任何统治阶级能像现在的统治者这样，更真心实意地愿为国民中的贫困群体尽其责任。但是，议会或几乎所有的议员，有过片刻用工人的眼光来看待哪怕一件事情吗？每当涉及劳工利益的问题出现后，有过从雇主以外的眼光来看的时候吗？我并不是说工人的眼光总体上更接近真理，但至少有时不比雇主的眼光差；无论如何，都应该敬听其详，而不是像现在这样，不仅置之不理，甚至充耳不闻。[①]

[①] J. S. Mill, *On Liberty and Other Essays*, ed. John Gray, Oxford: Oxford University Press, 1991, p. 246.

第五章

"财富":罗斯金的词语系谱学

词语若不加看管,有时会带来致命危害。

——约翰·罗斯金《国王的宝藏》

一 罗斯金的词语系谱学

随着工业革命的深入和政治经济学的传播,"财富"(wealth)已成为19世纪英国文人话语和常用语言中的热词。现代学者更多关注该词自18世纪中叶以来所有的"国民或国家集体财富"的含义,而19世纪的很多英国文人关心的却是该词日渐消弭的古义,尤其是自13世纪起就有的"幸福康乐"(well-being)和15、16世纪间的"精神康乐"之义。这两层含义本是《牛津英语大词典》"财富"词条的前两个义项,却均已成为"废失之义"。当时文人对这一词义变迁的讨论,主要源自他们在变革社会中对知识话语体系的反思。约翰·罗斯金在19世纪60年代写作的核心便是重诠财富概念。他的"原富"针对的是推究"国民财富性质及其原因"的政治经济学话语,但最终目的却是通过追溯该词系谱来重构价值观念,挽救世道人心。

罗斯金对词语的痴迷早已引起特罗洛普、王尔德等同时代文人的关注,①也有现代学者说:"罗斯金有个让人苦恼的问题,那就是对语言的痴迷。对他来说,词语就是鸦片。他的大脑一旦让词语使用,也就几乎被词语给宰制了。"②出生于苏格兰酒商家庭的罗斯金没有上过公学或文法学校,但曾在牛津大学深造,在古典语言方面颇有造诣,任教牛津期间又与德裔比较语文学家缪勒(Friedrich Max Müller)多有交往,深谙"训诂"之道。在他看来,溯求词源,考其流变,不仅是文人的基本功,更是批评社会的利器。通过追溯词语的"初始"含义,比较古今词义异同,可以管窥社会关系与道德风习的嬗变。

罗斯金在其中后期创作中频繁地假借词源考证来建构道德,既与他个人的思想发展有关,也与当时文坛的风气有关。塞鲁蒂(Cerutti)认为,罗斯金在19世纪50年代对基督教失去了信仰,不再将自幼熟读的《圣经》看作唯一的真理源头,开始转向语文学,为其道德观念寻找支撑,而词源学尤其能够证明人类语言的生命延续,"于是,逻各斯(Logos)仍为统治世界的力量,但它的权威不应在神启中寻找,而应到历史中求索"。③这种解释与罗斯金的思想发展历程大致相符,但也不能忽略更大的知识语境。语文学的兴起固然启迪了他的论述策略,但当时的社会变革和各种理论学说的涌现对原有话语体系和权威的冲击,才是促使他拿词语做文章的主要原因。斯托达特(Stoddart)认为,19世纪70年代的英国文人领袖多尚清谈,导致一些关键术语的所指游移不定,连他们自己交流起来都十分困难,遑论觉民喻世了;而罗斯金反复引证词源,就是要把那些词语的意义确定下来。④其实,

---

① See J. L. Bradley ed., *Ruskin: The Critical Heritage*, London: Routledge & Kegan Paul, 1984, pp. 298, 310; Oscar Wilde, *Plays, Prose Writings and Poems*, New York: Everyman's Library, 1991, p. 27.

② Christopher Bliss, "Ruskin's Political Economy of Art", in *Oxford Art Journal*, 2.2 (1979), p. 36.

③ Toni Cerutti, "Ruskin and the Fascination of Words", in Giovanni Cianci & Peter Nicholls, eds., *Ruskin and Modernism*, New York: Palgrave, 2001, p. 116.

④ See Judith Stoddart, *Ruskin's Cultural Wars: Fors Clavigera and the Crisis of Victorian Liberalism*, London: University Press of Virginia, 1998, pp. 4, 7.

这种词语混乱状态此前已十分严重，罗斯金是在尝试重构权威的话语体系。不过，罗斯金的笔法毕竟与语文学家的"科学"求证不同，他通常只是假借词源学权威来佐证道德批评。他的论述策略虽类似于剑桥思想史学者科里尼所说的"公共道德家"[①]，通过利用并改造读者的共享词汇来增加说服力，但又有他鲜明的风格。其考证虽也溯求词源及词义嬗变，但通常带有批判甚至颠覆意味，与尼采的《道德系谱学》(*On the Genealogy of Morals*) 风旨相类，不妨称之为"词语系谱学"。

这个说法罗斯金没有用过，却也不违他本意。他在著名的演讲《国王的宝藏》("Of King's Treasuries") 中指出，所谓"文人"，就是精通文字之人，能分辨词语的血统、身世和功用。这篇演讲的第十八段是罗斯金的得意之作（他后来多次提醒读者参考），将词语比作人，把词源学比作考究家系血统的学问：

> 要养成细究词语的习惯，一个音节一个音节地——不，一个字母一个字母地辨析，以确定词义。尽管只是因为承担语言符号功能时，字母与声音相对，对书的研究才被称作"文学"，精通此道的人才被称作"文人"(man of letters) 而非"书工"(man of books) 或"词匠"(man of words)，但你仍可以将这个带有些偶然性的命名方式与以下这个千真万确的道理联系起来——你如果寿命够长，或许能够读遍大英博物馆的藏书，却仍是个彻头彻尾的"文盲"，是个没有受过教育的人；但如果有一本好书，你只读了十页，却是逐个字母地读，也就是说理解得分毫不差，那么，在某种程度上，你就永远是一个受过教育的人。衡量一个人是否受过教育（仅限智识方面），只有一个标准，就是看他是否达到了这种准确程度。一个受过良好教育的绅士，

[①] Stefan Collini, *Public Moralists: Political Thought and Intellectual Life in Britain 1850-1930*, Oxford: Clarendon Press, 1991, p. 4.

也许并不兼通多种语言，也许只会说母语，也许只读了少量的书，但不管他懂哪种语言，他都把握得很准确，不管他说什么词，吐字发音都很准确。更可贵的是，他还熟稔词语的门族系谱（peerage），一眼就能区分哪些词是血统古老的贵族正裔，哪些词只是现代的黔首愚民；他能记得词语的整个世系——包括它们之间的通婚、最远的亲属关系，记得它们曾于何时何国在多大程度上被该国词语中的贵族阶层所接纳，以及担任过哪些职务。①

他认为，了解词语系谱，既可增强表述的准确性，提高思辨能力和对社会变革的敏感度，又能警惕词语对思想的腐蚀。在他看来，不明辨词义，就无法估量"意义含混的冗词赘言"② 和"轻率粗疏的用词"③对思想的破坏。他在上述演讲中指出，"词语若不加看管，有时会带来致命危害"，欧洲人就在饱受那些似是而非的"假面词语"（masked words）的毒害。

罗斯金发现，18世纪中叶以来渐成显学的政治经济学不仅影响了整个知识话语（连他本人都在谈"艺术的政治经济学"），还通过对日常语言的腐蚀，绑架了人们的思想。他在《现代画家》第五卷（1860）中谈到，他在1855年至1860年间研读现代政治经济学理论时，就发现这些学说已经扭曲了人们的价值观念："当代政治经济学家说：'既然在当下世界只有魔鬼的法则切实可行，那么，我们也就只能追求野兽的欲愿。'信仰、慷慨、诚实、热忱、自我牺牲之类的

---

① John Ruskin, *Sesame and Lilies*, *Unto This Last* and *The Political Economy of Art*, London: Cassell, 1907, pp. 22 – 23.

② John Ruskin, *The Works of John Ruskin*, Vol. 17, ed. E. T. Cook and Alexander Wedderburn, Cambridge: Cambridge University Press, 2010, p. 225. 本章后文出自该著作的引文，将随文在括号内标出该著作名称首词、卷次和引文出处页码，不再另行作注。

③ John Ruskin, *Modern Painters*, Vol. 5, London: J. M. Dent, 1907, p. 240.

词语，都只能在诗文里见到，没有一样能在现实中指望得上。"①他在此后十多年里先后写出了《给那后来的——关于政治经济学基本原理的文章四篇》(*Unto This Last*, 1860—1862)、《报以灰尘——政治经济学散论》(*Munera Pulveris*, 1862—1863)、《芝麻与百合》(*Sesame and Lilies*, 1865)、《野橄榄花冠》(*The Crown of Wild Olive*, 1866)、《时与潮》(*Time and Tide*, 1867)等作品，集中探讨了政治经济学对词语的腐蚀。②

他在《报以灰尘》中指出，当今所谓的政治经济学，已经抛却了"政治"所含的国家、社会之义，只顾研究商业现象，与柏拉图、色诺芬、西塞罗、培根等先贤所说的政治经济学毫不沾边，误导了人们对一些词语的认识，如果放任不管，就会使人误解先贤的思想。因此，他力图回归那些政治经济学词语的原初含义：

> 在这些文章中，我保留了所有重要术语的字面意义和初始意义，因为一个词最初因需要而被制造出来的时候，它的意义最为得宜。初始意义蕴含了该词在其青年时代的十足活力，后来的意义则经常被扭曲或日渐衰弱。而且，在一个被误用的词的背后，大都有一堆混乱的思想。因此，不管在谈论这个话题还是其他任何话题时，细心的思想家都必然会准确地使用词汇。我们要想理解他们的言论，首先就要明确地界定这些术语。(*Works*: 17: 147 – 148)

这实际上就是要厘清当时政治经济学对这些词语的"误用"，回归最初那种"深刻而富有活力的意义"。他认为，"价值、财富、价格、生

---

① John Ruskin, *Modern Painters*, Vol. 5, London: J. M. Dent, 1907, pp. xiii, 331.
② 《给那后来的》《报以灰尘》和《时与潮》被《罗斯金文集》的编者视为"政治经济学专论"，收入文集第 17 卷，在该卷绪论中编者还分析了它们之间的内在联系。See *Works*: 17: xix-cxv.

产等术语都还没有很好地定义,公众尚不解其义"。①其中,又以"财富"最为重要。他在 1871 年为文集《报以灰尘》补写的序言中说,他在发表那些文章时,还没有人界定过"财富的性质"。(*Works*:17:131)他在写那些文章期间曾致信友人说:

> (现今所讲的)政治经济学从其最基本的根基上来说,完全就是一个谎言……当今时代所有的邪恶都是这门"科学"做的孽……他们连金钱是什么都不知道,却在没有界定财富的情况下,把作为财富符号的金钱捧上了天。你自己试着给财富下个定义,立马就能发现他们从根上就错了……(*Works*:17:131)

早期的罗斯金研究者库克(E. T. Cook)认为,该书书名源出贺拉斯的诗句,意在讽刺当时政治经济学的财富概念将灰尘奉为神祇,引导人们误将尘土当作珍宝来收集。②可见,罗斯金探究"财富"概念的系谱,表面上是批判政治经济学,但根本意图还在于纠正世道时风。他认为自己这番"原富"具有开创性意义,在《给那后来的》一书序中说,该书是要"从逻辑上界定财富",柏拉图和色诺芬曾用古朴的希腊文界定过,西塞罗和贺拉斯用典雅的拉丁文界定过,而他这是第一次用平凡的英语进行界定。(*Unto*:161)

二 "财富"定义的社会史考察

罗斯金在《艺术的政治经济学》(*The Political Economy of Art*)序言中说,他不喜欢当代的政治经济学著作,只是在二十年前读过亚

---

① John Ruskin, *Unto This Last and Other Writings*, ed. Clive Wilmer, London:Penguin, 1997, p. 204. 本章后文出自该著作的引文,将随文在括号内标出该著作名称首词和引文出处页码,不再另行作注。

② E. T. Cook, *The Life of John Ruskin*, Vol. 2, 2nd ed., London:George Allen, 1912, p. 55.

当·斯密。①不过，他重点批判的却不是上一世纪的《国富论》，而是同时代穆勒的《政治经济学原理》（1848）。该书是当时这一领域名气最大的著作，其中的"财富"定义也是最广为接受的。穆勒自己也在《自传》中说该书多次重印，常被引用并被视为权威之作。②穆勒在该书开篇提出，政治经济学只是新近才被看作科学的一个分支，它研究的主题就是财富。虽然他也注意到财富概念的混乱曾使欧洲走向歧路（即重商主义学说误将财富看作只由货币或贵金属组成），但他无意做出精确定义，只求表达的概念足够明确，因而采用了财富一词的通俗用法。③

穆勒沿用通俗定义，除了认为这个定义没有太大问题，或许也是想与更多读者在基本概念上形成共识，便于展开讨论。而罗斯金却认为讨论的前提就是明辨词义，含混的词义必然影响认知。更何况，他还要改变通俗定义的误区。他从词源上做了一个类比。从希腊语源头来看，"经济学"（*Oikonomia*/Economy）直译为"家律"（House-law），"天文学"（*Astronomia*/Astronomy）直译为"星律"（Star-law）。由是观之，经济学不严格定义财富，就如天文学不严格界定星的所指。星有发光的恒星与反射光的行星之分，财富也分"发光的财富"（wealth radiant）和"反射光的财富"（wealth reflective）。前者是内在固有的，有生命力，能照亮生活；后者却仅指"riches"（为行文方便，文中权译作"富"，以区别于"财富"），是前者的符号体系。（*Unto*：161 - 162）如果政治经济学家只研究如何致"富"，也就像只研究反射光而不顾发光源的星学家那样误入了歧途。

罗斯金曾在《给那后来的》手稿中指出，当时大多数人都将财富（wealth，构成个人幸福康乐的东西）等同于"富"（riches，构成个人

---

① John Ruskin, "*A Joy For Ever*"; *The Two Paths*, London: Oxford University Press, 1928, p. 12.
② J. S. Mill, *Autobiography*, ed. John M. Robson, London: Penguin, 1989, p. 178.
③ 参见约翰·穆勒《政治经济学原理》（上），赵荣潜等译，商务印书馆2009年版，第13—14、66页。

对他人权力的东西),却不知这种混淆危害很大,因为"富"是一个相对术语,是相对"穷"而言的。如同"冷、暖"表示的只是一种相对而非实际的温度,"富"这个概念要想成立,就需要有"穷"这个概念。如果人人皆富,没有人穷,也就不存在所谓的"富"。由此推知,要实现这种"富",就必须有人"穷"。使自己致"富"之术,也就是使邻人不能脱贫之术。(*Unto*:340,180,181;*Works*:17:160)换言之,只追求这种"富",也就不可能实现共同富裕。他还进一步指出,政治经济学如果只是"研究如何致'富'的科学",自然也就名不副实。既然"政治"的词根是"polis(国家、社会)",政治经济学(political economy)就应追求增加国家或国民之富;如果只求个人致富,就应叫"商业经济学"(mercantile economy),因为"商业"的词根是"merces/ pay(交易、支付)",它不必然带来国家或国民之富。(*Unto*:180–181)

罗斯金不满穆勒采用"财富"的通俗用法,恰恰在于他希望政治经济学能够改正这种用法,还原该词原有的道德和精神意蕴。大众将财富等同于这种"反射光的财富"或"商业财富"并趋之若鹜,固然是与社会的发展相随而至的,但这种风习如果不加遏制,就有可能形成一种"反社会"(antisocial)的力量。在罗斯金看来,这表面上是经济现象,但根本上还是伦理问题。

他认为,人们求"富",主要是因为它是一种权力,也即对他人意愿或行为的影响和支配。这并非罗斯金的创见,法国人托克维尔(Alexis de Tocqueville,1805—1859)稍早曾在《美国的民主》(*Democracy in America*,1835—1840)中说:

> 生活在民主时代的人们有许多热望,绝大多数热望要么终结于对财富的渴求,要么来自对财富的渴求。不是因为人们的灵魂更加狭隘,而是因为在这样一个时代,金钱确实更为重要。当全体社会成员彼此独立或互无关系时,只有通过金钱支付才能得到

彼此的合作。于是，财富的使用无限增多，财富的价值也增加了。①

这自然也适用于日趋民主化的英国社会，马克思和卡莱尔都曾探讨过"现金支付"对人际关系的影响。与托克维尔相反，罗斯金认为这种财富追求恰恰源自灵魂狭隘，因为人们真正渴求的乃是对他人的权力。此权力的大小，与穷人数量成正比，与富人数量成反比。为获得更大权力，就不仅要使自己更"富"，还要尽量使更多的人变得更"穷"，从而形成对自己有利的最大不平等。也就是说，一个人兜里的金币到底有多大力量，最终取决于他邻人兜里有没有金币。（Unto：180 - 182）

因此，财富根本上还是属于道德范畴。罗斯金在《报以灰尘》中提到，财富（wealth）、金钱（money）、富（riches）常被当作同义词，但实际上指的是完全不同的东西，属于不同学科的研究对象。"富"是一个相对术语，指某人或某社会之财产相对于其他人或其他社会财产的大小，属于道德科学，探究人与人在物质财产方面的关系。（Works：17：152 - 153）而且，人们对它的渴求是没有止境的。美国经济学家凡勃伦（Thorstein Veblen，1857—1929）曾描述过一种"嫉妒性对比"（invidious comparison），即追求在财力上超越其他社会成员，若身处劣势便心存怨尤，但即便达到了本阶层的正常标准也不会满足，还会想着更上层楼。②由此不难理解罗斯金为何认为这种"富"关乎道德和灵魂，因为唯有道德趣味和精神追求才有望抑制这种无尽的欲望。其实，亚当·斯密在晚年修订《道德情操论》时也已经认识到，羡慕甚至崇拜富人和权贵，鄙视或至少是忽视穷人和草民，是导

---

① Alexis de Tocqueville, *Democracy in America*, trans. Arthur Goldhammer, New York: The Library of America, 2004, p. 722.

② Thorstein Veblen, *The Theory of the Leisure Class*, ed. Martha Banta, Oxford: Oxford University Press, 2007, pp. 26, 29.

致英国道德情感堕落的主要且最为普遍的原因。①穆勒也认为，英国的贵族阶级是导致国民道德堕落的一大原因。一方面，贵族把私人利益放在公共利益之上，滥用立法权为本阶级谋利，使政府行为成了公德败坏的例证；另一方面，大众尊崇权力，而财富几乎就是获得重要政治地位的唯一来源，于是，财富及其种种标志便几乎成了唯一真正受人尊敬的东西，整个民族的生命都投在了对它们的追求上。②

从19世纪英国社会史文献中可以清楚地看到金钱权力的实际作用和影响。韦伯夫人（Beatrice Webb，1858—1943）在《我的见习期》（*My Apprenticeship*，1926）中提到，她那信奉政治经济学的母亲认为"提升自己的社会地位，无视地位比自己低的人，永远瞄准社会最高层，是每个公民应尽的义务。每个人只有这样不懈地为自己和家庭的利益奋斗，才能实现最高程度的普遍文明"；这一原则也"的确得到了维多利亚时代中期中产阶级代表人物们真诚热烈的拥护"。③但如何提升社会地位呢？韦伯夫人说，19世纪后期伦敦社交界呈现出多元化倾向，门第等级划分不再那么明显，似乎有不重出身的特点，但实际上，还是有一个门槛，只是人们不太注意，那就是要拥有别人所没有的某种权力，而最直观、最明显的权力莫过于财富。她曾问一位外国富贾为何喜欢寓居英国而非巴黎、柏林或维也纳，此人回答说英国社会更平等。但她认为，这种平等，实际上是用金钱标准取代了门第出身。④尽管出身在19世纪英国一直都很重要，但对那些未能口衔银匙生在朱门的人来说，毕竟有了另一条康庄大道。伊恩·布鲁玛在分析19世纪外国人如何看英国时就发现，对金钱的膜拜意味着地位身份是

---

① See Adam Smith, *The Theory of Moral Sentiments*, ed. D. D. Rapheal and A. L. Macfie, Oxford: Oxford University Press, 1976, p. 61.
② J. S. Mill, *Autobiography*, ed. John M. Robson, London: Penguin, 1989, p. 136.
③ Beatrice Webb, *My Apprenticeship*, Cambridge: Cambridge University Press, 1979, p. 15.
④ See Beatrice Webb, *My Apprenticeship*, p. 50.

流动的商品,只要付得起就可以拥有。① 不妨再引托克维尔的话:

> 现在,古老事物所带来的声望威信已经消失,人们不再或很少靠出身、阶层或职业来区分。只有金钱还能使人们明显区别开来,使一部分人不同于其他人。财富给人带来的这种区分,随着其他所有的身份标志的消失和减弱而得到增强。在贵族制国家,金钱只能引向欲望圈上的几个点;但在民主制国家,金钱似乎能够达到欲望圈上的任何一点。②

穆勒也在《论文明》("Civilization",1836)一文中表达过类似的观点。他认为文明在达到较高程度之后,个人的全部干劲都会集中到赚钱这个狭隘的领域,尤其是在英国,"中产阶级的干劲几乎都用在了赚钱上"。对财富的渴望如此普遍,一个重要的原因就是对大多数人来说,财富是满足其他所有欲望的最容易得到的手段。③ 从19世纪英国的社会发展趋势来看,金钱即便没能成为社会地位的唯一标志,至少也是重要的标志。

不过,这种改变地位的方式对大部分下层民众而言是可望而不可即的。毕竟,在霍布斯鲍姆(Eric Hobsbawn)所说的"资本年代",只靠勤劳,没有资本,仍然很难发迹。被罗斯金嘲讽为"商业抽奖"(*Works*:17:277)的飞来横财(如获得遗产)改变了很多人的命运,加重了人们的投机心理,成了当时"英国梦"的一个重要组成部分。狄更斯的《远大前程》(*Great Expectations*)书名语带双关,因为这个词组在当时还指"在遗产方面大有盼头"。《牛津英语大词典》甚至引此为例句,指出"*expectations*"作为复数,可指未来有望获得遗产或

---

① 参见伊恩·布鲁玛《伏尔泰的椰子》,刘雪岚、萧萍译,生活·读书·新知三联书店2007年版,第111、116页。

② Alexis de Tocqueville, *Democracy in America*, pp. 722–723.

③ J. S. Mill, "Civilization", in *Collected Works of John Stuart Mill*, Vol. 18, ed. J. M. Robson, London: Routledge & Kegan Paul, 1977, pp. 129–130.

从遗嘱中获益。这种盼头一旦遂愿,往往能够改变命运,尤其是社会地位。这也是维多利亚时代小说家们常用的叙事策略。《小杜丽》中杜丽一家从阶下囚变身上等人,靠的就是突如其来的遗产;《简·爱》中女主人公能感到独立,她叔父留给她的遗产功不可没。当然,这种盼头往往是可遇而不可求的。《名利场》(Vanity Fair)中年轻的女主人公委身老朽,《米德尔马契》中镇长公子举债度日,都是因为强求酿造了悲剧。不过,他们之所以会有这种心理,还是因为有他人成功的先例。可以说,正是由于金钱在资本年代拥有强大的权力,很多人才甘为其奴。[1]

  凡勃伦的《有闲阶级论》(1899)从人类学和社会发展史的角度探讨过财富。他认为财富起初是个人能力的证明,但后来变成了本身就值得赞扬的东西,具有了内在的荣誉性,能给持有者带来地位和声望。[2]德国社会学家马克斯·韦伯(Max Weber,1864—1920)认为,这种荣誉还得到了宗教伦理的支持。对于19世纪"资本主义精神"的代表人物,也即英国曼彻斯特那些白手起家的工业暴发户,挣钱不只是为了说明自己混得不错,更是为了表明自己干得不错;挣钱已不仅是为了满足物质需要,更是人生的终极目标,是胜任"天职"的结果和表现。[3]在这种大环境下,财富也就在心理上改变了人们对自我和他人的认知。正如凡勃伦所言,"一旦拥有财产在大众眼中成了尊荣的基础,它也就成了我们叫作自尊的那种满足感的必然条件"。[4]

  狄更斯善于描绘名利场中财富对心理的影响。从他的小说中不难看到,很多人确实如罗斯金所说把金钱(money)等同于财富。《董贝

---

[1] 即便不求远大前程,也要受金钱挟制。柴米油盐自不必说,政治权利也要求经济基础。在沸沸扬扬的前两次议会改革法案中,想要获得选举权,首先就得拥有或租住年租金十镑及以上的房子(ten-pound householder)。

[2] Thorstein Veblen, *The Theory of the Leisure Class*, p. 24.

[3] Max Weber, *The Protestant Ethic and the Spirit of Capitalism*, trans. Talcott Parsons, London: Routledge, 2001, pp. 28 – 33, 18 – 19.

[4] Thorstein Veblen, *The Theory of the Leisure Class*, p. 25.

父子》(*Dombey and Son*, 1848)中五岁的小保罗向父亲董贝提出了一个简单却又引人深思的问题："钱是什么？"董贝先是说"金、银、铜。几尼、先令、半便士"，接着又说"钱可以做任何事"，最后解释了"钱可以使别人尊敬我们，害怕我们，看重我们，巴结我们，羡慕我们，能使我们在所有人眼里看起来都无比强大，无比荣耀"。①《我们共同的朋友》中有位伦敦金融城小职员的女儿，虽不慕虚荣，但仍无奈地说："我爱钱，我想钱，想得发疯。我恨自己穷，穷得丢人现眼，穷得讨嫌生厌，穷得可悲可怜，穷得没有人样。"②而《艰难时世》中白手起家的银行家庞得贝之所以意气扬扬，很大程度上是因为他是自己和他人眼中的"成功人士"。毕竟，"对于并非生于贵族之家的人来说，其所追求的至善，便是成功"。③

成功本有多种，但经济上的成功却被许多人当成了唯一标准。不成功甚至等同于下地狱。卡莱尔无奈地说："地狱这个词英国人还经常在用，但很难确定他们到底指的是什么。"他解释说，地狱通常指一种无尽的恐惧，基督徒怕自己在上帝面前被发现是罪人，古罗马人怕自己没能成为有德之士，而当代英国人怕的是"没能取得成功"，也即没能挣来钱，没能混出名，而且主要是没能挣来钱。④罗斯金则揭示了这种成功背后的权力关系："（当社会由竞争法则引导时）成功总是指很大限度地战胜你的邻人，从而能够掌控他的劳动并从中渔利。这是所有横财的真正来源，没有人能靠自己的勤劳大发其财。"(*Works*：17：264)

心理认知需要他者的目光。对"成功人士"来说，即便富过陶朱

---

① Charles Dickens, *Dombey and Son*, ed. Peter Fairclough, London：Penguin, 1985, pp. 152 - 153.

② Charles Dickens, *Our Mutual Friend*, ed. Adrian Poole, London：Penguin, 1997, p. 45.

③ Walter E. Houghton, *The Victorian Frame of Mind*, 1830 - 1870, New Haven and London：Yale University Press, 1957, p. 191.

④ Thomas Carlyle, *Past and Present*, Centenary Edition, ed. Henry Duff Traill, 1897, Cambridge：Cambridge University Press, 2010, pp. 145 - 146.

猗顿,如果只是衣锦夜行,也无法获得最大满足。他们需要向世人证明自己是个有钱人。按罗斯金的逻辑,炫富从根本上说就是炫耀权力,尤其是对他人的支配权力。凡勃伦认为,炫富的方法有两种,要么证明自己"有闲",要么借助"炫耀消费"(conspicuous consumption)。在交通发达、人口流动频繁的社会中,后一种方式更有效,也即拥有人们能够直接观察到的可夸示财物。① 奢侈品就是明显的可夸示财物。罗斯金对此颇多微词,甚至建议英国人都改穿"国服"(national costume),既能"满足人们希望穿好一点的愿望,又不会引起要比邻人穿得更好的欲望,也不会勾起要让人误以为自己属于更高阶层的奢望(后者是英人独有的怪癖)"。②

罗斯金比凡勃伦更早地谈到了"炫耀消费"的心理需求,在《国王的宝藏》中特意解释了"炫耀"一词的所指。他说,当时的父母很关心孩子的社会地位,希望孩子能"出人头地":

> 现在,实际一点说,"出人头地"指的就是要在生活中博取众人的眼球(conspicuous)——获得一种在别人看来体面或荣耀的地位。一般来说,我们不认为这种出人头地单指挣钱,而是指让别人知道自己挣了钱;不是实现任何伟大的目标,而是让别人看到已经实现了目标。简言之,我们指的是满足我们对掌声的渴求。③

罗斯金举例子说,水手想当船长,只是为了被别人叫作船长。他指出,真正的"出人头地"(advancement in life),是逐渐拥有高尚的心灵,"是生活本身的升华,而不是生活外饰的升级"。④ 但在他看来,世人都

---

① Thorstein Veblen, *The Theory of the Leisure Class*, pp. 29, 59 – 60.
② John Ruskin, *Modern Painters*, Vol. 5, p. 316.
③ John Ruskin, *Sesame and Lilies*, *Unto This Last* and *The Political Economy of Art*, p. 13.
④ Ibid., p. 55.

受了死亡天使的蛊惑，拿生命去换荣华富贵，"渴望在生活中出人头地，却不知道什么是生活；渴望更多的马匹、男仆、财富和荣誉，却不要灵魂。而真正让人出人头地的，是心肠不断变软，血液不断变热，大脑不断变快，精神进入充满生机的平和"。① 这种平和就是他所说的"野橄榄花冠"，不是珠光宝气的虚荣，而是真正的幸福。② 这种幸福也正是财富的古义（weal/ wel / well）。

三 "财富"的新定义与政治经济学批判

"唯有生命才是财富。"罗斯金的这个新定义早已脍炙人口。不过，这里的"生命"不只是活着，而是活出一种完美的状态，带有明显的伦理意味："生命，包括了它全部的爱、愉悦和倾慕的力量。能培养出最大数量高尚且幸福的国民，就是最富有的国家；而最富有的人，就是能将自己的生命发挥到极致，并通过其本人及其财产对他人的生命产生最为广泛的影响。"（*Unto*：222）

这便类似于伦理学家斯蒂文森（Charles L. Stevenson）所说的"劝导性定义"[③]，即重新定义人们熟知的术语，改变其描述意义，并使之具有褒扬性的情感意义。劝导正是罗斯金"原富"的目的，他道德重构的核心便是"人"，是要恢复业已被现代学者埋葬了的"人的经济学"（Human Economy）。[④] 他在《给那后来的》中语带双关地指出，"财富的脉络"（The Veins of Wealth）是紫红色的，不是金矿石的纹理，而是人的血脉；制造财富，最终也就是制造"身体健康、目光敏

---

① John Ruskin, *Sesame and Lilies*, *Unto This Last* and *The Political Economy of Art*, p. 56.
② John Ruskin, *Time and Tide* and *The Crown of Wild Olive*, London: George Allen, 1907, p. 230.
③ Charles L. Stevenson, *Ethics and Language*, New Haven: Yale University Press, 1945, pp. 210, 214.
④ John Ruskin, *The Works of John Ruskin*, Vol. 27, ed. E. T. Cook and Alexander Wedderburn, Cambridge: Cambridge University Press, 2009, p. 14.

锐、心情愉悦的人"，而"我们现代的财富"却与此背道而驰，政治经济学家们并不把人看作于财富有益。（Unto：189）他指出，对人来说，最重要的是情感和精神。人不是机器，人有灵魂，其燃料就是情感，而"政治经济学是史上最为奇怪、最不可信的谬论，它居然认为人的社会行为不受社会情感左右"。（Unto：170，167）

  罗斯金将他的新定义放在政治经济学的话语体系中提出，不仅要揭示这门显学对"财富"的界定误导了世人，还想使它分担道德教化的责任。穆勒在《政治经济学原理》绪论中提出："可将财富定义为一切具有交换价值的有用或合意的物品；换言之，所谓财富就是一切有用的或合意的物品，只要刨除那些不付出劳动或做出牺牲便可随意得到的物品"；"所谓富有，就是拥有大量有用的物品"。①罗斯金重点修正了"有用"（useful）一词，强调了两个必要条件。一是物品要有内在有用性，也即固有价值；二是物品要在适合的人也即勇者手中，才能有实际价值。（Works：17：153 - 154）两者缺一不可，也就是说，财富是"勇者拥有有价值的东西"。（Unto：211）而且，"勇者"和"有价值"原本就是同源的，都与"生命"息息相关。《给那后来的》第四篇题为《论价值》（Ad Valorem），根据该词的拉丁语词源给出一个"真正的定义"："valorem"的主格是"valor（勇武）"，而"valor"来自"valere"，意为"强健"。指人，便是生命强健，或曰英勇（valiant）；指物，则应促进生命，或曰有价值（valuable）。因此，有价值也就是"能够全力促进生命"，这才是财富的真正内涵。（Unto：208 - 209）

  罗斯金的上述两点修正，第一个方面是批驳政治经济学对交换价值的强调，将价值从交换价值中解脱出来。斯密在《国富论》中已经指出："价值一词，有两个不同的含义，有时指某一物品的有用性，有时指因拥有该物品而具有的购买其他商品的能力。前者可称为'使

---

① 约翰·穆勒：《政治经济学原理》（上），第18、21页。

用价值'，后者则可称为'交换价值'。"①19世纪的政治经济学家们并非不知道"价值"可以指"有用性"，只是认为从学科的角度来说，研究的重点应该是交换价值而非使用价值。②如穆勒所言，在政治经济学术语中，"价值"如果不加修饰语或限定词，通常就是指交换价值。③随着政治经济学理论的传播，日常话语也渐受影响，交换价值乃至其货币表现形式（价格）更多地被用作衡量标准，也就不乏王尔德讽刺的那种人——"知道一切物品的价格，却不知任何物品的价值"④。罗斯金的忧虑正在于此。他认为，有些物品对人有害，但仍可买卖，因而有交换价值，在经济学上是"有用的"；但真正有用的物品应促进人的生命，而且这种有用性是物品固有的，不因供需或交换价值而变。

第二个方面强调物品要在合适的人也即勇者手中。罗斯金认为，不能只是拥有（have），还得能用（can），而且不能滥用（from-use/ab-use）。例如，人皆有躯体，滥用则无法报效国家，只能苟延残喘，如同行尸走肉，也即希腊人所说的"idiotic（个人或私人的）"，在英语中便成了"idiot（白痴）"，用来指那些只顾个人利益的人。（*Unto*：210 – 211）用得合理还不够，还得用得合度，"一个人不能同时住在两栋房子里"。过度则是"Illth（罗斯金新造的与 Wealth 相反的词）"，会带来各种破坏和灾难。罗斯金希望时人能克制利欲，将精力用在更有价值的地方。他认为，关于财富的通俗观念混淆了财富的"保管"和"拥有"之间的区别。真正富有的人，并不是财产的拥有者，而是财产的保管者。（*Works*：17：168）这种境界便是罗斯金所说的"勇"，也即"高尚"或卡莱尔说的英雄气质，可以使人的灵魂摆脱世俗财富

---

① Adam Smith, *An Inquiry into the Nature and Causes of the Wealth of Nations*, ed. Edwin Cannan, New York: The Modern Library, 1994, p. 31.
② John Tyree Fain, "Ruskin and the Orthodox Political Economists", in *Southern Economic Journal*, 10.1 (1943), pp. 5 – 6.
③ 约翰·穆勒：《政治经济学原理》（上），第498页。
④ Oscar Wilde, *Plays, Prose Writings and Poems*, p. 465.

的奴役。

　　罗斯金修订的这两个方面——固有价值和实际价值,既涉及物品及其拥有者,又分别对应着生产和消费两个环节。他认为这两个环节均与道德有关,如他在《报以灰尘》中所说,从一国之民所产之物,可见其既往品性;从其消费方式,可见其未来品性。(*Works*:17:178)罗斯金不断强调生产环节的道德因素,也是对维多利亚时代商品生产过程中弄虚作假、破坏环境的种种恶习的直接回应。如他所说,生产要保证质量,让民众"花了钱,买到的面包就是面包,啤酒就是啤酒,服务就是服务"。(*Unto*:164)

　　更重要的是罗斯金看到了资本主义经济制度的剥削性和消费趋向的误区。他《野橄榄花冠》序言中说:

> 　　当今时代,资本的大部分获利性投资都是这样,即大众被诱劝去买无用之物,资本家则从这些物品的生产和销售中提成获利(per-centage);与此同时,大众却被蒙蔽,被诱导着认为资本家的这种提成收益乃是真正的国民收入,但实际上,这不过是从穷人钱包里偷钱,让富人的钱包鼓起来而已。①

理想的状况应该是厂主和商人真正起到引导良性消费的作用,帮助社会"生产"高素质买家。(*Unto*:164,207)同时,消费者也应提高自身的道德素质或罗斯金所强调的"趣味"(taste):"经济学家至今尚未认识到,人的购物倾向完全属于道德范畴。也就是说,你给一个人半克朗,他能变富还是变穷,取决于他的性情——看他是用这些钱来买疾病、堕落和憎恨,还是买健康、上进和亲情。"(*Unto*:207)正是考虑到了经济领域的诸多道德因素,罗斯金才对政治经济学提出了伦理要求:

---

① John Ruskin, *Time and Tide* and *The Crown of Wild Olive*, p. 219.

真正的政治经济学，就要教导国民去渴求并生产那些能够促进生命的东西，教他们鄙视并摧毁那些引向毁灭的东西。这才是一门真正的科学，不要把它和号称政治经济学的伪科学（bastard science）混为一谈，正如不要把医学和巫术看成是一样的，也不要把天文学与占星术当成一回事。（Unto：209）

四 政治经济学的伦理维度

关于罗斯金的政治经济学批判，学界历来存有争议。反对者从经济学角度揭示罗斯金经济思想的肤浅，如莱斯利·斯蒂芬（Leslie Stephen）就认为，罗斯金所抨击的实际上是政治经济学的"通俗版本"，穆勒等经济学家虽然也会像罗斯金一样对社会的不公感到痛心疾首，但不会认同罗斯金的观点。[①]这种评论没有切中要害，因为罗斯金批判的核心不是政治经济学的理论体系，而是它对当时的知识话语和思想体系的影响，以及它所忽略的更为急迫的社会问题。正如罗斯金本人所说："我并不是说它的理论没道理，只是认为它用在现阶段的社会不太妥当。"（Unto：168）

支持罗斯金的学者，如弗·雷·利维斯，则认为他"对正统政治经济学的毁灭性批判是一项伟大而又高尚的成就"。[②]这显然是过奖了，罗斯金并没有想对政治经济学原理做"毁灭性批判"，反倒是想做建设性批判，试图恢复或增加这门学问的伦理维度，用"常识偏见"来改变当时对"财富"等关键词语的"学术偏见"，使政治经济学成为一种有助道德重建的力量。如他所言：

家庭经济学调整一家之行为习惯，政治经济学则调整一国或

---

① See J. L. Bradley ed., *Ruskin: The Critical Heritage*, pp. 419–420.
② F. R. Leavis, "Introduction", in *Mill on Bentham and Coleridge*, London: Chatto & Windus, 1950, p. 36.

一社会之行为习惯，关乎其维系方式。政治经济学既非艺术，也非科学，而是建立在诸科学的基础之上、指导人文学科的一套行为和立法体系。而且，只有在特定的道德文化条件下才有可能。(*Works*: 17: 147)

正是从这个意义上说，真正的"政治"经济学是伦理的而非商业的。他在《给那后来的》中提到，该书一是为了给财富下一个准确且固定不变的定义，二是为了说明财富的获取离不开一定的道德条件。(*Unto*: 162)

  罗斯金的这番努力恰恰与政治经济学的发展形成了一种反动，如卡莱尔所说，就像一场霍乱横扫了这门"沉闷的科学"（Dismal-Science）①。政治经济学在18世纪后期逐渐成为一个明确的研究领域，在19世纪初则力图成为一种"科学"或专门学科，因而有去伦理化的意图，要摆脱宗教和道德因素的掣肘。穆勒说政治经济学无关道德，②就是要把它当作一门独立学科，专门探究经济领域的"自然"规律。经济学也日趋注重微观层面，到19世纪末，"政治经济学"这个称谓变成"经济学"，抹去了"政治"所含的社会、国家之意。③但实际上，经济学很难完全摆脱伦理而做到"客观中立"。④在道德话语已成为呼吸空气的英国，也很难真正去道德化。况且，当时的学术分工尚未深化，学科壁垒也不够森严，斯密、穆勒、罗斯金等人都是跨学科的通才，他们的经济论述中都不乏道德思考的印记。经济学家熊彼得（Schumpeter）就认为斯密受道德哲学影响太深，未能实现将伦理学排

---

① George Allan Tate ed., *The Correspondence of Thomas Carlyle and John Ruskin*, Stanford, California: Stanford University Press, 1982, p. 89.
② 参见约翰·穆勒《政治经济学原理》（上），第497页。
③ See Robert L. Heilbroner, *The Worldly Philosophers: The Lives, Times, and Ideas of the Great Economic Thinkers*, 7th ed., London: Penguin, 2000, p. 176.
④ 经济学术语常带有情感意义，如斯密和穆勒所谈的"非生产性劳动"，实际上就暗示了从事这种劳动的人的无用性和寄生性。See Charles L. Stevenson, *Ethics and Language*, pp. 215–216.

除在经济学之外的目标。①但实际上，斯密一直没有中断其伦理研究，在写《国富论》的同时也在修订《道德情操论》，晚年更是在《道德情操论》第六版中专门增加了一章（即第一卷第三篇第三章），强调对财富和权势的崇拜会败坏道德情操，不如崇拜智慧与美德。②这也是他在《国富论》"去道德化"之后的一种"再道德化"，可以说，这位"政治经济学家"始终是一位"道德哲学家"。后来的穆勒也没能完全抛开伦理维度，直到19世纪末，剑桥著名经济学教授马歇尔还在1890年出版的《经济学原理》（书名已不同于穆勒的《政治经济学原理》）开篇强调：

> 经济学一方面是研究财富；另一方面，也是更重要的方面，是属于对人的研究的一部分。③

或如有评论家所言，罗斯金与穆勒等人的根本分歧，不在于要不要伦理维度，而在于伦理侧重点不同，穆勒等人看重自由，而罗斯金看重的是正义、团结和爱。④ 显然，这种差异引起的辩论对经济学的发展大有裨益。正如科克拉姆（Cockram）所言，罗斯金主要关心的是"资本主义社会中道德关怀的边缘地位"，他对"财富"和"价值"的分析动摇了古典经济学家的自满心态，迫使其重估经济学作为精密科学（exact science）的地位。⑤

---

① See Joseph A. Schumpeter, *History of Economic Analysis*, Taylor and Francis e-Library, 2006, p. 177.
② See Adam Smith, *The Theory of Moral Sentiments*, pp. 61 – 66.
③ Alfred Marshall, *Principles of Economics*, 8th ed., Philadelphia, Pennsylvania: Porcupine Press, 1982, p. 1.
④ James Clark Sherburne, *John Ruskin or the Ambiguities of Abundance*, Cambridge, Massachusetts: Harvard University Press, 1972, pp. 120 – 122.
⑤ Gill G. Cockram, *Ruskin and Social Reform: Ethics and Economics in the Victorian Age*, London: Tauris Academic Studies, 2007, p. 205.

尽管如此，罗斯金的经济学思想却一直没能引起学界的足够重视[1]，对英国的社会政策及福利制度的现实影响也没有得到足够的考证[2]。不过，罗斯金"原富"的意义并不仅限于经济学和社会学领域，它还反映了当时的文人为消除知识话语领域混乱状态而做的努力。

不妨先看两位传记作家对他的评论。弗雷德里克·哈里森（Frederic Harrison）认为，罗斯金的经济学评论《报以灰尘》是在"玩弄一个他几乎一无所知的学科"即新兴的社会学[3]；蒂姆·希尔顿（Tim Hilton）认为，罗斯金用的是伦理和象征语言，与专业经济学家没有共同术语。[4]两人似乎认为罗斯金是社会学或经济学的"门外汉"，但从当时的文化背景来看，经济学和社会学其实已经像达尔文的进化论一样，超越了各自的学科范畴，进入了"公共"话语空间，成为当时文人的共享知识，它们的很多专业术语也就自然地在文人笔下流淌（与罗斯金、狄更斯、卡莱尔一道评点政治经济学的"非专业人士"不胜枚举）。这就形成了一个矛盾现象：一方面，经济学力争成为一个有自己独立疆域的学科；另一方面，它的话语又渗透进了其他学科和公共领域，最终导致了"众声喧哗"的混乱状态。因此，当时不仅有马修·阿诺德提出的与"文化"相对的"无政府状态"，更有穆勒在《时代精神》中所说的"知识无政府状态"。很多文人对此都深有感触并探寻拨乱反正的路径。纽曼认为，政治经济学研究财富问题无可厚非，但不应该"越界"（pass the bounds of his science）侵入伦理领域，应该退回到它自己的学术范畴；[5]罗斯金则更为激进，试图借助

---

[1] See Willie Henderson, *John Ruskin's Political Economy*, London and New York: Routledge, 2000, pp. 23–24; Alan Lee, "Ruskin and Political Economy: Unto This Last", in Robert Hewison, ed., *New Approaches to Ruskin*, London: Routledge & Kegan Paul, 1981, p. 68.

[2] See Jose Harris, "Ruskin and Social Reform", in Dinah Birch, ed., *Ruskin and the Dawn of the Modern*, Oxford: Oxford University Press, 1999, p. 9.

[3] Frederic Harrison, *John Ruskin*, London: Macmillan, 1902, p. 103.

[4] Tim Hilton, *John Ruskin*, New Haven and London: Yale University Press, 2002, pp. 296–297.

[5] John Henry Newman, *The Idea of a University*, ed. Frank M. Turner, New Haven & London: Yale University Press, 1996, pp. 68–69.

词语系谱学来追本溯源，刮垢磨光，构建新的权威话语体系，让伦理回归经济学领域。

这番努力之艰辛不难想象，罗斯金甚至一度被视为散播异端邪说的人。[①]正如有评论家所指出的，随着"科学的"经济学以重农主义和古典学派的面目出现，再坚称经济学与伦理关联密切就成了异端。[②]罗斯金不仅敢做异端，还拿当时的政治经济学权威穆勒开刀，的确需要穆勒在《论自由》里所褒扬的心智方面的"道德勇气"[③]，也就是严复所译的"刚大勇直之心德"[④]。严复在罗斯金逝世的次年译出了斯密不失文采的《国富论》，取名《原富》，探究富国裕民之道，距今已逾百年。这百余年所见证的，是经济学及其他社会科学为追求"精密科学"地位而日渐采用数学语言（mathematical language），压缩了言词语言（verbal language）的空间，不仅加深了斯诺所谓的"两种文化"的鸿沟，也加速了人文精神的衰微。[⑤]乔治·斯坦纳（George Steiner）认为，自17世纪以来，经验和现实领域"逃离言词"的趋势愈演愈烈，词语王国的疆域正在大幅缩减，就连人文学科都未能幸免。当下语言危机的严重程度远甚于罗斯金的时代，守护文字的文人理应多一些焦虑。

[①] See John D. Rosenberg, *The Darkening Glass: A Portrait of Ruskin's Genius*, London: Routledge & Kegan Paul, 1963, p. 131.

[②] James Clark Sherburne, *John Ruskin or the Ambiguities of Abundance*, p. 107.

[③] J. S. Mill, *The Spirit of the Age, On Liberty, The Subjection of Woman*, p. 66.

[④] 穆勒：《群己权界论》，严复译，商务印书馆1931年版，第37页。

[⑤] See George Steiner, "The Retreat from the Word", in *Language and Silence: Essays on Language, Literature and the Inhuman*, New York: Atheneum, 1967, pp. 12-35.

第六章

"绅士":罗斯金论国民性陶铸

> 我们要想理解他们的言论,首先就要明确地界定这些术语。
> ——约翰·罗斯金《报以灰尘》

一 绅士理念与国民性

在19世纪英国文学背景中谈绅士理念,读者可能会想到《汤姆·布朗的学生时代》(*Tom Brown's Schooldays*, 1857)反映的公学教育改革,或纽曼在《大学的理念》(1852)中阐发的博雅教育(liberal education)思想,很少会想到罗斯金对绅士概念的诠释,但它却更有代表性地反映了绅士理念与当时国民性(national character)陶铸的关联。

从诺曼征服到维多利亚时代,绅士概念(gentleman)虽变动不居,却一直有两个核心要素:一是高贵身份,二是与之相应的高尚品德。"gentle"一词最初与"noble"同义,既指身份,又指品德。但到19世纪,绅士的评判标准日趋模糊,不仅使这一群体更加鱼龙混杂,也加剧了人们对身份而非品德的追求。这种偏执令罗斯金、纽曼等文人深感忧虑,他们不仅强调身份与品德不可分割,甚至认为品德才是更具决定性的因素。

更重要的是,他们发现绅士风度和品德正是向现代化转型的英国社会所需要的,进而尝试将这种侧重如何"与国人交"的绅士理念打造成一种国民皆可追求的品格范型。"英国绅士"也逐渐由一种身份地位标签变成了英国国民性的一个重要特征。也就是说，绅士作为身份地位标签的功能已日渐淡化，与其相关的一系列品德要求却延续了下来，成了绅士概念的核心内涵。原被认为属于某个社会阶层的举止和品德，逐渐扩散成为整个民族共有的特征。在这个过程中，罗斯金等文人的贡献不可低估。正是由于他们善于从传统文化资源中寻找应对现代社会变化的策略，才推动了"英国绅士"成为英国国民性的一个"品牌"。

罗斯金也是通过追溯"绅士"的词源系谱来重释这个概念。一方面强调"血统"不容否认，但也有赖教养，甚至暗示说，绅士并不是天生的，而是被塑造出来的；另一方面强调绅士概念最核心的要素是"敏感"（sensitiveness/ sensibility），尤其是对他人境遇和需求的敏感。这两方面均含有陶铸国民品格的意图。

除了诠释绅士概念的内涵，罗斯金还试图拓展其外延，将当时多被排除在绅士群体之外的厂主、商人和资本家这个群体吸收进来，从道德上改造中产阶级的这一重要力量，实现"共同富裕"（commonwealth）的理想。当然，罗斯金已经改变了"财富"的含义，这里的"共同富裕"不再指物质财富，而是指整个社会达到一种和谐而又充满活力的状态，也即"共同幸福"。

绅士以及由它衍生出的绅士风度、绅士派头、绅士教育等，在维多利亚时代文人笔下都是出现频率很高的词汇。"英国绅士"（English Gentleman）这个说法虽然用得少些，但很多时候说的就是"英国"绅士，只是不言而喻而已。法国学者就常把绅士看作英国"特产"。19世纪法国艺术理论家丹纳就认为，"绅士"这个词浓缩了英国社会的历史，包含着一系列英国特有的观念。[1] 20世纪法国作家安德烈·马尔罗（André Malraux, 1901—1976）甚至不无夸张地说："英国绅士是

---

[1] Hippolyte Taine, *Notes on England*, 6th ed., trans. W. F. Rae, London: W. Isbister & Co., 1874, pp. 173-174.

西方文明最伟大的创造之一，'la grand création de l'homme（人类的伟大创造）'。"①这个带有"原产地"标签的概念也来到了近代中国并流传开来，中间很可能还经过了日本的"转口"。②

在当代日常英语中，"绅士"已不再是一种重要的社会标签，更常泛用作对男子的敬称（polite term），尤其是用作复数，如"Ladies and Gentlemen"（19世纪之前更常用的顺序是"Gentlemen and Ladies"）。当然，绅士用作敬称，自16世纪就开始了，主要也是因为绅士地位较高且边界比较清晰。但到19世纪，绅士虽然还是常用的身份标签，边界却已相对模糊。丹纳旅英时发现，"绅士"是个出现频率很高的指称，对于当时的英国男子而言，最关键的问题总是"他是绅士吗？"③ 这说明当时人们很在意一个人是否是绅士，当然也有很多人很在意自己是否会被看作绅士。不过，既然有此一问，也就说明有时候并不容易判断一个人是否是绅士。一方面，如丹纳所发现，英国绅士是个相对开放的圈子，19世纪英国的社会变化不仅加剧了这个圈子内外的流动，还改变了其"准入"标准；另一方面，当时还有一种以陶铸国民性为己任的文化力量也在试图改变这个词的各个义项之间的等级次序，使其伦理内涵先于身份标签，从而打造一种可追求的国民品格范型。也就是说，19世纪英国文人采用了"旧瓶装新酒"的策略，在保留词语外壳的同时修改其内涵。他们没有像14世纪的起义农民那样激进地要求革绅士的命（"在亚当耕田、夏娃织布的时候，哪

---

① 参见伊恩·布鲁玛《伏尔泰的椰子》，刘雪岚、萧萍译，生活·读书·新知三联书店2007年版，第161—162页。

② 汉语中的"绅士"旧称地方上有势力有地位的人，一般是地主或退职官僚（见《汉语大词典》）。随着这类群体的消失，这层指称意义也渐渐淡出日常语言。现在常说的绅士，更多是一个外来概念，早期曾叫"竟得尔曼"（"gentleman"的音译），后逐渐被更有韵味的"绅士"一词取代。另参见刘禾《跨语际实践：文学、民族文化与被译介的现代性》（宋伟杰等译，生活·读书·新知三联书店2008年版）一书的附录："绅士"是源自早期传教士汉语文本的新词，用来翻译"parliamentary official"（议员），被日语外来词"giin"取代后，又被转而用来翻译"gentleman"（第373、439页）。

③ Hippolyte Taine, *Notes on England*, pp. 173–174.

来的什么绅士？"），而是通过改变什么是绅士，让更多的人通过教养来拥有绅士品德。这种以国民品格塑造为旨归的文人话语在19世纪五六十年代也即维多利亚时代鼎盛期达到了高潮，"绅士"常与趣味（taste）、举止（manners）、品格（character）、教育（education）、教养（culture）等词相伴出现。

作为外来的观察者，丹纳敏锐地捕捉到了当时英国文人改造绅士概念的氛围。他在《英伦札记》（*Notes on England*）中总结了绅士的三层评断标准：

> 首先是那些最显而易见的特征，也是连愚人都能感知到的特征，例如，丰裕的财产，宅院的式样，穿着打扮，种种奢靡闲适的生活习惯。基本上，在凡夫俗子眼里，尤其是在奴颜婢膝的人眼里，有这些就足以称得上绅士了。再进一步，则是心智更为成熟，受过博雅教育，曾经周游四方，能够出谋划策，举止文雅，了解世界。但对真正懂得评判的人来说，最根本的还是心灵。[1]

这三层标准由表及里依次为生活方式、知识结构和道德境界。其中，生活方式最为直观，也最容易模仿，只要有足够的财力即可。尽管这些钱最好不是专门从事某种职业（如经商）得来的，但自18世纪以来，经济结构的转变已经造就了很多新型富裕群体，尤其是商人厂主队伍壮大，谁也挡不住他们至少是他们的后人效仿绅士的生活方式。这时就需要提高门槛，诉诸后两种标准，如史学家克拉克（G. K. Clark）所说，18世纪以前，人们可能主要根据是否"出身贵族、获授纹章、拥有产业"来判断一个人是否是绅士，但此后还得根据知识和品德来评判，也即是否受过绅士教育，举止是否有绅士风度。[2]虽然见多识广、言谈文雅、举止有礼等标准在更早关于绅士的讨论中就已

---

[1] Hippolyte Taine, *Notes on England*, pp. 174–175.
[2] G. Kitson Clark, *The Making of Victorian England*, London: Methuen, 1965, p. 253.

存在，但不容否认，18世纪之后随着受教育范围扩大、旅行增多以及城乡一体化带来的社会流动，绅士风度受到了更多的重视。①

同时，以竞争、逐利为核心的商业价值日渐扩散，也使统治阶级乐于借普及礼貌来缓和宗教冲突、党派斗争和社会矛盾，维持社会稳定，形成了18世纪以来的"礼貌政治"（the politics of politeness）。②18世纪的英国文人也日渐看重社会美德和社会情感，借助渐具影响力的报刊、小说等新媒介，强化绅士概念的道德内涵。19世纪文人继承了这一传统，通过强调知识和道德标准，尝试将绅士打造成了一种有助于国民品格塑造的概念。丹纳感受到的正是这样一种正在成形的文化氛围："真正的"绅士，不是拥有绅士身份，而是具有绅士品格；不是天生的，而是炼成的。

施内温德（Schneewind）在《英国维多利亚时代文学的背景》中说："如果一个人没有高贵出身，但拥有了绅士其他的所有品质，他就真成了绅士？维多利亚时代的人从来没有十分确定。"③"不确定"（但也没有明确地否定）是个准确的描述。这种态度为文化话语提供了操作空间。斯迈尔斯的《自助》（1859）能成为19世纪下半叶的畅销书，本身就是一个例证。该书压轴的一章标题是《品格——真正的绅士》。他认为：

> 真正的绅士，其本性是依照最高典范塑造出来的。绅士是个伟大而古老的称号，在社会发展的各个阶段都曾被视为一种高级的阶层和力量……他的品质不取决于生活方式或言谈举止，而取决于道德品质——不取决于个人财产，而取决于个人品质。④

---

① See G. E. Mingay, *The Gentry*, London and New York: Longman, 1976, p. 154.
② Paul Langford, *A Polite and Commercial People: England 1727-1783*, New York: Oxford University Press, 1998, p. 5.
③ J. B. Schneewind, *Backgrounds of English Victorian Literature*, New York: Random House, 1970, p. 109.
④ Samuel Smiles, *Self-Help*, 1st ed., 64th impression, London: John Murray, 1925, p. 467.

斯迈尔斯进一步解释说:"财富、地位与真正的绅士品格没有必然的联系。穷人在精神上、在日常生活中也可以是真正的绅士,成为一个诚笃、坦率、正直、礼貌、温和、勇敢、自尊、自助的人,也就是说,成为一个真正的绅士。"[1]该书在19世纪多次再版,说明以品德为主要标志的绅士理念即便没有被广为接受,也至少没有受到普遍抵制。

当品德成为绅士的主要判断标准后,从文人话语所强调的具体德性,就可以大致推断出他们认为塑造新的国民品格需要哪些德性。当然,不同的人、不同的语境强调的德性未必相同,但它们有一个共同的特征,那就是都涉及如何与他人相处,属于穆勒在《论自由》中所说的"关涉他人"的范畴,也即"社会德性"(social virtues)。它最基本的原则是不伤害他人。纽曼在《大学的理念》中用一系列精练的排比句生动地描绘了他心目中的绅士形象,最核心的一句是:"从不给他人带来痛苦,这几乎就是绅士的定义了。"[2]

纽曼认为,绅士最关心的就是让身边的人感到舒服自在。你累了,他就是一把安乐椅;你冷了,他就是温暖的炉火。纽曼强调,真正的绅士要待人温雅仁爱(tender/ gentle/ merciful),情感细腻温柔(the gentleness and effeminacy of feelings)。[3] 从他用的这些形容词,可以看到他不仅要求内在的良善,还要求外在的礼貌。尤其引人注目的是"effeminancy"一词,这个词明显与女子特质相连,如娇弱温柔,但在维多利亚时代,它也常使人想到女性的善解人意。例如,1862年的《伦敦评论》上就有文章说,罗斯金有"那种可以说是女性特有的能力——读懂他人的心思"(the somewhat feminine faculty of entering into

---

[1] Samuel Smiles, *Self-Help*, p. 470.

[2] John Henry Newman, *The Idea of a University*, ed. Frank M. Turner, New Haven & London: Yale University Press, 1996, p. 145.

[3] Ibid., pp. 145 – 146.

the thoughts of others)①。纽曼是在新建的爱尔兰天主教大学做这番演讲的,从他不断称呼听众"Gentlemen"可以知道在座的都是男性,但他却在强调绅士在情感的某些方面要像女子一样,显然与维多利亚时代大讲男子气概(manly)的主调背道而驰。在《牛津英语大词典》的"effeminancy"词条下,19世纪的例句只有一个,也是纽曼的一句话。纽曼用这个词,意在强调绅士(或大学培养出来的现代公民)要有儒雅之风,要善解人意,这样一种与粗鲁(coarse)相对的温柔(soft)会让人如沐春风。塞缪尔·巴特勒后来也是这么定义绅士的:

> 绅士:要是有人问我们,这个词所含的最根本特征是什么,这个词自己就会让我们联想到温文尔雅(gentleness),联想到没有声色俱厉、盛气凌人、大惊小怪等恶习,一般会联想到体贴他人。②

可见,绅士品德的核心是以他人为面向,并在"正义"(justice)和"仁爱"(beneficence)的基础上增加了"礼貌"(politeness)。正义是社会存在的基础,仁爱是社会和善的动力。但在纽曼、巴特勒等维多利亚时代的文人看来,只有这两条还不够,新社会的国民品格中还应加入礼貌。斯密在《道德情操论》中提出,正义可以阻止人们伤害他人,是一种消极美德(negative virtue)。③这里说的"消极"不是否定,而是底线。斯密说,"如果一个社会的成员都随时准备伤害他人,这个社会也就无法存在下去",因为憎恨和敌意将会扯断所有纽带。如果一个社会的成员全都是强盗或杀人犯,这个社会要想存在,

---

① J. L. Bradley ed., *Ruskin: The Critical Heritage*, London: Routledge & Kegan Paul, 1984, p. 292.

② Samuel Butler, *Selections From the Note-Books of Samuel Butler*, London: The Traveller's Library, 1930, p. 37.

③ Adam Smith, *The Theory of Moral Sentiments*, ed. D. D. Rapheal and A. L. Macfie, Oxford: Oxford University Press, 1976, p. 82.

就需要确保其成员之间不能相互抢劫或杀害。正是在这个意义上，正义而非仁爱才是社会存在的基础。如果一个社会任由不正义大行其道，该社会终将消亡。[1]当然，要使社会更有人情味，单靠消极美德还不够，还需要仁爱、礼貌等积极美德，需要培养穆勒在《论文明》中谈到的"对积极美德的热爱"（the love for active virtue）[2]。正如纽曼所言，绅士不仅不应伤害他人，还应给他人带去温暖。

粗泛地说，18世纪常被后世乃至当时的人们看作英国民风嬗变的转折期。当代史学家保罗·兰福德（Paul Langford）在《彬彬有礼的商业民族：1727—1783年的英国》（*A Polite and Commercial People*：*England 1727 - 1783*）中指出，18世纪中叶时，人们大都认为礼貌是当时英国社会的一大特征。新崛起的中产阶级要借它来模仿上层社会的行为和价值观念，统治阶级也要借它寻求政治上的和谐稳定。[3] 到19世纪中叶，礼貌几乎已经成了英国日常生活中的必需品。穆勒在《论文明》中指出，有三种力量在保护文明社会的成员不受侵犯，一是军队、警察、法律等制度保障，二是威力日增的公共舆论，三是"日渐温雅的行为举止"。[4]

"礼貌"的崛起和流行与社会的发展密切相关。现代社会频繁的流动增加了陌生人相遇相处的机会，也就要求将前工业社会的"共同体"价值扩展到现代"社会"中来。不伤害他人，体谅他人，是礼貌的基本出发点，行为温雅是其外在表现。从《牛津英语大词典》的例句来看，"礼貌"一词的这层含义正是从18世纪兴起的。尽管英语中的"polite society"到19世纪仍特指"上流社会"，但这个指称中所含的与"粗野"相对的"温文尔雅"，却日渐扩大其疆域，成了整个社会试图依循的言行标准。我们可以从这个意义上把这个词组理解成一

---

[1] Adam Smith, *The Theory of Moral Sentiments*, p. 86.
[2] J. S. Mill, "Civilization", in *Collected Works of John Stuart Mill*, Vol. 18, ed. J. M. Robson, London: Routledge & Kegan Paul, 1977, p. 129.
[3] Paul Langford, *A Polite and Commercial People*：*England 1727 - 1783*, pp. 1 - 6.
[4] J. S. Mill, "Civilization", in *Collected Works of John Stuart Mill*, Vol. 18, p. 129.

个普遍举止有礼的"礼貌社会",或罗斯金所说的"礼仪之邦"(a polite nation)。曾经不下庶人的"礼"开始飞入寻常人家。在当时流行的书籍中,有一种手册专讲"礼貌艺术"(the Art of Politeness),指导绅士淑女及其模仿者学习优雅的举止,也开始扩大其目标读者的范围,如《人人应知应会的礼节》(Etiquette for All, 1861)书名所示,已不再只将目标读者限定为绅士淑女。这似乎印证了埃利亚斯(Norbert Elias)在《文明的进程》(1939)中提出的观点,礼貌由宫廷依次向贵族、中产阶级和下层民众传播,日渐繁杂的礼仪有助于培养羞耻感,训练自制力,使社会变得更加文明。[①]凯特·福克斯曾在《英国人的言行潜规则》中提到,英式礼貌是一种消极礼貌,为的是避免唐突和侵犯,属于人为的和谐。[②]尽管过度强调礼节或许会导致虚伪,但在穆勒等维多利亚时代文人看来,文雅的虚伪总强过赤裸裸的粗野和暴力。毕竟,礼为情貌,礼貌规训的出发点和目的都是为他人着想。

现实的需要促使19世纪文人强调社会德性,借助很能体现这些德性、又颇有吸引力的绅士理念来重塑国民品格,为日渐富裕的社会培养温良有礼的公民。史学家麦考莱(Thomas Babington Macaulay, 1800—1859)在写《英国史》(The History of England from the Accession of James II)时,也不忘拿自己时代的文明教化来比照17世纪英国的野蛮风习。在他看来,诺曼贵族将其雍容华贵带至英国后,开始软化英国的国民性格,使其日渐明智仁慈。这个过程毕竟缓慢,17世纪时蛮风仍盛,那时的乡绅跟文雅毫不沾边,其习气与19世纪的磨坊主或酒馆老板没什么两样,和博雅教育培育出来的乡绅有着天壤之别。[③] 19世纪伦理学家西季维克在其《伦理学史纲》(1886)中不无深意地指

[①] 详见诺贝特·埃利亚斯《文明的进程》,王佩莉、袁志英译,上海译文出版社2013年版,第二章。

[②] 凯特·福克斯:《英国人的言行潜规则》,姚芸竹译,生活·读书·新知三联书店2010年版,第100页。

[③] Thomas Babington Macaulay, The History of England from the Accession of James II, Vol. 1, London: Dent, 1906, pp. 17, 326 – 327, 247 – 249.

出，18世纪的英国伦理学家已经开始从心理学上论证"反利己主义"（Anti-Egoism），沙夫茨伯里伯爵（Shaftesbury, 1671—1713）就试图证明人的"社会情感"（social affections）是自然而生的，与貌似冲突的自我关注（self-regard）在本质上是和谐一致的。①现代学者大都认同这种伦理学重心的转向，希梅尔法布在《通往现代之路》一书中指出，18世纪英国社会伦理的基础便是一种"道德感"（moral sense），也即"社会德性"，在不同场合也被称作仁爱、同情、怜悯等。她认为，英法启蒙运动的最大不同就在于，英国启蒙运动不是以"理性"为动力，而是以"社会德性"或"社会情感"为动力，并视之为健康社会的根基。②

以国民性陶铸为旨归的绅士话语也包含着对错误观念和不良风气的批判，尤其是当时种种只要绅士身份而不顾绅士品德的举动。罗斯金在其小册子《先拉斐尔主义》（Pre-Raphaelitism, 1851）开篇讲到社会地位时说，当时人人都想出人头地，"成为'绅士'已经成为一项'责任'（duty）"。③这也说明绅士作为身份标签，边界已经松动，标准趋于模糊，更多的人有了跻身绅士行列的机会。丹纳认为，对于哪些人属于上等人，当时还是有公论的，工人、农夫或店主不会僭越界线说自己是上等人。④但在这些人之上的中产阶级可就不一定了，尤其是随资本、工业扩张而日渐壮大的新富阶层（New Money），渴望得到身份地位上的认可，尽可能地远离下层，奔向上流社会。对他们而言，绅士是一个诱人且相对易于获得的身份标签。有了钱，至少可以拥有马车、男仆等绅士"标配"，如果不嫌麻烦，纹章也不是不可以买到。

---

① Henry Sidgwick, *Outlines of the History of Ethics*, 5th ed., New York: Macmillan, 1902, p. 184.

② Gertrude Himmelfarb, *The Roads to Modernity: The British, French and American Enlightenment*, New York: Vintage, 2004, pp. 6 – 36.

③ John Ruskin, *The Works of John Ruskin*, Vol. 12, ed. E. T. Cook and Alexander Wedderburn, Cambridge: Cambridge University Press, 2010, p. 342.

④ Hippolyte Taine, *Notes on England*, pp. 173 – 174.

《远大前程》中马格维奇就用海外赚来的钱将"土包子"皮普包装成了伦敦绅士。这种自发的社会流动加剧了绅士概念外延的模糊,如史学家伯恩(W. L. Burn)所描述的,在维多利亚时代中期,

> "绅士"可以指出身高贵、有宗谱纹章的人;也可以指除了有这些标志以外,还有某种行为举止的人;还可以指没有这些标志,但有着同样生活习惯的人。[①]

尽管时人对中产阶级的势利行为多有嘲讽,但这种效仿上流社会的冲动也客观上促进了以礼貌为主要外在表征的绅士风度的弥散。

二 绅士教养与礼仪之邦

绅士理念自然地与19世纪中叶的国民性话语走到了一起。个人及民族品格的陶铸(formation of the character)是当时的热门话题。布里格斯(Asa Briggs)认为,19世纪五六十年代经历改革之后的公学教育之所以更加强调性格塑造,就是因为人们认识到这是当时非常缺乏的东西。[②]休斯(Thomas Hughes)在《汤姆布朗的学生时代》(1857)中刻画的拉格比公学就是一个典型的例子。主人公的父亲送他去学校,不是为了学习知识,而是为了培养性格:"他要是能变成一个很勇敢、能帮忙、说真话的英国人,一个绅士,一个基督徒,就足够了。这就是我想要的一切。"[③]正是在这样的语境中,罗斯金强调绅士的核心要素(血统)和绅士的核心品质(敏感)即便受先天因素影响,也需要

---

① W. L. Burn, *The Age of Equipoise: A Study of the Mid-Victorian Generation*, New York: Norton, 1964, p. 255.

② Asa Briggs, *Victorian People: A Reassessment of Persons and Themes 1851 – 1867*, Harmondsworth: Penguin, 1965, pp. 151 – 152.

③ Thomas Hughes, *Tom Brown's Schooldays*, Ware, Hertfordshire: Wordsworth, 1993, p. 69.

通过后天教育来获取并延续。这种观点也推动了绅士理念成为陶铸国民性的重要参照。

《现代画家》第五卷第九篇第七章几乎全章都在界定"绅士"一词。罗斯金认为,当时的上层阶级和下层阶级对这个词存有误解,引起了广泛的争论,而根本原因就在于对"血统"(race)的误解。他认为,高贵血统是绅士的核心要素:

"绅士"一词最初的、字面的、也是最持久的意义,就是"血统纯正之人(a man of pure race)";这里说的血统纯正(well bred),和我们说马或狗是否是纯种性质无异。[①]

"well bred"最初的字面意思为血统纯正,后引申为有良好教养。罗斯金希望能够回归最初的字面意思:"我们应该使用纯正的英语,从字面意义上来使用'good breeding(血统纯正)'这个表述;我们通常所说的'good breeding(有教养)',则用'good nurture'来代替。"[②]

罗斯金在这里采用了一种欲擒故纵的辩护逻辑。表面上看,他要区分先天的血统与后天的教养,但实际上,他是要强调血统并非一成不变,而是有赖后天的教育。也即,通过重新界定"血统"的性质,重新定义了绅士。

罗斯金认为,下层阶级反对用绅士来指有闲之人[③],这是对的,但他们误解了血统的含义。其实,血统和身份一样,也是变动不居的。

[①] John Ruskin, *Modern Painters*, Vol. 5, London: J. M. Dent, 1907, p. 251.

[②] Ibid., p. 252.

[③] 罗斯金认为这个词不应该有这层意思,绅士群体应该认识到,不劳而获不是他们的特权,只要是诚实劳作,哪怕做的是最艰苦、最卑微的体力活,都不算有失身份。这种观点在当时的文人话语中非常流行。卡莱尔就将贵族阶级的闲散风气称作"dilettantism",并将这个词的意思由"浅尝辄止"改为"认真地无所事事"(earnest in doing nothing);他还指出,"高贵"(nobleness)源出劳动,如果闲散也算高贵的话,这个词的含义就有待商榷了。(Thomas Carlyle, *Past and Present*, Centenary Edition, ed. Henry Duff Traill, 1897, Cambridge: Cambridge University Press, 2010, pp. 169, 180)

望族也会变得血统不纯，寒门也会变得血统纯正。对血统的误解就在于把它和名号（name）混为一谈：

> 误以为一个家族，只要其系谱未断、名号没丢，即便世世代代长年沉溺于导致血统堕落的恶习不能自拔，其血统仍是纯正的。同样，也不能因为一个人的名字属于平民百姓，就认为其血统一定不好，因为这个家族也有可能通过数代人坚守纯正的道德习惯而使名字高贵起来，哪怕未能获得任何头衔或与名字相连的其他尊贵标志。①

因此，下层民众无须讳言血统，而应通过勤勉为善来改善血统。这实际上是把品德而非血缘看作血统的核心要素。要成为绅士，就先要拥有绅士品德。

按照这种逻辑，罗斯金认为，血统贵贱并非完全天定，还要靠后天教养来获取或延续。绅士品德是教养的体现，其对立面就是缺乏教养的"粗野"。《现代画家》重新界定绅士的这一章标题就是《论粗野》，文雅与粗野的对立也是该书反复讨论的主题之一（虽然这对概念不只涉及道德，还涉及审美，但在罗斯金的美学体系中，这两个层面已经合而为一了。他常谈的"趣味"就兼有审美和伦理的双重意蕴）。与绅士常指上等人相应，"vulgar"在18、19世纪也可以指普通百姓，只是罗斯金尽量避免使用这层含义。他认为：

> 在日常用法中，绅士风度（gentlemanliness）应该用来指那些通常标志着高贵血统的品质，只要是能习得的，每个人都应去习得；如果一个人生来就有这些品质，那就应该保有并强化它们。而粗野（vulgarity）通常是指缺乏教养的那些品质，每个人都有

---

① John Ruskin, *Modern Painters*, Vol. 5, p. 252.

义务尽可能地加以克制。①

这种保有或克制就是教养。

罗斯金认为同情（也即能够理解并感受他人处境）最能体现教养。②同情有赖敏感，粗野是麻木迟钝（dullness of heart）的表现，因为它"没有能力感受或感知高尚的品格或情感"。③罗斯金还在《国王的宝藏》中说，"人之所以为人，就在于有着敏锐的感受力"，"一切粗野的实质都是缺乏感受力"，"没有同情心"。④既然绅士品德是粗野的对立面，其核心自然就是"敏感"。乔治·艾略特认为这种敏感在当时非常匮乏："我们最敏锐的人在生活中也往往是麻木不仁的"，"如果我们对所有普通人的生活都能有深刻的认识和感受，那就会像听到草叶生长、松鼠心跳一般"。⑤这也是罗斯金强调敏感的一个重要原因。

而且，他认为是否具有敏锐的感受力，不只涉及个人修养，还决定着民族兴亡。如他在《报以灰尘》（1862—1863）中所言，敏感且教化程度高的民族，其习俗就有生命力；卑劣粗野的民族，其习俗会日渐衰落，走向死亡。⑥他对绅士概念的重新阐释就是在个人与民族、小我与大我的双重视野下展开的。例如，《国王的宝藏》在区分绅士与粗人的同时，也区分了有绅士之风的民族（gentle nation）与乌合之众（mob）。⑦绅士理念在很多层面上体现了他要探讨的那种"最高尚

---

① John Ruskin, *Modern Painters*, Vol. 5, pp. 252–253.
② Ibid., p. 254.
③ Ibid., p. 264.
④ John Ruskin, *Sesame and Lilies*, *Unto This Last* and *The Political Economy of Art*, p. 36. 对19世纪英国文化有切身体会的辜鸿铭在翻译《论语》《中庸》中的"君子"时，也更多采用了道德标准，有时用 gentleman，有时用 noble/ good，有时则用体现绅士内涵的 sensitive（《中庸》所说的君子便应温和有容）。
⑤ George Eliot, *Middlemarch*, p. 226.
⑥ John Ruskin, *The Works of John Ruskin*, Vol. 17, ed. E. T. Cook and Alexander Wedderburn, Cambridge: Cambridge University Press, 2010, pp. 232–233.
⑦ John Ruskin, *Sesame and Lilies*, *Unto This Last* and *The Political Economy of Art*, p. 38.

的人"（the noblest type of man）或"完美的人"（the perfect type of manhood）[1]，已经成了他心中国民性建构的基石。

在表达"敏感"时，罗斯金除了用"sensitive"一词，还常用"sensibility"。后者是英国文学史上一个比较敏感的词语，自18世纪以来比较常用的意义便是"敏感"，等同于"sensitiveness"。按《牛津英语大词典》的解释，这个词在18世纪中叶之前并不常用。保罗·兰福德认为"敏锐情感的诞生"（The Birth of Sensibility）出现在18世纪六七十年代，当时有了所谓的"情感革命"（sentimental revolution），即拥有更为敏锐的感受力或强烈的情感，其最大的益处就是令人们对经济变革带来的社会问题和道德问题更加敏感，引发了一个新的"慈善时代"。[2]这种敏感在19世纪早期之前非常流行，后常因过度"反应"而受嘲讽。黄梅先生在谈到"逢源一时的情感主义"时指出，由于"善感"已被很多人看作道德敏感性的体现，当时很多人都在虚伪地表演自己的多愁善感。[3]罗斯金批评说，真正的道德敏感从外表上看反倒可能是内敛含蓄的，那些矫揉造作的多愁善感甚至无病呻吟只是在假装自己拥有某些实际没有的品质，是粗俗地东施效颦，真正的绅士都已将教养内化，率性而为。[4]

这个词也成了当时文人社会批评中经常援引的评判标准，其对立面就是粗野，可以指个人、阶级或民族。亚当·斯密此前曾说，文明社会与野蛮社会的区别就在于前者更加重视这种"敏感"。[5]罗斯金进而指出，一个民族的敏感就体现在其习俗的雅致上。[6]他在《报以灰尘》中谈到，礼仪之邦与野蛮民族的区别体现在性情和习俗两个方

---

[1] John Ruskin, *The Works of John Ruskin*, Vol. 17, p. 150.
[2] Paul Langford, *A Polite and Commercial People: England 1727–1783*, p. 461.
[3] 黄梅：《推敲"自我"：小说在18世纪英国》，生活·读书·新知三联书店2003年版，第318—319页。
[4] John Ruskin, *Modern Painters*, Vol. 5, pp. 254–260.
[5] Adam Smith, *The Theory of Moral Sentiments*, p. 209.
[6] John Ruskin, *The Works of John Ruskin*, Vol. 17, p. 232.

面，习俗是性情的外在表现："人与人的区别，首先在性情的优劣，其次在教养的优劣；同样，礼仪之邦有别于蛮族，首先在其性情高尚，其次在其习俗文雅。"①

罗斯金认为，敏感需要通过教育来培养并传承：

> 我说的敏感（sensibility），是指（民族）天性中对美、合宜和正义的感知；或对何为可爱、得体、正当的感知。这些素质在很大程度上取决于血统，也是有良好教养之人的首要特征。但它们并不是天生的，也可以从教育中获得，而且，如果没有教育，也必定会消失。②

但他发现现代教育存在两大误区，削弱了它在陶铸国民性方面的作用。一个是不注重素质培养："误以为博学就是教育，是当下这个时代最主要的错误。"③ 在他看来，教育的本质在于塑造品格，而非单纯的传授知识：

> 真正的教育，除了发展这些素质、培养获取这些素质的愿望，再也没有其他功能。现代理念的最大错误就是误将科学等同于教育。教育人，不是把他不知道的东西传授给他，而是使他成为他所不是的那种人。④

这也是罗斯金反复论述的一个观点。他在演讲《英国的未来》（1869）

---

① John Ruskin, *The Works of John Ruskin*, Vol. 17, p. 231.
② Ibid., p. 232.
③ John Ruskin, *The Works of John Ruskin*, Vol. 11, ed. E. T. Cook and Alexander Wedderburn, Cambridge: Cambridge University Press, 2010, p. 261.
④ John Ruskin, *The Works of John Ruskin*, Vol. 17, p. 232.

中也说，教育不是向人传授他不知道的知识，而是教他如何作为。[1]同样，所谓"文明"（civilization），就是"塑造文雅之人"（civil persons）。[2]他在《现代画家》中也说，现代人误以为"'教育'指的就是教授拉丁语、代数、音乐或绘画，而不是培养或'充分发展'人的灵魂"。[3]在纽曼看来，当时的教育状况比罗斯金所担忧的还糟，不仅将传授知识当作最终目标，还要求必须传授"有用的"知识；一些大人物甚至认为教育"就得交出一些可以衡量、可以评估的有形成果"[4]。罗斯金认为，现代教育的另一个误区是只顾逐利：

> 教育不是一个可以赢利的行业，而是一项费用昂贵的事业；不，甚至它最好的成就也总是不赢利的，不管从金钱的哪个方面来说。[5]

显然，在他看来，以陶铸品格为主的德育是教育的首要目标，培养最大数量的善良勇敢的英国人是教育的主要任务。[6]在这方面，教育尤其应当注重趣味的培养，因为趣味也是品格塑造的重要力量：

> 我们的喜好（*like*）决定了我们是（*are*）什么样的人，也反映了我们是什么样的人；培养趣味也就不可避免地塑造了品格（to teach taste is inevitably to form character）。[7]

他在演讲《交易》（"Traffic"，1864）中特意提醒听众注意"趣味"

---

[1] John Ruskin, *Time and Tide* and *The Crown of Wild Olive*, London: George Allen, 1907, p. 344.

[2] Ibid., p. 325.

[3] John Ruskin, *Modern Painters*, Vol. 5, p. 317.

[4] John Henry Newman, *The Idea of a University*, p. 110.

[5] John Ruskin, *Time and Tide* and *The Crown of Wild Olive*, p. 345.

[6] Ibid.

[7] Ibid., p. 269.

一词的深意，"好的趣味本质上就是一种道德品质"，甚至可以说，"趣味不仅是道德的一部分或道德的表征，而是唯一的道德"，原因在于，喜好什么对一个人来说是至关重要的问题："告诉我你喜好什么，我就知道你是什么样的人。"①这一观点的重要意义同样在于他关注的不只是个人趣味，还有民族趣味（national taste）。他论建筑的两部名著《建筑七灯》（The Seven Lamps of Architecture，1849）和《威尼斯之石》（The Stone of Venice，1851—1853）也是讨论民族趣味和国民性的著作。

关于通过教育塑造国民品格，罗斯金还有两个具体的设想值得注意。一个涉及基础教育，另一个涉及全民阅读。这两个设想在当时并没有产生太大影响，但19世纪末到20世纪上半叶英国的教育和文学状况证明了罗斯金的远见。他在基础教育尚未普及的年代，提出由政府出资在全国范围内设立培训学校，所有儿童均可入学，这种学校虽不像公学那样旨在培养经世济国的精英，却同样注重绅士品格的塑造，培养"温文尔雅和正义的习惯"。②

第二个设想是通过提供基本阅读书目和场馆条件来培养民众趣味，建构共享的集体意识。他在演讲《国王的宝藏》结尾提到，希望在不久的将来，每个有一定规模的城市都能建起"皇家或国立图书馆"，收藏"相同系列的精选丛书"，为将来推广至全国做准备，而且要求图书制作精良，印刷版式及装帧统一，分装成合理的卷册，要"手可把玩"。这样的图书馆，白天和晚上均应"向所有衣着整洁的人开放"。③罗斯金还意识到了知识传播的城乡差异，认为"乡村生活与城市生活之间不和谐的分裂是一种现代野蛮现象"④。他计划推出的"羊

---

① John Ruskin, *Time and Tide* and *The Crown of Wild Olive*, pp. 266 – 267.
② John Ruskin, *Unto This Last and Other Writings*, ed. Clive Wilmer, London: Penguin, 1997, pp. 163 – 164.
③ John Ruskin, *Sesame and Lilies*, *Unto This Last* and *The Political Economy of Art*, p. 60.
④ John Ruskin, *The Works of John Ruskin*, Vol. 31, ed. E. T. Cook and Alexander Wedderburn, Cambridge: Cambridge University Press, 2010, p. 9.

侪书库"（Bibliotheca Pastorum）就是为了补救这种分裂。他在色诺芬（Xenophon）的《经济学家》（*The Economist*）英译本序言中介绍了这套丛书，提出要选编"一系列经典著作，希望它们能成为英国农夫家中的主要宝藏"；"研读这些经典，在任何时代、任何国家，都是教育睿智良善之人的必要手段"。[①]

　　这种拥有基本书目或统一文库、覆盖城乡的全民阅读，在培养国民的共享趣味和价值方面意义深远。它不是以学者而是以全体国民为对象，既有助于建构"想象的共同体"，又有助于强化已有共同体的想象。由此形成的集体意识、知识趣味和共享价值，是民族文化的源泉，传承历史，凝聚当代，陶铸未来。这种思路到19世纪末期才随着英国民族意识的进一步增强、大学英文系的开设、英国文学史写作的兴起逐步形成现实影响，促成了"约翰·卢伯克百部书库"（John Lubbock's List of 100 Books，1886）、牛津大学"世界经典文库"（The World's Classics，1901年开始推行）等实际行动。

三　商人与绅士

　　罗斯金以绅士理念为核心的道德重构也涉及商人阶层。19世纪的社会批评家喜欢将社会三分，即贵族、中产阶级和下层民众，或从经济层面分为地主、商人厂主和劳工。对于作为中产阶级重要力量的商人厂主，马修·阿诺德讽之为"非利士人"（Philistines），卡莱尔盼其成为"工业领袖"（Captains of Industry），罗斯金则用不带褒贬的"商人"（merchant）统称之，并试图通过重新界定工商业的性质、明确商人厂主的责任，将这个阶层划入绅士行列，从而带动国民品格的陶铸，成为实现"共同富裕"理念的主要力量。这种建构涉及一个核心问题：商人能被看作绅士吗？不妨先从当时英国社会的商业化程度和商

[①] John Ruskin, *The Works of John Ruskin*, Vol. 31, p. 7.

人阶层的地位说起。

19世纪英国能否称作商业社会（business society），主要得看商业在其经济结构中的比重以及对人们生活的影响程度。当时的生产和交换极大地增加了财富，提高了生活水平，改变了社会面貌，而消费对政治、经济和社会政策的影响也日渐凸显。文人对此深有感触。世纪之初，柯尔律治就在其《俗人布道》（*A Lay Sermon*，1817）中指出，英国不仅已经成为一个"商业国家"（commercial nation），过度发达的商业精神还成了"全民族的主要行动准则"。[1]到世纪中叶，乔治·艾略特发现"新教和商业已经使大地和社会的方方面面都现代化了"[2]。但当代史学家布里格斯认为，虽然从1851年伦敦"水晶宫"的国际工业博览会到1867年第二次改革法案属于维多利亚时代的鼎盛期，社会安定，商业繁荣，商人财富大增，但英国并未成为商业社会。[3]其理由是：与商业相系的价值观念未能成为时代风尚的主导，商人的社会地位也没有高到令人艳羡的地步。虽然商业价值观有了较为广泛的渗透和影响，但文化上的抵制力量也很强大。如程巍先生所言，渐渐失去经济和政治霸权的乡村贵族仍然把握着文化霸权，借此抬升与自己阶层相关的价值。[4]

在这样的背景下，主要体现在中产阶级身上的商业精神自然会受到贬抑，商业价值观念在19世纪后半段甚至有了衰落之势。维纳（Martin J. Wiener）曾考证过与这个话题相关的"工业精神"（industrial spirit）。他在《英国文化与工业精神的衰落》一书中提出的主要观点就是：在19世纪后期和20世纪初期，文化上对工业革命破坏力的质疑逐渐增多，使数量迅速增加的中产阶级和中产阶级上层不再追求

---

[1] Samuel Taylor Coleridge, *The Collected Works of Samuel Taylor Coleridge*, Vol. 6, ed. R. J. White, London: Routledge and Kegan Paul, 1972, pp. 189, 169 – 170, 206.

[2] George Eliot, *Essays and Leaves from a Note-Book*, Honolulu, Hawaii: University Press of the Pacific, 2004, pp. 209 – 210.

[3] Asa Briggs, *Victorian People: A Reassessment of Persons and Themes 1851 – 1867*, pp. 18 – 20.

[4] 程巍：《城与乡：19世纪的英国与清末民初的中国》，《中华读书报》2014年7月16日。

与经济革新相系的价值；国民身份也不再像 19 世纪中期那样与工业主义、科技、资本主义、城市生活相系，而更多地与变化缓慢的乡村生活方式相连。①我们可以认为，19 世纪英国已经是实质上的商业社会，与商业相系的价值观念也确实潜移默化地影响了人们的世界观和人生观，但也不能否认，柯尔律治、卡莱尔、马修·阿诺德等文人对"非利士人"及其价值观念的批判，同样形成了一股强大的反商业精神的文化力量。

与此相应，商人的地位和声望也很尴尬。据兰福德所述，18 世纪最成功的月刊是《绅士杂志》，它最初的刊名是《绅士杂志或商人月报》（*Gentleman's Magazine or Trader's Monthly Intelligencer*），后来之所以斩掉后半截，主要就是嫌其不够高端大气，毕竟商人也愿意被人称作绅士而非商人。②而且，"商人"本身就是个笼统的指称，其内部也分三六九等。《远大前程》中赫伯特对皮普说，要成为绅士必须得有钱，但有钱未必能成为绅士，酒馆老板就不算绅士。这当然与酒馆老板的钱还不够多有关，更与他所接触的人群地位不高有关。如果能够腰缠万贯，出入豪宅大院，地位就不一样了。《我们共同的朋友》中那位假装有大笔钱来从事证券交易的骗子拉姆尔（Lammle），就已然被上流社会当成了理所当然的绅士：

> 这位成熟的年轻绅士是位腰缠万贯的绅士。他把自己的财产拿来投资……他从事股票交易。那一代的明智之士都知道，股票交易是唯一与现世有关的行当。没有家族背景，没有好名声，没有教养，没有思想，没有礼貌，都不算啥，只要有股票，就足够了。③

---

① Martin J. Wiener, *English Culture and the Decline of the Industrial Spirit, 1850–1890*, 2nd ed., Cambridge: Cambridge University Press, 2004, pp. xv–xvi.
② Paul Langford, *A Polite and Commercial People: England 1727–1783*, p. 65.
③ Charles Dickens, *Our Mutual Friend*, ed. Adrian Poole, London: Penguin, 1997, p. 118.

这样的人怎么可能不算绅士？一句"足够了"，道出了金融的巨大影响力，几乎抹杀了所有与绅士相关的特质，如出身、品格、教养、思想、礼貌，等等。尽管狄更斯是在讽刺这种现象，表述不无夸张，但在现实中，腰缠万贯很多时候就是通往绅士殿堂的特别通行证。

不过，尽管商人摇身变作绅士的情形并不罕见，但仍难以动摇当时文化上对商人的偏见，尤其是当这些偏见本身就是文化强加给商人的时候。叔本华（Arthur Schopenhauer, 1788—1860）说，文明世界就像一场假面舞会，人们都戴着虚假的面具，只有商人不戴面具，毫不掩饰自己的逐利目的，社会地位自然也就低了。[①]不屑于伪装自然是地位不高的一个原因，还有一个原因就是商人的逐利、自私形象原本就是其他群体强加给他们并迫使他们"独享"的。丹纳旅英时就发现，英国人认为（或被诱导着认为）厂主（manufacturer）、商人（merchant）、资本家（monied man）都不是绅士，因为他们整天想的就是挣钱，自私自利，毫无公心。[②]狄更斯在《艰难时世》中刻画的庞得贝就是不依赖土地生财的"新富"，集"银行家、商业家、工业家"（banker, merchant, manufacturer）[③]于一身，弗·雷·利维斯认为他体现了维多利亚时代那种粗俗的个人主义，"满脑子想的只是自我炫耀、权力、物质上的成功，对理想或观念漠不关心"[④]。利维斯的这种观点在维多利亚时代非常普遍，很有代表性的马修·阿诺德就不满这些富得流油的"非利士人"缺乏文化、理念和公共精神。文化上的贬抑和文人宣扬的绅士理念的流行，无疑影响了商人的自我认识，导致一部分商人对自己赖以起家的价值观念也不甚热衷，反倒希望后人能洗去铜臭味，跻身绅士阶层。

---

① Arthur Schopenhauer, *Essays and Aphorisms*, trans. R. J. Hollingdale, London: Penguin, 2004, pp. 137 – 138.
② Hippolyte Taine, *Notes on England*, p. 172.
③ Charles Dickens, *Hard Times*, ed. George Ford and Sylvère Monod, New York: Norton, 1966, p. 11.
④ F. R. Leavis and Q. D. Leavis, *Dickens the Novelist*, Harmondsworth: Penguin, 1972, p. 253.

当然，如史学家汤普森（F. M. L. Thompson）所言，这么说太过笼统，成功的商人可能会有这种念头，尚未成功的商人仍可能崇拜与商业相系的价值观念、习惯和理想。①但整体上看，商人的"体面值"还是远低于绅士的，正如布里格斯在《维多利亚时代的人》中所说，在当时的英国，白手起家的商人如果想要战胜绅士，只有通过使自己或孩子变成绅士这一条路；这也就意味着放弃自己的商业价值，屈服于虚荣的有闲生活。②罗素（Bertrand Russell）甚至说："绅士概念就是贵族制造出来招抚中产阶级的。"③很多新晋富豪及其后人都渴望过上贵族那种田园生活，接受新的绅士理念，淡化父辈赖以取得商业成就、国家赖以领先世界的那套价值观念。罗斯金就是这种典型的"富二代"。他父亲是苏格兰人，白手起家，成为伦敦很有实力的葡萄酒商，却没有向自己的独子传授经商之道，而是想把他培养成牧师，送他到牛津大学基督堂学院以高级自费生的身份（gentleman-commoner）学习。罗斯金后来果然作文谈艺，任教牛津，将父亲留给他的万贯家财"挥霍"一空。身为商人之后，他在著述中不仅很少宣扬商业价值观念，还试图用绅士理念来改造商人。

尽管维多利亚时代中期的绅士概念相对模糊，但有一个突出的特点，那就是比一般人更有"为国尽责"（Serve the State）的精神和意愿。④商人难被看作绅士，很重要的一个原因就是人们通常认为他们的职业天性与尽责奉献的精神相冲突。当时有一种担心，认为商人如果将其崇尚竞争、唯利是图的职业本性和狭隘心胸带到商业之外的领域，会对社会造成不良影响。而绅士原本就不必为钱财劳心，也无须专营

---

① F. M. L. Thompson, *Gentrification and the Enterprise Culture: Britain 1780 – 1980*, Oxford: Oxford University Press, 2003, p. 8.

② Asa Briggs, *Victorian People: A Reassessment of Persons and Themes 1851 – 1867*, p. 142.

③ 转引自 Martin J. Wiener, *English Culture and the Decline of the Industrial Spirit, 1850 – 1890*, p. 13。

④ W. L. Burn, *The Age of Equipoise: A Study of the Mid-Victorian Generation*, New York: Norton, 1964, p. 260.

一业，他所受的博雅教育和大把的闲暇就是用来为公众服务的：

> 起初，绅士是指有高贵血统的人，生来就是上等人。这种人一般也会有其他一些特征：举止优雅，彬彬有礼；所受的博雅教育能使他对希腊语和拉丁语经典作品有一定的了解，但并不把他培养成一个能胜任某种具体职业的人；有强烈的荣誉感和尊严；感到成为领袖是他的特权。他有钱，但不会为挣钱而工作，也不屑于关注财务细节：他有资本对钱财不予重视，至少他得表现得他能。①

这种传统的看法显然认为商人与绅士水火不容。罗斯金的策略是重新界定商业的性质和商人的责任，强调商人也在为国尽责，如果能有奉献精神和仁爱之心，也即拥有了绅士品德，自然应被视为绅士。

他认为时人对商业存有偏见，"商业"这个字眼通常暗示着"欺骗"，但实际上，商人要想提供高质量的商品，不仅要有诚信，还要有一定的知识和品位，也算是从事"智力职业"（liberal/intellectual profession）。但在传统的智力职业中，商人的地位不如军人、律师、医生和牧师，主要是因为后四者长期以来体现了牺牲、正义、无私的精神，而公众却假定商人的行为是自私的，在人性上低人一等。其实，商人也有其基本的、光荣的责任，如果履行了这些责任，也应受到敬重，只是世人还没有认识到这些责任。罗斯金认为，作为绅士的商人，其责任不是挣钱，而是为国生产，就像军人保卫国家，牧师教育国民，医生守护健康，律师维护正义。②

罗斯金的这番论述不仅要把商人纳入传统的光荣职业，还要消除其与新兴的"现代职业阶层"的对立。维纳认为，律师、医生、官

---

① J. B. Schneewind, *Backgrounds of English Victorian Literature*, New York: Random House, 1970, p. 109.

② John Ruskin, *Unto This Last and Other Writings*, pp. 176 – 178.

员、记者、教授、文人等现代职业人士力量日渐壮大,到19世纪后半叶已形成与资本家并立的中产阶级上层,他们试图通过不直接沾染金钱的姿态来强调其有别于商人的高雅气息。①《远大前程》中的贾格斯(Jaggers)律师每次见完客户都要洗手,洗的不只是罪恶,还有铜臭,他也是在追求出淤泥而不染。罗斯金认为,商人既然是为国生产,从事值得尊敬的"智力职业",自然可与这些新兴职业群体共享绅士威望。这种威望就是特里林在谈《曼斯菲尔德庄园》时所说的:"在19世纪英国,献身职业(professional commitment)的理念继承了很大一部分绅士理念的道德声望。像《小杜丽》中的工程师丹尼尔·杜伊斯、《米德尔马契》中的医生利德盖特等人物,代表了一种日渐成型的信念,即一个人的道德生活与坚守职业操守密不可分。"②

此外,罗斯金还认为商人应该从道德上让自己的行为符合绅士风范,改变人们的偏见。他在牛津大学的"艺术讲座"("Lectures on Art",1870)第一讲的草稿中,用不小的篇幅解释了绅士的另一种特质——仁慈(mercy)。他认为,拉丁语"*gentilis*"和"*generosus*"在变成英语"gentle"和"generous"之后,也就由表示"纯正血统"变为表示道德品质。这种品德由高贵地位衍生而来,"致力于帮助、保护世人的生活"。他建议牛津学生要上的第一学堂应该是"绅士风范"(Gentleness),觉悟并挑起大济苍生的重担。③他也曾在《论战争》(1865)中如是追溯"绅士"的词源:"慷慨"(generous)和"高雅"(gentle)二词最初都只是用来指"血统纯正",但由于慈善(charity)和慈爱(tenderness)与这种纯正血统不可分割,原本只表

---

① Martin J. Wiener, *English Culture and the Decline of the Industrial Spirit*, 1850–1890, pp. 14–16.
② Lionel Trilling, "Mansfield Park", in *The Opposing Self*, London: Secker and Warburg, 1955, p. 215.
③ John Ruskin, *The Works of John Ruskin*, Vol. 20, ed. E. T. Cook and Alexander Wedderburn, Cambridge: Cambridge University Press, 2010, pp. 18–19.

示高贵的两个词也就逐渐成了美德的同义词。①罗斯金对商人的要求也正是基于这两个方面。一是在钱财方面不要吝啬，应不时做出"自愿之损失"，以赢得声誉和尊重，因为不知道何时该做出牺牲，也就不懂得如何生活。②二是要有仁爱之心，对待雇工要像对待子女一般，起到"家长"作用；遇到经济不景气，也应与雇工同舟共济，像船长那样做最后一个离开的人。③也就是说，想做绅士，就得有绅士的样子。

四　商界绅士与"共同富裕"

罗斯金意识到，现实中的商人与他的期冀还有很大差距，现代商业精神也有悖古道，成了诸多社会问题的根源。他在演讲《交易》中对此做了集中的阐述，主要批判英国商人对"发迹女神"的崇拜导致的两大问题。一是将聚敛钱财作为全部目的，未尽为国生产之责；二是只顾剥削逐利，导致贫富分化，缺乏仁爱之心。

1864年4月21日，罗斯金应邀来到约克郡布雷德福市政厅，就该市要建造的交易所做了演讲。面对台下的商界人士，这位推动了哥特式建筑复兴的学者却说，自己没法给他们建议，因为建筑是一个民族的雄伟语言，建筑风格取决于信仰，而他们的信仰恰恰是有问题的。④他说，欧洲建筑有三大流派，分别对应着三大信仰，即古希腊崇拜的智慧与权力之神、中世纪崇拜的审判与安慰之神、文艺复兴时期崇拜的自豪与美之神。但现在的英国人却在崇拜一位新神。他讽刺说，英国人有一种名义上的宗教，为之付出了十分之一的财产和七分之一的时间（指基督教的什一税和星期日去教堂礼拜），还为它争论不休；

---

① John Ruskin, *Time and Tide* and *The Crown of Wild Olive*, pp. 314 - 315.
② John Ruskin, *Unto This Last and Other Writings*, pp. 176 - 177.
③ Ibid., pp. 178 - 179.
④ John Ruskin, *Time and Tide* and *The Crown of Wild Olive*, pp. 278 - 279.

但英国人还有一种现实的宗教,为之付出了十分之九的财物和七分之六的时间,却对它毫无异义。这尊神便是"发迹女神"(Goddess of Getting-on),或称"不列颠市场女神"(Britannia of the Market)。[1]英国的铁路、烟囱、码头、交易所都是为她而建。但她与古希腊和中世纪所崇拜的神不同。雅典娜的智慧,圣母玛利亚的慰藉,都是向所有人敞开的,而发迹女神却不是让所有人都能发财,而是只能庇佑一小部分人。[2]

这便涉及了资本的性质。在罗斯金看来,维多利亚时代的商人误用了资本。一是把原本只是工具的资本当作了目的;二是把原本应造福社会的资本变成了剥削他人的手段。

他在《给那后来的》中将资本(capital)界定为"首、源、根"。他说,作为"根",只有生出果实,才算发挥作用,而果实又会再生根,所有富有生命力的资本都是这样繁衍的。但如果资本只生资本,就如同根只生根,球茎只生球茎而不生郁金香,种子只生种子而不做成面包。"欧洲的政治经济学"迄今全部的精力都放到了如何增加球茎上,"从未看见,也从未想到过还有郁金香这种东西"。[3]这里的果实指的是消费或分配。罗斯金认为,正统经济学家不知道消费才是生产的目的,也是对生产的完善。对一国之民来说,重要的问题不是"他们生产了多少",而是"他们用这些产品来干什么"。[4]一个国家的富有程度,只能通过其消费来衡量,政治经济学的最终目的就是找到合理的消费方法,促成大量的消费,换言之,"使用一切事物,并高尚地使用"。[5]生产是为了消费,消费则是为了生命。生命的绽放才是财富的终极目标。但当时的很多英国人却把实现这个终极目标的工具——

---

[1] John Ruskin, *Time and Tide and The Crown of Wild Olive*, pp. 278 – 9, 282. 不列颠女神是英帝国的拟人化称呼,以头戴钢盔手持盾牌及三叉戟的女子为象征。

[2] John Ruskin, *Time and Tide and The Crown of Wild Olive*, pp. 286 – 288.

[3] John Ruskin, *Unto This Last and Other Writings*, p. 218.

[4] Ibid.

[5] Ibid., p. 220.

金钱——当成了人生的主要目标，成了魔鬼的仆从：

> 一旦金钱成为个人或民族生活的主要目标，金钱必定是取之无道，用之无道，而且无论是取得还是使用都有害处。①

罗斯金曾在《国王的宝藏》中说过，一个民族如果只知道挣钱（a money-making mob），是长久不了的，不能只顾贬低文学、科学、艺术、自然和同情，却被金钱霸占了灵魂。②马修·阿诺德也在《文化与无政府状态》中表达过类似的观点，认为只有靠"文化"所树立的精神方面的完美标准来抵制对财富的过度渴求，才能使未来甚至现在不被"非利士人"也即中产阶级所控制：

> 人们从来没有像现在的英国人那样，如此起劲地将财富视为追求的目标……我们叫作非利士人的，就是那些相信日子富得流油便是伟大幸福的明证的人，就是一门心思、一条道儿奔着致富的人。"文化"则说："想想这些人，想想他们过的日子，他们的习惯，他们的做派，他们说话的腔调。好生注意他们，看看他们读些什么书，让他们开心的是哪些东西，听听他们说的话，想想他们脑子里转的念头。如果拥有财富的条件就是要成为他们那样的人，那么财富还值得去占有吗？"文化就是如此让我们生出了不满情绪，在富有的工业社会中这种不满足感逆潮流而动，顶住了常人的思想大潮，因而具有至高的价值。③

商人们崇拜的发迹女神既然不会惠泽全民，也就必然会加剧贫富

---

① John Ruskin, *Time and Tide* and *The Crown of Wild Olive*, pp. 244, 246.
② John Ruskin, *Sesame and Lilies*, *Unto This Last* and *the Political Economy of Art*, p. 42.
③ Matthew Arnold, *Culture and Anarchy*, ed. Jane Garnett, Oxford: Oxford University Press, 2006, p. 39. 译文引自马修·阿诺德《文化与无政府状态》，韩敏中译，生活·读书·新知三联书店 2008 年版，第 14—15 页。

分化。他勾画了这位女神的信徒也即"英国绅士"心目中的理想生活：

> 生活在一个愉快舒适、微波荡漾的世界上，地下到处是煤和铁。在每座快乐的沙洲上，都矗立着漂亮的豪宅。豪宅两侧有厢房，还有马厩和车房，四周环绕着一个不大不小的园林，还有一个大花园和若干温室，赏心悦目的马车道从灌木林中穿过。大宅里住着发财女神所垂青的信徒，也就是那英国绅士，以及他淑雅的妻子、漂亮的孩子。他总能让妻子有一间自己的梳妆室，珠宝首饰应有尽有，总能让女儿们穿得上漂亮的舞会礼服，让儿子们有打猎骑的马，并给自己在苏格兰高地弄块狩猎场。沙洲底下就是工厂，长度不小于四分之一英里。四台蒸汽机，中间两台，两头各一台。一座烟囱高达三百英尺。厂里常年雇佣着八百到一千工人，他们滴酒不沾，从不罢工，星期天总是去教堂，一开口就是体面的语言。[①]

罗斯金说，这幅景象从上面看如诗如画，从下面看却触目惊心；女神在保佑一家发迹的同时，也使千家不能发迹。[②]这种冰火两重天的景象，是维多利亚时代文人惯用的意象。罗斯金也像卡莱尔一样，希望雇主体恤雇工，延续中世纪那种"理想的"的主仆情谊。他认为"现代基督教"有种不正义的逻辑，即把人推下沟，然后说"在这儿快快乐乐地待着吧，这就是上帝给你安排的"。[③]不过，罗斯金比卡莱尔走得更远，他还深刻地认识到现代工商业不正义的获利方式，也即利用各种不公平的手段牟利，主要是借助金钱或资本的力量来剥削获利。[④]

[①] John Ruskin, *Time and Tide* and *the Crown of Wild Olive*, pp. 288–289.
[②] Ibid., p. 289.
[③] Ibid., pp. 253–254.
[④] Ibid., pp. 245–246.

他在《报以灰尘》中指出，没有人能够靠个人的勤劳发大财：

> 只有找到某种剥削他人劳动的方式，才能博取豪富。资本每有增加，剥削力度就会增加，因为有了更多的资金来维持并管制更多的劳动者，侵吞其中的利润。①

发迹的绅士们会说，自古就有劳心与劳力之分，活总得有人干；但罗斯金反驳说，当劳动领导者无可厚非，但霸占全部劳动果实就不正义了。②

罗斯金认为，财富取之无道，必然会带来毁灭，但现代人却竞相逐之，因而危及了民族生存。③如果富人不顾穷人死活，总想着拥有相对于穷人的更多权力，而穷人也因为缺少关怀、遭受压迫变得日渐邪恶，人数与日俱增，那么，即便财富的权力范围扩大了，它的占有也会越来越不安全，直到这种不平等引发革命或内战，或被外国势力征服，这种道德堕落和工业疾病才会宣告结束。④罗斯金以预言家的语调说，这种局面不会长久，"变化注定要来"，但人们可以用自身行动来选择这种变化是发展还是死亡。⑤所谓的发展，便是他在《交易》结尾处对商人提出的"共同富裕"（commonwealth）理念：

> 如果你们能够确切感受到什么才是真正值得追求的生命状态（那种生命不仅对自己有益，也对所有人有益），如果你们能够弄清楚某种诚实简朴的存在秩序，沿着已知的智慧之路（也即愉悦），寻觅她那幽僻的路径（也即平和），那你们也就将财富变成

---

① John Ruskin, *The Works of John Ruskin*, Vol. 17, ed. E. T. Cook and Alexander Wedderburn, Cambridge: Cambridge University Press, 2010, pp. 264–265.
② John Ruskin, *Time and Tide* and *the Crown of Wild Olive*, p. 289.
③ John Ruskin, *Unto This Last and Other Writings*, p. 190.
④ John Ruskin, *The Works of John Ruskin*, Vol. 17, p. 264.
⑤ John Ruskin, *Time and Tide* and *the Crown of Wild Olive*, p. 291.

了"共同富裕",你们的整个艺术、文学、日常劳作、家庭情感以及公民责任,都将合力聚成一个宏伟的和谐社会。①

这里所说的"共同富裕"沿用了他对财富的新定义,不仅指物质上的财富,更指心灵和精神上的财富,指整个社会达到和谐而又充满活力的状态。

罗斯金试图通过重新界定工商业的性质,将商人改造成真正的绅士,通过道德重构来解决经济问题。这与卡莱尔的思路很接近。卡莱尔曾在《谷物法之歌》("Corn-Law Rhymes", 1832)中说,当时的竞争和放任自由已经使社会丧失了起码的诚信和善意,"共同幸福"(Common-weal)变成了"共同悲伤"(Common-woe)。②罗斯金寄希望于中产阶级的自我改造,也像卡莱尔那样提倡一种道德上的英雄主义,希望商人能成为他所谓的高尚的"勇士",带动整个民族的兴旺。

他认为对布雷德福商界人士的这次演讲并非空谈——"我无力改变现状,但你们能"。③这次演讲也是一次道德劝导。罗斯金和卡莱尔一样,认为人总需要内心有某种"理想"或"灵魂",才能塑造"躯体",陶铸品格④,而文人要做的就是辨析哪些是值得追求的理念。罗森贝格(Philip Rosenberg)认为,卡莱尔、罗斯金、莫里斯(William Morris, 1834—1896)、狄更斯等社会批评家要求重塑人的心灵和情感,不是因为他们对人性抱有信心,而是因为他们没有其他更有力的途径;但这条路又走不通,因为机器不仅毁了工人,也使工厂主的心胸更加狭隘,资本主义的工业制度恰恰使工厂主不可能自我改善。⑤但我们不能因此否定这种努力,至少,它从精神层面上切开了现代工业社会的

---

① John Ruskin, *Time and Tide and the Crown of Wild Olive*, p. 294.
② Thomas Carlyle, *Critical and Miscellaneous Essays*, Vol. 3, p. 149.
③ John Ruskin, *Time and Tide and the Crown of Wild Olive*, p. 290.
④ Thomas Carlyle, *Past and Present*, pp. 189 – 190.
⑤ Philip Rosenberg, *The Seventh Hero: Thomas Carlyle and the Theory of Radical Activism*, p. 141.

"坏疽"，提供了另一种声音，而且是一种很有力的声音。文化的这种批评和建构功用所产生的影响通常是潜移默化的。无视或轻视这种功用，无异于只见火山爆发而不知地壳运动。

既然又回到观念的力量这个话题，不妨再看一眼罗斯金的《给那后来的》。《罗斯金文集》第十七卷的"编者序"详细介绍了这本书在19世纪的经历。罗斯金的这组文章最初在《科恩希尔杂志》(*Cornhill Magazine*) 上连载，后因反对声音太大，1860年11月被迫中断。曼彻斯特一家报纸的评论很能代表当时的反对态度："他那狂野的词句将会触动某些人心中行动的源泉，在我们发觉之前，道德的泄水闸就很有可能会蓦地打开，将我们淹没。" 1862年6月，罗斯金将它们汇集成册并增加了作者序。这本书印了一千册，十年后还没售罄，可见抵制力量之大。但没过多久，风气就变了。1877年该书由另一家出版社再版，在19世纪最后二十五年的销量是每年两千册。[①]

该书是罗斯金最为现代读者熟悉的作品之一。书名有些含混，罗斯金并没有在书中解释其言外之意，后来的编注者和评论家大都只是结合书名出处和罗斯金的主张稍加阐述，并没有意识到这里面还包含着罗斯金经济和道德思想中的一大洞见。

书名取自《圣经·新约·马太福音》第二十章耶稣讲的一个寓言：

> 因为天国好像家主清早去雇人进他的葡萄园做工，和工人讲定一天一钱银子，就打发他们进葡萄园去。约在巳初出去，看见市上还有闲站的人，就对他们说："你们也进葡萄园去，所当给的，我必给你们。"他们也进去了。约在午正和申初又出去，也是这样行。约在酉初出去，看见还有人站在那里，就问他们说："你们为什么整天在这里闲站呢？"他们说："因为没有人雇我

[①] See John Ruskin, "Introduction", in *The Works of John Ruskin*, Vol. 17, xxxi – xxxii.

们。"他说:"你们也进葡萄园去。"到了晚上,园主对管事的说:"叫工人都来,给他们工钱,从后来的起,到先来的为止。"约在酉初雇的人来了,各人得了一钱银子。及至那先雇的来了,他们以为必要多得,谁知也是各得一钱。他们得了,就埋怨家主说:"我们整天劳苦受热,那后来的只做了一小时,你竟叫他们和我们一样吗?"家主回答其中的一个人说:"朋友,我不亏负你,你与我讲定的不是一钱银子吗?拿你的走吧!我给那后来的和给你一样,这是我愿意的。我的东西难道不可随我的意思用吗?因为我作好人,你就红了眼吗?"这样,那在后的,将要在前;在前的,将要在后了。(引自新标点和合本《圣经》,着重号为笔者所加)

寓言不难理解,讲的是分配正义和社会情感,园主要慷慨公正,雇工不应嫉妒竞争。但罗斯金引用这个典故的意义不只如此,它还犀利地指向了"最多数人的最大幸福"这条流行的功利主义原则的软肋。罗斯金关心的重点不是让最多数人获得最大幸福,而是让每一个人(尤其是"那后来的")都能获得幸福,这才是他所定义的"共同"富裕的真正内涵。可以说,"那后来的"就是"共同富裕"这只木桶上的短板,是木桶容量的最终决定因素。

第七章

"自由":穆勒与知识无政府状态

> 我们必须从明确的用词开始。
>
> ——约翰·斯图亚特·穆勒《政治经济学原理》

一 自话与对话

自严复翻译《穆勒名学》和《群己权界论》（即《逻辑学体系》和《论自由》）百余年来，穆勒的政治学说受到了较多关注，而其经济、社会、伦理思想并未得到充分挖掘，更不用说其文学价值了。虽然穆勒是 19 世纪英国文学史上不容忽略的人物，但仍有很多关于他的重要谜团没有解开，甚至没有得到应有的关注，如他与卡莱尔的相互影响、他对小说的矛盾态度等。《诺顿英国文选》（第八版）节选了穆勒的《何为诗》《论自由》《论妇女的屈从》及《自传》中的部分文字，但穆勒还有很多颇有文学价值的文章，像弗·雷·利维斯推荐的《论边沁》和《论柯尔律治》（他甚至认为对学文学的学生来说，这两篇的重要性甚至超过了卡莱尔的《旧衣新裁》和罗斯金的《给那后来的》[①]），以及《时代精神》《论文明》等文章。它们不仅是思想史上的重要文献，也是穆勒很有文学性的作品。其中一些词句甚至会颠覆

[①] F. R. Leavis, "Introduction", in J. S. Mill, *Mill on Bentham and Coleridge*, Lodnon: Chatto & Windus, 1950, p. 1.

他在读者心中长久以来的形象。

唐斯通（Donald Stone）教授前几年在北京大学英文系讲课时说，穆勒是维多利亚时代文字最清晰的作家。清晰在文学中不见得就好，但有它独特的味道。穆勒的文字像湛蓝的天空，没有雾霭，没有云霞。但在这片清湛的深处，却是穆勒难以排遣的词语焦虑。这种焦虑不只体现在他自己写作时的咬文嚼字上，更体现在他对当时整个思想环境或知识状况的反思上。

穆勒认为，19世纪英国出现了"知识无政府状态"（intellectual anarchy），知识界充斥着各种"方言"（dialect），如同巴别塔下的自说自话，难以对话甚至拒绝对话。很多时候，语言符号已经和它所指的意义分离了。穆勒并不希望用卡莱尔设想的那种带有神性的"新方言"来涤荡这种混乱，而是希望通过对话探索共享的知识和意义框架，使思想和词语恢复活力。这就需要界定词语的边界，如他在《政治经济学原理》中所说，"我们必须从明确的用词开始"（we must begin with settling over phraseology）[①]。

穆勒认为自己精确严密的逻辑分析语言更适合作为向大众传播思想的媒介。但他也认识到，语言有不同的范畴，诗性语言虽不适合开启民智，却有助于陶铸个人及民族品格。平衡的心灵不应偏执于一面。

穆勒的平衡能力在他的"论自由"中有明显的体现。他划出"群己权界"，是要保护个人自由，但这条防御性的边界却同时有着积极的外向意图，在界定个人自由空间的同时，也强调了个人应该如何自律以成为社会中"公民"。穆勒著名的"自由原则"在捍卫个人自由的同时，也强调了个人所应具有的"社会德性"和"社会情感"，甚至认为这是自由的前提。这种"消极自由"也蕴含着很强的积极建构色彩。有时很难把他笔下的"社会"一词看作一个中立的学术词语，

[①] J. S. Mill, *Collected Works of John Stuart Mill*, Vol. 3, ed. J. M. Robson, London: Routledge & Kegan Paul, 1965, rpt. 1996, p. 456. 穆勒这句话是在《政治经济学原理》第三编第一章讨论"价值"这个意义含混的概念时说的。

它往往或隐或现地带着道德重构的意图。

穆勒在其系列文章《时代精神》("The Spirit of the Age", 1831)中提出了一个核心观点：当社会由"自然状态"(natural state) 转为"转型状态"(transitional state) 时，会出现"知识无政府状态"。[①]从他的表述来看，这种无政府状态主要涉及知识界或思想界，但其影响无疑波及整个社会的知识体系，原有的认知框架在变革时代出现了动摇和混乱，很难再被社会共享，导致"信念淡薄，知识瘫痪，原则日渐松弛"[②]。这种混乱或"无政府状态"带来的迷惑和茫然，就像狄更斯在《荒凉山庄》中所说的伦敦雾霾，无处不至，无孔不入，让人焦虑甚至崩溃。穆勒这句话，当时的很多文人都说过：

> 目前，不言自明的是，没有什么成见定论能够得到公认，以取代我们业已抛弃的观点；没有什么新的哲学或社会学说，能够或看上去很快能够获得旧信条在其风行时所获得的那种普遍认同。[③]

思想和观点的混乱也反映在语言上。穆勒批评最多的弊病包括：用词模糊、词语与意义脱节（尤其是宗教和道德领域）、学者们使用互不相通的"方言"、逻辑分析语言和诗性语言的势不两立。

这种众声喧哗却无法沟通的知识无政府状态，令当时的文人有了不同程度的焦虑，在词语方面甚至出现了卡莱尔所说的那种"自我意识"，也即因为知道自己焦虑而焦虑。此时对"无政府状态"的剖析，

[①] J. S. Mill, *The Spirit of the Age*, *On Liberty*, *The Subjection of Woman*, ed. Alan Ryan, New York: Norton, 1997, pp. 7 - 9. 据考证，穆勒对这两种社会发展形态的认识，来自法国思想家孔德（Comte）和圣西门主义者（详见 Basil Willey, *Nineteenth-Century Studies*, Harmondsworth: Penguin, 1964, p. 160）。穆勒也在《自传》中解释，来自法国思想界的这一影响使他对社会现状有了更为乐观的认识（J. S. Mill, *Autobiography*, pp. 132 - 133）。

[②] J. S. Mill, *Autobiography*, ed. John M. Robson, London: Penguin, 1989, p. 180.

[③] J. S. Mill, *The Spirit of the Age*, *On Liberty*, *The Subjection of Woman*, p. 7.

已经不再只是文人的修辞或遁词，而是一种切实的焦虑。

穆勒焦虑，但不悲观。他认为不必将转型时代的道德和知识无政府状态当作人类社会各阶段的通病，并在自说自话的无序状态中寻找对话的可能性。他发现，当时"围绕大话题的讨论增多了，讨论的时间延长了，参加讨论的人也更多了。讨论已深入社会之中"。①在他看来，讨论是获取并传播真知的重要方法：

> 讨论，或质疑公认的观点，只是两种不同的说法而已，实际上是一回事。当所有观点都受到质疑时，就能最终发现哪些是经不起仔细推敲的。古老的信条可以获得新的佐证；而那些一开始就不正确的信条，或因时过境迁而变得不再合理的信条，也就被抛弃了。这就是讨论要做的事。正是通过讨论，才能发现并传播正确的观点。②

虽然词语的混乱使真正的讨论变得非常困难，但讨论的增多和深入毕竟反映了一种对话的渴望，有望通过讨论消除种种模糊表述，打破"方言"壁垒，恢复符号与意义的关联。

穆勒在《论自由》第二章标题（《思想和讨论的自由》）中将"讨论自由"单列出来，就是要突出其重要性和迫切性。强调"讨论"而非"言论"自由，也是在强调对话而非自话。在穆勒看来，讨论，尤其是观点的冲突和辩论，是思想能够活下去的前提："没有讨论，则不仅用来支撑观点的论据会被遗忘，就连观点自身的意义也会被人忘记。"③他认为，几乎所有伦理观念和宗教信条都难逃这种命运，没有讨论也就没有了生命力，逐渐沦为"僵尸信念"（dead beliefs）。而那些已经获得普遍认可的观念或信条最容易出问题，尤其应该进行讨

---

① J. S. Mill, *The Spirit of the Age*, *On Liberty*, *The Subjection of Woman*, p. 8.
② Ibid.
③ Ibid., p. 71.

论。他说:"人类有种致命的倾向,就是当一个事物不再让人疑虑之后,就不再思考它了。这种倾向导致了人类一半的错误。有位当代作家已经很清楚地解释了'既成观点的酣眠'。"① 讨论就是要唤醒它们,使词语与意义重新对应起来。

讨论有时会导致针锋相对的辩论。穆勒认为真理往往产生于"对立观点的调和与融合"②,从而避免将片面真理(half-truth)当作全部真理。他在《论柯尔律治》("Coleridge",1840)一文中提出一种"钟摆理论"(oscillation):一种新理论提出后,因其新颖,受到的阻力就格外大,其信徒为了自辩,常走极端,引来对立面同样极端的反击;两派交锋的结果,就像钟摆左右摇摆,但每摆动一次,离两端的距离就远一点,并慢慢接近垂直的中线。③这是一种通过辩论获得的平衡,而不是简单的妥协折中。穆勒认为,英国是"妥协折中的发源地"(the native country of compromise),但理想的折中应该是经过深思熟虑和充分讨论的结果,而不是盲从。因此,他批评说,英国人的天性,无论在理论还是在实践中,都避免走极端,但不是出自远见卓识,而是出于一种本能的小心谨慎;他们喜欢走中间道路,只因为它是中间道路。④

美国思想史学者希梅尔法布认为,还有一个与《论自由》的作者不同的"另一个穆勒"或"穆勒的另一面",在《时代精神》等作品中贬抑甚至否认了讨论自由的重要性,强调精神权威。⑤但实际上,"讨论自由"作为一种原则,似乎并没有被穆勒抛弃过。前面的引文也说明,穆勒在其主要写作阶段,也即从19世纪30年代的《时代精

---

① J. S. Mill, *The Spirit of the Age*, *On Liberty*, *The Subjection of Woman*, p. 74.

② Ibid., p. 78.

③ J. S. Mill, *Mill on Bentham and Coleridge*, intro. F. R. Leavis, Lodnon: Chatto & Windus, 1950, p. 108.

④ Ibid., p. 118.

⑤ See, for example, Gertrude Himmelfarb, *Victorian Minds: A Study of Intellectuals in Crisis and Ideologies in Transition*, Chicago: Ivan R. Dee, 1995, pp. 113 - 154; Gertrude Himmelfarb, *The Moral Imagination*, 2nd ed., Lanham, Maryland: Rowman & Littlefield, 2012, pp. 112 - 138.

神》、19世纪40年代的《论柯尔律治》到19世纪50年代的《论自由》，非但一直没有否认讨论的重要性，还认为它是恢复词语意义、保持思想活力的必要条件。巴兹尔·威利甚至在《19世纪研究》中说："讨论就像呼吸一样，是穆勒生命中不可或缺的因素。"[1]维多利亚时代的知识无序状态强化了穆勒对话的渴望。与其说穆勒对讨论自由有过怀疑，不如说他是在限定讨论的前提和原则。他意识到，在当时的知识无政府状态下，庸见流行，学者们自说自话，难以形成深入的讨论，因而需要找出一种权威的意义框架，以促成真正的讨论。

他在《论文明》（"Civilization", 1836）中批评了知识的无序状态：

> 这是一个阅读的时代。正因为这是一个阅读的时代，任何经过深思熟虑写出的书，可能不会像在先前时代那样得到充分阅读，引出良多教益。这个世界读得太多，读得太快，以致很难读好。书不多的时候，读一本书得花很多时间和精力：作者写书经过了深思熟虑，读者读书也有深思熟虑，渴望尽可能多地从书中汲取知识。可是，当几乎每个人都会写字，都能写作，也愿意写作了，该怎么办呢？除非把所有书都读了，否则很难知道该读什么；现如今，这么多世事都是通过出版物来商讨，要想知道发生了什么，就不得不知道印刷物上刊登了什么。观点在事件中占的分量如此之大，连那些自身毫无价值的观念，就因为碰巧是观念而变得重要起来，在疯人院以外的任何地方都能获得举足轻重的地位。结果，世界上遍地都是精神食粮，为了多吃点，就只能囫囵吞枣。
>
> 现在，没有什么能让人慢慢地品读，或读上两遍。读书并不比读报刊文章慢多少，留下的印象也几乎不比报刊文章持久。如今出版的书籍，有价值的不多，原因之一就在这里。在寓言故事

---

[1] Basil Willey, *Nineteenth-Century Studies*, p. 174.

中，母狮子骄傲地说，虽然它每胎只生一个，但这一个也是狮子。但如果每只狮子只算一个，每只小野兔也算一个，优势自然就到了野兔这边。既然每个个体都很弱，那就只有数量说了算。报刊能够占据绝对上风，又有什么奇怪呢？一本书产生的影响，几乎不比一篇文章大，但一年能出三百六十五篇文章。因此，那些应该写书，原本也打算写书，并且是按照正常方式写书的人，现在也开始到期刊上匆匆发表草率的思想，或一些他自以为是思想的东西。公众成了懒汉，打不起精神，无法让自己的大脑有力地应付自己的事情。于是，对他们来说，左右他们的不是那些言谈最睿智的人，而是那些说话最频繁的人。"①

穆勒这篇文章最初在《伦敦与威斯敏斯特评论》上发表时，还有一个与卡莱尔在《爱丁堡评论》上发表的文章（1829）同名的副标题——《时代征兆》（Signs of the Times）。在穆勒看来，那是一个知识爆炸的时代，一个数量压倒质量的时代，一个劣币驱逐良币的时代，一个肤浅言论取代深度思考的时代。在这样的时代，即便有所深思，也难被大众消化吸收。报刊已成为公共讨论的重要媒介，快餐式的知识生产和消费已将有深度的作品边缘化了。②

穆勒还在《时代精神》中指出："在人类社会的其他阶段，愚人相信智者。但在转型时代，智者之间的分裂消解了他们的权威性，愚人不再相信他们。"③ 尤其是"有关人的道德品性和社会状况的"人文社会科学，与自然科学的状况相反，无法形成学术共识。于是，人人自视为权威，拒绝深思和讨论。"那些似懂非懂的人开始觉得自己的

---

① J. S. Mill, "Civilization", in *Collected Works of John Stuart Mill*, Vol. 18, ed. J. M. Robson, London: Routledge & Kegan Paul, 1977, p. 134.
② 穆勒在《自传》中回忆自己当初的择业时提到，"有良心的"作家很难靠为报刊写作谋生，因为不折腰就难保收入；而真正的思想家也很难靠写书糊口，不仅因为写起来费时，公众接受起来也慢。See J. S. Mill, *Autobiography*, p. 79.
③ J. S. Mill, *The Spirit of the Age, On Liberty, The Subjection of Woman*, p. 9.

观点并不比别人差",开始恣意散播一知半解的知识,以庸俗或通俗的知识为荣,反倒指责那些毕生致力于专门研究的人水平不够,甚至不屑地说:"他是个理论家。"①

可见,无论是穆勒所说的"时代征兆"还是"时代精神",似乎都佐证了希梅尔法布的疑问,即穆勒对这种状态下的讨论是有所保留的。只是,穆勒虽然指出这种状态下难以展开讨论,却没有否定或拒绝讨论自由这个原则,反倒要探索如何摆脱这种状况,为有效的讨论搭建平台或框架,构建一种共享的权威话语体系,尤其是词语、概念、规则的统一框架。当时的混乱已经造成了"知识人"的沟通困难,不是不要对话,而是难以对话。在穆勒看来,搭建这个框架的第一步就是解决语言问题。

他在《时代精神》中表达了对当时知识话语的忧虑:

> 当今常见的开启民智、传播知识的言论和写作,在我看来,一大部分似乎都在用着松散和模糊的概括,从而掩盖了那些从根本上完全站不住脚、不切实际的观点。②

不只那些似懂非懂的"伪专家们"语言含混,他们所嘲讽的"理论家们"也同样沟通困难。一方面是宗教和思想领域根深蒂固的派系观念作祟,正如穆勒在《论柯尔律治》中所言,"各种片面真理的争斗甚嚣尘上,怒不可遏地相互否定着"③。柯尔律治的哲学思想在当时英国的接受状况,也验证了这种水火不容的状态:知柯尔律治者视之为一切,不知柯尔律治者视之为无物。④立场决定了观点,也决定了言辞。为派系观念蛊惑的学者即便尝试对话,也往往会陷入谩骂争吵的泥潭。

---

① J. S. Mill, *The Spirit of the Age, On Liberty, The Subjection of Woman*, p. 11.
② Ibid., p. 12.
③ J. S. Mill, *Mill on Bentham and Coleridge*, p. 104.
④ Ibid., p. 103.

穆勒将这种争辩称作盾牌正反两面的相斗，一黑一白，鲜明却片面。争执者们那种"盲目的怒气"（blind rage）[1]让穆勒感到惊讶，他竭力倡导讨论时要有宽容的心态、全面的视野、平和的声音。这也是他自己努力的方向。罗素说自己敬重教父穆勒，非因其学问，而在其涵养，尤其是批评对手时力求公允的态度和"温雅的用词"。[2]

另一方面则来自概念和词汇的含混。穆勒在《政治词语的使用与滥用》（"Use and Abuses of Political Terms"，1832）中解释说，观念的数量远多于词语的数量，词语力有不逮，一词多义是无奈之举，不能强求一词一义。因此，道德哲学论著应将词语与观念的这种含混现象解释清楚，帮助那些因操着"不同方言"而互不认同、剑拔弩张的思想家们认识到，只要解释清楚，他们的主张并非不可调和，各种片面的观点也有望整合为全面的体系。[3]穆勒在《政治经济学原理》中那句"我们必须从明确的用词开始"，其实也是他一贯的主张，通过明辨词语来消除巴别塔下各种自说自话的"方言"。

这也是穆勒倾慕边沁的一个原因。边沁不仅批判了"模糊的概括"（vague generalities），还找到了解决办法。在穆勒看来，边沁的"细节法"（method of detail）提供了一种颠覆性的思维方式，针对"模糊的概括"，追根溯源，剖析作为思想载体的词语。词语边界的模糊，正是讨论或对话的根本障碍。边沁主要用"模糊的概括"来嘲讽所有不依他那种方法而做的伦理思考，或不以功利为道德标准的伦理学说。[4]穆勒爱上了这个词组，常用它来泛指所有不够精确的思想表述（这有点悖论的意味，穆勒用这个词来概括各种模糊的表述，本身就是一种"模糊的概括"）。他在《论边沁》（1838）中说，边沁虽称不

---

[1] J. S. Mill, *Autobiography*, p. 131.

[2] Bertrand Russell, "John Stuart Mill", in *Portraits From Memory and Other Essays*, London: Readers Union Ltd, 1958, p. 138.

[3] J. S. Mill, "Use and Abuses of Political Terms", in *Collected Works of John Stuart Mill*, Vol. 18, pp. 6, 13.

[4] J. S. Mill, *Mill on Bentham and Coleridge*, p. 59.

上伟大的哲学家,却是哲学界伟大的改革家;换言之,边沁的主要贡献不在其提出的观点,而在其创立的方法。① 穆勒认为,边沁的细节法首次将思想的精确性引入了道德哲学和政治哲学。以往的哲学家们大都凭借直觉提出观点,语言表述模糊,让人难以确切评价其观点是对是错:细节法则迫使哲学家们相互理解,展开具体而又确切的讨论。穆勒视之为哲学的一次革命。②他之所以给出这么高的评价,一个原因就是在边沁的研究方法中看到了解决当时知识无政府状态的希望。

边沁的细节法分析到最后,就是概念和词语问题。穆勒认为,这种方法最终会将每个问题都拆成碎片,将整体分解成部分,把抽象还原为具体,使概括回归到原型。③边沁用它来分析各种常见的道德和政治思维模式,发现如果对这些模式刨根问底,它们的源头大都是一些词语,像政治学中的"自由"、"社会秩序"、"体制"(constitution)、"自然法则"(law of nature),伦理学中同样也是一些类似的基本词汇。问题在于,这些词语已成为论证很多至关重要的政治和道德问题的论据,而它们的"边界"(limitations)却从来没有人认真界定过。边沁认为,这实际上是用观点来论证观点:

> 如果有人用某个词组作为论据,边沁就坚持要弄清楚这个词组到底是什么意思,看它是诉诸某种标准还是指向相关事实,否则就只是论者试图将自己的情感和观点强加给别人,却不给出理由。④

这就很容易导致大家使用同样的词语,却暗示不同的意思。穆勒引用边沁在《道德与立法原则引论》中的例子来说明这种模糊表述的危

---

① J. S. Mill, *Mill on Bentham and Coleridge*, p. 48.
② Ibid., p. 55.
③ Ibid., p. 48.
④ Ibid., p. 50.

害:"道德感"(moral sense)是个模糊的说法,"我的道德感告诉我如何如何",实际上是不经解释而将自己的好恶或情感强加给别人;"常识"(common sense)则更进一步,不仅在说这是我的道德感,还暗示这也是所有人的道德感。①

这种意义模糊但非常流行的词语,会给人以可乘之机,方便其随意改变词语的所指或意义。边沁由是提出了"利益导致的偏见"(interest-begotten prejudice),也就是说,人们通常倾向于把遵循个人利益当成一种责任和美德,而某些阶层也会将其阶级利益当成美德标准,这势必会侵犯他人利益。②在道德领域,这种混乱不仅导致了理论上的偷梁换柱,也便利了现实中各种冲突利益为自己寻找合身的道德外衣,使善恶失去准绳。而且,诚如边沁所言,这种模糊不仅有利于掩饰和伪装,还助长专制倾向:"即使不是实际的专制,也是意向的专制,而意向的专制一旦有了借口和权力,极易表现为实际的专制。结果,一个人出于十分常见的最纯洁的意图,竟然使自己或自己的同类生灵饱受痛苦……假如脾气暴躁(贝蒂博士)他便怒不可遏地痛骂所有异见者——煽动狂热盲信之烈火,加诸腐败虚伪之罪名,用来对待每个想法与他有别或声称有别的人。"③这正是狄更斯所暗示的由"对词语的暴政"引发的"词语的暴政"。

穆勒后来在《自传》中说,边沁的上述洞见对他产生了颠覆性的影响。④对比边沁的原著,不得不佩服穆勒出色的概括能力,他用简明的语言提炼出了边沁思想的精华,在某种意义上甚至比边沁说得还精彩。其实,边沁的影响早已渗透到穆勒的思想成长之中。穆勒没有进过学堂,自幼在他父亲詹姆斯·穆勒的督导下学习。老穆勒是边沁的好友,不仅了解边沁的学说,而且熟稔边沁的方法。逻辑严密,用词

---

① J. S. Mill, *Mill on Bentham and Coleridge*, p. 51.
② Ibid., p. 89.
③ 边沁:《道德与立法原则导论》,时殷弘译,商务印书馆2000年版,第75页。
④ J. S. Mill, *Autobiography*, p. 67.

精确，是他对小穆勒的一贯要求。穆勒三岁学习希腊文，八岁学习拉丁文，十二岁学习逻辑，认识到经院派逻辑有助于锤炼"精密思想家"（exact thinker），即善于把握词语和命题的精确意义，不为"模糊、不严谨、含混的词语"所迷惑。[1] 他父亲对遣词用字的严苛要求，让他刻骨铭心。他在《自传》中写道：

> 我记得十三岁那年，有一次碰巧用了"观念"（idea）这个词，他就问我什么是观念，我没能清楚地界定这个词，他有些不高兴。我还记得，我用了一个通俗的说法，说有些事在理论上是正确的，但还需要实践来修正。他勃然大怒，又让我定义"理论"（theory）这个词，我绞尽脑汁也没能解释清楚，他便给我解释这个词的意思，指出我所用的那种通俗言辞的谬误，让我彻底明白了：在没有能力给"理论"下个正确定义的时候，却认为它有可能与实践不一致，实在是太无知了。[2]

这种严苛深深地影响了穆勒的文风，常使他对那些对词义和概念不甚明了就侃侃而谈的人产生反感。他自己写文章时，也力戒边沁所批判的"模糊概括"，并经常用这个词组来抨击对手。他在《自传》中说，年少时曾通过研读柏拉图缜密的对话体来培养"精密思维能力"，因为它会迫使习于"模糊概括"的人不得不用确切的言辞来表述自己的观点。[3] 此外，穆勒行文常有节度，"笔端少带感情"，也是受他父亲影响。他父亲认为当时人们对情感的过度强调是一种道德滑坡，"强烈"（intense）在他这里是个贬义词。[4] 面对"情感激进派"的攻击，身为"哲学激进派"一员的青年穆勒如是说：

---

[1] J. S. Mill, *Autobiography*, p. 37.
[2] Ibid., p. 45.
[3] Ibid., p. 39.
[4] Ibid., p. 56.

功利被谴责为冷酷的计算，政治经济学被谴责为冷漠无情，马尔萨斯的人口论被谴责为有悖人情。我们则反击他们"多愁善感"（sentimentality），这个词和"夸夸其谈""模糊概括"一道，成了我们回击对手的常用术语。①

穆勒不仅警惕、反省自己写作时过火的遣词用句（如《论文明》一文），还通过自己主编的《伦敦与威斯敏斯特评论》等刊物间接地提倡他所推崇的那种明晰有节的文风。②

　　穆勒并不是个亦步亦趋的人。他能欣赏边沁细节法的颠覆力，也能看到这种方法的片面性。边沁忽略了"模糊概括"中也包含着"整个未经分析的人类经验"③。这种"人类的集体思想"具有很强的包容性，个人反倒受自己的偏见或专长所囿，无法看到全部。所以，"人类的一般观点（general opinion）是所有大脑得出的各种结论的平均结果，祛除了各人的歪曲和偏见，保留了各人最精华玄妙的部分。它是去芜存菁的结果，既能体现每个人的独特观点，又不让任何人的观点独领风骚。这种集体思想不会浮出表面，却能看到整个表面；而那些深刻的思想家们即便借助其深邃洞视，也无法做到这一点，因为他们在某些方面的深入洞视反而让他们看不到其他方面"④。此外，穆勒还发现边沁的细节法有一个致命弊端，即在层层剖开"模糊概括"的同时，也容易陷入相对性的僵局，导致无法建构一个权威或统一的标准或体系，从而难以达成共识或展开对话。

二　含混与清晰

　　穆勒一生都以文字清晰条理为圭臬。他早年对用诗性语言来针砭

---

① J. S. Mill, *Autobiography*, p. 97.
② See Ibid., p. 164.
③ J. S. Mill, *Mill on Bentham and Coleridge*, p. 59.
④ Ibid., pp. 59–60.

时弊的作品很是不屑,但在经历了那次著名的"精神发展危机"之后,渐渐认识到逻辑分析语言和诗性语言无须竞短争长,而是各有其边界和功用。

从他对卡莱尔语言和文风的评价上,也可以看到这种转变的痕迹。关于两人文风的不同,尼采有过精确的描述。他认为卡莱尔是个"言辞激烈的人",而穆勒则有着"让人讨厌的清晰"。①穆勒最初并不喜欢卡莱尔的文字,称之为"疯话"和"迷雾",而且一直无法接受这种文风。尽管他肯撰文赞赏卡莱尔的《法国大革命》,却也忍不住要改动该书手稿中那些不够清晰的词句。直到晚年写《自传》时,他还在说卡莱尔的思想虽有谬误却不乏真见,只是其中的真理已经被那些"先验的和神秘主义的辞藻"遮蔽了,如果换作他自己这种文风,就可以让更多的人看懂。②不过,他也承认,诗性语言具有一种逻辑分析语言难以企及的穿透力,并因此认为,能将理智语言与情感语言融合起来才算真正的哲学。

穆勒说他在1831年发表的《时代精神》"文风拙笨不畅,不够活泼有力",只对蛰居苏格兰一隅的卡莱尔产生过影响,卡莱尔还因此误将他当作新降的"神秘主义者",并在这年秋天南下伦敦来见他。③这是两人第一次会面。卡莱尔很可能是欣赏穆勒文章中对变革时代的社会和思想的批判。两人愉快的会面和随后一段时间的融洽交往,并没有让他们产生惺惺相惜的感觉。观点的冲突自然是主要原因。卡莱尔早期的很多文章,包括《时代征兆》,都是发表在穆勒曾经抨击的擅长妥协折中、喜爱模糊词句的《爱丁堡评论》上,穆勒甚至一度视之为"狂人的疯话"(insane rhapsody)④;而构成穆勒思想基础的功利主义、宗教怀疑论、政治经济学等思潮,也正是卡莱尔大力批判的。

---

① Friedrich Nietzsche, *Twilight of the Idols* and *The Anti-Christ*, trans. R. J. Hollingdale, London: Penguin, 1990, pp. 85, 78.
② J. S. Mill, *Autobiography*, p. 185.
③ Ibid., p. 138.
④ Ibid., p. 130.

在穆勒看来，两人的隔阂还与语言有关。他在《自传》中坦言，卡莱尔早期的作品虽有助于拓宽他早年狭隘的信念，却不会影响他的观点，因为卡莱尔那种表述和文风他根本就读不进去——"那仿佛就是由诗和德国玄学构成的一团迷雾"。[1]穆勒幽默地说，他只在这迷雾中看清一件事，那就是他所坚信的那些思想都是卡莱尔"强烈憎恶"的。不过，虽然穆勒那受过严格逻辑训练的大脑还不习惯朦胧的语言，却仍能认识到这种语言具有"神奇的力量"，"是给人以灵感的诗"。他总结说："我觉得，他是一位诗人，而我不是；他是一位有敏锐直觉的人，而我不是。"[2]

穆勒在与卡莱尔交往时，已经摆脱了几年前的那次"精神发展危机"，已经认识到带他走出抑郁心境的诗性语言的力量。他已经体会到诗歌在滋养情感方面有着难以匹敌的力量，但他并没有因此贬低自己逻辑严密的语言，而是认为两种语言应分别主导情感与理智的范畴。就个人修养而言，穆勒认为平衡的心灵应该同时汲取这两方面的营养，不可偏执于一面；但就启迪民智而言，穆勒明显青睐逻辑分析语言，认为它虽然不及诗性语言深刻，却适合在这个"平庸的时代"传播思想。他在1833年5月给卡莱尔的信中说：

> 我的话……在一定程度上更容易让人看懂，因为我用的是逻辑的、机械的语言，和这个时代、这个国家的绝大多数人一样；而你用的却是艺术和诗的语言……很难进入现代人的大脑。[3]

穆勒在两个月后的一封信中继续称卡莱尔为"诗人和艺术家"，但他更想说服卡莱尔，这个时代更需要自己这种使用逻辑分析语言的人，

---

[1] J. S. Mill, *Autobiography*, p. 138.
[2] Ibid., pp. 138–139.
[3] J. S. Mill, *Collected Works of John Stuart Mill*, Vol. 12, ed. Francis E. Mineka, London: Routledge & Kegan Paul, 1963, rpt. 1996, p. 155.

能将诗性语言所表达的深刻思想传达给不解诗情画意的大多数人。尽管穆勒有时会说诗歌高于逻辑,但也强调两者合一才能叫作"哲学"。①他后来分别撰文论述边沁和柯尔律治,也是试图将逻辑和诗歌糅合起来,避免一叶障目的偏见。

在他看来,不解诗性语言的朦胧风情,过度追求精确,是边沁的一大缺陷。这位曾经的边沁信徒,批评起边沁来,比边沁的对手更加深刻,一个很重要的原因就是他太熟悉边沁了,而且有过和边沁一样的缺陷。穆勒年轻时曾热情拥抱边沁学说,还在他的小圈子里成立过"功利主义学会",并认为"Utilitarian"这个词作为边沁学派的名称就是从他这里叫开的。②如果我们像弗·雷·利维斯那样,把穆勒的《论边沁》(1838)和《论柯尔律治》(1840)两篇长文并列来读,就不难发现,穆勒在论柯尔律治时,语气中更多尊重,但在论边沁时,语气中却掩饰不住发自内心的喜爱,使其文笔带有了罕见的活泼和俏皮。那种如数家珍的感觉,仿佛不是在谈边沁,而是在聊他自己。

穆勒认为边沁对词语精确意义的追求过于偏执:"他认为,当词语被用来表述任何除精确的逻辑真理之外的东西时,都偏离了它们正当的职能"。③边沁批评诗歌为了追求效果而肆意夸大,甚至认为"所有的诗歌都是歪曲"(All poetry is misrepresentation)。④穆勒则认为,应该区分词语的使用范畴,那些诉诸情感的作品,自然会倾向于夸张,很多时候为了确保能表达得恰如其分,反而要过火一些。⑤

正是那些能够唤起情感的词语帮助穆勒走出了二十岁时的"精神发展的危机"。他曾将改造世界作为人生目标,视之为幸福所在。但

---

① J. S. Mill, *Collected Works of John Stuart Mill*, Vol. 12, p. 163.

② J. S. Mill, *Autobiography*, p. 77. 穆勒对此小有得意,后来写《功利主义》时,还提到自己虽然后来反感"Utilitarian"一词成了派别标志,但它毕竟填补了语言上的一个空白,很多时候可以省去冗长拖沓的表述。(J. S. Mill, *On Liberty and Other Essays*, ed. John Gray, Oxford: Oxford University Press, 1991, p. 137)

③ J. S. Mill, *Mill on Bentham and Coleridge*, p. 95.

④ Ibid.

⑤ Ibid., p. 96.

1826年秋天，突然感到这个目标失去了吸引力，幸福感顿时消失，随之而来的便是空虚、失落、万念俱灰。这种沮丧感无时无刻不在骚扰他，做什么都无法排遣。对于当时的心境，他后来借柯尔律治的《沮丧》("Dejection; an Ode")一诗描述说：

> 一种没有剧痛的哀伤，空虚，黑暗，忧郁，
> 一种慵懒、憋闷、麻木的哀伤，
> 无法在词语、叹息或泪水中
> 找到自然的发泄或解脱。①

无法在词语中找到发泄或解脱，很重要的一个原因是他还没有读到能滋养情感的文字。到1828年秋，二十二岁的穆勒才第一次感到读华兹华斯是他人生的一大转折，一个"重大事件"。华兹华斯的诗勾起了他对乡村和自然景色的热爱，从而找到了培养情感的养料，学会了在静思中得到快乐，找到了情感和理智的和谐共存："华兹华斯的诗之所以成为治疗我心灵沮丧的良药，就在于它们不是只描绘了外在的美景，而是描述了由美景唤起的情感状态，以及情感所渲染的思想。这似乎正是我苦苦寻求的那种情感教育（the very culture of the feelings）。"②他能挺过这次危机，靠的就是情感心弦的拨动，而这恰恰是他所追求的明确用词和严密论证做不到的。

这次精神危机不仅使他对处在另一个范畴的诗歌语言有了新的认识，也让他意识到知识平衡的重要性。他在《自传》中提到自己思想和性格在此后有了两个变化，第一个就是意识到个人的内在修养是幸福生活的首要条件。逻辑分析固不可少，情感教育也别有意味："现在，在我看来，使各种能力保持一种适度的平衡，才是头等重要

---

① J. S. Mill, *Autobiography*, p. 112.
② Ibid., p. 121.

的。"① 他也因此更清楚地看到了边沁的缺陷,认为边沁的一大问题就在于对人性的把握是经验主义的,但偏偏其经验又极其有限,没有经历大起大落,没有遭受忧愁病苦。于是,我们在《论边沁》中看到,一位没有经历过"正常"少年时代的人,在这么写一位一直停留在少年时代的人:

> 他从不知道什么是顺境与逆境,不知道什么是饥渴与满足。他甚至从不知道生病的滋味,从孩提时代到八十五岁高龄,一直都像男孩般强健。他不懂什么是沮丧,也不知道什么是心情沉重。他从未感到过生活还会使人忧伤,还会成为让人疲惫的重负。他到老都是个男孩。②

这段描述堪称《论边沁》最可爱的段落。短短几句话,连用六个语气绝对的否定词,并在最后一句肯定句中达到高潮,一个自然而又突兀的短句,画龙点睛般地定格了边沁。这位让人又爱又怜的学者,一生是少年体魄,一生是少年情怀。

"少年边沁说"还有另外一层意思。按穆勒对诗歌的理解,边沁既然是个永远年轻、怎么也长不大的孩子,自然也就不会懂诗。诗是成年人或成熟的心灵读的,因为诗所蕴含的情感,需要有一定的生活经验才能体会出来。如他后来在《论诗及其变体》("Thoughts on Poetry and Its Varieties", 1833, 该文第一部分即著名的《何为诗》)中所说:"现在,跨过了童年,跨过了人类社会的童年,成长为这最成熟、最老练的时代的成年男女后,那最深沉而又最崇高的心灵和胸怀,通常从诗中获得最大乐趣;相反,那些最浅薄、最空虚的心灵和胸怀,

---

① J. S. Mill, *Autobiography*, pp. 117 – 118.
② J. S. Mill, *Mill on Bentham and Coleridge*, p. 62: "He never knew prosperity and adversity, passion nor satiety; he never had even the experiences which sickness gives; he lived from childhood to the age of eighty-five in boyish health. He knew no dejection, no heaviness of heart. He never felt life a sore and a weary burthen. He was a boy to the last."

无论如何,总最喜欢阅读小说。"① 男孩边沁还"未成年",没有"少年维特"的烦恼,没有穆勒那种莫名的抑郁,自然无法像穆勒这个"沮丧过的人"那样在诗中获得慰藉。穆勒说边沁那代人是英国制造的最为贫乏沉闷的一代,不仅缺少一些强烈的情感和经历,还缺乏想象力,无法想象并同情别人那些强烈的情感和经历,难以设身处地地体察他人的身心境况。缺乏这种想象力,不仅无法理解别人的性情,也不会懂得自己的性情。边沁不了解人类的情感,更不了解影响情感的因素。其片面就在于他将自己并不全面的心灵当作了普遍人性的范本。②

从穆勒的这番分析,不难理解边沁的学说何以常被抨击为"冰冷、机械、冷漠"。不同于狄更斯、卡莱尔、罗斯金等人慷慨激昂的批判,穆勒用边沁的分析法做了一番冷静的解释。他说,人的任何行为,都包含三个维度:一是道德,涉及是非对错,关乎良心,可以据此支持或反对该行为;二是审美,涉及美,关乎想象,可以据此敬佩或鄙视该行为;三是同情,涉及是否可爱,关乎人情,可以据此喜欢、怜悯或憎恨该行为。穆勒以罗马执政官布鲁图斯(Lucius Junius Brutus)为例加以说明。布鲁图斯的两个儿子参与叛国阴谋,他宣判了两个儿子死刑。这个行为正当,可敬,但不可爱。道德家通常将道德维度看得高于后两个维度,而边沁则不仅把道德标准看作最高标准,甚至当成唯一标准,忽略了美学和情感维度。③ 穆勒最初作为"哲学激进派",也支持边沁思想,反对"情感激进派"对边沁思想的攻击,但他后来显然摆脱了片面性,转而寻求理智与情感的平衡。

穆勒对情感教育重要性的觉识,不仅涉及他个人的知识发展,还

---

① J. S. Mill, "Thoughts on Poetry and Its Varieties", in *Collected Works of John Stuart Mill*, Vol. 1, ed. John M. Robson & Jack Stillinger, London: Routledge & Kegan Paul, 1981, p. 345. 译文引自《论诗及其变体》,李自修、张子清译,载《十九世纪英国文论选》,人民文学出版社 1986 年版,第 219—220 页。

② J. S. Mill, *Mill on Bentham and Coleridge*, pp. 61 - 63.

③ Ibid., pp. 93 - 94.

引发了他对当时知识状况的另一种忧虑。他认为在自己所处的那个平庸的时代,诗人少了,高水平的诗人更是几乎绝迹;哲学被一群情感匮乏、性格如枯燥散文的人把持着,带来了这样一种危害:"这样一个时代,一个没有热切情感(earnestness)的时代,自然也就是妥协折中和半信半疑的时代。"①这种情感与信仰的缺失,也正是乔治·艾略特、卡莱尔等人所担忧的现代工业文明的弊病之一。穆勒也和他们一样,认为情感的陶冶离不开想象力的培养,离不开诗性语言的滋润。

三 自由与边界

穆勒早在十八岁前就在新创办的激进刊物《威斯敏斯特评论》第二期(1824)上撰文批评《爱丁堡评论》的"妥协倾向",指责这份辉格党喉舌刊物如同墙头草,每个问题都列出正方和反方意见,同一个问题,一会儿这样说,一会儿那样说。②他认为这不是真正的对话或讨论,只是让原本模糊的语言更加含混。他父亲在为《威斯敏斯特评论》创刊号撰写的文章中将这种做法称作"跷跷板"。③父子俩的文章有为新刊物"亮剑"的意图,为了做到言之有据,穆勒翻阅了《爱丁堡评论》当时全部的过刊,在他的文章中用了大量篇幅剖析该刊的遣词用句,尤其是那些适用于妥协折中的"含混词句"(vague phrases)。他特别提到了"自由"(liberty)一词,认为该刊的用法自相矛盾,不得已只好"限定该词的意义",但实际上却只是做出了一副要限定词义的样子,并没有真正限定词义。④这也可以看作穆勒后来写《论自由》的一个前奏。

---

① J. S. Mill, *Mill on Bentham and Coleridge*, p. 134.
② J. S. Mill, "Periodical Literature: Edinburgh Review", in *Collected Works of John Stuart Mill*, Vol. 1, ed. John M. Robson & Jack Stillinger, London: Routledge & Kegan Paul, 1981, p. 294.
③ J. S. Mill, *Autobiography*, p. 86.
④ J. S. Mill, "Periodical Literature: Edinburgh Review", in *Collected Works of John Stuart Mill*, Vol. 1, pp. 294, 296, 299.

《论自由》(1859)中一个反复出现的词语就是"边界"(limit),穆勒要解答的核心问题就是自由的"边界划在哪里"(where to place the limit)。①这个深刻影响了近代欧洲历史的关键词,也属于罗斯金所说的"假面词语",穿着变色龙的外衣,词语与其意义已经分离,任何人都可以拿来为自己服务。要想理解并使用这个词,就需要划定其意义的疆界。

穆勒给"自由"所划的边界也反映了他对社会状况的认知,反映了他心目中的理想社会图景。《论自由》第一章就开门见山地说,该书谈的不是与哲学上的"必然"(Necessity)相对的"意志自由"(Liberty of the Will),而是"社会自由"(Civil, or Social Liberty),即社会能够对个人行使合法权利的性质和边界。②界定社会权利的边界,实际上也就是界定个人在社会中活动的边界。无论从个人还是社会的角度来看,这个权界划分都包括两个方面,即当行与不当行的边界。在界定个人自由边界的同时,也就界定了个人不应做什么;在界定社会可以做什么的同时,也界定了社会不能做什么。

自由是个棘手的概念。哪怕是从理论上或原则上来讨论自由,都不可避免地受自己所处的环境或自己对环境的认识影响。因此,自由的边界一直都是模糊、矛盾、变动不居的。哪怕是自然界中的边界,如昼夜、黑白,都很难绝对划分,总存在着模糊的地带,更不必说社会领域了。但也正因为意识到了边界的复杂性,穆勒才用整部《论自由》来提出一个"非常简单"的"原则":

> 这条原则就是:任何个人或群体,只有在一种情况下可以干涉他人的行动自由,那就是为了自卫;在文明社会中,权力只有在一种情况下可以对其成员采取强制措施,那就是为了阻止其伤害他人。他本人物质或精神上的好处,不足以成为干涉他的理由。

---

① J. S. Mill, *The Spirit of the Age*, *On Liberty*, *The Subjection of Woman*, p. 44.
② Ibid., p. 41.

因为做某事对某人有好处，因为那么做会让他更幸福，因为在别人看来那么做是聪明的乃至正当的，就强迫他去做或忍受，是不对的。可以告诫他，可以跟他讲道理，可以说服他，可以请求他，但不可以强迫他，不可以因为他没有这么做就做出对他不利的事。只有当估计到他的行为会伤害他人时，才可以进行阻拦。只有他的行为涉及他人时，他才对社会负责。如果他的行为只涉及他本人，他就有着绝对的自主，这是他的正当权利。对自己，对自己的身体和心灵，个人完全可以说了算。[①]

可见，这个边界就是"关涉自我"（社会不应干涉）和"关涉他人"（社会可干涉）。

希梅尔法布等评论家已经指出这种划分其实问题很多，毕竟社会关系是盘根错节的。[②]如诗人约翰·多恩（John Donne，1572—1631）所言，社会中的个人无法成为"孤岛"。但这仍不影响穆勒的自由原则作为一个"原则"的存在价值。也许它也不是一条具体可行的原则，正如格雷（John Gray）所言，穆勒并没有具体界定这条原则中提及的"自由""伤害"等词语的边界或程度，因此很难在现实中应用它。[③]但它更重要的价值并不在此，而在于滋养一种观念，一种认知个人和社会的角度。即便这条边界在现实中是模糊的，它仍能使人为自己的内心和精神自由构筑一个城堡。

也许，这正是观念的力量所在。尽管表述观念的词语经常与其意义分离，现实也经常扭曲观念的意义，但都无法抹杀观念对个人和社会的巨大影响。穆勒发现，在很多时候，起重要作用的甚至都不是观念自身的意义，而是表述它的词语所引起的各种联想意义。例如他在

[①] J. S. Mill, *The Spirit of the Age, On Liberty, The Subjection of Woman*, p. 48.
[②] Gertrude Himmelfarb, *The Moral Imagination*, 2nd ed., Lanham, Maryland: Rowman & Littlefield, 2012, p. 129.
[③] John Gray, "Introduction", in J. S. Mill, *On Liberty and Other Essays*, 1991, xviii - xx.

《精神科学的逻辑》（《逻辑学体系》第六篇）中对"必然"（Necessity）一词的辨析。他认为该词在哲学上的滥用反映了"语言何以影响人的联想"。①用"必然"来表述因果关系，即便在哲学上并不等同于宿命论，但该词的日常意义却会使人产生宿命论的联想或信念，从而暗示了一种不可抗拒性，让人以为性格或命运是不可改变的。穆勒认为在这种情形下，哲学上的界定已不过是"文字游戏"，无力剔除强大的日常意义对该词的侵蚀。同样，与该词相对的意志自由观念，却相信人能够塑造自己的性格，哪怕只是有这么一种信念或感受，都是有了精神上的自由。这样一种自由意志的信念能够培养强烈的"修身意识"（spirit of self-culture）。②穆勒在《论自由》开篇指出该书所论的自由，乃社会自由，不同于上述这种与"必然"相对的自由。但社会自由的观念其实也和意志自由的观念一样，能够改变人的"性格（character），也即人们的观点、情感和习惯"③，从而成为改造社会或国民性的一种引导性力量。

在这一背景下，更容易理解穆勒的自由原则中所隐含的两个条件。一是不伤害他人，二是宽容。自由的个人与社会，同时也是宽容、知礼的个人与社会。

以赛亚·伯林在《两种自由概念》中认为穆勒对这种"不被侵犯、听其自便"的自由的渴望，源自个人主义，是"现代"的产物，不太可能早于文艺复兴或宗教改革时期。④不过，"不被侵犯"能够成为一种普遍原则，还需要另一条原则来保障，即"不侵犯他人"，但对后者的强调似乎出现得更晚些。18世纪的功利主义和古典政治经济学合力打造的"社会"观，如果不是较早、至少也是较为突出地强调了不伤害他人这条原则。边沁将社会看作由追求各自私利或快乐的个

---

① John Stuart Mill, *The Logic of Moral Sciences*, intro. A. J. Ayer, La Salle, Illinois: Open Court, 1988, p. 28.

② Ibid., pp. 26 - 28.

③ Ibid., p. 94.

④ Isaiah Berlin, *Four Essays on Liberty*, Oxford: Oxford University Press, 1969, p. 129.

体组成的集合，而这个集合存在的前提，就是通过政治、宗教和道德约束将个体之间的竞争和摩擦控制在可承受的范围内。①亚当·斯密在写《道德情操论》时也强调不伤害他人是社会存在的前提，不仅因为这是他经济和社会理论中的一个必要前提，还因为它尚未成为"一条举世公认的真理"。穆勒在一百年后写《功利主义》（*Utilitarianism*, 1861）时仍需解释说："禁止人们相互伤害（我们永远不应忘记其中也包括对每个人的自由的不当干涉）的那些道德原则，是人类幸福最重要的原则"；它们是决定整个社会情感的主要因素，也是保证人们和平相处的前提；"一个人也许并不需要别人的恩惠，但总需要别人不伤害他"。②

对"反社会"（antisocial）行为和情感的警觉，自18世纪以来日渐明显，成了当时《旁观者》（*Spectator*）等刊物的重要话题；到19世纪，甚至成了文人话语中绅士理念的核心因素，因而也是当时民族品格塑造的一个重要方面。英语中的"antisocial"这个词也是到18世纪末才出现的，后来成为19世纪的常用词语。它与"社会"一词的词义变迁相伴而生，当时的英国文人给这个词注入了很多关于社会成员应如何相处的思考。穆勒在《论自由》第三章中说不要成为"让别人感到厌恶的人"（a nuisance to others）③，就是在提醒个人不要有"反社会"的行为。不过，这个原则如果推向反面的极端，就成了要求自己为顺从他人好恶而丧失个性自由。所以，这个原则同时包含了两个条件，既要自我有自律意识，又要他人有宽容心态。

在划定个人自由边界的同时，也要尊重他人的自由。无论是穆勒的自由原则，还是纽曼的博雅教育理念，都要求聆听和对话。穆勒发现，边沁的一大错误就是忽略了"多数人的暴政"。边沁看到欧洲贵族专制对多数人的压制，主张由舆论监督政权，但同时也夸大了舆论

---

① J. S. Mill, *Mill on Bentham and Coleridge*, p. 70.
② J. S. Mill, *On Liberty and Other Essays*, p. 196.
③ J. S. Mill, *The Spirit of the Age, On Liberty, The Subjection of Woman*, p. 84.

的作用，忽略了舆论也可能形成思想专制。穆勒认为，让多数人掌权，不是因为这样更正义，而是因为这样能少些不正义。任何群体都有其偏见和偏好，如果使其拥有绝对权力，却没有一种纠正力量，则不利于其自我完善，也不利于长治久安，个人的自由也就很容易被多数人的暴政所侵犯。①正因如此，穆勒格外看重如何保障弱势群体和个人发声的自由。这种自由得不到保障，也就容易出现单一声音的专制，对话自然无从谈起。

不伤害他人、宽容、自律，是穆勒理想的自由人的基本社会德性。甚至可以说，在穆勒的词典中，真正的自由实际上也是自制。他在《论柯尔律治》中提出了一种"社会静力学"（穆勒借用了赫伯特·斯宾塞的社会学概念）：若要社会和国家长治久安，需要三个条件，即教育、忠诚和民族主义（非狭隘意义上的民族主义，而是强调了"同情"和"共同利益"）。穆勒这里说的教育，不是知识教育或他后来觉悟到的情感教育，而是更为基本的道德教育，是一个公民所应接受的最起码的教育。这种教育的一个核心因素便是"约束性规训"（restraining discipline）：

> 训练人养成如下习惯并形成一种力量：使自己的个人欲望和志向服从于社会目标；抵制各种诱惑，坚守社会目标所规定的行为路线；克制自身一切有可能与这些社会目标冲突的情感，并鼓励所有能促进社会目标的情感。②

这些约束性规训是人能成为自由"公民"而非"奴隶"的必要条件。这不仅仅是为获得自由而付出的代价，更是整个社会存续的重要条件。在穆勒看来，一旦这种约束力有所松弛，人性中"天生的无政府倾

---

① J. S. Mill, *Mill on Bentham and Coleridge*, pp. 85–89.
② Ibid., p. 121.

向"就会抬头，国家也就开始从内部瓦解，或走向专制，或被他国侵略。①

可见，穆勒所说的个人自由离不开"社会德性"，也就是说，个人若想享有并维护自由，就需要具备这些同时有利于社会存续的德性。除了要求社会或政权来构建制度和习俗以保障自由，还要求个人具有一定的美德来维持自由，这些美德也是维系现代社会的重要保障。从这个意义上说，穆勒对"自由"边界的界定，既是纠正当时"知识无政府状态"下对关键词语的模糊使用，也是纠正社会中的无政府倾向。

四 性格学与"两种自由"

"幸福"（happiness）是伦理思想中的核心概念。这个词在 19 世纪英国因功利主义的传播而成为争议颇多的热词，既有穆勒等肯定者，也有卡莱尔等反驳者。尼采甚至嘲讽说"人并不追求幸福，只有英国人才那么干"。②但穆勒所界定的幸福，与他所论述的自由一样③，并不只关乎个人利益，更与社会德性密不可分。

穆勒受功利主义影响，将快乐或幸福看作一切行为准则的检验标准和人生的目标。他在《功利主义》第二章中解释说，功利主义是"将功利或最大幸福原则作为道德基础"，这种道德理论的基础是一种人生理论（theory of life）——"快乐（pleasure）以及免受痛苦，是唯一值得渴求的目标"。④但在经历了青年时代的精神危机后，穆勒发

---

① J. S. Mill, *Mill on Bentham and Coleridge*, p. 122.

② Friedrich Nietzsche, *Twilight of the Idols* and *The Anti-Christ*, trans. R. J. Hollingdale, London: Penguin, 1990, p. 33.

③ 穆勒将自由和幸福有机地联系了起来，要得到最高层次的幸福，就要有自我发展，而自我发展又必须得有自由。详见 John Skorupski, *Why Read Mill Today*? London and New York: Routledge, 2007, p. 18。

④ J. S. Mill, *On Liberty and Other Essays*, p. 137.

现，只有不把这个目标当作直接目标，才有实现的希望。也就是说，直接追求快乐或幸福，反而得不到。穆勒后来认识到，这就是卡莱尔所批评的"自我意识"——问自己是否快乐，就会觉得不快乐了。①

不过，穆勒仍认为，快乐或幸福是终极目标，只是在实现这个目标的过程中，可以有很多短期或间接的目标。但实际上，这些间接目标最终取代了所谓的终极目标。在以赛亚·伯林看来，这实际上等于抛弃了边沁的功利主义："在穆勒的笔下，幸福的含义很像'实现自己的愿望'，而不管这些愿望是什么。这也就将这个词的意义拉伸到了无意义的地步。"②也就是说，穆勒已经无法明确地界定"幸福"的含义。巴兹尔·威利在《19世纪研究》中指出，穆勒的幸福观实际上已经接近宗教信仰了。威利特别提到了人们对爱的追求。从他的表述来看，这种爱不仅是一种社会德性，更是一种心理和精神需求，甚至毋宁说就是本能：

> 一旦爱进入画面，场景也就大变。奋斗目标现在变成了完全是自我之外的东西，它要求为服务而服务，而非为求快乐而服务。这个被爱体，不管是上帝、人还是社会，都要求我们虔诚，我们的确能在这种虔诚中发现快乐，但我们不是因为快乐才去爱；我们发现了快乐，因为我们有爱。功利主义原则就错在它的南辕北辙上，误把原本是伴随而至的东西当成了目标。③

尽管如此，拒绝"模糊概括"的穆勒仍想给幸福一个明确的定义，因而提出了"更高层次的快乐"。他说，快乐的质量有高下之分，在体验多种快乐之后，便能分辨高低层次。知识乐趣和肉体享乐，孰高孰低？答案自然因人而异。在穆勒看来，智力属于高级快乐。他对

---

① J. S. Mill, *Autobiography*, pp. 117–118.
② Isaiah Berlin, *Four Essays on Liberty*, Oxford: Oxford University Press, 1969, p. 181.
③ Basil Willey, *Nineteenth-Century Studies*, Harmondsworth: Penguin, 1964, pp. 183–184.

快乐进行等级划分，实际上也就是在指出到底什么才是最值得追求的。这是一种重构道德的劝导。穆勒在《功利主义》中说过一句名言："宁做不满足的人，也不做满足的猪；宁做不满足的智者，也不做满足的愚人。"①人各有志，每个人都可以做出不同的选择，但穆勒的潜台词是：你做什么，你就是什么。

　　这种劝导的意图对我们理解穆勒的思想十分重要，不仅因为它反映了穆勒重构道德的意图，还因为它呈现了一种更为宏大的国民性塑造蓝图。以赛亚·伯林曾区分过消极和积极"两种自由概念"，但就穆勒而言，他的"消极自由"中也包含着"积极"建构的成分。只是，对于更为乐观自信地看待变革的穆勒来说，这种建构少了很多富有宗教意味的严苛和乌托邦色彩，多了一些宽容和自由的气息。穆勒原本就想成为"世界的改造者"（a reformer of the world）②，虽然经历过理想破灭的折磨，但改造或改进世界的念头并未消失。

　　穆勒在《精神科学的逻辑》（*The Logic of Moral Sciences*，1843）中首创了"性格学"（Ethology）一词，用来指关于性格形成的科学。③这不仅是一个新词，更是一种新的认识。穆勒说他创的这个词取自古希腊语的"*êthos*"。这个词在英语中用来指"民族或集体的典型精神或情绪"，是在 1850 年之后（参见《牛津英语大词典》例句）。这里关注词义出现的时间，倒不是为了指出穆勒的独创性，而是强调在那个时代，如何重构国民道德是英国文人共有的意识和焦虑。当时的文人不仅思考如何改革"制度"以使社会适应种种新的变化，而且从未忽略"人"的因素，尤其是人的道德素养和精神境界。读他们的作品，难免会感到卡莱尔及其"门徒"罗斯金等人有些悲观，麦考莱或穆勒等人更为乐观。但实际上，这种悲观或乐观，与其说反映了他们的社会观，不如说反映了他们的修辞风格。可以说，他们只是在用不同的

---

① J. S. Mill, *On Liberty and Other Essays*, p. 140.
② J. S. Mill, *Autobiography*, p. 111.
③ John Stuart Mill, *The Logic of Moral Sciences*, p. 54.

笔触表述对同一问题的思考。这个问题才是真正值得琢磨的：当时的这些文人为什么大都认为国民品格或国民性（national character）决定着民族的兴衰存亡？是什么原因让他们能有这种近乎一致的认识？

这种认识甚至影响了清末留学英伦的南洋华侨辜鸿铭，他后来在《中国人的精神》（或《春秋大义》）中对国民品格重要性的思考与上述英国文人一脉相承。穆勒在《论边沁》中的这句话想必会得到罗斯金的认同：

> 唯一能决定物质利益存亡的、唯一能决定人类群体能否作为社会而存在的，就是国民性。国民性决定了一个国家能否成功实现其目标；决定了有的民族能理解并渴求高尚事物，有的民族则沉溺于卑贱事物；决定了有的民族能长久地繁荣昌盛，而有的民族则过早且快速地衰亡。①

穆勒因此提出，道德哲学家应该考察本国国民性是如何形成的，又该如何改进。"改进"（improvement）已经是那个时代的一种主导精神，不仅影响着各种制度方面的改革，也影响了关于个人及民族道德重构的话语。例如，当时文人关于"趣味"的论述，从罗斯金到穆勒，无不带有明显的道德建构意图。边沁惧怕这个词中所含的专制倾向，认为关于趣味好坏高下的区分，不过是甲方用来褒贬乙方的借口。但穆勒不认同这种观点，他在《论自由》中主张人有选择并追求自己趣味的自由，不可以强迫他人，但也不否认趣味确有高下之分，并在《论边沁》中强调趣味关乎个人和民族的品格。②

按穆勒的区分，可以把《论自由》和《逻辑学体系》中谈的社会自由和意志自由也称作"两种自由"，其共同价值在于滋养劝导性的

---

① J. S. Mill, *Mill on Bentham and Coleridge*, p. 73.
② J. S. Mill, *The Spirit of the Age*, *On Liberty*, *The Subjection of Woman*, p. 50; J. S. Mill, *Mill on Bentham and Coleridge*, pp. 94–95.

自由观念，进而影响国民性的塑造或改造。穆勒"性格学"的目标，就是塑造有利于实现社会发展目标的"软环境"，从而影响个体、民族或集体性格的发展。其重要意义之一就在于使人从对社会现状和前景的消沉情绪中解脱出来，认识到个人的积极力量。穆勒在《自传》中回忆自己的顿悟时说：

> 我意识到，尽管我们的性格是环境的产物，但我们的意愿也可以在很大程度上塑造环境；自由意志理论最鼓舞人心、最能让人升华的地方，就是让人坚信我们对自己性格的形成有着真正的影响力；我们的意志通过影响环境，也会改变我们未来运用意志的习惯和能力。[①]

"从我做起"在文人话语中普及，正是维多利亚时代道德建构的重要力量。不妨以穆勒的话作为结尾："这固然是我们能力的边界，但在这边界内，我们的力量极为重要。"[②]

[①] J. S. Mill, *Autobiography*, p. 135.
[②] John Stuart Mill, *The Logic of Moral Sciences*, pp. 54–55.

结　语

维多利亚时代文人思想的回响：
辜鸿铭的焦虑

> 若换成简明的英文表述，这一整套……高论，其真切意思究竟是什么？
>
> ——辜鸿铭《反对中国文学革命》

一　另一种"西学"

辜鸿铭（1857—1928）曾在19世纪后期留学英国，是当时国内最能体现本书所论文人思想的"海归"学者之一。但在清末民初引进西学的热潮中，这位常令西人折服的"外务部左丞辜君"却如罗振玉所说"不见用于当世"[①]。至少有两个原因。一是他所熟悉的那些英国文人思想属于另一种"西学"，是对现代化过程的批判性反思，更关注为了"进步"而付出的代价。但对当时面临救亡图存困境的中国来说，使欧、美、日走上现代民族国家道路的那些"进步"思想可能更加"实用"，对它们的需求也更为迫切。从文化氛围上来说，当时很多文人学士正竭力为引进这种"进步"西学排除障碍，辜鸿铭的批评之声自然显得落落寡合。二是相对于用西学来反思中国，辜鸿铭更多

[①] 罗振玉：《外务部左丞辜君传》，载伍国庆编《文坛怪杰辜鸿铭》，岳麓书社1988年版，第150页。

地是用"国学"来反思西方文明。他虽然以皈依者的热情倾慕中国传统文化,经常从情感上为中国辩护,却始终没有摆脱那个"维多利亚时代的思想框架"。他时而自觉、时而不自觉地用维多利亚时代文人的眼光和话语,在中国文化资源中寻找解决西方现代文明危机的良药,因而更受西方学界欢迎。

在已经走上现代化道路的今天,回看辜鸿铭所代表的那支另类西学,以及他在这种西学影响下复兴的那些"国学"思想,不仅有助于深入思考现代文明的弊病,还有助于重估中国传统文化资源在现代社会道德建构中的价值。

穆勒在《论柯尔律治》中总结说,在如何看待人类文明发展的问题上,当时有两种态度。一派是"'我们这个开明时代'的崇拜者"(the worshipper of "our enlightened age"),他们看到生活更加舒适,知识有了进步并开始普及,迷信日渐消退,交往更加便利,举止更加文雅,大规模的战争和个体冲突都大为减少,弱势群体的利益得到了保护,全球性的合作取得了巨大的成就,这一切都让他们感到欢欣鼓舞。[1]而卡莱尔、罗斯金、狄更斯、乔治·艾略特等人则大致属于另一派,他们看到的是人们为了取得这些进步而付出的代价。他们如穆勒所说,看到了个体的活力和勇气日渐衰弱,自尊和自立精神日渐消失,生活消沉呆滞而缺乏个性,人们甘心被人为制造的需求所奴役,陷入了劳动分工所带来的单调生活和机械思维而不能自拔,财富及社会等级的不平等正在吞噬着道德的根基……[2]正如卡莱尔在《过去与现在》中所说,现代人只顾谈"进步"(progress),但进到什么地步呢,直到社会瓦解吗?[3]他们劝导人们要反思为了进步而付出的代价,进而权衡自己的选择,竭力弥补或避免与工业化、现代化进程相伴而至的种

---

[1] J. S. Mill, *Mill on Bentham and Coleridge*, intro. F. R. Leavis, Lodnon: Chatto & Windus, 1950, p. 105.

[2] Ibid., pp. 105–106.

[3] Thomas Carlyle, *Past and Present*, Centenary Edition, ed. Henry Duff Traill, 1897, Cambridge: Cambridge University Press, 2010, p. 251.

种弊端和危机。

从他们围绕"文人""社会""责任""贫穷""财富""绅士""自由"等关键词展开的论争中，既可以看到他们对文化传承、信仰重塑、社会维系、国民性陶铸等重要问题的反思，又可以看到他们重构权威话语体系和共享意义框架的努力。这些努力对当时英国文化与社会的发展起到了至为重要的作用。其中既有对宗教式微、劳资冲突、价值失范等具体问题的回应，又有对功利主义、政治经济学等流行思潮的反思，还有对词语王国的过去、现在和未来的认识。他们看到了物质进步和科学发展带来的便利，也看到了为此付出的巨大代价。如何进行调整，是他们焦虑的根源。他们厚古，不只是为了怀旧或薄今，更是为了延续。他们认为一种重物质而轻精神的文化是"偏执"的，一个重理论而不重"理念"的社会是没有前途的，一个只顾追求财富而不顾道德建构的民族是没有希望的，一个无视词语变化、没有理性对话意识、缺乏沉思精神的文人群体是没有生命力的。

当时的史学家麦考莱认为这些批评只是一面之词，低估了英国的物质、道德和知识进步。他在《英国史》中认为这些文人因不满现实而高估过去，他们所说的黄金时代不过是与进步相伴而至的幻象。他举例说，这就好比在沙漠中旅行，一小时前看见前面有湖水，等走到了那里，却发现什么都没有，湖水仿佛又到了身后，但一小时前可是刚从那里经过的。因此，后人同样也会羡慕今人：

> 现在时兴说英国的黄金时代是在过去。但那时候，连贵族都无法得到的一些享受，今天的仆人会觉得，没了它们日子根本没法过；那时候，农夫和店主早上吃的面包，要是放到今天的济贫院，别说让他们吃，就是让他们看到，都会引发一场暴动；那时候，人们呼吸着乡间的新鲜空气，寿命却比不上今天住在最肮脏的城市街巷中的人；那时候，城里人的寿命还比不上圭亚那海边的人。将来，我们也会被人超越，也会让人羡慕。很有可能，到

了 20 世纪，多塞特郡的农夫会觉得一周挣十五先令少得可怜；格林威治的木匠一天就能挣十个先令；就像现在劳动大众习惯了黑面包，到那时候，他们会觉得没肉就不叫吃饭；卫生条件的改善和医学的新发现会增加人们的平均寿命；大量我们现在不知道、或只有少数人能够享用的生活用品和奢侈品，到那时候，每一个勤俭的劳动者都能拥有。但也很有可能，到那时候又时兴说，财富的增加和科学的进步不过是以牺牲多数人为代价，让少数人享福；说维多利亚女王统治的时代才是真正快乐的英格兰，那时候，各阶级亲如手足，富人不会压榨穷人，穷人也不会嫉妒富人的风光。[1]

麦考莱说得不无道理，但进步的动力恰恰来自不满，正如罗斯金在《手拿钉子的命运女神》(*Fors Clavigera*, 1871—1884) 中所说：

>我听很多聪明人说，我们现在的日子比以前任何时候都要好。我不知道我们以前的日子到底有多好，但我清楚地知道，就在这个已经进步了的社会中，我认识的很多好好过日子的人，日子都不好过。我桌上就堆满了乞讨信，写得特别感人，有的是真揭不开锅了，有的可能就是想骗点钱花，但不管怎么说，有这么多人在要饭，不管他们是真穷还是装穷，我们都没法说我们是个富裕国家。
>
>反正我是看不下去了。我不是什么老为别人着想的人，也不是什么福音主义信徒，更没有整天想着去做善事，也不在乎将来到了阴间会不会因为这辈子做了不少善事而好过点。但只要知道了任何一点让我受不了的凄惨状况，或者说我虽然不知道却看到了有这种迹象（那种迹象会让你觉得，随便怎么想都惨不忍

---

[1] Thomas Babington Macaulay, *The History of England from the Accession of James II*, Vol. 1, London: Dent, 1906, pp. 328–329.

睹——现在伦敦附近确实不多），我就没法画画，没法看书，没法欣赏矿石，干什么都打不起精神来。①

其实，维多利亚时代的英国文人，无论是麦考莱一派还是卡莱尔一派，都没有真正地偏执于一面。他们表面上的片面立场更多是论述策略和修辞风格导致的。卡莱尔的文字常如狂风席卷，罗斯金写起来也是飞沙走石，莱斯利·斯蒂芬（Leslie Stephen，1832—1904）就曾把卡莱尔的文字比作雷鸣，把罗斯金的言辞比作闪电。②罗斯金自己也意识到，有时候为了让人们认识到他所谈内容的重要性，经常不自觉地使用"激烈的言辞"，效果反而不好。③这种文风在很大程度上掩盖了他们复杂的立场或态度。布里顿（Crane Brinton）曾生动地描述过卡莱尔的两难境地："卡莱尔是套着保守派外壳的激进派——一只背着龟壳的箭猪。不难想见，他身上的箭刺只能向里长，扎得他大叫起来。"④在自传《往事》（*Praeterita*）中自称"极端保守派"（violent Tory）⑤的罗斯金，也曾在其他作品中坦言过自己的复杂立场：

> 在自由派（Liberals）与反自由派（Illiberals）之间存在着对立，他们分别指渴望自由的人和厌恶自由的人。我是一个狂热的反自由派，但不能因此就说我一定是个保守派（Conservatives）。保守派希望维持现状，反对希望摧毁现状的破坏派（Destructive），或反对希望改变现状的革新派（Innovator）。不过，我虽然

---

① John Ruskin, *The Works of John Ruskin*, Vol. 27, ed. E. T. Cook and Alexander Wedderburn, Cambridge: Cambridge University Press, 2009, pp. 12 – 13.

② J. L. Bradley ed., *Ruskin: The Critical Heritage*, London: Routledge & Kegan Paul, 1984, p. 420.

③ 转引自 Tim Hilton, *John Ruskin*, New Haven and London: Yale University Press, 2002, p. 599。

④ Crane Brinton, *English Political Thought in the Nineteenth Century*, 2nd ed, London: Ernest Benn Ltd, 1949, p. 177.

⑤ John Ruskin, *Praeterita*, intro. Kenneth Clark, Oxford: Oxford University Press, 1978, p. 5.

是反自由派，却想破坏很多东西。我很想摧毁英格兰的大多数铁路和威尔士的所有铁路。我想摧毁并重建议会大厦、国家美术馆和伦敦东区。我还想摧毁但不重建爱丁堡的新城、日内瓦的北郊和纽约城。因此，在很多方面，我恰恰是保守派的对立面。而且，还有一些历史悠久的东西我也想在生前看到它们有所改变。不过，我依旧想保持英格兰青葱的绿野和红润的面颊；还有，当某位教授或其他高贵人士走过时，女孩们都懂得屈膝行礼，男孩们都知道脱帽致敬；还有，国王能够保住头顶的王冠，主教能够保住手中的权杖，而且能够充分认识王冠的意义和权杖的用途。[1]

卡莱尔、罗斯金、狄更斯、乔治·艾略特等人虽然在"进步"面前表现出了审慎的态度，但不是非此即彼的反对，而是一种批判性的守望，用一种伤感而又积极的态度来面对现代社会并寻找应对之策。总的来说，他们都符合穆勒对柯尔律治的那个评断：

> 一个保守派（Tory）哲学家不可能是个彻头彻尾的保守派，而经常是比自由派还要地道的自由派（Liberal）；这种天赐人才，能够彰明那些托利党业已忘却而当前主流自由主义者又从未知晓的真理。[2]

穆勒本人就是这种平衡能力的代表，他既看到了进步的成果，也没有忽视为此付出的代价。尽管卡莱尔、罗斯金等人的文风令不少读者低估了他们思想的价值，但我们无法否认，他们的批评在当时形成了一种文化上的纠正力量，是一种无形却有力的存在。这也正是辜鸿铭在近现代中国文化中的价值所在——另一种"西学"的回响。

---

[1] John Ruskin, *The Works of John Ruskin*, Vol. 27, pp. 14–15.
[2] J. S. Mill, *Mill on Bentham and Coleridge*, p. 167.

二 卡莱尔与辜鸿铭

辜鸿铭自谓"生在南洋，学在西洋，仕在北洋"，但关于他的留洋经历，历来众说纷纭，由于缺少实证，很多都是以讹传讹。他在英国的经历，目前只查到爱丁堡大学图书馆的研究文献中心（Center for Research Collections）有他的学籍档案两份。一份是辜鸿铭手填的入学注册登记表，一份是有他签名的毕业生学位登记表。据此可知，辜鸿铭（在爱丁堡时期的英文名为 Hong Beng Kaw）的主要求学经历大致可分为三个阶段：

一、威尔士亲王岛中心学校（Prince of Wales' Island Central School）。该校位于马来亚的槟榔屿，槟榔屿当时是英国东印度公司的殖民地。辜鸿铭十四岁赴英，之前曾在该校学习三年，所学科目不详。

二、利斯学堂（Leith Academy）。该校位于苏格兰爱丁堡近郊。辜鸿铭在此学习两年，所学科目不详。

三、爱丁堡大学文学院（Faculty of Arts）。辜鸿铭于1873年注册入学（十六岁），此前没有受过大学教育。四年后获硕士学位，此时已是1877年（即光绪三年，严复正是这一年来到位于伦敦南郊格林威治的海军学院学习）。所学科目不详。

关于他所学的科目和成绩，目前没有直接资料，大多是"口述历史"。罗家伦在《回忆辜鸿铭先生》中说："辜先生号汤生，福建人，因为家属侨居海外，所以他很小就到英国去读书，在一个著名的中学毕业，受过很严格的英国文学训练。这种学校对于拉丁文、希腊文，以及英国古典文学，都很认真而彻底地教授。这乃是英国当时的传统。"[1]这里说的中学指的应该是利斯学堂。罗家伦在北大"接连上了三年辜先生主讲的英国诗这门课程"，听他讲过"外国大雅""外国小

---

[1] 罗家伦：《回忆辜鸿铭先生》，载伍国庆编《文坛怪杰辜鸿铭》，第13页。

雅"和"洋离骚",①或许也听说过辜鸿铭的受教育状况,但显然不尽确切(他认为辜鸿铭是在英国伯明翰大学学工程)。对辜鸿铭家世考察较详的王成圣在《突梯滑稽辜鸿铭》中提到了上述英国两校,但对于所学科目的描述应该也属于推测或间接得知:"(辜鸿铭到苏格兰后)进入英国学校,开始接受英国式的教育。直到光绪三年(1877),他以优等成绩,通过拉丁文、希腊文、数学、形而上学、道德哲学、自然哲学、修辞学各科考试,荣获爱丁堡大学文学硕士学位,使他成为我国最早完成全部英国式教育的唯一一人。"②

即便不知道辜鸿铭从殖民地到宗主国到底学了哪些课程,也能从他的著述中看出一些端倪。他显然对19世纪英国那些"现当代作家"非常熟悉——包括卡莱尔、罗斯金、马修·阿诺德、约翰·亨利·纽曼、弗劳德(J. A. Froude)、华兹华斯等,诚如梁实秋所言,"先生深于英国文学之素养"③。这位既通晓古典拉丁文又熟知现当代英国文学的华裔青年已经用维多利亚时代文人的思想将自己武装了起来,文风也深受影响。同样擅长英文写作的温源宁发现:

> 辜之文,纯为维多利亚中期之文,其所口口声声引据亦 Matthew Arnold, Carlyle, Ruskin 诸人,而其文体与 Arnold 尤近。④

其实,辜鸿铭在性情和文风上倒与19世纪后期毕业于牛津大学的爱尔兰人王尔德更为神似,同样擅长曲言附会,喜欢强词夺理,好为奇谈怪论,批评起英国来尖刻而又诙谐,但骨子里却又不乏欣赏和喜爱。

关于这位爱丁堡大学的文艺青年,最具传奇色彩的经历无疑是师从一代文豪卡莱尔。这段广为流传的佳话虽无可靠依据,却很少有人

---

① 罗家伦:《回忆辜鸿铭先生》,载伍国庆编《文坛怪杰辜鸿铭》,第14—15页。
② 王成圣:《突梯滑稽辜鸿铭》,载伍国庆编《文坛怪杰辜鸿铭》,第50页。
③ 梁实秋:《辜鸿铭先生轶事》,载宋炳辉编《辜鸿铭印象》,学林出版社1997年版,第142页。
④ 温源宁:《辜鸿铭》(林语堂译),载伍国庆编《文坛怪杰辜鸿铭》,第8页。

提出质疑。甚至一些颇有分量的学术评传，也都认可了两人的师生关系，说辜鸿铭是"卡莱尔的嫡传弟子"，"得到卡莱尔的亲自指导"。[1]

这些说法的主要依据是兆文钧的《辜鸿铭先生对我讲述的往事》。这篇长文从其被引用率来看，堪称辜鸿铭研究史上的重头资料。之所以得到如此重视，一个很重要的原因就是兆文钧"曾在辜家学习六七年之久，常与辜氏闲谈，聆听辜氏述说往事，乃将所闻连缀成篇，撰成此文。文稿曾送梁漱溟先生审阅，梁先生颇感兴趣"。[2] 当然，并不是没有学者对该文内容的可靠性提出过质疑。朱维铮的《辜鸿铭生平及其它非考证》（《读书》1994年第4期）就曾指出该文的诸多不实之处，遗憾的是没有谈及辜鸿铭与卡莱尔的关系。

兆文所言如是：辜鸿铭先是随其恩公来到爱丁堡，拜谒卡莱尔父女；半月后入爱丁堡大学学习，"卡赖尔（即卡莱尔）年纪大了，不能给学生讲课，由他大女儿代讲，他放个转椅，在讲台旁听着。有时，他登台作总结，回答问题"；辜鸿铭的恩公在爱丁堡盘桓三个多月，每晚都带他去卡莱尔家，离开爱丁堡时特意嘱咐辜鸿铭跟着这位"名师"好好学习。[3]

既然这段师生缘是在爱丁堡大学结下的，要证其真伪，至少有两条线索。一是查阅辜鸿铭在爱丁堡的学籍档案；二是查阅卡莱尔的书信传记资料。但从现有资料来看，无法证明两人有过交集。

关于第一点，黄兴涛先生曾于1990年请人抄录过辜鸿铭的档案，也就是前面提到现存爱丁堡大学图书馆研究文献中心的两份档案。2011年笔者再去查看并请该中心馆员帮助查对目录卡片，也未能找到更多资料。看来，从辜鸿铭的学习档案这条线索是无法找到他师从卡莱尔的直接证据了。

---

[1] 黄兴涛：《文化怪杰辜鸿铭》，中华书局1995年版，第26页；高令印、高秀华：《辜鸿铭与中西文化》，福建人民出版社2008年版，第27页。
[2] 兆文钧：《辜鸿铭先生对我讲述的往事》，载《文史资料选辑》第8辑（总第108辑），中国文史出版社1986年版，第219页。
[3] 同上书，第176—178页。

从第二条线索入手，主要查对卡莱尔与爱丁堡大学的关联，尤其是辜鸿铭求学的这段时间，可以得出以下结论：

第一，卡莱尔从未在爱丁堡大学任教，自然也就不可能担任辜鸿铭的"研究导师"。1809 年，十四岁的卡莱尔来到爱丁堡大学读书，十八岁离校，没能获得学位。这倒不足为奇，当时能拿到学位的学生并不多。1841 年，百余名爱丁堡大学学生提名他担任该校世界通史（universal history）教授，被他婉拒了。

第二，卡莱尔曾任爱丁堡大学名誉校长（Lord Rector），但任期与辜鸿铭的在校时间不符。爱丁堡大学从 1858 年开始设立名誉校长职位，首任便是后来四度出任英国首相的威廉·格莱斯顿。1865 年，七十岁的卡莱尔"击败"了后任英国首相的本杰明·迪斯累里，当选第二任名誉校长。当时，这一职位主要由已注册入学的在校学生选出，一般任期三年，当选者大多为该校的知名校友。不过，卡莱尔常年住在伦敦切尔西区的寓所里（"切尔西圣哲"的称号就是这么来的），除了前往爱丁堡发表例行的就职演说，几乎没有参与大学事务。而且，到 1873 年辜鸿铭入学时，卡莱尔早已离任。从时间上看，辜鸿铭倒是有机会参与投票选举第五任名誉校长。

现有的卡莱尔传记，从早年弗劳德的《卡莱尔的伦敦岁月》（*Thomas Carlyle: A History of His Life in London, 1834-1881*, 1884）到坎贝尔（Ian Campbell）的《卡莱尔传》（*Thomas Carlyle*, 2011 年第 2 版），关于这一节的描述大致相同。坎贝尔是这样写的：

> 1865 年 11 月，一份荣誉的到来令卡莱尔很是开心：他被自己母校爱丁堡大学的学生选为名誉校长。这个职位主要是一种荣誉，在卡莱尔时代，通常会授予知名人士，借以提升该校学生的声誉。名誉校长代表着学生群体，就职时会发表通常备受关注的演说，极个别的时候也会主持会议或替受惩处的学生求情。从卡莱尔接受此职的书信来看，他很感谢这份盛情，但只答应做就职

演说。①

1866年4月2日，卡莱尔在爱丁堡乔治街的音乐厅做了就职演说《论择书》("On the Choice of Books")，轰动一时。但这份喜悦还没有持续三周，他就得到了妻子的噩耗。体弱的简·卡莱尔在伦敦海德公园救起受伤的狗后，在回家途中逝世。卡莱尔旋即返回伦敦，此后很少再回爱丁堡，甚至推掉了名誉校长的离职演说。

第三，辜鸿铭入学的时候，卡莱尔已经快七十八岁了。晚年的卡莱尔很少离开伦敦，虽然也曾多次回苏格兰，但主要是回乡探亲访友，到爱丁堡的次数很少，停留不过十数日，而且没有固定寓所，辜鸿铭显然没有机会连续三个多月造访卡莱尔家。

第四，卡莱尔没有子女，自然也就没有兆文所说的父女谈话及授课细节。不过，卡莱尔倒是在妻子过世几年后，将侄女玛丽（Mary Carlyle Aitken）从苏格兰带到伦敦做伴。后来他右手发抖，写字吃力，便常采用由他口述、玛丽听写的方式来写信。即便兆文将侄女误作女儿、时间地点记错，侄女口述授课、卡莱尔点评的说法也不能成立。

可见，兆文钧所述辜鸿铭与卡莱尔的师徒轶事没有一处能找到事实依据。有可能是兆文钧记错了，或是辜鸿铭记错了，毕竟记忆是靠不住的，但也有可能原本就是虚构的。至少从现有资料中，无法找到辜鸿铭师从卡莱尔的直接证据。目前唯一能确定的，就是两人是校友，但也仅此而已。

不过，关于两人的关系，现在还不足以下结论。毕竟，在辜鸿铭留学爱丁堡期间，切尔西的卡莱尔尚在人世。对这位维多利亚时代的文坛泰斗，辜鸿铭自然不可能不知道，也不排除他与前辈校友邂逅的可能性。但从卡莱尔的书信和传记中，检索不到与这位来自马来亚槟榔屿的华裔校友有关的信息，也没有关于辜鸿铭的恩公布朗（Forbes

---

① Ian Campbell, *Thomas Carlyle*, 2nd ed., Edinburgh: Kennedy & Boyd, 2011, p. 121.

Scott Brown）的记述。笔者曾就此求教于爱丁堡大学英文系荣休教授、现任卡莱尔协会主席的坎贝尔（即前引《卡莱尔传》的作者，也是四十余卷卡莱尔书信的主要编者之一），也未能找到任何相关资料。

现有的归在辜鸿铭名下的文字，也没有提及他师从卡莱尔的经历。有学者在"威海卫行政公署"档案中发现并整理出了《辜鸿铭先生回忆录》。[①]这是辜鸿铭在"中英会社"一次讲演的英文记录稿，辜鸿铭修改后于 1921 年 12 月寄给了从威海卫离任的骆克哈特（James Stewart Lockhart）。无论是在"中英会社"的英文讲演，还是转寄给他的爱丁堡大学校友骆克哈特，都是在外国人面前谈自己的留洋求学经历，却只字未提卡莱尔。这也可以看作一个佐证，如果辜鸿铭果真师从卡莱尔，他完全没有必要避讳这层关系。

尽管辜鸿铭与卡莱尔的师徒关系很可能只是清末民初的一个美丽传说，但不能否认，辜鸿铭可能是当时国内最能领悟卡莱尔思想精髓的人。相比梁启超、鲁迅等人借助日本的译介来感知卡莱尔，辜鸿铭的优势不仅在语言上，更在他对英国社会文化的感悟上。单从"思想框架"上看，辜鸿铭非常贴近维多利亚时代的英国文人。他在留英期间接触的英国文人思想，也就成了他后来看中国文化时的"前知识"。

三 "维多利亚时代思想框架"下的"国学"

据王成圣所述，辜鸿铭在爱丁堡大学毕业后，又游学德法两国，约于 1880 年返回槟榔屿，在新加坡海峡殖民地政府工作。马建忠途经新加坡时，"辜鸿铭前往访晤，一见如故，三日倾谈，竟使辜鸿铭人生观及生活方式作一百八十度大转变，即倾心响慕华夏文化，决定返回祖国，研治经史"[②]。这是辜鸿铭人生的一个转折点。他后来又入"张文襄幕府"，在总督衙门参谋时政，反思西学；并在"汉滨读易"，

[①] 周怡：《一份未刊发的演讲稿——辜鸿铭的英格兰回忆》，《文史知识》2012 年第 9 期。
[②] 王成圣：《突梯滑稽辜鸿铭》，载伍国庆编《文坛怪杰辜鸿铭》，第 188 页。

在读易草堂钻研中国典籍,浸淫国学。这两种文化力量此后一直在他的思想中接触、渗透,对他的知识结构形成了巨大的冲击。他一贯貌似偏激地贬抑西学、褒扬国学,学界有很多解释,有人说是性格问题,有人说是身份认同问题,但更根本的原因可能还是知识结构问题。

温源宁认为辜鸿铭的倔强性格促成了他的愤嫉之论:"在举国趋新若鹜之时,彼则扬言尊礼;在民国时期,彼偏言尊君,偏留辫子;在崇尚西洋文明之时,彼力斥此西洋文化之非……"[1]美国学者艾恺在《世界范围内的反现代化思潮——论文化守成主义》中从心理上分析了辜鸿铭为何偏袒中国文明:

> 我想是由于他不寻常的背景:他是既非西方亦非东方的,或可说绝非纯然是中国的——生在外国,西方受的教育,只讲马马虎虎的北京话,和日本人结婚,没有中国的科举名位,辜氏乃一没有安全感的"外人",他无疑被中国的饱学之士视为外人,而看他不起。说不定辜氏始终要证明他是真正的中国人,他遂借对中国所有事物不分青红皂白的呵护支持来证明他非"假洋鬼子"。[2]

艾恺说辜鸿铭非西非东、要证明自己并非外人的心理也不无可能。但也有可能辜鸿铭并不太焦虑这种"居间"的身份状态,毕竟留洋的光环在当时还是很耀眼的,他能出任张之洞的"洋文案",担任北大英文门教授,乃至用英文"原华",靠的都是当时所谓"西学"的功底和声誉。对他来说,在当时的社会环境中,"海归"或许比"归化"的身份更重要。

不过,这些都不是决定因素。真正影响辜鸿铭思想和言论的是他

---

[1] 温源宁:《辜鸿铭》(林语堂译),载伍国庆编《文坛怪杰辜鸿铭》,第9页。
[2] 艾恺:《辜鸿铭:中国最彻底的现代化批评者》,载宋炳辉编《辜鸿铭印象》,第265页。

背后那个维多利亚时代的思想框架。这个框架限定了他的眼光,使他不自觉地在这个框架内有选择地吸收中国古典思想。"思想框架"(the frame of mind)这个说法是从英文直译而来,略显生硬,甚至有哗众取宠之嫌,但确实可以比"心态""思想体系"等说法更生动地形容辜鸿铭的知识构成和思想背景。"维多利亚时代的思想框架"(the Victorian frame of mind)这个说法借自霍顿(Walter E. Houghton)的同名著作,是一个生动但又含混的说法,正如史学家扬格在《维多利亚时代的英国》中所说:"经常有人跟我说,维多利亚时代的人是这么做的,维多利亚时代的人是这么想的,但让我为难的是,我很难发现有什么事是维多利亚时代的人能够达成一致的。"[①]显然,这个思想框架只是一个掩盖了其内部矛盾或复杂性的笼统说法。

对辜鸿铭来说,这个框架主要包含了卡莱尔、罗斯金等人的思想,是一种文化与社会批评,反思西方工业化、现代化带来的所谓文明的"进步"。即便辜鸿铭不是中国人,他同样会像艾恺所说的那样"反现代化",因为这原本就是他的思想框架。在他开始潜心研读中国的传统文化之后,发现维多利亚时代那些文人关于现代文明的忧思居然早在中国文化中就有了类似的表述,自然倾慕不已,有了一种"皈依者"的心态,再加上为中国文化受洋人贬抑而感到不平,不自觉地在英国眼光影响下,自觉地借用英国文人的话语来表述中国文化。当然,这种表述也是有选择的。吴宓先生在《悼辜鸿铭先生》中分析得很透彻:

> 辜氏身受英国之教育较为深彻长久,其所精心研读之作者,为英国之卡莱尔、安诺德、罗斯金以及美国之爱玛生等。故其思想出严氏翻译西籍时之上。由吾人观之,辜氏一生之根本主张及态度,实得之于此诸家之著作,而非直接得之于中国经史旧籍。

[①] G. M. Young, *Victorian England: Portrait of an Age*, 2nd ed., Oxford: Oxford University Press, 1960, vi.

> 其普崇儒家,提倡中国之礼教道德精神,亦缘一己之思想见解确立之后,返而求之中国学术文明,见此中有与卡莱尔、安诺德、罗斯金、爱玛生之说相类似者,不禁爱不忍释,于是钻研之,启发之,孜孜焉,举此中国固有之宝藏,以炫示西人。[①]

这段评断涉及学界长久以来经常比较的辜鸿铭与严复的不同。两人几乎在同一时期留学英国,但在谈到他们的时候,我们久已习惯的那个"西学"概念就无法适用了,即便把这个"西学"限定在维多利亚时代的英国,也需要进一步区分到底是哪一种"西学"。"严氏翻译西籍",大致属于维多利亚时代思想框架的另一部分。粗泛地说,严复是要"师夷长技"以富国强兵,寻求的是令西方走向现代化道路的器物、制度和思想体系。而这些正是辜鸿铭"所精心研读"的文人们批判的那一部分,他们担忧的恰恰是西方文明在现代化进程中出现的问题和危机。可以说,严复和辜鸿铭所表征的乃是维多利亚时代思想框架中两派貌似对立但实为互补的思想,大致相当于穆勒参与的"哲学激进派"和卡莱尔归属的"情感激进派"之间的对立。当然,这些认识只能在相对宽泛的视野上成立,如果细看又是非常复杂的。例如,严复所译的穆勒还有另一面,也能认识到边沁功利主义及斯密政治经济学的弊端;辜鸿铭也不是唯卡莱尔的激情马首是瞻,也很能欣赏马修·阿诺德所看重的理性。

虽然辜鸿铭的基本主张,如吴宓所言,得之于卡莱尔、安诺德(即马修·阿诺德)、罗斯金、爱玛生(即爱默生)等人的作品,但他在写作的时候却没有也无法亦步亦趋。一方面,他的很多作品都是用英文写的,目标读者自然是懂英文的人,在观点和素材的选择上更侧重于让西方了解中国,尤其是中国文化中那些可以解救现代文明危机的良药。另一方面,虽然他的特殊身世和经历令他不喜欢华夷冲突,

---

[①] 吴宓:《悼辜鸿铭先生》,《大公报·文学副刊》1928年5月7日。

不在意满汉矛盾，对历史和政治也不够敏感（如林斯陶所说"盖一纯粹文人，而非政治家"①），但毕竟身处列强凌辱、军阀割据的大变革时代，能够感受到他所习读的那些英国文人思想与中国时局不甚相合，难以学以致用。卡莱尔、罗斯金等人谈"社会"，更多的是针对英国国内，探讨英国富强之后如何使国民凝聚，改善民生，提高国民素质，消除各种社会矛盾。对于英国的海外殖民和侵略战争，他们态度暧昧。辜鸿铭则超越了他们的视野，将"社会"扩展到"天下"，认为化解世界文明危机的根本出路在"道德力量"（moral force），也即对欲望的控制。

辜鸿铭最有影响力的《中国人的精神》（又名《春秋大义》《原华》）一书在1915年面世时，正值第一次世界大战。他在该书的导论《良民宗教》（"The Religion of Good Citizenship"）开篇说道：

> 当下的这场世界大战，正在将全世界的眼光吸引过来。但我觉得，战争本身肯定会让严肃思考的人转向关注文明这个大问题。一切文明都起源于对自然的征服，即，通过驯服自然界中可怕的物质力量，使人类免受其害。必须承认，今日欧洲的现代文明在征服自然方面是取得了成功，而且迄今为之，尚没有任何别的文明能达到这一点。但是，在这个世界上，还有一种力量，比自然界中的物质力量更为可怕，那就是蕴藏于人心的情欲。自然界的物质力量对人类所能造成的伤害，是没法与人类的情欲所造成的伤害相比的。毫无疑问，如果这一力量——人类情欲——不予以调控的话，那么不仅无所谓文明存在之可言，而且人类的生存也是不可能的。②

---

① 林斯陶：《辜鸿铭》，载伍国庆编《文坛怪杰辜鸿铭》，第215页。
② 辜鸿铭：《中国人的精神》，载《辜鸿铭文集》（下），黄兴涛等译，海南出版社1996年版，第19—20页。着重号为笔者所加。此处及后文在引用时参照英文（《中国人的精神》，外语教学与研究出版社1999年版）略有改动。

辜鸿铭认为世界大战的爆发已充分说明这种道德约束力的消失,需要改变思想学术的方向,正如他在1908年给托尔斯泰的祝寿文中所说:"今欲使天下返本归真,复其原性,必先开民智,以祛其旧染之痼习,庶几伪学去,真学存,天下同登仁寿之域焉。今天下所崇高者,势力耳,不知道之所在,不分贵贱,无有强弱,莫不以德性学术为汇归。"①可见,辜鸿铭的视野并不在国内,而在世界。而且,在他看来,欧洲人的"新学"(New Learning),也即当时主流话语中的"西学",已经偏离了使人心向善之道,引进这样的学问只能使世上多一种欧美式的人,引起更多纷争,应该用"真正的中国人"来改造欧美,为世界带来秩序与和平。②

辜鸿铭和罗斯金一样,强调文明的核心不在器物和制度,而在人性。就像罗斯金要探讨"最高尚的人"或"完美的人"一样③,辜鸿铭也以人作为道德重构的核心,他在《中国人的精神》序言中说:

> 本书的内容,是试图阐明中国人的精神,并揭示中国文明的价值。在我看来,要估价一个文明,我们最终必须问的问题,不在于它是否修建了和能够修建巨大的城市、宏伟壮丽的建筑和宽广平坦的马路;也不在于它是否制造了和能够制造出漂亮舒适的家具、精致实用的工具、器具和仪器,甚至不在于学院的建立、艺术的创造和科学的发明。要估价一个文明,我们必须问的问题是,它能够生产什么样子的人(What type of humanity),什么样的男人和女人。事实上,一种文明所生产的男人和女人——人的类型,正好显示出该文明的本质和个性,也即显示出该文明的

---

① 辜鸿铭:《给托尔斯泰的祝寿文》,载《辜鸿铭文集》(上),黄兴涛等译,海南出版社1996年版,第234页。
② 辜鸿铭:《中国人的精神》,载《辜鸿铭文集》(下),第24页。
③ John Ruskin, *The Works of John Ruskin*, Vol. 17, ed. E. T. Cook and Alexander Wedderburn, Cambridge: Cambridge University Press, 2010, p.150.

灵魂。①

他所说的"真正的中国人"(the real Chinaman)体现着"中国人的精神",是他心目中理想的中国人形象,蕴含着"天下"均应效法的品格。

这显然与清末民初主流的国民性话语背道而驰。当时关于国民性的讨论,从严复、梁启超到鲁迅,虽然也是一种"改造"话语,即"新民",但目的是打造能使中国走上欧、美、日那种现代化道路的国民品格。而辜鸿铭所说的真正的中国人,却不是为了直接的救亡图存,而是一种有助于整个天下太平的理想品格。他意识到了张之洞的两难境地:

> 面对这两种矛盾的理想——儒教的理想和现代欧洲新学的理想——张之洞试图以一种天真的方式将它们调和起来,他得出一个结论,即,一个人必须有双重道德标准——一重是关于个人生活的,另一重则是关于民族和国家生活的。作为个人,中国人必须严守儒教原则,但作为一个民族,中国人则必须抛弃儒教原则而采纳现代欧洲新学的原则。简而言之,在张之洞看来,中国人就个人而言必须继续当中国人,做儒门"君子";但中华民族——中国国民——则必须欧化,变成食肉野兽。②

这其实正是西方思想界在现代化进程中的真实状态。辜鸿铭对这种双重标准存有疑问,他的"天真的方式"是希望西方现代国家能够以"真正的中国人"为范,用道德力量抑制"人心的情欲",从而避免战争,实现一以贯之的"君子"之道,即在个人、民族两个层面遵循同一种而非双重道德标准。换言之,对维多利亚时代的人来说,不能只

---

① 辜鸿铭:《中国人的精神》,载《辜鸿铭文集》(下),第5页。
② 辜鸿铭:《中国牛津运动故事》,载《辜鸿铭文集》(上),第321页。

在国内做绅士，还应在国际上做君子。

四 《中国人的精神》中的英国文人话语

《中国人的精神》出发点是为（西方）现代文明寻找药方，这就限定了论述的内容；文中大量借用维多利亚时代文人的词语、概念和观点，又使论述暗含了两种文化之间的比较。

辜鸿铭认为，他心目中"真正的中国人"正在消失，取而代之的是"进步的或现代的中国人"（the progressive or modern Chinaman）。[①] 前者体现着中国人的内在本质：

> 我所指的中国人的精神，是中国人赖以生存之物，是本民族固有的心态、性情和情操。这种民族精神使之有别于其他任何民族，特别是有别于现代的欧美人。将我们的论题定为中国式的人（Chinese type of humanity），或简明扼要地称之为"真正的中国人"，这样或许能更准确地表达我所说的含义。"[②]

"真正的中国人"有三个核心特征，虽源出中国传统文化，却是透过维多利亚时代的思想框架发掘出来的，无论观点还是用词都有维多利亚时代文人的影子。一是心脑和谐。它既与本书第一章卡莱尔对文化偏执的批判相应，也与马修·阿诺德所说的"希伯来精神"和"希腊精神"的调和相应。二是君子之道。道德律令的权威就来源于此，与卡莱尔的英雄崇拜思想有很大关系。三是礼貌。这与维多利亚时代关于绅士和国民性的话语关联密切。

心脑和谐。辜鸿铭说，典型的中国人给人的总体印象，如果用一个词来表述，那就是英语中"gentle"（温文尔雅）。这种温文尔雅是

[①] 辜鸿铭：《中国人的精神》，载《辜鸿铭文集》（下），第28页。
[②] 同上书，第27页。

同情与知识的结合，但其根源是同情，因为中国人从根本上说过的是"一种心灵的生活——一种情感生活"（a life of the heart），这种情感来自"我们人性的最深处——心或灵魂"。①当时有观点认为这种由情感主导的生活导致了中国知识发展的停滞，尤其是自然科学方面。辜鸿铭也承认中国人不善于抽象思维：

> 实际上欧洲语言中"科学"（science）与"逻辑"（logic）二字，是无法在中文里找到完全对等的词加以表达的。像孩童一样过着心灵生活的中国人，对抽象的科学没有丝毫兴趣，因为在这方面心灵与情感无计可施。②

辜鸿铭认为不能因此就说中国人的才智落后，应该说是"童稚之心，成人之智"。③他实际上是在强调中国的知识没有像欧洲那样出现偏执："它使人的心与脑得以调和"。④他认为中国文明与欧洲现代文明的根本区别就在于后者正遭受心脑冲突之苦，而中国文明在过去的两千四百多年里并没有这种困惑。⑤

这种心与脑的分裂，正是卡莱尔所担忧的现代文明的危机，因为工业化进程改变了"人的整个生存方式"，人的心、脑、手都已经机器化，也就是说不仅包括人的行为方式，还包括人的思维和情感模式。⑥大脑所受的机械思维模式已经侵入心所主宰的情感世界，渐至后来斯诺所说的互不往来的"两种文化"，甚至会出现乔治·斯坦纳所说的数学语言的一统天下。在近代中国寻求西学的氛围中，辜鸿铭提醒人们注意文化不可偏执：

---

① 辜鸿铭：《中国人的精神》，载《辜鸿铭文集》（下），第28、29、30页。
② 同上书，第34页。
③ 同上书，第35页。
④ 同上。
⑤ 同上书，第36页。
⑥ Thomas Carlyle, *Critical and Miscellaneous Essays*, Vol. 2, pp. 62–63.

人们之所以需要宗教、科学、艺术乃至哲学，都是因为人有心灵。不像野兽仅留意眼前，人类还需要回忆历史、展望未来——这就使人感到有必要懂得大自然的奥秘。在弄清宇宙的性质和自然法则之前，人类就如同处在黑屋之中的孩子，感到危险和恐惧，对任何事情都难以把握。正如一位英国诗人所言，大自然的神秘啊，沉重地压迫着人们。①

人们需要科学、艺术、哲学、宗教来理解神秘的宇宙，减轻这位英国诗人（华兹华斯）所说的重压，以获得安全感和永恒感。面对现代文明对情感与精神空间的侵蚀，卡莱尔格外强调文人英雄的"理性"，那是一种同情之理解，是知识与情感的共同作用，不同于边沁式机械而缺乏情感的思维。②辜鸿铭在《中国人的精神》一文结尾引用了"最有中国人气质的英国诗人"华兹华斯在《丁登寺》（"Tintern Abbey"）中的诗句，说中国人的精神就是诗中所说的由情感引导的"那种安恬的心境"（that serene and blessed mood），可以使人"洞见物象的生命"（see into the life of things）。③这种安恬的心境正是罗斯金在《野橄榄花冠》中所说的幸福之境，而这种"洞见"（see into）也是卡莱尔反复强调的通往精神空间的思维方式。

在辜鸿铭看来，这也是马修·阿诺德所说的"想象之理性"。④他说孔子是"真正的中国人"的典范，是希伯来精神和希腊精神相结合的产物。孔子是商朝王族后裔，有希伯来人那种强烈的情感；但生活在周朝，又受了周朝那种希腊式的重理性的氛围熏陶。⑤阿诺德在《文化与无政府状态》中对这两种精神的论述是受德国诗人海涅（Hein-

---

① 辜鸿铭：《中国人的精神》，载《辜鸿铭文集》（下），第38页。
② Thomas Carlyle, *Critical and Miscellaneous Essays*, Vol. 3, p. 57.
③ 辜鸿铭：《中国人的精神》（英文），外语教学与研究出版社1999年版，第64页。
④ 辜鸿铭：《中国人的精神》，载《辜鸿铭文集》（下），第67页。
⑤ 同上书，第63—64页。

rick Heine, 1797—1856）影响，认为海涅身上体现了这两种对立的精神，也即良心的严格性与意识的自发性、强调行动与强调思考、宗教热情与自由知识之间的对立。①辜鸿铭认为："希伯来精神给欧洲人带来了义，没有给欧洲人礼；而希腊精神给欧洲人带来了礼，没有带来义。"②而孔子的春秋大义所倡导的是义礼并重的"良民宗教"。

君子之道。辜鸿铭认为孔子身处一个礼崩乐坏的时代，试图从道德上寻找摆脱无政府状态的途径。他说孔子晚年写的《春秋》，可以借鉴卡莱尔晚年写的《当代评论》（*Latter Day Pamphlets*），译作"Latter Day Ananals"。他认为，《春秋》发现国家衰落的原因在于缺少国家观念和责任感，因而提出"良民宗教"，给了人们"真正的国家观念"。欧洲宗教教人如何做个好人，孔子则教人怎样做个好公民（good citizen）。③好公民（也即良民）的两大基本素质是责任感和廉耻感。他说："在《春秋》这部书里，孔子教导人们，人类社会的所有关系之中，除了利害这种基本的动机外，还有一种更为高尚的动机影响着人们的行为，这就是责任。在人类社会所有关系中，最重要的就是责任。"④这种责任感又需要廉耻感来支持。廉耻感（the sense of honour）是社会存在和运转的基础，失去它就容易出现无政府状态："人若丧失廉耻，所有的社会与文明就会在顷刻间崩溃"；"如果一个社会没有廉耻感，那么它最终是无法维持下去的"。⑤在他看来，这种作为社会纽带的廉耻感也就是礼：

> 中国人的"礼"在孔子的学说中有着各式各样的含义。它可

---

① See Matthew Arnold, *Culture and Anarchy*, ed. Jane Garnett, Oxford: Oxford University Press, 2006, p. 179. 也见韩敏中译本（《文化与无政府状态》，生活·读书·新知三联书店 2008 年版）相关注解。
② 辜鸿铭：《中国人的精神》，载《辜鸿铭文集》（下），第 15—16 页。
③ 同上书，第 42—45 页。
④ 同上书，第 44 页。
⑤ 同上书，第 45—46、48 页。

以是礼仪、礼节和礼貌等，但这个字最好的译法还是"good taste"（文雅、得体、有礼）。当它被运用于道德行为的时候，礼指的就是欧洲语言里的廉耻感。事实上，孔子的君子之道不是别的，正是一种廉耻感。①

这里的责任、廉耻、趣味等词，无一不是维多利亚时代文人话语中的关键词（参见本书第三章、第六章）。

辜鸿铭认为以廉耻感和责任感为核心的"君子之道"（chun tzu chih tao）在欧洲语言中最接近的对应词为"道德律令"（moral law），字面意思为"the Law of the Gentleman"（君子法则）。②它"使人们遵从道德规范的真正权威"。③也就是说，道德权威的源头不是西方人信仰的上帝，也不是中国人尊崇的帝王，而是道德律令。在他看来，智者与其说信仰上帝，还不如说像斯宾诺莎（Baruch Spinoza, 1632—1677）那样信仰"神圣的宇宙秩序"（the Divine Order of the Universe），也即孔子五十而知的"天命"（the Ordinance of God）、费希特所说的"神圣理念"（the Divine idea of the Universe）或中国哲学中所说的"道"（Tao）。虽然说法不一，却都是关于神圣宇宙秩序的知识，使智者认识到道德律令乃是宇宙秩序的一部分，必须遵守。④他解释说，儒家所说的忠君之责（the Divine duty of Loyalty），实际上是赋予皇权一种绝对的、超自然的力量，旨在唤起大众的情感，使之感到有必要服从道德律令。⑤这其实是特定历史条件下的一种情感和信仰的培养，是大众在无法直接领悟天命时假借的途径，也是卡莱尔英雄崇拜思想的核心。卡莱尔说的是历史上的英雄与英雄崇拜，辜鸿铭谈的也是尊王思想在历史上的作用，其积极意义在于唤起与尊重权威和秩序

---

① 辜鸿铭：《中国人的精神》，载《辜鸿铭文集》（下），第57—58页。
② 同上书，第45页。
③ 同上书，第54页。
④ 同上。
⑤ 同上书，第51—53页。

相应的虔诚和敬畏之心。他讲的"良民"（good citizen），对应的是无政府状态下的"暴民"（mob）。这也是辜鸿铭尊王思想的现实指向，旨在摆脱国际上列强侵犯、国内军阀割据的无政府状态。

礼貌。辜鸿铭在说"真正的中国人"的特征是温文尔雅时，特意解释说："我说的'gentle'这个词，是指没有冷酷、刻薄、粗鲁、暴戾之气，实际上就是没有任何让人感到不快的方面。"① 这与本书第六章中纽曼、罗斯金、巴特勒等文人所界定的绅士品德如出一辙；而罗斯金等人希望借绅士理念来构建礼仪之邦的想法，又与辜鸿铭的言论如出一辙："中国一向被视为礼仪之邦，那么其礼貌的本质是什么呢？这就是体谅、照顾他人的感情。中国人有礼貌是因为他们过着一种心灵的生活。他们完全了解自己的这份情感，很容易将心比心推己及人，显示出体谅、照顾他人情感的特性。"② 与维多利亚时代的国民性话语一样，辜鸿铭谈的也是社会美德，也即如何与他人相处。所以，他也强调同情，强调自我控制："当今人们爱奢谈什么追求自由，可我敢说，要获得自由、真正的自由只有一条路，那就是循规蹈矩，即学会适当地约束自己。"③

辜鸿铭更多是在谈人而不是制度，这也与当时国内主流的国民性话语不同。后者很少谈同情、礼貌和自我控制，因为其主要目的是探讨国民应具有何种品德才能使国家不为列强凌辱，更看重由前工业社会转入现代民族国家的过程中国民所需的政治素质。不妨说，辜鸿铭所强调的是现代化之后国富民强时代所需要的品格，而当时国民性话语所强调的是走向富强之国所需要的品格。

清末民初的学者也常谈及维多利亚时代的价值观念，但很少像辜鸿铭这样把那些观念内化为自己的思想框架。辜鸿铭讨论中国国民品格时借用的英国文人话语明显地反映了这种框架。他所归纳的"中国

---

① 辜鸿铭：《中国人的精神》，载《辜鸿铭文集》（下），第28页。
② 同上书，第32页。
③ 同上书，第10页。

人的精神"虽然并不确切,却展示了中国传统文化也有应对现代焦虑的资源,与当时用"新"科学建构秩序的热情有所不同。

五 辜鸿铭的词语焦虑

辜鸿铭在《中国学(二)》中谈到汉学家对中国国民性的误读时说:"一个研究者只有用所研究民族最基本的原则和概念武装起来之后,才能把研究目标对准该民族的社会关系;然后再看这些原则是如何被运用和推行的。"[①]他自己则更进一步,在解释"中国人的精神"时,不仅引征《论语》等经典中的"原则和概念",还不时地套用英雄崇拜(Hero-Worship)、希腊精神(Hellenism)、希伯来精神(Hebraism)等维多利亚时代的流行概念。这种糅合固然有不确切之处,却也有助于读者思考两种文化的异同。例如,"清流传"讲的是"中国的牛津运动",不仅借用了纽曼引领的"牛津运动"(the Oxford Movement)[②],还用马修·阿诺德关于野蛮人、非利士人和群氓的三分法把中国人分为贵族(满族)、士类(士大夫阶层)和平民。[③]中国当时没有英国那种由商人、厂主、资本家构成的庞大的中产阶级(非利士人),但有类似于英国文官或其他新兴"职业"群体的中间阶层,其中最显著的部分便是辜鸿铭所说的文人、士大夫阶层。

辜鸿铭有时会不言出处地袭用维多利亚时代文人的观点或表述。他曾说:"何为地狱?地狱乃意味着不成功。"[④]这其实是卡莱尔在《过去与现在》中的原话(详见本书第五章)。他在日本的演讲《关于政治经济学的真谛》谈的是西方政治经济学,却只字未提英国的亚当·

[①] 辜鸿铭:《中国学(二)》,载《辜鸿铭文集》(下),第129页。
[②] 这种套用的经典语式是这样开始的:"北京的翰林院是中国的牛津——国家精英知识分子的荟萃之地。正是这个翰林院,成了我所谓中国牛津运动的总部。"(辜鸿铭《中国牛津运动故事》,载《辜鸿铭文集》[上],第298页)
[③] 辜鸿铭:《中国牛津运动故事》,载《辜鸿铭文集》(上),第299页。
[④] 辜鸿铭:《约翰·史密斯在中国》,载《辜鸿铭文集》(下),第101页。

斯密、穆勒和马歇尔,基本上是在转述罗斯金的观点,并不时加入中国元素与之对应。例如,他说"经济"原指经世济国,并不限于理财,还涉及道德,应突出人的因素,尤其是情感和灵魂。[①]这与罗斯金对"political economy"的诠释如出一辙(详见本书第五章)。

辜鸿铭对英国文人话语的套用或引征有时会有生搬硬套之嫌,但更多时候还是体现了他的深刻理解,只是当时国内的文化土壤还没有准备好接纳他所传递的思想。例如,他在《清流传》中对罗斯金政治经济学思想的概括如果放在当下,可能会引起更多的共鸣:

> 罗斯金以其毕生的精力,要使人们相信政治经济学是一门伦理学。其目的是教人民和国家怎样花钱而不是怎样挣钱。的确,当今中国财政的不景气和世界经济的萧条,不是由于缺乏足够的生产能力,也不是由于缺乏工业制品和铁路,而是由于可耻的浪费性的消费。这种可耻的浪费性消费,无论是地区性的还是全国性的,都意味着缺乏高贵的指导,没能使民众勤劳的生产力倾向于高尚的指导。在有高尚品格指导的国家和地区,人们将懂得怎样花钱,怎样为高尚的目的而花钱。当人们懂得怎样为高尚的目的而花钱的时候,他们将不在乎有什么,而在乎怎么做——不是去追求浩大、豪华和炫耀,而是追求高雅的趣味和生活环境的优美。当某个国家或地区的人们品德之高,已足以使他们除了高雅的情趣和优美的生活环境之外别无所求时,就不会把民众勤劳的生产力浪费在修建大而难看的房舍、长而无用的公路之类的东西上了。一旦某个国家和地区人民勤劳的生产力得到高尚的引导而不是浪费,那么该国家或地区就称得上是真正的富裕,它不是富在有钱或拥有大而难看的房舍上,而是富在人民身体健康和心灵

[①] 详见辜鸿铭《关于政治经济学的真谛》,载《辜鸿铭文集》(下),第247—261页。

优美之上。①
・・・・

    罗斯金和辜鸿铭或许不懂微观经济学的奥妙，甚至忽略了宏观经济学的努力，对生产和消费也多有误解，但他们提出的问题却是"经世济国"者不得不思考的。

    维多利亚时代文人的词语焦虑也影响了辜鸿铭的写作风格，他也喜欢批判西人和国人对词语的误用。他认为欧美自拉丁语式微之后，口头语言与书面语言的鸿沟渐渐弥合，产生了一个"半受教育的阶层"，"他们高谈什么文明、自由、中立、军国主义和泛斯拉夫主义，却连这些词本身的意义也没有弄懂"。② 辜鸿铭表面上在说这是知识民主化的结果，实际上却是在讽刺欧美人在文字把握上不如前人。这也是令维多利亚时代文人焦虑的一个问题。穆勒反对"模糊概括"，罗斯金批判"假面词语"，狄更斯揭露"词语暴政"，卡莱尔抵制"虚言假话"，都与此有关。辜鸿铭深谙卡莱尔、罗斯金等人拿词语做文章的方法，也不时地运用一番。当时很多人都注意到辜鸿铭喜欢拆字。1915年初入北京大学读书的冯友兰还记得辜鸿铭在开学典礼上的发言："现在人做文章都不通，他们所用的名词就不通，譬如说'改良'吧，以前的人都说'从良'，没有说'改良'，你既然已经是'良'了，你还'改'什么？你要改'良'为'娼'吗？"③ 他大概讲了一个钟头，都是这一类的谩骂之辞。用文字游戏嬉笑怒骂，需要对语言的深厚把握和敏感，这倒与狄更斯、王尔德有几分相似。

    如何在西学东渐的浪潮下守护好自己的语言，也是令辜鸿铭感到焦虑的问题。在他看来，"一个文明中的男人和女人所使用的语言，

---

    ① 辜鸿铭：《中国牛津运动故事》，载《辜鸿铭文集》（上），第302页。着重号为笔者所加。
    ② 辜鸿铭：《中国语言》，载《辜鸿铭文集》（下），第90页。
    ③ 冯友兰：《英文门教授辜鸿铭》，载王大鹏选编《百年国士》（一），中国文联出版公司1998年版，第23页。

也将表明该文明中男人和女人的本质、个性和灵魂"[1]。一方面他批评盲目的欧化对国人思想和语言的危害,例如,批评袁世凯废除旧教育制度后出现的公共教育真空:

> 只有在一些大城市的几座造价高的、陋而俗的欧式红砖楼房里,还有人在把一些蹩脚的英语,和现代欧洲科学术语以及其它学科的日式译文混在一块,向学生灌输着,对这些东西,学生们丝毫也不理解,就被强行塞进脑中,结果使他们一个个变成了胡言乱语的白痴。[2]

另一方面,他也在极力捍卫中国传统语言的延续。他在《反对中国的文学革命》(1919)一文中认为,关于文学革命的言论,不过是通过含混地使用漂亮词句来愚弄大众:

> 当胡适教授用他那音乐般的声音谈论"活文学"和"重估一切价值",谈论"为观念和思想的彻底变革铺路,唯有此种变革,能够为全民族明智而积极地参与共和国的重整完美地创造条件"时,我敢肯定,许多在中国读到这些激情冲动之辞的外国人,都将如坠云里雾中,不知所云。用简明的英文表述,可称之为"套鸟的圈套"。因为正如弗劳德先生将要说的,若换成简明的英文表述,这一整套关于"重估一切价值"和"共和国重整"的高论,其真切意思究竟是什么?[3]

他还借用马修·阿诺德的诗歌即"人生批评"的观点,认为中国的经典非但不是"死文字",还能传达"人生之道"(the law of life),而文

---

[1] 辜鸿铭:《中国人的精神》,载《辜鸿铭文集》(下),第5页。
[2] 辜鸿铭:《中国牛津运动故事》,载《辜鸿铭文集》(上),第380页。
[3] 辜鸿铭:《反对中国的文学革命》,载《辜鸿铭文集》(下),第165—166页。

学革命的文学反倒会令人道德萎缩，是真正的死文学。

这也反映了辜鸿铭的语言观。他认为中国的语言和文学有其自身的生命力，一直在经历有机的变化和发展，无所谓新旧之分，不能武断地割裂传统。这与卡莱尔在《旧衣新裁》《过去与现在》中的立场是一致的。维多利亚时代的很多文人也意识到了变革时代的人们喜欢谈"新"，于是转而强调延续传统，反对片面地求新或守旧。辜鸿铭甚至认为，中国的传统语言还能使已经偏执的欧洲文明回心向道。他说，高雅的中国古典文学语言"就像马修·阿诺德所说的荷马诗歌，能够'使茹毛饮血的原始人变得文雅起来，能改变他们'。事实上，我相信，高雅的中国古典文学语言终有一天能够改变那些正以爱国者的名义、却带着野蛮动物的争斗本能在欧洲鏖战的茹毛饮血的原始人，把他们变成和平、温雅、文明的人。正如罗斯金所说，文明的目标是把人变成摆脱了粗野、暴力、残忍和争斗的文明人"[①]。

辜鸿铭被看作文坛怪杰，主要是因为他的言行不合时流。当时的知识界难以领悟他所宣扬的这种"西学"的益处，也没能形成较为理性的辩论空间，更让他显得落落寡合。而本书讨论的卡莱尔、罗斯金、狄更斯、乔治·艾略特、穆勒等人虽然抱怨维多利亚时代"巴别塔似的"思想无序状态，虽然也抨击对立的观点或派别，却仍能与对方形成深入的对话，着实令人感叹。很重要的一个原因就是维多利亚时代的英国有一种以理性交往为基础的氛围，这种氛围不仅让极端之论难以取胜，还促使辩论双方冷静地审视对立的观点或立场，由此形成的对话也有效地影响了整个话语体系和道德的重构。[②]

这种氛围离不开文人的对话愿望和词语焦虑。维多利亚时代的文人在著书立说的时候，会意识到他人的观点或思想所存在的问题，这让他们有了用词的焦虑和对话的愿望，迫使他们竭力理解他人，提出

[①] 参见辜鸿铭《中国语言》，载《辜鸿铭文集》（下），第92页。引文据英文版改正了所参考译文中漏译和误译的部分。

[②] 陆建德先生多次提醒笔者注意这一点。

自己的见解，尝试建构能够共享的意义框架。

维多利亚时代知识共同体的规模并不算大，本书所论的文人都曾生活在伦敦这个文化中心，还有私谊或私怨，而在如今的信息时代，人们被吸收进现实和虚拟的圈子中，世界变成了"地球村"，足不出户就能进入虚拟"世界"。本尼迪克特·安德森（Benedict Anderson）认为纸媒有助于形成"想象的共同体"（immagined communities），但现在的电子媒体给我们带来了更多共同体的幻象。人们会接收、发送大量信息，但往往缺乏对话的条件和愿望，因为对话要求真正地理解对方，它的一个基本要求就是要静下心来，全面地调查、冷静地思考对方的观点并用有理有节的文字表达自己的见解。在现在这种匆忙的节奏下，面对碎片化的信息，这样的理解简直成了奢侈品。

穆勒在《论文明》一文中抱怨知识爆炸不仅使人养成了快餐式的阅读习惯，浅尝辄止，也让很多作家或有原本有可能创造思想的人耐不住寂寞，急不可耐地发表尚不成熟的观点。不过，他也意识到，智识的肤浅也是受了物质力量的影响，如他在《论柯尔律治》中所言：

> 社会各阶层都被日渐卷入物质利益的洪流之中，导致人心涣散，相比之前几个世纪，人们的内心沉思少了很多，对现有的沉思冥想的解释能力也减弱了。这个时代似乎陷入了一种无力产生深厚或清纯情感的境地，例如，至少是与沉思相连的那些情感。[①]

对于那些晚于西方步入现代社会、急于"赶超"的民族来说，沉思更非易事。20世纪初就读于东京帝国大学英文科的厨川白村，和辜鸿铭一样熟知维多利亚时代的文学，他在《观照享乐的生活》一文中如是反思当时日本的文艺和生活：

[①] J. S. Mill, *Mill on Bentham and Coleridge*, p. 134.

五十年来，急急忙忙地单是模仿了先进文明国的外部，想追到他，将全力都用尽了，所以一切都成了浮滑而且肤浅。没有深，也没有奥，没有将事物来宁静地思索和赏味的余裕。①

这就导致了很多关于社会问题的讨论都成了"空洞之音"。鲁迅在译者附记中说："他所狙击的要害，我觉得往往也就是中国的病痛的要害；这是我们太可以借此深思，反省的。"②在这样的环境中，文人的词语焦虑显得尤为可贵。

---

① 厨川白村：《出了象牙之塔》，鲁迅译，人民文学出版社2007年版，第62页。
② 鲁迅的"译者附记"，见厨川白村《出了象牙之塔》，第64页。

主要参考文献

一 19 世纪英国文人作品

Arnold, Matthew. *Culture and Anarchy*. Ed. Jane Garnett. Oxford: Oxford University Press, 2006.

——. *Discourses in America*. London: Macmillan, 1912.

Bradley, F. H. *Ethical Studies*. Bristol: Thoemmes Antiquarian Books, 1990.

Butler, Samuel. *Selections from the Note-Books of Samuel Butler*. London: The Travellers' Library, 1930.

Carlyle, Thomas. *On Heroes, Hero-Worship and the Heroic in History*. Centenary Edition. Ed. Henry Duff Traill. London: Chapman and Hall, 1893.

——. *On Heroes, Hero-Worship and the Heroic in History*. Ed. Michael K. Goldberg. Berkeley: University of California Press, 1993.

——. *Past and Present*. Centenary Edition. Ed. Henry Duff Traill. 1897. Cambridge: Cambridge University Press, 2010.

——. *Past and Present*. Ed. Chris R. Vanden Bossche. Berkeley: University of California Press, 2005.

——. *The Life of John Sterling*. Centenary Edition. Ed. Henry Duff Traill. 1897. Cambridge: Cambridge University Press, 2010.

——. *Latter-Day Pamphlets*. Centenary Edition. Ed. Henry Duff Traill.

1898. Cambridge: Cambridge University Press, 2010.

Carlyle, Thomas. *Critical and Miscellaneous Essays*. 5 vols. Centenary Edition. Ed. Henry Duff Traill, 1899. Cambridge: Cambridge University Press, 2010.

——. *The French Revolution*. London: Chapman and Hall, 1903.

——. *Sartor Resartus*. Ed. Kerry McSweeney and Peter Sabor. Oxford: Oxford University Press, 1987.

Carroll, Lewis. *The Annotated Alice: The Definitive Edition*. New York: Norton, 2000.

Coleridge, Samuel Taylor. *On the Constitution of the Church and State*. Ed. John Colmer. Princeton, New Jersey: Princeton University Press, 1976.

——. *The Table-Talk and Omniana of Samuel Taylor Coleridge*. Ed. T. Ashe. London: George Bell & Sons, 1894.

——. *The Collected Works of Samuel Taylor Coleridge*. Vol. 6. Ed. R. J. White. London: Routledge and Kegan Paul, 1972.

Collins, Wilkie. *The Woman in White*. London: Collins' Clear-Type, n. d.

Darwin, Charles. *The Descent of Man*. New York: P. F. Collier, 1902.

Dickens, Charles. *Sketches by Boz*. Oxford: Oxford University Press, 1957.

——. *Oliver Twist*. Ed. Fred Kaplan. New York: Norton, 1993.

——. *Hard Times*. Ed. George Ford and Sylvère Monod. New York: Norton, 1966.

——. *A Tale of Two Cities*. Ed. Richard Maxwell. London: Penguin, 2003.

——. *Dombey and Son*. Ed. Peter Fairclough. London: Penguin, 1985.

——. *The Old Curiosity Shop*. Oxford: Oxford University Press, 1951.

Dickens, Charles. *Martin Chuzzlewit*. Ed. Patricia Ingham. London: Penguin, 2004.

——. *David Copperfield*. New York: Everyman's Library, 1991.

——. *Great Expectations*. Ed. Margaret Cardwell. Oxford: Clarendon, 1993.

——. *Bleak House*. Ed. Nicola Bradbury. London: Penguin, 2003.

——. *Little Dorrit*. Ed. Stephen Wall and Helen Small. London: Penguin, 2003.

——. *Our Mutual Friend*. Ed. Adrian Poole. London: Penguin, 1997.

——. *A Christmas Carol and Other Christmas Writings*. London: Penguin, 2003.

Disraeli, Benjamin. *Sybil*. Oxford: Oxford University Press, 1981.

Eliot, George. *Scenes of Clerical Life*. Ed. David Lodge. Harmondsworth: Penguin, 1973.

——. *The Mill on the Floss*. Ed. A. S. Byatt. Harmondsworth: Penguin, 1979.

——. *Silas Marner*. Ed. Q. D. Leavis. Harmondsworth: Penguin, 1967.

——. *Romola*. Ed. Andrew Sanders. Harmondsworth: Penguin, 1980.

——. *Felix Holt: The Radical*. Ed. Peter Coveney. Harmondsworth: Penguin, 1982.

——. *Middlemarch*. Ed. Gordon S. Haight. Cambridge, Massachusetts: The Riverside Press, 1956.

——. *Daniel Deronda*. Harmondsworth: Penguin, 1967.

——. *Impressions of Theophrastus Such*. Ed. Nancy Henry. Iowa City: University of Iowa Press, 1994.

——. *Essays and Leaves from a Note-Book*. Honolulu, Hawaii: University Press of the Pacific, 2004.

——. *Poems of George Eliot*. Rahway, N. J.: Mershon, n. d.

Eliot, George. *Selected Essays, Poems and Other Writings*. Ed. A. S. Byatt and Nicholas Warren. Harmondsworth: Penguin, 1990.

Forster, John. *The Life of Charles Dickens*. London: Chapman and Hall, n. d.

Froude, J. A. *Thomas Carlyle: A History of the First Forty Years of His Life, 1795 - 1835*. 2 vols. London: Longmans, Green and Co., 1914.

Hughes, Thomas. *Tom Brown's Schooldays*. Ware, Hertfordshire: Wordsworth, 1993.

Macaulay, Thomas Babington. *The History of England from the Accession of James II*. 3 vols. London: Dent, 1906.

Malthus, Thomas Robert. *An Essay on the Principle of Population*. 2nd ed. Ed. Philip Appleman. New York: Norton, 2004.

Mill, J. S. *The Spirit of the Age, On Liberty, The Subjection of Woman*. Ed. Alan Ryan. New York: Norton, 1997.

———. *On Liberty and Other Essays*. Ed. John Gray. Oxford: Oxford University Press, 1991.

———. *The Logic of Moral Sciences*. La Salle, Illinois: Open Court, 1988.

———. *Autobiography*. Ed. John M. Robson. London: Penguin, 1989.

———. *Mill on Bentham and Coleridge*. Intro. F. R. Leavis. Lodnon: Chatto & Windus, 1950.

———. *Collected Works of John Stuart Mill*. Vol. 1. Ed. John M. Robson & Jack Stillinger. London: Routledge & Kegan Paul, 1981.

———. *Collected Works of John Stuart Mill*. Vol. 3. Ed. J. M. Robson. 1965. London: Routledge & Kegan Paul, 1996.

———. *Collected Works of John Stuart Mill*. Vol. 12. Ed. Francis E. Mineka. 1963. London: Routledge & Kegan Paul, 1996.

Mill, J. S. *Collected Works of John Stuart Mill*. Vol. 18. Ed. J. M. Robson. London: Routledge & Kegan Paul, 1977.

Newman, John Henry. *The Idea of a University*. Ed. Frank M. Turner. New Haven & London: Yale University Press, 1996.

——. *Selected Sermons, Prayers, and Devotions*. Ed. John F. Thornton and Susan B. Varenne. New York: Vintage, 1999.

Ruskin, John. *Unto This Last and Other Writings*. Ed. Clive Wilmer. London: Penguin, 1997.

——. *Sesame and Lilies, Unto This Last* and *The Political Economy of Art*. London: Cassell, 1907.

——. *Time and Tide* and *The Crown of Wild Olive*. London: George Allen, 1907.

——. *Modern Painters*. 5 vols. London: J. M. Dent, 1907.

——. *A Joy For Ever. The Two Paths*. London: Oxford University Press, 1928.

——. *Praeterita*. Oxford: Oxford University Press, 1978.

——. *The Works of John Ruskin*. Vol. 11. Ed. E. T. Cook and Alexander Wedderburn. Cambridge: Cambridge University Press, 2010.

——. *The Works of John Ruskin*. Vol. 12. Ed. E. T. Cook and Alexander Wedderburn. Cambridge: Cambridge University Press, 2010.

——. *The Works of John Ruskin*. Vol. 17. Ed. E. T. Cook and Alexander Wedderburn. Cambridge: Cambridge University Press, 2010.

——. *The Works of John Ruskin*. Vol. 20. Ed. E. T. Cook and Alexander Wedderburn. Cambridge: Cambridge University Press, 2010.

——. *The Works of John Ruskin*. Vol. 27. Ed. E. T. Cook and Alexander Wedderburn. Cambridge: Cambridge University Press, 2009.

——. *The Works of John Ruskin*. Vol. 31. Ed. E. T. Cook and Alexander Wedderburn. Cambridge: Cambridge University Press, 2010.

Sidgwick, Henry. *Outlines of the History of Ethics*. 5th ed. New York: Macmillan, 1902.

Smiles, Samuel. *Self-Help*. London: John Murray, 1925.

Swinburne, Algernon Charles. *Swinburne's Selected Poems*. 1939. London: Oxford University Press, 1944.

Trench, Richard Chenevix. *On the Study of Words*. London: John W Parker and Son, 1851.

Trollope, Anthony. *The Warden*. London: Oxford University Press, 1952.

——. *Doctor Thorne*. London: Dent, 1908.

Wilde, Oscar. *Plays, Prose Writings and Poems*. New York: Everyman's Library, 1991.

——. *The Plays of Oscar Wilde*. Ware, Hertfordshire: Wordsworth, 2002.

——. *A Woman of No Importance*. London: Methuen, 1911.

——. *The Prose of Oscar Wilde*. New York: Cosmopolitan, 1916.

——. *The Artist as Critic: Critical Writings of Oscar Wilde*. Ed. Richard Ellmann. London: Allen, 1970.

The Collected Letters of Thomas and Jane Welsh Carlyle. 41 vols. so far. Ed. Charles Richard Sanders, Kenneth J. Fielding and Clyde de L. Ryals. Durham, North Carolina: Duke University Press, 1970 - .

The Correspondence of Thomas Carlyle and John Ruskin. Ed. George Allan Tate. Stanford, California: Stanford University Press, 1982.

The George Eliot Letters. 9 vols. Ed. Gordon S. Haight. New Haven: Yale University Press, 1954 - 78.

The Letters of Charles Dickens. 12 vols. Ed. Madeline House, Graham Storey, Kathleen Tillotson, et al. Oxford: Clarendon, 1965 - 2002.

二 其他作品及评论

Adorno, Theodor. *The Jargon of Authenticity*. Trans. Knut Tarnowski and Frederic Will. London: Routledge, 2003.

Altick, Richard D. *Victorian People and Ideas*. New York: Norton, 1973.

Ashton, Rosemary. *The German Idea: Four English Writers and the Reception of German Thought 1800 - 1860*. Cambridge: Cambridge University Press, 1980.

——. *George Eliot*. Oxford: Oxford University Press, 1983.

Austen, Jane. *Sense and Sensibility*. Toronto: Bantam, 1982.

Berlin, Isaiah. *Four Essays on Liberty*. Oxford: Oxford University Press, 1969.

Berlin, Isaiah. *The Crooked Timber of Humanity*. Ed. Henry Hardy. Princeton, N. J.: Princeton University Press, 1990.

——. *The Power of Ideas*. Ed. Henry Hardy. London: Pimlico, 2001.

——. *Political Ideas in the Romantic Age*. Ed. Henry Hardy. London: Pimlico, 2007.

Billy, Ted, ed. *Critical Essays on Joseph Conrad*. Boston, Massachusetts: G. K. Hall, 1987.

Birch, Dinah, ed. *Ruskin and the Dawn of the Modern*. Oxford: Oxford University Press, 1999.

Black, Eugene C., ed. *Victorian Culture and Society*. New York: Walker, 1974.

Bliss, Christopher. "Ruskin's Political Economy of Art". *Oxford Art Journal*, 2.2 (1979): 35 - 38.

Bloom, Harold, ed. *Thomas Carlyle*. New York: Chelsea House Publishers, 1986.

Boswell, James. *The Life of Samuel Johnson.* 2 vols. London: J. M. Dent, 1906.

Bradley, J. L., ed. *Ruskin: The Critical Heritage.* London: Routledge & Kegan Paul, 1984.

Briggs, Asa. *The Age of Improvement.* 2nd ed. Harlow, Eng.: Pearson, 2000.

——. *Victorian Cities.* Harmondsworth: Penguin, 1968.

——. *Victorian People: A Reassessment of Persons and Themes 1851-67.* Harmondsworth: Penguin, 1965.

Brinton, Crane. *English Political Thought in the Nineteenth Century.* 2nd ed. London: Ernest Benn Ltd, 1949.

Buckley, Jerome Hamilton. *The Victorian Temper.* New York: Vintage Books, 1964.

Burn, W. L. *The Age of Equipoise: A Study of the Mid-Victorian Generation.* New York: Norton, 1964.

Calder, Jenni. *Woman and Marriage in Victorian Fiction.* London: Thames and Hudson, 1976.

Campbell, Ian. *Thomas Carlyle.* 2nd ed. Edinburgh: Kennedy & Boyd, 2011.

Cannadine, David. *The Decline and Fall of the British Aristocracy.* New York: Vintage Books, 1999.

Carroll, David, ed. *George Eliot: The Critical Heritage.* London: Routledge and Kegan Paul, 1971.

Chandler, Alice. *A Dream of Order: The Medieval Ideal in Nineteenth-Century English Literature.* London: Routledge & Kegan Paul, 1970.

Chapman, Raymond. *The Victorian Debate: English Literature and Society 1832-1901.* New York: Basic Books, 1968.

Chesterton, G. K. *Charles Dickens*. New York: Schocken, 1965.

Cianci, Giovanni, and Peter Nicholls, ed. *Ruskin and Modernism*. New York: Palgrave, 2001.

Clark, G. Kitson. *The Making of Victorian England*. London: Methuen, 1965.

Cockram, Gill G. *Ruskin and Social Reform: Ethics and Economics in the Victorian Age*. London: Tauris Academic Studies, 2007.

Collini, Stefan. *Public Moralists: Political Thought and Intellectual Life in Britain 1850-1930*. Oxford: Clarendon Press, 1991.

Collins, Philip, ed. *Dickens: The Critical Heritage*. London: Routledge and Kegan Paul, 1971.

Cook, E. T. *The Life of John Ruskin*. 2 vols. 2nd ed. London: George Allen, 1912.

Cozzi, Annette. *The Discourse of Food in Nineteenth-Century British Fiction*. New York: Palgrave Macmillan, 2010.

Craig, David. *The Real Foundations: Literature and Social Change*. London: Chatto and Windus, 1973.

Cruikshank, R. J. *Charles Dickens and Early Victorian England*. London: Sir Isaac Pitman & Sons, 1949.

Dale, Peter Allan. *In Pursuit of a Scientific Culture: Science, Art, and Society in the Victorian Age*. Madison, Wisconsin: The University of Wisconsin Press, 1989.

Davis, Philip. *1830-1880: The Victorians*. Beijing: Foreign Language Teaching and Research Press, 2007.

——. *Why Victorian Literature Still Matters*. Chichester, West Sussex: Willey-Blackwell, 2008.

Dentith, Simon. *Society and Cultural Forms in Nineteenth Century England*. London: Macmillan, 1998.

D'Isreali, Isaac. *Curiosities of Literature*. New York: Dover, 1964.

Eliot, T. S. *The Complete Poems and Plays, 1909-1950*. New York: Harcourt, Brace & World, 1952.

——. *The Idea of a Christian Society*. London: Faber & Faber, 1939.

Emerson, Ralph Waldo. *English Traits, Representative Men and Other Essays*. London: J. M. Dent, 1908.

Engel, Monroe. *The Maturity of Dickens*. Cambridge, Massachusetts: Harvard University Press, 1959.

Engels, Friedrich. *The Condition of the Working Class in England*. Ed. Victor Kiernan. London: Penguin, 2009.

Fain, John Tyree. "Ruskin and the Orthodox Political Economists." *Southern Economic Journal* 10.1 (1943): 1-13.

Fichte, Johann Gottlieb. *On the Nature of the Scholar and its Manifestations*. Trans. William Smith. London: John Chapman, 1845.

Fielding, K. J., and R. L. Tarr, eds. *Carlyle Past and Present: A Collection of New Essays*. London: Vision, 1976.

Flanders, Judith. *Inside the Victorian Home*. New York: Norton, 2003.

Flinn, M. W., and T. C. Smout, eds. *Essays in Social History*. Oxford: Oxford University Press, 1974.

Flint, Kate, ed. *The Victorian Novelists: Social Problems and Social Change*. London: Croom Helm, 1987.

Ford, George H. *Dickens and His Readers*. New York: Norton, 1965.

——, and Lauriat Lane Jr., eds. *The Dickens Critics*. Ithaca: Cornell University Press, 1961.

Fowels, John. *The French Lieutenant's Woman*. Triad, 1977.

Gilmour, Robin. *The Novels in the Victorian Age*. London: Edward Arnold, 1986.

Gissing, George. *Charles Dickens*. 1903. New York: Haskell House

Publishers, 1974.

Gross, John. *The Rise and Fall of the Man of Letters: Aspects of English Literary Life Since 1800*. London: Penguin, 1991.

Guyer, Paul, ed. *The Cambridge Companion to Kant*. Cambridge: Cambridge University Press, 1992.

Harrison, Frederic. *John Ruskin*. London: Macmillan, 1902.

Harrison, J. F. C. *Early Victorian Britain 1832 - 1851*. 1971. Fontana, 1979.

Harrold, C. F. *Carlyle and German Thought: 1819 - 1834*. New Haven: Yale University Press, 1934.

Hayek, F. A., ed. *Capitalism and the Historians*. 1954. London: Routledge & Kegan Paul, 2003.

Heilbroner, Robert L. *The Worldly Philosophers: The Lives, Times, and Ideas of the Great Economic Thinkers*. 7th ed. London: Penguin, 2000.

Henderson, Willie. *John Ruskin's Political Economy*. London and New York: Routledge, 2000.

Hewison, Robert, ed. *New Approaches to Ruskin*. London: Routledge & Kegan Paul, 1981.

Heyck, T. W. *The Transformation of Intellectual Life in Victorian England*. London: Croom Helm, 1982.

Hilton, Tim. *The Pre-Raphaelites*. 1970. London: Thames & Hudson, 2004.

———. *John Ruskin*. New Haven and London: Yale University Press, 2002.

Himmelfarb, Gertrude. *The De-Moralization of Society: From Victorian Virtues to Modern Values*. New York: Vintage Books, 1994.

———. *Victorian Minds: A Study of Intellectuals in Crisis and Ideologies in Transition.* Chicago: Ivan R. Dee, 1995.

Himmelfarb, Gertrude. *The Roads to Modernity: The British, French and American Enlightenment.* New York: Vintage Books, 2004.

——. *The Moral Immagination: From Adam Smith to Lionel Trilling.* 2nd ed. Lanham, Maryland: Rowman & Littlefield, 2012.

Hobsbawn, E. J. *The Age of Capital, 1848 - 1875.* New York: Vintage Books, 1996.

Holloway, John. *The Victorian Sage.* New York: Norton, 1965.

Houghton, Walter E. *The Victorian Frame of Mind, 1830 - 1870.* New Haven and London: Yale University Press, 1957.

Ibsen, Henrick. *Four Major Plays.* New York: Airmont, 1966.

Johnson, Samuel. *A Dictionary of the English Language: An Anthology.* Ed. David Crystal. London: Penguin, 2005.

——. *Lives of the English Poets: A Selection.* Intro. John Mullan. Oxford: Oxford University Press, 2009.

Jones, H. S. *Victorian Political Thought.* London: MacMillan, 2000.

Kant, Immanuel. *The Moral Law: Groundwork of the Metaphysic of Morals.* Trans. H. J. Paton. London: Routledge, 1991.

Kaplan, Fred. *Dickens: A Biography.* New York: William Morrow, 1988.

——. *Thomas Carlyle.* Berkeley: University of California Press, 1993.

Karl, Frederick R., and Laurence Davies, eds. *The Collected Letters of Joseph Conrad.* Vol. 2. Cambridge: Cambridge University Press, 1986.

Kerry, P. E., and J. S. Crisler Provo, eds. *Literature and Belief.* Vol. 25: 1&2. Utah: the Center for the Study of Christian Values in Literature, Brigham Young University, 2005.

Knights, Ben. *The Idea of the Clerisy in the Nineteenth Century.*

Cambridge: Cambridge University Press, 1978.

Langford, Paul. *A Polite and Commercial People: England 1727 - 1783*. New York: Oxford University Press, 1998.

Laurence, Dan H., and Martin Quinn, eds. *Shaw on Dickens*. New York: Frederick Ungar, 1985.

Leavis, F. R. *The Great Tradition*. London: Chatto and Windus, 1955.

——, and Q. D. Leavis. *Dickens the Novelist*. Harmondsworth: Penguin, 1972.

Ledger, Sally. *Dickens and the Popular Radical Imagination*. Cambridge: Cambridge University Press, 2007.

Lerner, Laurence, ed. *The Victorians*. London: Methuen, 1978.

Levine, George, ed. *One Culture: Essays in Science and Literature*. Madison, Wisconsin: The University of Wisconsin Press, 1987.

Levine, Richard A, ed. *Backgrounds to Victorian Literature*. San Francisco: Chandlers, 1967.

——, ed. *The Victorian Experience: The Prose Writers*. Athens, Ohio: Ohio University Press, 1982.

Locke, John. *An Essay Concerning Human Understanding*. Ed. Roger Woolhouse. London: Penguin, 2004.

McGann, Jerome J., ed. *Victorian Connections*. Charlottesville: University Press of Virginia, 1989.

MacIntyre, Alasdair. *A Short History of Ethics*. 2nd ed. London and New York: Routledge, 1998.

Marshall, Alfred. *Principles of Economics*. 8th ed. Philadelphia, Pennsylvania: Porcupine Press, 1982.

Marx, Karl. *Capital*. Vol. 1. Trans. Ben Fowkes. London: Penguin, 1976.

Mingay, G. E. *The Gentry*. London and New York: Longman, 1976.

Morgan, Thaïs E., ed. *Victorian Sage and Cultural Discourse*. New

Brunswick: Rutgers University Press, 1990.

Morrow, John. *Thomas Carlyle*. London: Hambledon Continuum, 2006.

Murdoch, Iris. *Existentialists and Mystics: Writings on Philosophy and Literature*. Ed. Peter Conradi. New York: Penguin, 1999.

Myers, Greg. "Nineteenth-Century Popularizations of Thermodynamics and the Rhetoric of Social Prophecy." *Victorian Studies*, 29.1 (1985): 35 - 66.

Newton, K. M. *George Eliot: Romantic Humanist*. London: Macmillan, 1981.

Nietzsche, Friedrich. *Twilight of the Idols* and *The Anti-Christ*. Trans. R. J. Hollingdale. London: Penguin, 1990.

Orwell, George. *Orwell and Politics*. Ed. Peter Davison. London: Penguin, 2001.

———. *Orwell's England*. Ed. Peter Davison. Harmondsworth: Penguin, 2001.

Pollard, Arthur, ed. *The Victorians*. London: Sphere, 1970.

Pool, Daniel. *What Jane Austen Ate and Charles Dickens Knew*. New York: Touchstone, 1993.

Porter, Roy. *English Society in the Eighteenth Century*. London: Penguin, 1991.

Rosenberg, John D. *The Darkening Glass: A Portrait of Ruskin's Genius*. London: Routledge & Kegan Paul, 1963.

Rosenberg, Philip. *The Seventh Hero: Thomas Carlyle and the Theory of Radical Activism*. Cambridge, Massachusetts: Harvard University Press, 1974.

Russell, Bertrand. *Portraits from Memory and Other Essays*. London: Readers Union Ltd, 1958.

Said, Edward W. "Conrad: The Presentation of Narrative." *Novel: A*

Forum on Fiction, 7. 2 (1974): 116 - 132.

Salmon, Richard. *The Formation of the Victorian Literary Profession*. Cambridge: Cambridge Unversity Press, 2015.

Santayana, George. *Soliloquies in England and Later Soliloquies*. New York: Charles Scribner's Sons, 1922.

Schneewind, J. B. *Backgrounds of English Victorian Literature*. New York: Random House, 1970.

Schopenhauer, Arthur. *Essays and Aphorisms*. Trans. R. J. Hollingdale. London: Penguin, 2004.

Schumpeter, Joseph A. *History of Economic Analysis*. Taylor and Francis e-Library, 2006.

Seigel, Jules Paul, ed. *Thomas Carlyle: The Critical Heritage*. New York: Barnes & Noble, 1971.

Sherburne, James Clark. *John Ruskin or the Ambiguities of Abundance*. Cambridge, Massachusetts: Harvard University Press, 1972.

Shuttleworth, Sally. *George Eliot and Nineteenth-Century Science*. Cambridge: Cambridge University Press, 1986.

Skorupski, John. *Why Read Mill Today?* London and New York: Routledge, 2007.

Smith, Adam. *An Inquiry into the Nature and Causes of the Wealth of Nations*. Ed. Edwin Cannan. New York: The Modern Library, 1994.

——. *The Theory of Moral Sentiments*. Ed. D. D. Rapheal and A. L. Macfie. Oxford: Oxford University Press, 1976.

Snow, C. P. *The Two Cultures*. Intro. Stefan Collini. Cambridge: Cambridge University Press, 1998.

Steiner, George. *Language and Silence: Essays on Language, Literature and the Inhuman*. New York: Atheneum, 1967.

Stevenson, Charles L. *Ethics and Language*. New Haven: Yale University

Press, 1945.

Stoddart, Judith. *Ruskin's Cultural Wars: Fors Clavigera and the Crisis of Victorian Liberalism*. London: University Press of Virginia, 1998.

Strachey, Lytton. *Queen Victoria*. Stockholm: The Continental Book Company AB, 1945.

———. *Eminent Victorians*. London: Penguin, 1986.

Taine, Hippolyte. *Notes on England*. 6th ed. Trans. W. F. Rae. London: W. Isbister & Co., 1874.

Thompson, F. M. L. *The Rise of Respectable Society*. London: Fontana Press, 1988.

———. *Gentrification and the Enterprise Culture: Britain 1780 - 1980*. Oxford: Oxford University Press, 2003.

Tocqueville, Alexis de. *Democracy in America*. Trans. Arthur Goldhammer. New York: The Library of America, 2004.

Tomalin, Claire. *Charles Dickens: A Life*. London: Penguin, 2011.

Tönnies, Ferdinand. *Community and Civil Society*. Trans. Jose Harris and Margaret Hollis. Cambridge: Cambridge University Press, 2001.

Trevelyan, G. M. *English Social History*. London: Longmans, 1942.

Trilling, Lionel. *The Opposing Self*. London: Secker and Warburg, 1955.

Veblen, Thorstein. *The Theory of the Leisure Class*. Ed. Martha Banta. Oxford: Oxford University Press, 2007.

Watt, Ian, ed. *The Victorian Novel*. London: Oxford University Press, 1971.

Webb, Beatrice. *My Apprenticeship*. Cambridge: Cambridge University Press, 1979.

Weber, Max. *The Protestant Ethic and the Spirit of Capitalism*. Trans. Talcott Parsons. London: Routledge, 2001.

Wells, H. G. *Tono-Bungay*. London: Ernest Ben Ltd. Publishers, 1926.

Wiener, Martin J. *English Culture and the Decline of the Industrial Spirit, 1850-1890*. 2nd ed. Cambridge: Cambridge University Press, 2004.

Willey, Basil. *Nineteenth-Century Studies*. Harmondsworth: Penguin, 1964.

Williams, Raymond. *Culture and Society, 1780-1950*. Harmondsworth: Penguin, 1961.

——. *The English Novel from Dickens to Lawrence*. London: Chatto & Windus, 1970.

——. *The Country and the City*. Frogmore, St Albans: Paladin, 1975.

——. *Keywords*. New York: Oxford University Press, 1983.

Wilson, Angus. *The World of Charles Dickens*. New York: Viking, 1970.

Wittgenstein, Ludwig. *Tractatus Logico-Philosophicus*. Trans. C. K. Ogden. Mineola, New York: Dover, 1999.

Woodward, E. L. *The Age of Reform, 1815-1870*. 1938. London: Oxford University Press, 1958.

Young, G. M. *Victorian England: Portrait of an Age*. 2nd ed. Oxford: Oxford University Press, 1960.

——. *Victorian Essays*. London: Oxford: Oxford University Press, 1962.

三 中文文献

马修·阿诺德:《文化与无政府状态》,韩敏中译,生活·读书·新知三联书店 2008 年版。

诺贝特·埃利亚斯:《文明的进程》,王佩莉、袁志英译,上海译文出版社 2013 年版。

乔治·爱略特：《米德尔马契》，项星耀译，人民文学出版社1987年版。

本尼迪克特·安德森：《想象的共同体》，吴睿人译，上海人民出版2003年版。

边沁：《道德与立法原则导论》，时殷弘译，商务印书馆2000年版。

埃德蒙·柏克：《自由与传统》，蒋庆等译，商务印书馆2001年版。

勃兰兑斯：《十九世纪文学主流》（第一分册），张道真译，人民文学出版社1997年版。

以赛亚·伯林：《自由论》，胡传胜译，译林出版社2003年版。

伊恩·布鲁玛：《伏尔泰的椰子》，刘雪岚、萧萍译，生活·读书·新知三联书店2007年版。

程巍：《城与乡：19世纪的英国与清末民初的中国》，《中华读书报》2014年7月16日。

厨川白村：《出了象牙之塔》，鲁迅译，人民文学出版社2007年版。

狄更斯：《艰难时世》，全增嘏、胡文淑译，上海译文出版社1978年版。

凯特·福克斯：《英国人的言行潜规则》，姚芸竹译，生活·读书·新知三联书店2010年版。

弗兰克纳：《伦理学》，关健译，生活·读书·新知三联书店1987年版。

彼得·盖伊：《施尼兹勒的世纪：中产阶级文化的形成，1815—1914》，梁永安译，北京大学出版社2006年版。

高尔基：《文学写照》，巴金译，人民文学出版社1978年版。

高令印、高秀华：《辜鸿铭与中西文化》，福建人民出版社2008年版。

辜鸿铭：《辜鸿铭文集》，黄兴涛等译，海南出版社1996年版。

辜鸿铭：《中国人的精神》（英文），外语教学与研究出版社1998年版。

赫兹利特：《我与诗人们的初交》，盛宁译，载《十九世纪英国文论选》，人民文学出版社1986年版。

黄梅：《推敲"自我"：小说在 18 世纪的英国》，生活·读书·新知三联书店 2003 年版。

黄兴涛：《文化怪杰辜鸿铭》，中华书局 1995 年版。

杰姆逊：《后现代主义与文化理论》，唐小兵译，北京大学出版社 2005 年版。

约翰·拉斯金：《芝麻与百合》，刘坤尊译，湖南人民出版社 1986 年版。

老舍：《骆驼祥子》，人民文学出版社 1962 年版。

李欧梵：《未完成的现代性》，北京大学出版社 2005 年版。

刘禾：《跨语际实践：文学、民族文化与被译介的现代性》，宋伟杰等译，生活·读书·新知三联书店 2008 年版。

鲁迅：《鲁迅全集》（第一卷），人民文学出版社 1981 年版。

陆建德：《〈伟大的传统〉序》，载弗·雷·利维斯《伟大的传统》，袁伟译，生活·读书·新知三联书店 2002 年版。

陆建德：《词语的政治学》，《读书》2005 年第 3 期。

陆建德：《思想背后的利益——文化政治评论集》，广西师范大学出版社 2005 年版。

罗斯金：《建筑的七盏明灯》，谷意译，山东画报出版社 2012 年版。

《马克思恩格斯全集》第二卷，人民出版社 1957 年版。

《马克思恩格斯全集》第三卷，人民出版社 2002 年版。

艾伦·麦克法兰：《现代世界的诞生》，管可秾译，上海人民出版社 2013 年版。

《民国时期总书目》（外国文学卷），北京图书馆编，书目文献出版社 1987 年版。

穆勒：《群己权界论》，严复译，商务印书馆 1931 年版。

约翰·穆勒：《政治经济学原理》，赵荣潜等译，商务印书馆 2009 年版。

约翰·穆勒：《论诗及其变体》，李自修、张子清译，载《十九世纪英国文论选》，人民文学出版社 1986 年版。

弗朗辛·帕丝：《贪吃》，李玉瑶译，生活·读书·新知三联书店 2007

年版。

斯蒂芬·平克：《人性中的善良天使：暴力为什么会减少》，安雯译，中信出版社2015年版。

塞缪尔·斯迈尔斯：《人生的职责》，李柏光等译，北京图书馆出版社1999年版。

宋炳辉编：《辜鸿铭印象》，学林出版社1997年版。

王大鹏选编：《百年国士》（一），中国文联出版公司1998年版。

西蒙·温切斯特：《万物之要义——〈牛津英语词典〉编纂记》，魏向清译，商务印书馆2009年版。

吴宓：《悼辜鸿铭先生》，《大公报·文学副刊》1928年5月7日。

伍国庆编：《文坛怪杰辜鸿铭》，岳麓书社1988年版。

易卜生：《易卜生戏剧四种》，潘家洵译，人民文学出版社1958年版。

殷企平：《推敲"进步"话语——新型小说在19世纪的英国》，商务印书馆2009年版。

雨果：《悲惨世界》，李丹等译，人民文学出版社1992年版。

劳伦斯·詹姆斯：《中产阶级史》，李春玲、杨典译，中国社会科学出版社2015年版。

张君劢、丁文江等：《科学与人生观》，岳麓书社2012年版。

兆文钧：《辜鸿铭先生对我讲述的往事》，载《文史资料选辑》第8辑（总第108辑），中国文史出版社1986年版。

周怡：《一份未刊发的演讲稿——辜鸿铭的英格兰回忆》，《文史知识》2012年第9期。

后　　记

　　书稿完成后，一直想写篇后记，不想竟拖了一年多。当年为了克制信马由缰的读书习惯，同时给自己一个时间压力，便申请了国家社科基金课题，几年来就在这圈好的田野中翻耕。书稿完成，顿觉轻松不少。终于可以跑到篱笆外面，看看先拉斐尔派那鲜花点缀的绿野。真有些迫不及待了。

　　书中大部分内容，都是我到社科院外文所工作后的思考。早年喜欢维多利亚时代的小说，迷恋细腻深沉的乔治·艾略特和澎湃激昂的狄更斯。为了理解他们对社会转型与道德嬗变的思考，也断断续续地读了当时其他文人的一些著作。卡莱尔的《时代特征》、罗斯金的《给那后来的》、马修·阿诺德的《文化与无政府状态》、穆勒的《论边沁》和《论柯尔律治》，思想之深刻，表述之有力，完全颠覆了我对他们的偏见。阅读过程中也发现，他们著述中的很多关键词，仍像一团迷雾，没有得到基本的梳理和深入的解读。像"英国状况问题"这个说法，在19世纪英国文学史中频频出现，却很少有人细致地解释它的来龙去脉。我很想知道，这个说法是谁提出的，是在什么背景下提出的，反映了作者怎样的社会观，在当时产生了怎样的影响，对今天我们理解现代化进程有什么帮助。在寻找答案的过程中，又有许多问题冒了出来，但又无暇一一细究，时间一久，也就搁置了起来，总有一种半途而废的遗憾。在一次工作总结时，说起这件事，黄梅老师安慰说，虽然半途，未必就废，还可以继续做下去。

2011年是个转机。那一年在剑桥大学访学，心无旁骛，听课之余，便泡在春有黄水仙环绕、秋有银杏掩映的英文系图书馆，重新捧起卡莱尔的著作，竟读得如醉如痴，不肯释卷。他对现代社会中人的生存状态，包括对信仰危机、知识偏执、价值失范的反思，无不切中要害。那些跃然纸上的迷茫、困惑和焦虑，今日读来仍感同身受。那代文人面对19世纪英国的现代化过程，面对着前所未有的工业化、城市化、民主化大潮，在思考人应该怎样生活、人与人之间应该是何种关系时，有着明显的词语焦虑。从关键词语和概念入手，分析这种焦虑产生的原因和影响，也就可以管窥他们对于如何维系社会所做的思考，也有助于反思我们自身所处的文化与社会。这便是本书写作的动机。

书稿的最终完成离不开英美室同人的帮助。英美室是个读书的好地方。跟着自谦是"替人读书"的大年老师，逐字逐句地读《论自由》《国富论》《罗马帝国衰亡史》《资治通鉴》，完全忽略了窗外建国门内大街轰隆的车流声。大年老师看重工具书的使用，至今还记得刚工作时他带我去图书馆工具书库查《英国传记大词典》的情形。但论电子辞书，引领英美室潮流的却是袁伟。他帮我们把原本只能在室里查阅的《牛津英语大词典》《大英百科全书》《汉语大辞典》装到电脑里，后来又装到手机上，简直就是两次技术革命。早在来英美室之前，陆建德老师就推荐过袁伟翻译的《伟大的传统》。他关于翻译的一些真知灼见，彻底改变了我原来自以为正确的翻译标准，真有一种脱胎换骨的感觉。在英美室做研究是非常幸运的。盛宁老师、黄梅老师随时可以答疑解惑，傅浩老师堪称一字之师，雪岚老师也是古道热肠。杨卫东、周颖、萧萍、傅燕晖都酷爱读书，与他们交谈，常有意想不到的收获。何恬更是文思敏捷，许多让人左右为难的问题，到她这里无不迎刃而解。

从申请课题到最终成稿，得到的帮助无从尽数。陈众议老师多有鼓励，殷企平老师指出了很多关键问题，叶隽兄几乎通读了全稿，高晓玲也细致地纠正了不少语病，都让我感动不已。部分内容曾在刊物上发表，编辑老师帮我改正了一些习焉不察的毛病，程巍老师甚至挥笔斧正了部分引文的翻译。顾世宝兄才思横溢，不惧书稿佶屈聱牙，删繁刊误，让书稿增色不少。唐斯通教授在北大开的维多利亚时代散文、诗歌、小说和艺术课，让我受益匪浅。尤其要感谢陆建德老师不时耳提面命，纠正了我的很多偏见。他对维多利亚时代的思想界、"功利主义者"、辜鸿铭的不同看法，我还未能完全领悟。厚着脸皮请他拨冗作序，心中虽然忐忑，却也是希望听到他的批评声音。

客寓京师十多年，师友们在生活和工作中的帮助让我倍感温暖。宁一中老师一直对我关爱有加，陆建德老师也从不嫌我鲁钝不化。振强兄多次帮我排忧解难，天睿兄时常陪我畅叙幽情。志勇在近代史所，多年来如兄如友。还有很多亲朋好友，虽天各一方，却时常牵挂。父母和岳父母年事已高，仍时常来京帮我照看孩子。妻子果敢耿直，十几年来一直与我相濡以沫。儿子的成长也带给我很多快乐。他上幼儿园的时候，每次放学，老远看见我，就会兴奋地飞奔过来，不知轻重地扑到我怀里。书稿快完成的时候，这位自诩"琴棋书画样样精通"的小学生掉了第一颗门牙，也是他掉的第三颗乳牙。每次看他说话，都能忘记伏案写作的劳累。

2017 年 3 月于京北百望斋